2015中国年度网络文学［男频卷］

邵燕君　庄庸　主编　北京大学网络文学研究论坛　选编

漓江出版社

图书在版编目（CIP）数据

2015中国年度网络文学．男频卷、女频卷 / 邵燕君，庄庸主编；北京大学网络文学研究论坛选编．—桂林：漓江出版社，2016.3

ISBN 978-7-5407-7810-1

Ⅰ．①2… Ⅱ．①邵… ②庄… ③北… Ⅲ．①中国文学—当代文学—作品综合集 Ⅳ．①I217.1

中国版本图书馆CIP数据核字（2016）第080155号

2015中国年度网络文学（男频卷、女频卷）

选 编 者　北京大学网络文学研究论坛
主　　编　邵燕君　庄　庸
责任编辑　张　谦　孙精精　辛丽芳
封面设计　石绍康
责任监印　周　萍

出版发行　漓江出版社
社　　址　广西桂林市南环路22号
邮　　编　541002
发行电话　0773-2583322　010-85893190
传　　真　0773-2582200　010-85890870-614
电子信箱　ljcbs@163.com
网　　址　http://www.lijiangbook.com
印　　制　北京大运河印刷有限责任公司
开　　本　710mm × 960mm　1/16
印　　张　38.5
字　　数　622千字
版　　次　2016年3月第1版
印　　次　2016年3月第1次印刷
书　　号　ISBN 978-7-5407-7810-1
定　　价　70.00元

漓江版图书：版权所有，侵权必究
漓江版图书：如有印装质量问题，可随时与工厂调换

“北京大学网络文学研究论坛”

“北京大学网络文学研究论坛”成立于2015年3月31日，主要成员是北京大学中文系教师和研究生。论坛宗旨是，在媒介变革之际，引渡文学传统，守望文学精灵。

主要阵容

指导老师：邵燕君　庄　庸

顾问老师：杨　玲　徐艳蕊　郑熙青

前期成员：陈新榜　林　品　白惠元　拓　璐　石岸书　王梓瑜　孟德才

男 频 卷：王恺文　吉云飞　李　强　傅善超　杨梦皎　易凡煜　王超然　刘　颖

女 频 卷：高寒凝　肖映萱　薛　静　陈子丰　韩思琪　金恩惠　朱彦臻　刘雯昕　童宛村

原　　创：王玉王　叶栩乔　邓溪瑶　杨梦皎　陆正韵　王　鑫　彭笑笑

LOGO 设计：陈焕文

主编简介

邵燕君：

北京大学中文系副教授。主要从事文学生产机制研究和文学前沿研究。2004年创立“北大评刊”论坛，2015年创立“北京大学网络文学研究论坛”，任主持人。

现任中国作家协会网络文学委员会委员、《网络文学评论》（广东省作协主办）特邀副主编、全国网络文学研究会副会长。著有《倾斜的文学场——当代文学生产机制的市场化转型》（江苏人民出版社，2003年）、《“美女文学”现象研究》（广西师范大学出版社，2005年）、《新世纪文学脉象》（安徽教育出版社，2011年）、《网络时代的文学引渡》（广西师范大学出版社，2015年）、《新世纪第一个十年小说研究》（北京大学出版社，2016年）等。主编《网络文学经典解读》（北京大学出版社，2016年）。与曹文轩教授共同主编《中国小说年选》（2004—2009，共6本，北京大学出版社）。曾当选“2006年度青年评论家”；获《南方文坛》2005年、2006年、2011年、2012年四届年度论文奖；2012年获《文学报·新批评专刊》首届“优秀论文奖”；2013年获第二届唐弢青年文学研究奖。

庄　庸：

中国青年出版社新青年读物工作室主任，副编审，中国人民大学哲学博士。中国文艺评论家协会会员，共青团中央中国青少年成长教育基地发展研究院专家顾问委员会成员，浙江网络作家协会特聘会员，网络文学大学网文导师。中国网络小说排行榜（中国作家网）评委（2015），首届西湖·类型文学双年奖终审评委（2013），首届华语网络文学奖初审评委（2014），北京大学中文系网络文学研究与创作课程特聘教师（2014—2015）等。已发表相关论文三十余篇，出版作品数部，策划与编辑的图书多次入选国家重点规划项目、重点主题出版物和相关奖项。

目　录

导　言 …………………………………………………………………… 邵燕君(1)

清　客 …………………………………………………………………… 贼道三痴(1)
　　网络文学中的晚明“风流”与“风骨” ………………………………… 吉云飞(27)
宰执天下 ………………………………………………………………… Cuslaa(30)
　　“知识考古型”历史穿越的高峰之作 ………………………………… 吉云飞(59)
从前有座灵剑山 ………………………………………………………… 国王陛下(62)
　　吐槽即叙事 …………………………………………………………… 王玉王(87)
异常生物见闻录 ………………………………………………………… 远　瞳(90)
　　刷着弹幕观赏文明兴亡 ……………………………………………… 王恺文(114)
重生潜入梦 ……………………………………………………………… 第十个名字(117)
　　“京味儿”的怀旧梦 …………………………………………………… 李　强(140)
回到过去变成猫 ………………………………………………………… 陈词懒调(143)
　　青春+传奇+正能量的镜中世界 …………………………………… 杨梦皎(165)
问　镜 …………………………………………………………………… 减肥专家(168)
　　宏大气象,向死而生 ………………………………………………… 傅善超(193)
一世之尊 ………………………………………………………………… 爱潜水的乌贼(196)
　　类型融合,求道求我 ………………………………………………… 王恺文(222)
剑王朝 …………………………………………………………………… 无　罪(225)
　　“东方玄幻”的落地生根 ……………………………………………… 吉云飞(251)
择天记 …………………………………………………………………… 猫　腻(254)
　　命运与选择 …………………………………………………………… 王　鑫(280)

导 言

邵燕君

一

如果从1998年台湾蔡智恒（痞子蔡）在BBS上连载的《第一次的亲密接触》在大陆中文网络迅速传播算起[①]，至2015年中国网络文学的发展已经走进第十七个年头。2015年年底，中国网络文学用户已达2.97亿[②]。经过近二十年的迅猛发展，特别是2003年VIP制度成功建立促使其向类型小说方向发展以来，网络文学不但形成了自成一统的生产—分享—评论机制，也形成了有

① 关于中国网络文学何时起步，一直说法不一。如果从1991年中国留美学生王笑飞创办海外中文诗歌网（chpoem - 1@ list - serv. acsu. buffalo. edu）算起，中国网络文学已经起步20余年了，后来又有1994年方舟子等人在海外创办的第一份网络文学刊物《新语丝》（www. xys. org）。中国内地网络文学的萌芽是1995年8月水木清华网站建立的BBS，这应该是大陆原创网络文学的最初基地。1997年12月25日，“榕树下”全球中文原创作品网（www. rongshu. com）开通，标志着中国网络文学的大门正式开启。不过，笔者还是赞同从1998年《第一次的亲密接触》在网络流行算起，因为这种“纪元法”的侧重点不在作者/原创一方，而在受众/传播一方——这正是网络文学与传统的纸媒精英文学的区分线。

② 据中国互联网络信息中心（CNNIC）2016年1月发布的第37次《中国互联网络发展状况统计报告》，截至2015年12月，网络文学用户较2014年底增加了289万户，占网民总体的43.1%，其中手机网络文学用户达2.59亿，较2014年第增加了3283万，占手机网民的41.8%网络文学近年来稳步高速发展，网络文学用户2009年1.63亿，2010年1.95亿，2011年2.03亿，2012年2.33亿，2013年2.74亿，2014年2.94亿。

别于“五四”“新文学”精英传统的网络大众文学传统，以及建立在“粉丝经济”上的“快感机制”（如“爽”、YY等）。这一切都对传统学院批评体系构成挑战。

经过十几年的爆发，网络文学的发展格局在2014年发生了重大变化。声势浩大的“净网”行动和同样声势浩大的“资本”行动，让网络文学感受到前所未有的震动。至此，网络文学才真正从某种意义上的“化外之地”成为了布尔迪厄所说的“文学场”——在这里，至少有三种核心力量在博弈——政治力量、经济力量、网络文学“自主力量”，同时还有一种看不见的力量，就是媒介革命的力量。

从媒介革命的视野出发，网络文学并不是通俗文学的“网络版”，而是一种新媒介文学形态。它颠覆的不是印刷文明下的雅俗秩序，而是建构这一秩序的印刷文明本身。面对媒介的千年之变，作为由印刷文明哺育长大的学院派研究者，我们该如何调整自己的文化占位和研究方法？如何从媒介革命的角度为网络文学定位？如何从一个更广大的文学史脉络中重估网络文学的价值？如何在骤然降临的“媒介打击”中，率先警觉并自觉地承担起“文明引渡者”的使命？这些都是时代向我们提出的严峻命题。

为了应对这一挑战，我们于2015年3月31日成立了“北京大学网络文学研究论坛”。这个论坛依托于我本人和课程特聘教师庄庸博士（中国青年出版社副编审、网络文学资深研究专家）共同主持的北京大学中文系网络文学研究课程，这个课程已经连续开设了五年，一批同学连续选课，形成论坛的核心团队。五年来，我们对网络文学的生产机制、各种类型文的发展脉络和快感机制、重要作家作品等，进行了较为系统深入的研究。2014年秋季学期起，学生们开始进网写作，更有了亲身的更文体验。面对2014年网络文学发生的重大变局，我们意识到，作为当代文学的专业研究者，对于事实上已经成为中国当代文学最有生产力和革命性的网络文学，光站在外围研究是不够的，还必须同时介入到其生产、发展进程中去，就像以往的传统文学批评者介入到当代文学的发展进程中一样。也就是说，在这个政治、资本、网文自主力量相互博弈的“文学场”，精英文学批评必须有自己的占位并发声，否则，缺席就等于弃权。所以在论坛成立之初，我们就在宣言里明确了自己的立场：“我们要坚守学院派立场，坚定不移地站在网文原生力量一边，站在粉丝部落文化一边，在

媒介的千年之变中引渡文学传统。”（论坛自建公众号媒后台 meihoutaipku2015 年 5 月 14 日推文）

毋庸讳言，作为“学院派”，我们是内怀精英立场的。但我们同时也明白，从媒介发展的历史趋势上看，每一次媒介革命都带来一次深刻的文化民主革命。进入到网络时代，由于媒介壁垒、教育壁垒的进一步被打破，文化生产者与接受者之间的壁垒不再森严，以“专业性”“知识产权”为核心的专家结构也受到挑战。文艺生产不再是少数天才的专利，而是一种人人可为之事。创作如此，批评更如此。在网文空间，不能说人人都是写手，但人人都是评论者。有人用真金白银投票，有人用长评短评发言。每一个网文圈内都有老书虫儿，资深粉丝，推文大 V，那么还要我们这些专业研究者做什么？

既然是专业研究者，我们最不可替代的价值，仍然是专业性——只是它不再是天然的身份特权，而是一种需要重新建立影响力的专业能力。毕竟，我们对文学史有着较为系统的了解，对文学理论有着比较深入的把握。这些文学史和文学理论资源都不是灰色的，它们借以生长的文学之树当年都曾像今天的网络文学一样郁郁葱葱。而一切似乎很学究气的学术规范和方法论，其实，也像类型文的成规惯例一样，是成功研究经验的总结。这些都是凝结着前人智慧的宝贵资源，今天，我们要做的就是把这些资源盘活。

要做到这一点，首先需要调整研究者的身份和方法。这几年，我们一直尝试着以一种“学者粉丝”的方式进行“入场式”研究——从“客观”“超然”的学者训练中解放出来，让自己“深深卷入”，面对自己的迷恋和喜好，放弃“研究者”的矜持和体制特权，和粉丝群体们“在一起”。与此同时，保持学术自省的意识和专业研究的视野方法，如“学者粉丝”这一概念的提出者和身体力行者亨利·詹金斯所言，“承认并肯定自己的欲望和幻想，而同时仍保持学术热情和理论的复杂度”①。如此，我们便可以站在网络文学的活水源头，将这个从地下涌出的庞大水系与历史河流连通——将“网络文学”的“文学性”与“伟大的文学传统”连通，将粉丝们的爱与古往今来人们对文学、艺术的爱连通，在文学史整体的坐标系内，确立网络文学的位置的价值。

① 《二十年后——亨利·詹金斯和苏珊·斯科特的对话》，收于《文本盗猎者——电视粉丝与参与性文化》，[美] 亨利·詹金斯著，郑熙青译，北京大学出版社，即出。

这样的工作，网络文学内部也有人在做，希望我们的加入能够更具有系统性和专业性，使文学传统获得更有效的继承。正如麦克卢汉在半个世纪之前就提出的，在媒介革命来临之际，有可能发生文明的断裂，要使人类文明得到良性继承，需要深通旧媒介“语法”的文化精英们以艺术家的警觉去了解新媒介的“语法”，从而获得引渡文明的能力。[①] ——这正是时代对文化精英们提出的挑战，对我们这些当代文学研究者提出的要求。

二

从文学史的视野研究网络文学，有两方面的工作是当务之急。一方面是，对网络文学发展近二十年来的重要成果进行总结，特别是对其中具有代表性、经典性的作品，做深入系统的研究，在此基础上建立起一套相对独立的网络文学评价体系和批评话语。另一方面是，在这一批评体系主导下，对当下的网络文学创作进行解读、评论和筛选，介入性地影响当下网文的写作潮流。

在前一方面，我们主要的工作成果是，完成了《网络文学类型经典解读》一书（北京大学出版社即出），挑选出12部小说作为12个最重要网文类型的代表作为解读对象[②]。在此基础上，初步建立起网络类型小说的“文学性”和“经典性”标准。在后一方面，主要工作是，以这一初步建立起的标准为参照，从2015年起推出年度推荐榜（姑且可以称之为“学院榜”）——本年度选本就是根据这一推荐榜编选的。非常有幸加入漓江出版社历史悠久的年选本系列，使我们的榜单初次开花便结出果实。

---

① ［加］马歇尔·麦克卢汉：《理解媒介——论人的延伸》（增订评注本），何道宽译，第92页，南京，译林出版社，2011年。

② 它们分别是：今何在《悟空传》（后西游故事）、烟雨江南《亵渎》（奇幻）、梦入神机《佛本是道》（仙侠·修真）、南派三叔《盗墓笔记》（盗墓）、天蚕土豆《斗破苍穹》（玄幻·练级）、月关《回到明朝当王爷》（历史穿越）、小桥老树《官路风流》（即《侯卫东官场笔记》，官场）、风弄《凤于九天》（耽美）、辛夷坞《致我们终将腐朽的青春》（都市言情）、桐华《步步惊心》（清穿）、流潋紫《后宫·甄嬛传》（宫斗）、关心则乱《知否知否，应该绿肥红瘦》（种田）。此外，还挑选妖舟作为“女性向”代表作家、猫腻作为“最文青”“最具经典性”作家代表，以作家论的形式讨论其创作中的经典指向。

2015 年是一个榜单频出的年份。随着国家对网络文艺的高度重视，包括中国作家协会、国家广电总局、新闻出版署等权威管理部门，都相继推出了各自的“推优榜”“精品榜”等。各大网站也一向有自己的传统榜单。今天，恐怕很难有一份榜单，能够像 2015 年热播剧《琅琊榜》那样，囊括天下英豪。在人类重新部落化的网络空间，全景的呈现只能通过众多“分镜头”的组合完成。这就要求，有价值的榜单必须有自己明确的宗旨和标准。

在此，我们提出，“北京大学网络文学研究论坛”年选榜的宗旨和标准是：立足于专业性和民间性，以文学性为旨归，以此与更注重价值观引导功能的各政府机构“官方榜”、更注重商业价值的各种“商业榜”区分。具体操作原则是，在参照各主要文学网站榜单和粉丝圈口碑的基础上，筛选具有较高文学性乃至经典性指向的作品。在关注大神红文的同时，特别关注引发网文新类型、新潮流的新锐之作，以及代表某种亚文化思潮或激活某种传统文学资源的探索性作品，这些作品未必是取得最佳商业业绩的，但作为类型文学也不是孤芳自赏的，而是在资深粉丝圈内获得极佳口碑的小众流行作品。

我们相信，只有各推荐榜各有分工，各司其职，各尽其份，网络文学才能获得更多元更健康的发展空间。

三

特别需要强调指出的是，本榜单所推重的“文学性”和“经典性”，不是依据印刷文明体系下的文学传统标准，而是在媒介革命的视野下，在网络文学生产机制和粉丝部落文化的土壤中，重新生长出来的具有“网络性”的“文学性”和“经典性”。

网络文学已经发展了近二十年，对于究竟什么是“网络文学”，学术界一直没有一个权威且普遍使用的定义。我们主张，对于网络文学的概念，宜窄不宜宽。作为一个文学概念，“网络文学”的区分属性是“网络”，正是“网络”这种媒介属性使“网络文学”与其他媒介文学分别开来。

从媒介属性出发，“网络文学”定义的重心就要落在“网络性”上。网络文学，并不是指一切在网络发表、传播的文学，而是在网络中生产的文学。也就是说，网络不只是一个发表平台，而同时是一个生产空间。我们至少需要从以下几个方面理解“网络文学”的“网络性”。

首先，“网络性”显示“网络文学”是一种“超文本”（HYPERTEXT），这个概念是相对于“作品”（WORK）、“文本”（TEXT）提出的。罗兰·巴特提出的“文本”概念，打破了“作品”的完整封闭状态，把“作品”的意义结构拆解为“编织物”。“文本”是开放的，可任意阅读的，甚至是“可写的”。如果说“作品”意味着一个朝向中心的向心力，“文本”则意味着一种离心的倾向。我们可以说“作品”的时代是一个作者中心、精英统治的时代，“文本”的时代是一个读者中心、草根狂欢的时代。网络时代的“超文本”更意味着超链接。因此，对于一个“文本”的解读和评价不能是孤立的，必须考虑到它背后的那些无限链接的文本（比如相关类型），以及那个无限庞大的数据库（比如，各种“梗”“桥段”），考虑这个文本为读者创造性参与（如“同人写作”）提供的可能性。

其次，网络文学的“网络性”是根植于消费社会“粉丝经济”的，从媒介革命的角度分析，这种根植于“粉丝经济”的“情感共同体”正是网络时代人类重新“部落化”的模式。只有在重新“部落化”或“圈子化”的意义上我们才能真正理解“粉丝文化”那样一种“情感共同体”模式，这不但是一种文学生产模式，也是一种文学生活模式。这一点在考察一些具有“亚文化”倾向的作品（比如“纯爱”等“女性向”网文类型）时，需要特别关注。

第三，网络文学的“网络性”指向与 ACG（Animation 动画、Comic 漫画、Game 游戏）文化的连通性。网络文学方兴未艾，但我们不得不清醒地意识到，作为“文字的艺术”，它本质上是印刷文明的遗腹子，而最与网络媒介所匹配的文艺形式是 ACG。对于网络文学创作者和研究者而言，我们不得不面对这样一个残酷的事实——网络文学尚未获得合法性就已经开始准备被边缘化。但这并不意味着，在此期间网络文学不能出现一批经典化作品，也更不意味着不能形成其不可替代的经典化传统。只是我们在考察其“经典性”时必须同时考虑到其过渡性，特别是与 ACG 文化的连通关系。近年来，“宅腐基萌”等“二次元”要素渗入到各网文类型的写作中，叙述模式多重嫁接，各种宏大或非宏大的叙述被“萌化”处理，这些都需要从“媒介融合”的角度去讨论。

只有建立在对“网络性”的理解上，我们才可以讨论文学的“文学性”，乃至“经典性”。

“经典”通常意味着典范性、超越性、传承性和独创性。它不仅是衡量文学作品的标尺，其本身就是文学标准变化的风向仪。每一次文学变革运动都是一次经典重塑的过程，媒介变革自然更具颠覆力量。网络文学也能像传统文学那样拥有自己的文学经典吗？对于很多至今仍将网络文学视为垃圾的研究者来说，这一问题的提出本身就是过于抬举网络文学了。而对于持肯定态度的人来说，顺着这一提问方式，即使答案是肯定的，也只能以传统精英文学的经典定义作为参照。在这一参照系下，我们最多可以引进通俗经典文学的尺度。但不管我们如何自觉地另建一套批评价值尺度，都难免受限于精英本位的思维定式，落入为网络文学辩护、论证其“次典”地位的态势。

如果从媒介革命的视野出发，这根本是一个伪问题——中国网络文学的爆发并不仅仅是被压抑多年的通俗文学的“补课式反弹”，而同时是一场伴随媒介革命的文学革命。在不久的将来应该不再存在“网络文学”的概念，相反，“纸质文学”的概念会越来越多地被使用。因为作为“主导媒介”，网络将是所有文学、文艺形式的平台，“纸质文学”除了一小部分作为“博物馆艺术”传承以外，都要实现“网络移民”。目前经常被等同于“网络文学”的“网络类型文学”应该只是网络文学的一种形态，虽然可能是最大众的主流的文学形态。在它之外，还会有各种各样的“非主流”文学、小众“文学”，其形态也很可能是“纸质文学”中未曾出现的，如“直播贴”“微小说”等。所以，真正的问题不是“网络文学也可以像传统文学一样拥有自己的经典吗”，而是“经典性”在网络时代是否依然存在，至少从目前的发展情况来看，我们对这一问题的回答是肯定的。不过，对网络文学“经典性”的考察不能参照“纸质文学”的标准（不管是传统经典还是通俗经典），而是要从媒介变革的思维方式，参照“经典性”这一古老的文学精灵曾经在“口头文学”“简帛文学”“纸质文学”等不同媒介文学中“穿越”的方式，而考察其如何在“网络文学”中“重生”。

在此基础上，我们先以网络类型文为研究对象，尝试概括出以下“经典性”特征——其典范性和超越性表现在，传达了本时代最核心的精神焦虑和价值指向，负载了本时代最丰富饱满的现实信息，并将之熔铸进一种最有表现力的网络类型文形式之中；其传承性表现在，是该类型文此前写作技巧的集大成者，代表本时代的巅峰水准，在该类型文发展进程中具有里程碑的意义。并且，首先获得当世读者的广泛接受和同期作家的模仿追随；其独创性表现在，在充分实现该类型文的类型功能的基础上，形成了具有显著作家个性的文学风格，广泛吸收其他类型文，以及类型文之外的各种形式的文学要素，对该类型文的发展进行创造性更新。

以上定义的概括主要还是从理论层面出发，真正有效的定义必须通过创作实践的检验，在经验的提炼和理论论证之间反复推演，本书的筛选点评过程正是这一建构进程的生动案例之一（详见庄庸所写后记《回到现场：把“有意义”的事做得“有意思”》）。这里推选的20部作品本身未必是经典之作，但却蕴含着某些经典的要素和指向，或者某种对既有类型的突破性和颠覆性。这些作品的推选标准确实是相对小众精英的，但却不是来自象牙塔的，而是建立在不错的商业业绩和圈内口碑之上的。如果这样的推选能在一定程度上影响到粉丝们的“辨别力”（Discrimination）与区隔（Distinction）①，我们的“学院榜”就能够在网文圈和学术圈之间架起一道桥梁，形成“善循环”，并能真正“介入性”地影响网络文学的发展了。

初次尝试，难免偏颇疏漏，万望方家指正！我们盼望与各方爱网文、爱文学的朋友一起，引渡文学传统，守望文学的精灵。

---

① 辨别力（Discrimination）与区隔（Distinction）也是约翰·费克斯提出的粉丝的基本特征之一。粉丝会非常敏锐地区分作者，推崇某些人，排斥某些人，在一个等级体系中将他们排序，这对于粉丝是非常重要的。参见约翰·费克斯《粉都的文化经济》（收入陶东风主编《粉丝文化读本》，北京，北京大学出版社，2009年）。

清　客

贼道三痴

贼道三痴，网络历史小说大神。原名郑晖，痴于读书、围棋和写作，故笔名为“贼道三痴”。代表作还有《皇家娱乐指南》（2008）、《上品寒士》（2009）、《雅骚》（2012），与网络作家“三戒大师”一同被网友认为是“网络历史小说的双雄”。

2013 年 9 月 3 日，贼道三痴开始在创世中文网连载《清客》。2015 年 2 月 5 日因患癌症停笔，发表第 214 章《谨以此章向书友们告别》，此时《清客》的故事尚未讲到一半。后于 2015 年 9 月 21 日在广丰老家落叶归根，享年 43 岁。

贼道三痴的历史小说调和古今，力图接续千年文脉，将古典文学的旧藤引入网络文学的新园，生根发芽，开花结果。人称“网络鬼才”的作家马伯庸曾称赞“《上品寒士》是最得魏晋风流的作品”。而贼道三痴的笔下不仅有“魏晋风度”，还有“晚明风流”，既有中国君子品格，又有文人趣味。这在《雅骚》与《清客》中都能领略到。

【标签】历史　晚明　生活　文人趣味

【简介】

少年曾渔因三次考秀才不中，在破庙中上吊自杀。侥幸不死后，曾渔觉醒了宿慧，前世今生合二为一，明悟世上并非只有科举一途，治国平天下更是痴人妄语，从而为未来以“清客”的身份度过一生埋下引子。但在上有寡母、下有幼妹、兄嫂不贤的境况下，为了尽快有一立身之基，曾渔只能负箧千里，再往抚州，恳求黄学政给一个补考的机会……

《清客》以晚明大名士陈继儒陈眉公为原型，意图写出曾渔“作为清客的一生”。清客在后世虽多被视为帮闲文人一流，但按清人梁章钜的说法，清客必须才品稍兼者方能自立。时人为此编写一首十字令，贼道三痴借来作为《清客》一书的简介：

“一笔好字不错，二等才情不露，三斤酒量不醉，四季衣服不当，五子围棋不悔，六出昆曲不推，七字歪诗不迟，八张马吊不查，九品头衔不选，十分和气不俗。”

这当然是对清客理想化的要求，却也是大多数中国文人最可能抵达的理想生活状态。《清客》溯流五百年，带领读者体验遗失久远的生活趣味，书中明代风物世情如在眼前。

选文为曾渔在考取秀才且薄有微名之后却因卷入党争、为自证清白被迫接受考核，证明秀才功名是靠真才实学取得的故事。这已是全书的最后一部分，也是曾渔人生中最重要的一个转折点。曾渔此后的人生轨迹与陈继儒相似，皆是焚毁衣冠，绝意仕进，主写悠闲的生活趣味。可惜作者贼道三痴英年早逝，曾渔“清客的一生”刚起笔就结束。《清客》已成绝响。

【节选】

一

让曾渔颇感意外的是，这白马庙里供奉的神祇是柳毅和龙女。柳毅是唐传奇里虚构的一个人物，柳毅为龙女传书的故事嘛，几乎家喻户晓，在南昌城却被作为龙神供奉起来了，若遇干旱，附近民众就会来这里求雨。

更让曾渔感到意外的是，那三幅字画的主人年龄约在三十开外，衣冠如雪，气宇非凡，但神情冷峭，让人一见而生敬畏，曾渔可以肯定的是自己以前从未见过此人。

后殿这间方丈小室一尘不染，布置甚是精洁，显然不是那个邋里邋遢的庙祝布置得出来的。而且此人雪白的冠袍、锋利的眼神也不像是落魄之人。曾渔心道："此人是谁？见我何事？缘何知道我的微名？"

曾渔满腹疑问，拱手道："不知这位先生有何指教？"白袍人微微一笑，还礼道："曾公子，真是久仰了，请坐，上茶。"这白袍客很有风度和魅力。曾渔坐下，有个和四喜差不多大的小男仆捧上一盏茶，随即便退下。那白袍客示意四喜也退出门外，说道："我有要紧事与曾公子谈。"四喜看着曾渔，曾渔点了一下头，四喜便退了出去。

白袍客开门见山道："在下知道曾公子与分宜严阁老、严侍郎一家关系密切，今有事相求，万望曾公子不要推却。"这白袍客嘴里说的是求人帮忙的话，但面上神态依然清傲，没有半点低声下气，不像是行贿求情的人，倒像是曾渔有求于他，他在酌情考虑。这种感觉很怪异。

曾渔想起那些行贿者走在友竹居后园的竹林间的模样，冷淡而客气地道："不知先生从哪里得知在下与严阁老一家关系好，在下从未见过严阁老的面。先生既有事相求，就该去京城才对。在下一介穷秀才，先生求我那简直是缘木求鱼了。"

白袍客道："曾公子莫要太谦，曾公子与严侍郎大公子的师生情谊非比寻常。这算不得什么秘闻。曾公子想必也知道，北京严阁老府第的大门不是那么好进的。何况在下丁忧在身，当然是通过曾公子结识严大公子，徐图攀附为妙。”

曾渔本应拂衣而去，却总觉得这白袍客不像是行贿之人。此人称居丧守孝为“丁忧”，明显是官员口气。一个丁忧的官员怎么会求到自己这么个小小秀才头上？这其中透着古怪，说道：“这位先生太抬举小生了，敢问先生高姓大名？”

白袍客道：“曾公子若肯答应在下之请，在下自当如实奉告，否则，徒然贻羞而已。”话锋一转道：“曾公子雅人，在下不敢以金银这些俗物玷污曾公子令名，故特意从家乡带来唐宋名画十轴、宋版珍本百卷，曾公子请看。”起身从书案上取出一个卷轴，准备展开给曾渔鉴赏。

曾渔摆手道：“罢了，原以为能结识一位高士，不料大失所望，今日方知诗为心声、字如其人都是虚言。”拱手道：“告辞。”转身便走。却听白袍客大声道：“且慢，在下还有一言。”曾渔心道：“神转折来了吗？”转过身来，注视着这白袍客。

白袍客将手里画卷收起，也打量着曾渔，忽然一笑，说道：“曾公子若是不要这些字画古籍，我另有白银千两相赠。”曾渔气得笑起来，问：“美女有没有？再来绝色美女十人，小生可以考虑为你引见严大公子。”说话也恣谑不敬起来。

没想到白袍客也朗声大笑，说道：“如此看来曾公子是拒不纳贿了，那为何要投在分宜严氏门下？”曾渔道：“在下只是教严公子书画，怎么就说投在严氏门下了？人言可畏。”白袍客道：“听曾公子言下之意，似乎忌讳他人说你是分宜严氏门下，这是为何？”

曾渔道：“清者自清浊者自浊，在下做严府教师也只是适逢其会，这位先生对我以往经历似乎了解得很清楚，想必不需要在下多加解释。先生应该也不是为结识严侍郎公子而来吧，这般处心积虑究竟为何？”白袍客含笑道：“我这个攀附权贵的行贿角色演得不佳是吗？可惜不能亲眼观察那些出入严府的官吏是何嘴脸，无从揣摩啊——请坐，请坐，现在可以和曾公子深谈了。”

曾渔重新坐下，且看这白袍客说些什么。

白袍客目视曾渔，徐徐道：“吾友四溟山人曾夸赞曾公子的诗和画，更赞赏曾公子的励志苦学，今日在下乃知曾公子人品更佳。这不是书画八股作得好能比的，难得。”

曾渔一听，赶忙站起身道：“谢老先生对晚生有大恩，殷殷提携眷顾之意让晚生感泣，先生既是谢老先生的友人，方才多有失礼，请受晚生一拜。”

那白袍客受了曾渔一礼，依旧请曾渔坐。

曾渔道：“还未请教先生尊姓大名。”

白袍客笑道：“等曾公子再见到谢先生，自然就知道在下是谁了。”

白袍客既要卖关子，曾渔也就不好再问。谢榛老先生交游遍天下，他实在猜不出这白袍客是哪路神仙，只是道：“愿听先生教诲。”

白袍客直言道：“严嵩父子专权跋扈、残害忠良，已经到了天怒人怨的地步。南北给事、御史交相弹劾，其末日不远矣。曾生少年才俊，前程远大，当此之际却流连严府，岂非不智？”

白袍客初见时称呼曾渔为曾公子，现在就改称曾生了，明显以前辈自居，看年纪也就比曾渔长十来岁。谢榛谢老先生都称曾渔为小友，不像白袍客这样托大。

曾渔懒得多解释，料想白袍客这般做作不会只为了来教训他这几句，定然另有话说，便诚恳道：“先生教训的是，晚生先前拜见黄提学时也得了提醒，乡试后晚生就会离开。”他的确是这样打算的，无论中试与否，都不会再做严府西席，该是离开的时候了。

白袍客却问：“既知严府龌龊，为何恋栈不去，要等到乡试后？”

曾渔道：“这南昌严氏居所清净，藏书宏富，正好读书备考。”

白袍客责备道：“曾生还是有所贪求啊。与恶人居，如入鲍鱼之肆，久而不闻其臭。曾生要尽快离开才对。”

对白袍客这种话曾渔颇不以为然。严嵩父子在士林中的声誉诚然低劣，但在分宜百姓的口中那可是造福乡梓的乡贤。严氏族人在分宜很少侵扰乡民，口碑颇佳。这是曾渔亲身所见。而严世芳更是有君子长者之风，哪里就是鲍鱼之肆了，白袍客言语明显过激。

曾渔道：“先生有所不知，严阁老父子品行如何不是在下敢置评的，但其长子严绍庆年方十六，还算得温良纯朴，不然晚生也不会做他的老师。”

白袍客双眉一挑，面挟寒霜，沉声道：“严老贼父子作恶多端，必祸及子孙。这种人家能有什么好子弟！”

曾渔有些不耐烦，心想这人到底想干什么，与严嵩、严世蕃有什么大仇，这般咬牙切齿？当下默然不语，以示不认同。

白袍客压抑住内心的激愤，放缓语气道："曾生，我这里有各科给事和各道御史弹劾严老贼父子的奏疏抄件，你先看看。"

曾渔心道："倒严攻势开始了吗？"接过白袍客递过来的一沓纸，一张张翻看，先是《奸臣欺君蠹国疏》：

"——嵩子世蕃凭借权势，专利无厌，私擅爵赏，广致馈遗，每一开选，则视官之高下，而低昂其值；及遇升迁，则视缺之美恶，而上下其价；以致选法大坏，市道公行，群丑竞趋，索价转巨。如刑部主事项治元，以一万二千金而转吏部；举人潘鸿业，以二千二百金而得知州。至于交通赃贿，为之通关节者，不下十余人，而伊子锦衣卫严鹄、中书严鸿、家奴严年、中书罗龙文为甚。即数人之中，严年尤为狡黠，世蕃委以腹心。诸鬻官爵自世蕃所者，年率十取其一。不才士夫，竞为媚奉，呼曰萼山先生，不敢名也。遇嵩生日，年辄献万金为寿。嵩父子原籍江西袁州，乃广置良田美宅于南京、扬州等处，无虑数十所，而以恶仆严冬主之，押勒侵夺，怙势肆害，所在民怨入骨。尤有甚者，往岁世蕃遭母丧，世蕃名虽居忧，实系纵欲。狎客曲宴拥侍，姬妾屡舞高歌，日以继夕。至鹄本豚鼠无知，习闻赃秽，视祖母丧，有同奇货，扶梓南归，骚扰道路，百计需索。其往返所经，诸司悉望风承色，郡邑为空。今天下水旱频仍，南北多警，民穷财尽，莫可措手者，正由世蕃父子，贪婪无度，掊克日棘，政以贿成，官以赂授，凡四方小吏，莫不竭民脂膏，偿己买官之费，如此则民安得不贫？国安得不竭？天人灾警，安得不迭至？臣请斩世蕃首，以示为臣不忠不孝者戒！其父嵩受国厚恩，不思报而溺爱恶子，弄权黩货，亦宜亟令休退，以清政本！如臣言不实，乞斩臣首以谢嵩、世蕃，幸乞陛下明鉴！"

又有攻击严嵩父子"坏祖宗之成法、窃人主之大权、掩君上之治功、纵奸子之僭窃、冒朝廷之军功、引悖逆之奸臣、误国家之军机、专黜陟之大柄、失天下之人心、坏天下之风俗"。

又有拟严嵩十大罪的。

曾渔花了小半个时辰将这沓奏疏抄件一一看了。他知道大明言官弹劾起来往往夸大其词。就那篇"欺君蠹国疏"而言，里面列举的严嵩父子罪状比较细。但在曾渔看来，里面的那些罪状很多官员都会犯，诸如广置田产、多纳姬妾、收礼索贿、豪奴跋扈，等等。试想一个穷书生只要释褐为官，不出三年就锦衣玉食起来，而大明的官俸的微薄是出了名的，没点灰色收入怎么摆得起那个排场？不能衣锦还乡，不能光宗耀祖，不能帮衬亲朋，怎么对得起多年的寒窗苦读？这些事已成官场惯象，君主制、官本位的国家怎么也根治不了这些的。但若有言官收集起来并放大了来弹劾，那就成了一桩桩罪状了。当然，严嵩操权柄多年，又因其子严世蕃的骄奢淫逸，罪状就过于集中、过于突出了，难免千夫所指，倒台是迟早的事。曾渔只是不明白这白袍客给他这么个秀才看这些、说这些为的是什么？

曾渔认真看抄件时，那白袍客坐在一边品茗注视，见曾渔看完最后一张，乃开口问道："曾生看了这些有何感想？"曾渔道："晚生只是一介小小生员，高皇帝《卧碑文》也严禁生员妄议朝政，先生这样问实在让晚生为难。"

白袍客对曾渔的态度显然很不满，哂道："不许生员议论朝政是指公开上疏、聚众宣扬，私下说说何妨？物不平则鸣，曾生读圣贤书难道却无半点匡扶济世之志吗？"

白袍客有些咄咄逼人，曾渔对其居高临下之态度也有些反感，淡淡道："既有这么多言官御史交相弹劾，严氏倒台当指日可待，只是晚生不知先生召晚生来到底是何见教？"

白袍客忽然想起了什么，释然一笑，说道："我明白了，曾生是对我心存疑虑啊。我现在的确是不便表明身份，但我与严嵩老贼势不两立，先父就是被严贼父子所害，严贼不死国无宁日。"

曾渔倾听，恭敬道："请先生明言有何事要吩咐晚生。"

白袍客沉默片刻，忽道："江西道今科总裁是陶翰林，曾生知否？"

曾渔眉头微皱，心道："黄提学只说来江西主考的词林官不是诸大绶就是陶大临，具体哪位尚不知真切，这白袍客径指陶翰林，果然是有些门道啊。"

只听白袍客又道："这个消息再过两日就能得证，陶翰林为人清正贞介，对严氏专权尤为痛恨，而曾生如今也是名声在外，受胡部堂厚礼、做严阁老西席，陶翰林不会全无耳闻。"说这些时，白袍客嘴角勾起一丝意味深长的笑意。

曾渔因为这白袍客自称是谢榛老先生的朋友，所以表面上一直很恭敬，这时听白袍客言语里明显有威胁之意，还把胡宗宪给他的军功奖励说成是厚礼，登时就恼了，站起身道："这位先生，晚生不管你与分宜严氏有何深仇大恨，晚生只是一介读书求功名的士子，不想参与任何朝争，晚生也没有那个能耐。至于说江西道总裁官是谁，也与晚生无关。总裁官为朝廷选士，凭的是八股文章。若凭个人好恶把持乡试，那还有何脸面指责严氏父子贪赃枉法。"一拱手，说声"告辞"，大步离去，没有兴趣再听这白袍客说的任何话了。

二

曾渔回到船上，船工解缆行船，离岸才数丈，又听得柳堤上有人在叫："广信府永丰县的曾公子可在这船上？"

曾渔被船篷遮住了视线，看不到柳堤上问讯之人，便让船工缓暂行船，一面向船尾走去，心想："这声音有点耳熟，似乎是严绍庆的亲随严健。"

只听那柳堤上的人又问了一句："曾九鲤公子是在这船上吗？"

这又是另外一个人的嗓音了，曾渔听着也耳熟，只是一时想不起是谁，走到船尾定睛看时，柳堤上两个人，左首那人正是严绍庆的心腹严健，另一个却是黄提学的家人黄禄保。

曾渔赶紧让船家撑船靠岸，严健跳下柳堤近前道："曾公子，这人自称是学道衙门的，找曾公子有急事，我家公子就命我带他来了。"

曾渔道："有劳有劳。"心想："黄禄保自然是奉黄提学之命来寻我的，只不知有何急事。"

走上柳堤，曾渔向黄禄保拱手道："黄管事，有何吩咐？"

秋阳朗照，湖光明媚，黄禄保脸色却有些阴沉，笑得颇勉强，叉手道："我家老爷有要紧事见曾公子，曾公子这就随我去吧，我家老爷肯定等急了。"

曾渔问："不知有何急事？"

黄禄保道："我一个下人哪里说得清，曾公子见了我家老爷自然一清二楚。"语气里似乎对曾渔有点不满。

因为去年袁州府道试舞弊案，黄禄保与曾渔生了嫌隙。不过曾渔也清楚黄禄保对他怨气是有，恶意倒不至于，毕竟黄提学很看重他，便道："那好，我这就去。”向船上的郑轼、吴春泽几人说了一声，就带了书童四喜随黄禄保向东书院大街行去。

严健跟着走了一程，到白马庙前广场向曾渔告辞道：“曾先生，那小人先回去了，我家大公子请曾先生有暇一定回友竹居看望他。”

严健往高升巷去了，曾渔朝白马庙看看。不知那位白袍客还在不在庙里，应该是早就离开了。那日白袍客的那番话成了他心里的一个结、一处隐忧。

黄禄保一路上都是寡言少语，这时催促道：“曾公子快走吧，我家老爷等急了。”

曾渔虽然很想知道黄提学找他何事，但既然黄禄保讳莫如深，他也就不再多问，等见到了黄提学也就一切了然。

主仆二人跟着黄禄保进到学政衙门，黄提学正与赣南的几位教授、教谕会谈，请曾渔在廨舍小厅暂候。大约过了两刻时，曾渔才见到黄提学。黄提学面容消瘦，神情抑郁，开口便道：“曾生，礼部文书下，江西道今科乡试的副主考不由老朽担任了。”

曾渔吃了一惊：“老师，这是何缘故？”

黄提学苦笑道：“礼部体恤老朽身弱多病，难以胜任繁重的阅卷公务，故另择他人主持。”

这显然是公文门面话，一定另有原因，不然不会违背惯例不让一省的提学副使做本省的乡试副主考。

曾渔小心翼翼问：“老师，此事是否与去年的袁州舞弊案有关？”

黄提学叹了口气道：“这事去年就由按察使司查问过，我也详细申文有司，原以为没事了，不料又被科道官揪出来，所以今科乡试只能避嫌。”

曾渔眉头微皱，若仅仅是因为不担任副主考之事，黄提学不会特意召他来，只恐黄提学破格让他进学之事也在科道官弹劾之列，便问：“老师，是否学生的生员资格也受质疑了？”

黄提学正视曾渔，注目片刻，点头道：“南京科道官要求按察司王分守彻查去年江西道进学考试舞弊案，亦提及你的名字。”

曾渔心头一凛，种种头绪纷至沓来，前日白马庙里白袍客语含威胁的神态在脑海里蓦然闪现。现在看来，白袍客的那番话并非虚言，确确实实有整他的严厉手段。可他一个小小秀才与他们往日无怨近日无仇，有必要这样大动干戈来对付他吗！

这当然是因为他与分宜严氏有那么一点关系。还有，胡宗宪以军功奖励他的八百两银子想必也会被倒严一党盯上，因为胡宗宪是被看作严嵩一党的。倒严势力搜索严党罪证是巨细不遗，倒不是刻意要打击他，只是借打击他来达到攻击胡宗宪和严嵩父子的目的。

还有，与严嵩关系密切的陶仲文仙逝后，徐阶举荐的扶乩道士蓝道行当宠，陶仲文、邵元节都算是龙虎山正一道派系，而他曾九鲤现在是龙虎山张氏的女婿，狠狠打击他曾九鲤正可以牵制分宜严氏和天师道，这是倒严派一石三鸟之计啊！

"曾生——"

黄提学见曾渔默然不语神情抑郁，便宽慰道："你也莫要焦虑。你我师生肝胆冰雪、俯仰无愧。我当初破格擢取你，是因为你的好学上进，这有文章为证。而且一省学政为国家破格拔取人才不乏先例，何惧他人指责！"

说到这里，黄提学有些气喘，端起茶盏喝了两口，又道："昨日我去按察使司向王分守为你说情。王分守看了你的几篇八股文，也赞赏你的文才。但王分守说为了打消南京那几位科道官的疑虑，要会同本省御史和两位推官在学署举行一场针对你一人的考核。当时我就坚决反对。老朽作为一省学政，有权决定进学人选。你补考的试卷都经磨勘，完全合格，无缘无故岂能如儿戏一般再加考核，这是侮辱国家名器。我黄国卿这顶官帽可以不要，你这生员功名我非保不可！"

黄提学语气越说越激愤，说到最后这句，原本苍白的老脸泛起病态的潮红。他严拒按察使司对曾渔的考核，除了爱护曾渔之外，更是出于维护提学官的尊严。提学官属于风宪官，不是品行和文章兼优者不能担任。一省的布政使、按察使、都指挥使这样的三司长官对提学官亦是礼敬有加。曾渔是黄提学通过补考录取的，现在按察使司却要再考核曾渔，黄提学自感受到羞辱。在黄提学看来，按察使司可以重审袁州舞弊案，却不能要求考核曾渔，因为考核生员是提学官的职权。

曾渔心情极为复杂，既歉疚又愤怒。黄提学耿介有清名，远离京城做地方学官，与严嵩、徐阶之争无涉。大明朝又有哪个当官的敢保证属下一个个都能秉公守法？属下出了枉法之事能不徇私一查到底，这就是称职的好官。袁州道试的舞弊案早已查清楚，主谋凌凤曲和那些作弊考生已经受到惩处。而且道试的重要性远不能与乡试和会试相比，问责亦轻，可那些负有纠察百官之责的御史、给事中却在乡试将临之际借这事来向黄提学发难，绝对是出于党争的私心，是为了打击他曾九鲤。堂堂正四品提学副使竟被他这么个小小秀才连累，这也真是奇闻了！

若不是那白袍客的出现，曾渔或许猜不透这一石三鸟之计，现在他很清楚有一张险恶的大网正向他收拢。黄提学或许还想不到这些，他只想维护曾渔并捍卫自己作为提学官的尊严，但曾渔却知道撒网对付他的人绝不会善罢甘休。既然黄提学反对对他生员资格的考核，撒网之人很有可能干脆以他进学也是靠舞弊的罪名来控告他。这样，按察使司介入就名正言顺了，那时反而不好看。

曾渔道："多谢老师爱护，但学生不惧考核。为了让那些人看清楚学生的清白，学生愿以个人名义向按察使司提出考核磨勘申请。不然，那些人会借机生事。"

黄提学捻须不语。他虽没有曾渔考虑得那么透彻，却也知道曾渔乡试前遭此波折应该是因为与分宜严氏走得太近有关，当下叹口气道："曾生，你就把这番波折当作'天将降大任'而对你的磨砺吧。你放心，老朽会为你力争到底。"

当下曾渔就在学署写《上王分守书》，洋洋洒洒两千言，一个时辰就写好了。黄提学看罢，赞道："词气不卑不亢，论理雄辩透彻，只此一篇《上王分守书》就足以让那些别有用心者闭嘴了。"

又说了一会话，黄提学让曾渔先回去，这封《上王分守书》由他代呈按察使王宗沐，又叮嘱曾渔明日午前来听消息。

出了学署衙门，将近午时了，阳光耀眼。曾渔闷着头往东湖行去，心想："如此看来前日白袍客约见我倒是一番好意了，是真想要拉我一把。这当然是有条件的，那就是做卧底为扳倒严嵩父子出力。"

想到这里，曾渔脸现讥讽之色，心道："分宜严氏对我颇为礼遇，做卧底这种卑劣的事是我曾九鲤做得出来的吗？严嵩父子是没好下场，但投靠徐阶就有好下场？徐阶自己因为子弟家奴为非作歹在其晚年也被抄没了许多田产。徐阶之后是高拱，高拱之后是张居正，这些权倾一时的大人物难得善终……"

书童四喜紧紧跟着。他看出少爷心情不好，却不知发生了何事，一时间也不敢问。

主仆二人回到春风楼客栈，郑轼他们早已下船回到了客栈，正准备用午饭。曾渔坐下来先喝了半碗酒，舒了一口长气，这才把黄提学不担任今科乡试副主考和他曾九鲤要再次接受生员资格磨勘考核之事说了。

众人面面相觑，都惊住了。半晌，郑轼道："九鲤，你的才学我们都是佩服的，只要是公平的考核，你又有何惧?"吴春泽等人连声附和，七嘴八舌安慰曾渔。

"多谢诸友安慰，我不会畏缩消沉的。"曾渔笑着作揖致谢，又自嘲道，"没办法啊，补考生就是这么受歧视。"

三

这夜曾渔早早就睡下了，一时心绪难宁，乃形诸梦，梦里自己竟然娶了两位妻子。前妻是松江徐阶的孙女。成婚时那个风光啊，迎亲的队伍从上饶城北门排到西门，逶迤数里，锣鼓喧天。不说广信府的官员，就是省城的三司长官也要来喝喜酒。他曾家是门庭若市，奴仆遍地。站在北门外一望，曾家的田产一眼望不到头。可是好景不长，没过两年突然就被抄家了，徐阶的那个孙女受惊吓一命呜呼。

曾九鲤很是愁困。可他毕竟不是一般人，有的是办法，很快又攀上了新任内阁首辅张居正，得张居正赏识，娶其爱女为继室。成婚时的排场简直比得上皇帝大婚，六品以上的京官齐来恭贺，七品以下的官员送礼都懒得收。他曾九鲤被人奉承着阿谀着，自然就骄奢淫逸起来。不料老丈人张居正寿命不长。张居正一死，皇帝就翻脸了。不但抄了江陵张氏的家，连他这位张居正的女婿也受牵连。抄没家产就不说了，人还监禁着。张居正的女儿就活活饿死了，他曾九鲤这么些年养尊处优脑满肠肥比较经饿，可饿久了也受不了啊，还好就饿醒了。

秋夜燠热，饿醒过来曾渔出了一身汗。静听远处的更柝声，知道现在还是四更天。高天上风雷隐隐，看来一场雷阵雨将临。伏在枕上回思梦境，曾渔不禁笑出声来。昨晚他胃口不佳没吃什么东西，没想到就做了这么一个梦。这很有南柯一梦、黄粱一梦的况味啊。徐阶的孙女、张居正的女儿，嘿嘿，曾九鲤你真敢意淫哪！

虽然黑暗浓重，但醒了就再也睡不着了。曾渔起身下楼到天井边练功，黑灯瞎火的几路散手打下来，听得雷声隆隆如天裂。电闪雷鸣中，大雨下来了，“哗啦哗啦”猛下了一阵。黑沉沉的天空露出亮色，黎明到来了。

曾渔让店伙计准备热水洗了个澡，神清气爽。昨夜之梦对他是一个点化，现在他更清楚自己以后的路该怎么走了。

午前，曾渔按照黄提学的吩咐来到学署候命。黄提学刚从按察使司回来。黄提学说道：“曾生，三日后，也就是七月二十八日上午，王分守会同南京林御史、江西道刘御史和袁州府郭推官在学署专考核你一人，你可有话说？”

曾渔问：“老师，不知是考小题还是经题？”

黄提学道：“考题由王分守定。王分守本是老朽的前任，以前在白鹿洞聚集诸生亲自讲学解惑，你想必也是知道的，相信他会公平对待这次考核。”又道：“你的学问和文章老朽心里有数。不论小题还是经题作文，比之去年袁州补考时更见精进。后日考核，你切勿心慌，也无须多准备，无非就是作八股文，只要你八股完篇且文意通畅，再有人要故意刁难，老朽拼着这官不做也要为你讨个公道。”虽说是曾渔主动提出磨勘考核的，但黄提学依旧气愤难平。

曾渔感谢黄提学的爱护，婉拒黄提学留饭，告辞出了学署。

今天的天气与昨日简直两样。黎明前的那场大雨，洗尽了暑气，秋风飒飒，振衣微冷，落叶满地。秋意有了，曾渔的心情也与昨日出学署时的满腔孤愤不同，现在的他平静了许多。怨天尤人无益，他知道自己以后该怎么做。

主仆二人出了东学院大街，来到东湖边。乡试临近，街上湖边尽是方巾簇簇、襕衫翩翩的考生。这个时候还在临阵磨枪伏案苦读的少，大多是呼朋唤友寻欢作乐。及时行乐正此时也，等到考完得知落榜就没这个心情了。

经过湖畔一座酒楼时，廊下突然走出一人，拦在曾渔主仆面前，长揖道：“曾公子，在下备了一席薄酒，请曾公子一定赏脸喝两杯，就在这边楼上。”

拦道邀请的正是前日那位汤举人，满脸堆笑，很是诚恳，躬身盛情的样子似乎曾渔不答应的话他就会拦着路不让曾渔走。

曾渔当然知道汤举人的来意。这位汤举人应该是在南京国子监毕业了，要赴京选官，为选得一个肥缺就想走严嵩的后门。汤举人想必也了解到严绍庆服丧期满要进京任职。若能结交到严绍庆然后与严绍庆同路进京，一路奉承得严大公子快活，那就与严阁老一家攀上交情了，选个富庶之地做一任知县不是难事。而如果没有门路，待在京里一年半载得不了委任不说，就是得到委任，也大抵是穷山恶水的蛮瘴偏远之地，那还不如回家待着做乡绅。

“汤前辈，咱们素不相识，酒就不必喝了，哪里有需要在下效劳的地方，请明说。”曾渔性情平和，不是那种爱憎分明的人，至少表面不是。

汤举人愣了一下，心想：“此人倒是直爽。”当下也就直言道：“不瞒曾公子，在下想请曾公子代为引见严绍庆公子，在下愿以纹银百两酬谢曾公子。”引见一下就是纹银百两，这银子真好挣啊，难怪连严府门下那些家丁都富得流油。曾渔嘿然道：“汤前辈真是高看在下了，在下自己都不能托庇严氏门下，哪里还能帮助别人！”汤举人诧异道：“曾公子何出此言?”曾渔道：“话不多说，过两天就水落石出了，不是在下不肯相帮，实在是爱莫能助。”说罢，拱拱手，快步离去。

汤举人立在原处愕然良久，实不知曾渔所言何意，似乎很有玄机一般。

曾渔回到春风楼客栈。郑轼、吴春泽诸人都在等他的消息，得知曾渔二十八日要接受考核，既为曾渔抱不平，却都无可奈何，安慰的言语都显得苍白无力。曾渔不似昨日那般愤懑，笑道：“诸位，诸位，中午我请大家喝酒，本月二十八小弟要在众目睽睽下证明自己是不是有这个进学资格，还请诸位到时为弟壮胆。”

无须刻意宣扬，广信府考生曾渔的生员资格需要重新考核的消息没两天就传遍了南昌城大街小巷。若是换一个人被考核那肯定没有这般轰动，曾渔曾九鲤那可是大名鼎鼎啊。去年贼首张琏、吴平劫掠福建和江西，赣江、信江两岸受害民众甚多，贼众烧杀淫掠的传闻让江西百姓一日数惊草木皆兵，曾渔剿贼立功的神奇事迹更是广为江西民众知晓。其后曾渔与龙虎山张氏的小姐订婚，亦是一时美谈。现在听闻曾渔因为是补考进学要重新考核，寻常底层老百姓大都为曾渔抱不平，说曾相公助官兵剿贼立下那么大的功劳，连皇帝都下旨诰封旌赏，而一个生员功名却要左考右考，这不是为难曾相公嘛。

七月底，应乡试的考生差不多都到省城了。对于这数千应试的生员来说，同情曾渔者有之，幸灾乐祸者亦有之，但更多的是抱着看热闹的心态关注此事。离乡试还有十日，旁观一场他人的悲欢故事正好消遣。至于其中涉及的朝党之争，很少有人知悉。

友竹居的严绍庆也听说了这事，二十七日一早就带着严健等几个仆人赶来春风楼客栈见曾渔。严绍庆很气愤。作为曾渔的学生他最敬服曾先生的学问和人品，质疑曾渔的生员功名那就是羞辱他严绍庆。这位当朝首辅的长孙虽然受曾渔之教要洁身自好，这时却也气愤愤地要利用严氏的权势为曾渔出头，说新任江西巡抚、左布政使胡松胡大人与他父亲严世蕃有交情，他要去求巡抚胡松出面干预此事，不能让曾渔受委屈。

曾渔忙道："绍庆公子，多谢好意，多谢好意。我去年通过补考进学的确有很多人非议，如今我又薄有微名，嫉妒者肯定不会少。这次按察使司要考核我，正遂我意。以我的才学，何惧考核，正可借此机会向江西道士绅民众证明我的真才实学。"听曾渔这么说，严绍庆转怒为喜，连连点头道："曾先生的才学何惧考核，明日学生也会到学署为先生助威。"

送走了严绍庆，万寿宫的住持智亭道长又来了。智亭道长也是听说了曾渔要接受考核之事才来的。曾渔是龙虎山大真人府的佳婿，莫名其妙要接受这种羞辱式的考核，分明是扫正一道门的脸面。智亭道长说起来也是气愤愤哪。曾渔费了好一番唇舌才让智亭道长消了气。

还有，这两日到北操场春风楼客栈看热闹的人是络绎不绝，以应试的秀才居多。曾渔名声不小，但闻名只是闻名，没见过面呀。听说曾渔住在春风楼客栈，就都来看看曾渔长什么模样。曾渔呢，当然不会当这展览品。他闭门不出，让客栈掌柜对那些看热闹的秀才说他正在温习诗书备考，要看热闹届时可到学署大门前看考核结果。

四

七月二十八日，秋风生凉，天气晴好。

一大早从东学院大街到学署大门前就已经是人头攒动。最先聚集的不是读书人，而是那些卖果子、卖甜酒、卖零食的小贩。小贩们是春江水暖鸭先知，哪里热闹他们就往哪赶。

陆陆续续，应乡试的生员们到了，未取得乡试资格的生员也来了很多人。

他们要看看那个大名鼎鼎的曾渔能否通过此番考核。南昌城里那些童生也来了。曾渔补考进学的故事很励志，他们了解曾渔当初是怎么通过补考成功进学的，再考核一次也无所谓啊。

到了辰时初，从白马庙广场开始一直到学署已是挤得水泄不通。曾渔和郑轼一行赶到时竟然挨挤不开、前进困难。曾渔拱手过顶，大声道："诸位诸位，请让一让，让一让，不然就误了在下的考试了。"

郑轼高声道："这位便是广信府曾秀才，大家让一让，不要耽误他考试，不然就没热闹看了。"

拥挤的人群发出"哗"的声音，很快让出一条三尺空道，曾渔就从这两面人墙间走着。他面带微笑，听着那些如堵的看客对他品头论足，夸赞、讥讽的都有。曾渔八风不动。将至学署时他听到有人大叫"曾先生"，侧头寻看，却是严绍庆在几个强壮奴仆护卫下来为他助威。

曾渔微笑致意，挥挥手大步走过，来到学署大门，与郑轼诸人拱拱手，独自走上台阶。这时，门内走出两人，居前一人瘦如竹竿，脖颈如鹅，唤道："曾生——"

曾渔抬眼看时，却是广信府学教授张广堂，张广堂身后那人是永丰县学的李教谕，赶忙趋前见礼。张教授细长脖子扭来扭去，很无奈的样子，说道："我与李司训几人是昨日到的省城，听说了你要考核之事，很是惊诧，向黄大人问讯，方知究竟。唉，你不要愤慨，更勿慌乱，好生作文就是。以你现在的学问，通过考核易如反掌。"永丰县学李教谕也安慰曾渔。曾渔颇为感动。

江西道提刑按察使司衙门坐落在南昌城西学院大街，距离学署不过半里地。学署那边的叫卖喧嚣、呼朋唤友的嘈杂声响传到按察使司这边，变成一种"嗡嗡嗡"的浩大绵密的沉沉之音。正欲上轿出门的按察使王宗沐皱眉问轿边差役是何动静。

差役躬身道："回老爷的话，是学署那边看热闹的民众，听说今日要考核一位姓曾的秀才，早早就聚集起来了。"

王宗沐哂道："考核一个秀才有何热闹好看！"

忽有一人说道："新甫兄，这位曾秀才可不是一般的秀才：严府西席、道宗东床，还有剿贼立功的传奇经历；不敢说名闻天下，在江西，说起曾渔的大名不知道的人还真是不多。"

说话的人衣冠如雪，从廨舍内快步走到王宗沐身前。这白袍客正是那日在白马庙与曾渔一席谈的神秘客。曾渔话不投机拂袖而去后，白袍客带着两位仆人也离开了白马庙，搬进了按察使司衙门，成了按察使王宗沐的座上宾。

王宗沐笑了笑，说道："从黄提学送来的那两篇八股文还有那封书信来看，曾渔好古文辞，颇见功力，且思路开阔，黄提学允他补考进学并无不妥。"

白袍客却道："此事非关文章优劣，乃是忠奸之争。"

一个七品文官冠戴的中年人近前低声道："凤洲兄所言极是，忠臣奸党之辨才是首务，八股文章乃末技也。"

王宗沐道："曾渔涉世未深，与分宜关系亦浅，其生员资格虽被要求复核，却也未见有人为他说情，黄提学除外。"

白袍客沉吟不语。

那位七品官却道："或许是事起仓促，他们未及布置吧。"

王宗沐摆摆手，示意莫说那些事，道："不说了，上轿，上轿，正辰时临近了。"又问那白袍客："凤洲一起去吗？"

白袍客道："我不进学署，就杂在人群中看个热闹吧。"

牌军一路喝道，威武肃静，按察使王宗沐一行来到学署。提学副使黄国卿早已迎候在仪门外。黄国卿身边一个方巾襕衫的秀才向王宗沐施礼道："学生曾渔拜见王大人。"

王宗沐打量了曾渔两眼，似乎有点眼熟，问道："你就是曾渔，以前可曾到庐山白鹿洞书院听我讲学？"三年前王宗沐任江西道提学副使，修王阳明祠、重开白鹿洞书院并亲自主持讲学，当时江西各府、县前来听讲的学子甚多。

曾渔道："嘉靖三十八年秋，学生曾赴白鹿洞听讲，当时是黄提学主持。"

王宗沐"哦"的一声，心想自己怎么会觉得曾渔有点眼熟呢，应该是记错人了，说道："你对本司要求对你的考核可有怨言？"

曾渔道："王大人，是学生上书要求重新考核的，为了黄提学的清誉、为了学生的清白。只要考核公平、公正、公开，学生何惧考核。"曾渔表面一派温文尔雅，言辞语气却渐有狂生之态。

王宗沐有些不悦，曾渔话里带刺啊。不过黄学政就在边上，他也不好多说什么。此番考核本就有些师出无名，黄学政是反对这次考核的。说道：“此次考核依旧由黄提学主持，本司只作监察。科举取士，乃国之重器，岂能不谨而慎之？”

另三位监察考核的官员也到了，分别是南京林御史、江西道刘御史、袁州府郭推官，与王宗沐、黄国卿见礼后，一起到学署明伦堂坐定。曾渔也跟着上堂，恭立一边，看着那几位监察官，心想：“这位南京来的林御史应该就是原临川知县林润吧，与谢榛老先生是世交。去年在临川谢老先生为我补考之事奔走，还是请林知县引荐才见到的黄提学。没有想到时过境迁，林知县成了林御史，却要来考核我了，真是让人啼笑皆非啊。”又想：“听闻林润甫就任御史之职，就猛烈弹劾严世蕃的死党鄢懋卿，现在又要借我生事，官场真是人情翻覆似波澜啊。”

学署衙役搬来一张小方桌和一把椅子，桌上放置笔墨纸砚，一切就绪，单等考试。王宗沐对黄国卿道：“黄大人，这就出题吧。”黄国卿道：“还是王大人出题吧，王大人亦是学官出身。”有些话黄提学没明说，王宗沐也觉尴尬，清咳一声道：“那就拈书定题吧。”拈书定题就是随意翻书，翻到哪一页就在哪一页上找一句做试题。这在科举考试中很常见，为的是杜绝考官泄露试题。

黄提学问：“是考小题还是经题？又或者是两样都考？”王宗沐道：“只考小题吧，以一个半时辰为限，如何？”黄提学道：“但凭王大人做主。”书吏捧上四书，王宗沐拈起那册《论语》道：“就出论语题。”正待翻书，忽又抬头望着大门外，皱眉道：“肃静，肃静。”

学署明伦堂正对着仪门，仪门与大门相距不过十丈，大门外数千民众的喧嚣之音虽不影响堂上官员说话，但那种“嗡嗡”之声还是让人烦躁，便有差役飞跑出去喝令众人不得喧哗。

堂外稍静，王宗沐翻书出题，随手一翻，是《卫灵公第十五》，便对曾渔道：“曾生，你以‘众恶之，必察焉’为题作一篇八股文，不得少于四百字。”

“众恶之，必察焉”完整的句子是“众恶之，必察焉；众好之，必察焉”，意思是一个人就算大家都厌恶他，你不能人云亦云也来厌恶他，必须自己亲自考察这个人是不是真的如大家所说的那么可恶；同样，一个人大家都喜欢他，你也不要跟风，要有自己的判断，不能别人说什么你就信什么。孔子这是教育弟子要有独立的思考和判断，不为表相迷惑。

曾渔含笑道："'众恶之，必察焉；众好之，必察焉'，这个试题甚好，正可道明学生目下的遭遇。学生自补考进学之后，阴差阳错剿贼立功，蒙朝廷奖赏，得多方赞誉，可谓'众好之'矣。诸位大人现在考核学生乃是'必察焉'，学生能不警惕自省乎？"

黄提学听曾渔这么说，忍俊不禁笑了起来。

王宗沐却是面皮微红，有些惭愧，说道："那就赶紧答题吧，现在正辰时刚过，到午时初刻交卷。"

对这种小题八股文，如今的曾渔是得心应手，一边磨墨一边打腹稿。一砚墨浓，腹稿已有了，不忙着书写，却对一边侍候的差役道："麻烦取一张楮皮纸来，不要裁割。"

差役便去取了一张楮皮纸来。这种不裁割的楮皮纸有五尺多长两尺多宽，纸质柔韧，不易破损。曾渔没有就座，而是立在桌边悬腕挥毫，在这张楮皮纸上书写。字如鸽卵般大小，用的是米南宫的行书体，写的是"众恶之必察焉"。堂上高坐的王宗沐、黄国卿等人都能看清纸上的字迹，不免纳罕，心想曾渔这是做什么。

只见曾渔写两句，又停笔沉思，纸上那两行字迹是：

"论人之好恶，必于其所同然者。而究其所以然也，盖好善恶恶，天下之同情也，人或蔽于私耳，可不究其所以然乎？"

这是对"众恶之必察焉"的破题和承题。王宗沐、林润等人凝目细看，不动声色。黄提学却是捻须点头。这样的破题和承题简洁高浑，无可指摘。黄提学原本有点担心曾渔年轻气盛，遇到挫折容易心浮气躁，但看到这两句他就放心了，并且很欣慰。曾渔文章作得好也是给他黄国卿挣颜面哪。

承题后面是原题，即圣贤为何而发题中之言，只见曾渔写道："夫子示人曰，天下之善恶易以诬，君子之观法不容苟。"

黄提学不住点头，心道："这才是为圣贤立言啊。"

再后面就是起讲了。起讲贵有议论，宜虚不宜实，讲究理正、意高、词古。曾渔写道："此有人焉，事不近于人情，行不理于多口，居于乡而乡人憎之，立于国而国人贱之，恶之不亦众乎？然而特立者寡谐，独行者戾俗，众皆恶之，恐或不能无私耳。"

王宗沐亦是八股文名家，做了三年提学副使，看了不下十万篇八股文，眼力自是不凡，往往一看破题就知考生水平高下了。曾渔这篇八股文从破题到起讲简直称得上完美，可作为范文传世。王宗沐暗暗点头道："起讲转折甚妙，且看他如何提比出股。"

只见曾渔一边思考一边书写，时间缓缓流逝，大纸上的字迹渐多渐满，这篇八股文的正文部分出来了：

"要必验其行事之实，究其心术之微，真可恶也，吾从而恶之，否则未害其为君子，吾何嫌于违众耶！是恶而察之，则恶出于公不蔽于私矣。又有人焉，行必顺乎人情，事必同乎流俗，处于乡而乡人称之，流于国而国人贤之，好之不亦众乎？然而饰情以钓名，贼德以媚世，众虽悦之，或恐未必皆公耳。要必观其意之所从，审其心之所乐，真可好也，吾从而好之，否则焉知其非小人，吾可甘于徇众耶？是好而察之，则好出于公而不蔽于私矣。"

不说黄提学心里猛赞曾渔，就是王宗沐、林润等人也是聚精会神观看，王宗沐差点击节赞叹起来。曾渔此文紧扣题意，提出论人"好善恶恶"必须弄清楚其本心是公还是私，正文两大比，每一比所论又针锋相对，立意超凡脱俗，实为难得的好文。

大约用了一个时辰，曾渔把一张大纸基本写满，其间还略有涂改，但整体尚称洁净。站着悬腕写这么久，可见曾渔年轻体健啊，让老病的黄提学羡慕不已。只见曾渔最后写道：

"噫，徇好恶之众者，鲜不失己；公好恶于己者，斯不失人；圣人言此，岂非观人之良法欤？"

这是全篇的大结。写完最后这句，曾渔将这张楮皮大纸摊在桌前地上，然后另取卷纸书写。这种卷纸就是县试、府试用的那种试卷，有界红线横直格，规定每页十四行，每行十八字。这时不能用米芾恣肆的行楷了，改为法度严谨的小楷，场屋作文就要用这种书法。曾渔这一年来对书法用功颇勤，小楷他师法文徵明。文徵明小楷脱胎于王羲之的《黄庭经》《乐毅帖》，以尖锋入纸，笔法刚健安雅，结体张弛有致，在当时影响很大。

不须半个时辰，曾渔把楮皮大纸上文字誊录在了卷纸上，还认真地写上姓名、年龄、籍贯，然后把卷纸交给旁边的书吏。书吏转呈给黄提学。黄提学全文都看过了，心里有数，道："呈给王大人，由王大人评卷。"王宗沐接过卷纸，扫了一眼字迹，心道："书法亦佳，的确不是不学无术之辈。"温言道：

“曾生，既答卷毕，你就退下吧。”

曾渔早就料知不会当场有评语给结果，便把那张打草稿的楮皮纸折叠起来纳入袖中，施礼告辞。

“且慢。”

一边的林御史问道：“曾生，带走草稿意欲何为？”

科举考试时为备磨勘查卷，草稿也是要交上去的。但现在又不是正式考试，曾渔更反感林润这种带着审判的语气，答道：“大门外数千生员都在等着看学生的作文，学生张贴出去让大家看看，此谓公开也。”

林润正要提出科举考试要上交草稿的规例，黄提学先开口道：“曾生在众目睽睽下作文，难道还需要查卷磨勘吗？让门外诸生看看这篇作文也好，看众人评价如何。”黄提学既这么说，林润当然不好再多说什么。

虽然黄提学准许曾渔携草稿出去，可曾渔却又不走了。他稍微活动了一下身体以舒筋骨，站着悬腕挥毫这么久，腰力腕力再强健也会发酸。而且这篇八股文他是殚精竭虑，可谓超水平发挥，现在掌心和背心都是汗湿湿的，思维还处在兴奋活跃状态。八股文写完了，但心里的不平之气却愈发激荡，如万斛泉涌直欲喷薄而出。他向堂上诸位官员拱手道：“诸位大人雅量如海，不知能否让学生在此畅所欲言？”

既要求听者的雅量，想必是要说刺耳的话，黄提学问：“曾生，你要说些什么？”他不想看到曾渔不知进退妄生事端。

曾渔道：“学生是想说说补考进学以来直至今日考核以及方才作的这篇八股文之事。”

黄提学听罢不置可否，且看按察使王宗沐的意下如何。王宗沐道：“曾生，有话尽管直言。”八股文章里表现的不见得是作者的本心想法，即兴之言倒是直抒胸臆，从中可究其心术之微。

很好，既然王宗沐要他直言，那曾渔就不客气了。他向林润拱手道：“林大人，四溟山人谢老先生林大人是否相识？”

林润猜不透曾渔想说些什么，但谢榛是他的父执辈，而且在座的黄提学、王宗沐都知道他与谢榛的关系，他不好不理睬曾渔的询问或者否认，当下“嗯”了一声，说道：“谢老先生乃我世交，你岂会不知！”

曾渔面色凝重，说道：“去年四月广信府道试，学生不幸落榜，颇受兄嫂和乡人白眼。其后学生与母亲和小妹到贵溪鹰潭坊亲戚家暂住，学生发愤往抚州恳求黄学政给学生一个补考的机会。那时天气炎热，学生背负数十斤重的行李和书箧，日行六七十里。有时夜晚错过宿头，就在旧祠野庙栖身等候天明，蚊虫叮咬，口干舌燥，苦不堪言，但学生依然手不释卷，在困顿逆境领悟圣贤之道。待赶到临川，抚州院试已经开始，学生一时彷徨，无所适从，又且囊中羞涩，在关王庙前卖画还受地头蛇敲诈，穷苦万状，幸遇谢老先生。谢老先生欣赏学生的书画，慷慨相助，为学生转呈'上提学副使黄公书'。这些事林大人都是一清二楚的，因为当时谢老先生正是通过林大人的引见才见到黄提学。蒙黄提学惜才，允学生赴袁州补考，幸而得以进学，这些事诸位大人也都知道。"

说到这里，曾渔停顿一下，吐出心头一口浊气，又道："学生在这里想问一句，林大人当初为何愿意帮助学生？"

林润一时语塞，不知该如何作答。因为他清楚曾渔的话里有陷阱，那就是曾渔方才这篇八股文中的公与私之辩。

王宗沐为林润解围道："林御史当初为你引见黄学宪，当然是因为谢先生对你的夸赞，这只是给你一个机会，补考成功与否还得凭你自己的文章和黄学宪的赏识。就如今日对你的考核，凭的也是你的文章。"

曾渔躬身道："王大人说的极是，但学生有一事不明。圣人言'众好之，必察焉'，当初林大人只是听了谢老先生的为学生美言，为何不察焉察焉，就肯为学生帮忙，这是因公还是为私？而今学生薄有微名，真说得上是众好之矣，诸位大人此番对学生考核，更不知是因公还是因私？"

"放肆！"

王宗沐沉脸喝道："今日考核何有私之一说。"

曾渔胸中还有块垒未吐，干脆说个痛快，朗声道："通过补考进学，自弘治以来，代有先例，乃是学道官为国选才补缺拾遗。但经补考进学后却还要受按察使司考核，学生应是破天荒第一例。若学生补考有舞弊行为，按察司尽可将学生拿问。现在这样的考核可谓名不正言不顺。"

这话很尖锐，王宗沐脸上挂不住了，但曾渔又言之成理，前日黄国卿也这样向他据理力争过，所以一时也不好借官威压制。只听曾渔又道："今日这样的考核，虽曰公正，但其实也会冤屈了寒窗学子。曾渔，狂生也，天生胆大。

也正是这样，去年遇贼时学生才能虽惊不乱，既保住了小命又侥幸为朝廷剿贼立了功。学生虽不敢说泰山崩于前而目不瞬，但当众作文却是不怕。可学生若是胆小又会如何，又或者对于当众作文很不适又会如何？那自然是战战兢兢、汗出如浆。神思既不属，八股哪里还能完篇？这在诸位大人看来，那肯定是不学无术蒙混进学的，革去生员功名那是肯定的了。然而，岂不冤哉！学生敢说，这样的考核有很大一部分生员通过不了，场屋号舍哪里会有这么多人盯着呢，相信在座的大人也肯定有不习惯作文时有人在旁边盯着的——"

黄国卿见王宗沐等人一脸的尴尬，心想曾渔舒愤懑也舒得差不多了，便出声道："曾生，考核已结束，你不要再多说了，回客栈为即将到来的乡试专心准备吧。"

曾渔也觉得该说的都说了，总不能把王宗沐、林润考核他真正的目的是为了敲山震虎的事毫无遮拦地说出来吧，当下唱喏道："是，诸位大人雅量非常，容学生说了这些狂妄之言。学生虽不敏，但读圣贤书，自问能做到不阿附权贵、不损人利己。学生在分宜教严阁老的大公子读书，还有人以百两纹银为酬，求学生引见严大公子以便进京能便宜行事，学生是一口拒绝。这些，大人们若肯细察，应该都是能了解到的。"

说了这些，曾渔一揖到地："学生告辞。"携草稿大步下堂出仪门而去。

曾渔走了，学署大堂上一片沉寂。王宗沐等人深感这次对曾渔的考核是个大错误，大失颜面简直下不了台的是他们。同时对这个年少秀才还有点佩服，不是佩服曾渔这篇八股文精彩，而是惊佩于曾渔过人的胆识和言辞的犀利。

还是黄提学打破了这尴尬的沉寂，起身向王宗沐拱手道："王大人、诸位大人，午时了，就在学署这边用午饭吧。"王宗沐等人如梦初醒似的，纷纷婉辞，下堂上轿回按察使司。

学署大门外人声鼎沸，忽然一静，轿中的王宗沐听得曾渔的嗓音大声道："诸位朋友，诸位朋友，这就是我曾渔曾九鲤方才考核时作文的草稿，蒙宗师和王按察使准许，张贴出来请诸位多多指正。"

曾渔的话音刚落，便是一片"嗡嗡"声，随即是参差不齐的诵读曾渔那篇八股的声音，不时有人大赞一声：

"破得妙！"

"承得巧！"

“转折如意，妙哉妙哉！”

生员们游弋于八股文海多年，文章优劣还是分得清的，看到这篇好文，真如美酒当前，不自禁地手舞足蹈赞叹起来。

此时王宗沐的心情已然平复下来，对这些夸奖曾渔八股文的赞美之词并不感到羞恼。王宗沐还是有雅量的，因为曾渔这篇八股文的确妙极。

官轿过卧碑亭时，王宗沐听得曾渔又大声道：“谬奖，谬奖，在下文章不敢说多好，只算得通顺而已。今日有这么多秀才朋友、读书士子、热心民众来关注在下的考试，在下不胜欣喜。在下喜欢交朋友，尤喜有一技之长的朋友，诸如天文星相、地理风水、诗词歌赋、书法绘画、音乐茶道、围棋象棋、唱曲演戏、园辅花艺，乃至练气养生、技击散打，在下都有涉猎，望同好者不吝赐教考核。”

王宗沐摇头哂道：“真狂生也。”

（节选自创世中文网）

【粉丝评论摘编】

@时见幽人独往来：他笔下的人物，忧国而不愤激，正直而不迂腐；机敏权变而不行诡道，优雅灵秀几近出乎凡俗。几乎能看见我们五千年的传统中，真正优雅、值得流传的品质和性情，都在纸上的人物心中传承着。除了《诗经》中一脉流传的古君子之道、风雅精神之外，找不着更好的描述了。有人说：读书就像和作者聊天。只不过，如今，还没聊完，清客却已起身离去了，只留听众一叹：华庭鹤唳，不复闻矣！

@谢观柯：起点写历史的作家多不胜数，他们讲的是故事，三痴兄讲的却是文化！是几千年传承下来的那种风雅！那是骨子里的东西！

【作家访谈摘编】

贼道三痴在住院治疗期间，接受最大的网络文学论坛“龙的天空”论坛专访，特将部分问答摘录如下：

问：三痴你能说一下你《清客》原本既定的后续情节会怎么写吗？

答：清客原型是陈继儒陈眉公，大家可以了解一下这个人物。我在《雅骚》里也写了这个人物，曾渔后面的大致人生与其差不多，主要写悠闲的生活情趣，会涉及很多。

问：三痴你的文风清新淡雅，在网文中别具一格。可以仔细谈谈人物的塑造和对于历史类型写作的经验吗？

答：这个需要长时间的生活和文化积累以及对书中人物的热爱。

问：一句话对自己做个评价……

答：我写作比较认真，一个小时五六百字。

以下为与“龙的天空”网友问答摘录：

@古陶三彩：创作《上品寒士》的灵感是什么？

答：喜欢那个年代的人物，我喜欢四个年代：春秋、魏晋、晚明和“五四”时期。

@泫衍：网文经典与传统小说经典的异同？

答：网文经典若作者能好好修订一下，也能成为传统经典，可惜很多好的作者都被驱使得停不下来，挣钱太重要了。

@凭栏望北斗：想知道三痴比较喜欢的网文作者和传统作者都是谁？比较喜欢的网文小说和传统小说都是什么？

答：网文看得不多，《鬼吹灯》不错，猫腻和月关的也看了一些。传统小说喜欢的很多，钱钟书、张爱玲，等等。反正对通感运用得妙的作家都喜欢，这是难得的天赋和才华。

@念溪：我也算是个三痴大神的书迷了，当年有幸买到一部三痴签名的《活在晚明》（编者注：即《雅骚》实体书），就是想问如果身体健康后有可能续上吗？还有就是三痴当年估计解释过，我就是想了解一下是什么促使三痴放弃大火的《皇家娱乐指南》比较轻快诙谐的文风，转而进行相对来说比较淡然真实的写作？

答：我不喜欢重复自己上本书的套路。

@花舞亭：对于现在的网文，有什么看法？对于未来的网文，有什么希冀？最喜欢哪些作品？后悔入这一行吗？

答：前几个问题太大，不好作答。我只回答最后一个问题，对入网文这一行我无怨无悔，不入网文，我写不出《皇家娱乐指南》《上品寒士》《雅骚》。

（导引、简介、节选、粉丝评论摘编、作家访谈摘编：吉云飞）

网络文学中的晚明“风流”与“风骨”

吉云飞

自当时明月2006年以《明朝那些事儿》开启“明朝热”以来，十年来，这股热潮在网文界从未冷下来过。明朝，这个距离我们最近的“汉人王朝”，成为了当代人认识和想象中国历史最为重要的“幻象空间”。在众多“明穿文”中，贼道三痴的《清客》与《雅骚》最得晚明“风流”与“风骨”。当其他作者在讲故事时，三痴却在讲文化。他书中的主角没有权势滔天、妻妾成群，也没有开疆辟土乃至把中国带上资本主义和海外殖民的发展道路，而是“真正做一回古人”，同时也让晚明的风物风月、世俗人情在笔下潺潺而出。

《清客》与《雅骚》虽然有着一大批“死忠粉”，但在“明穿”历史小说中并不是主流。历来被视作此类小说代表的是月关的《回到明朝当王爷》（简称《回明》，2006）。《回明》将“大国崛起”与“个人圆满”的双重YY发挥到了极致，主角利用穿越者的优势，不但在道德圆满的情况下实现了个人的成功，更试图改变近代落后挨打的血泪史，提供历史发展的另一种可能性。

当《回明》里的杨凌在正德朝分疆裂土，异姓封王，开拓西伯利亚时，《清客》中的曾渔却焚毁衣冠，绝意仕途，一辈子做个身怀绝技、浪荡天涯的清客；当《回明》里的杨凌合法合理合情地娶了十二门妻妾，凑齐“十二金钗”，比韦小宝还要多五个，《雅骚》中的张原却因为无法给初恋的“小师妹”一个好归宿而黯然神伤。

自嘲“骨子里就是个文人”的贼道三痴，在投身网文十余年前就开始创作，曾在各种报刊发表过上百万字的散文、杂文和小说，算得上半个“传统作家”。他的第一部网文《皇家娱乐指南》（2008）以写斗蟋蟀、斗茶、围棋、绘画、音乐等古代娱乐活动为主，在网文中自成一脉，至今仍独一无二。之后的《上品寒士》(2009) 更是情感细腻，唯美动人，深得魏晋名士风度。

在创作第一部以晚明为背景的《雅骚》(2012) 时，三痴还一度摇摆于“直线救国”与“吃喝玩乐”之间，既要“救国”又要“风流”。虽然被部分读者讥讽为“诗词强国，八股兴邦”，但最终三痴发现自己对写“内除弊政外灭强虏”“大航海争霸殖民海外”毫无兴趣，在历史小说中“救国”还不如“杏花春雨一场梦”。于是写完了“晚明风流”的《雅骚》再也无法继续原定的“救国”之路，只能潦草收尾。“穿越救国”的梦已然醒来，以陈眉公为原型的《清客》终于登场，这才是三痴真正沉醉其中且认为值得流传的东西。

然而“清客”似乎很少被当作好词，鲁迅以“扯淡”一词概括其行止，不过他所赞赏的“会稽乃报仇雪耻之乡，非藏垢纳污之地”一语的原作者，便是常与清客纵酒调笑，以善谑闻名，在清军入关后却入山绝食而死的老乡王思任。在所谓“历史终结”的年代，“有所为有所不为”的清客已经是绝大多数中国文人所能抵达的最理想的生活状态了。

《清客》中用作原型的第一等清客、晚明大名士陈继儒，也免不了时人后人的一通嘲笑，蒋士铨《临川梦・隐奸》出场诗中的“翩然一只云间鹤，飞去飞来宰相衙”，就多有刺陈眉公之说。而陈继儒虽然也周旋官绅之间，但宰相之家或许还未能来去自如，不过既然世人有此讽刺，那就不妨弄假成真。于是三痴笔下的曾渔，还是一个小小秀才的时候，就在大厦将倾的宰相严嵩府中做塾师，更成为龙虎山张天师府中佳婿，而本为董其昌手笔的天师府楹联也被曾渔提前写了出来——“麒麟殿上神仙客，龙虎山中宰相家”，生怕读者不知道曾渔往来皆是宰相之家，这显然是有意反其道而行之，是作者艺高人胆大之举。

传统总是被现代性所呼唤出来的，没有当代生活，也就没有传统。从没听过“清客”这个词，也一点不影响“小清新”的生活方式在今天中国年轻人中的流行，也不妨碍“普通青年”对或“文艺”或“2B”的生活的追求。虽然通常带着“媚雅”色彩的“文青”还未能有三痴笔下曾渔的才品兼立，却证明了对艺术化的生活的渴望在每一个风闲物美的时代都必将会成为主流。在晚明如此，在今天的中国更是如此。

贼道三痴所选择的这一“清客”群体，正是他所认为的最能代表中国传统文人生活趣味乃至人生志趣的形象。“弟以为治国平天下是痴人妄语，人生苦短，唯求自适，这才是生活情趣。”（第一百四十五章）曾渔对好友简秀才的这一番表白心意，当然属于周作人所说的“言志”一脉，但他对道义的追求和君子品格的坚守也同样内化为了人生自适的根基。与书中聪明绝顶又肆无忌惮，自诩看透世情又沉溺于物欲之中无法自拔的严世蕃——这一现世“西门庆”不同，曾渔虽是冷眼看破，却永远热肠挂住，“可以嬉笑怒骂，可以逐世浮沉，但必须保有内心深处那一点真”（第四十章）。

同时，三痴笔下的《清客》与《雅骚》也从不避俗物，不刻意去追求，不刻意去逃避，既不媚雅也不媚俗，人间事该怎样就怎样写，如此而已，剩下便是“雅者见雅，骚者见骚”。写魏晋则有“魏晋风度”，写晚明即有“晚明风流”，甚至不但要重拾古人的“风度”和“风流”，还要寻觅今天更加稀缺的“风骨”，这才是贼道三痴所追求的历史小说。

宰执天下

Cuslaa

Cuslaa（哥斯拉），1980年生，网文历史小说作者中最年轻的大神，因此也被读者们亲切地称呼为“小怪兽”（作者笔名源自1998年美国版《哥斯拉》中的怪兽）。哥斯拉号称“宋史专业户”，处女作《大宋帝国征服史》虽被作者自称是自娱自乐的练笔之作，但已是一本难得的“宋穿”佳作。

《宰执天下》是哥斯拉的成神作，从2010年12月开始在纵横中文网连载，至2015年12月故事还在收尾中，总字数已超过600万，是纵横中文网迄今为止最具人气的历史类小说，点击量接近2000万次。该书既是“爽文”，又颇具史学功夫，作者对宋代历史的把握达到了专业水准，书中凡涉具体史实多有所本，堪称“历史研究式”网络小说的代表作，更被一些资深读者认为是“宋穿”的巅峰之作。

【标签】历史　北宋　穿越　权谋

【简介】

因为一场空难，贺方一越千年，回到了历史叙述中国力“积贫积弱”、同时民间富庶又“远超汉唐”的北宋，穿越成了张载的弟子韩冈韩玉昆。一个贫寒的家庭，一场因胥吏贪婪带来的灾难，从保住自己的小小幸福开始，再次获得生命的韩冈融入了这个时代。从一个需要服衙前役的穷措大，到开拓河湟、平定西夏的功臣；从拗相公家的拗女婿，到足以与岳父王安石分庭抗礼的宰臣；从不会写诗的穿越者，到于“格物致知”中找出科学之路的“气学”宗师……韩冈一步步走到了所能达到的最高峰，于诸多闪耀在史书中的名字身边，终于寻找到了自己的位置。

宰者宰相，执者执政。上辅君王，下安黎庶，群臣避道，礼绝百僚，是为宰相；佐政事，定国策，副署诏令，为宰相之亚，是为执政。但这绝不是一部仗着穿越优势博取高官厚禄的小说。建立在作者对宋代文化政治经济深刻见解基础上的《宰执天下》，不仅是在推演历史的另一种可能，更是在以“穿越”的形式让现代智慧进入历史现场，试图在现代与历史的碰撞中寻找中国的位置和道路。

选文为第五卷“汴梁烟华”中的第二十五章“晚来萧萧风兼雨”和第二十六章“当潮立马夜弯弓”，为宋神宗赵顼中风苏醒之后托孤一段，此时韩冈已经成为仅次于宰执的重臣。在这段选文里朝中各色人等利益、冲突、妥协、斗争都写得步步惊心、丝丝入扣，集中展现了作者的笔力和史才。

【节选】

第二十五章 晚来萧萧风兼雨

“官家、圣人。太后到了。”站在门口的小黄门，在外高声通报。

片刻之后，随着派去保慈宫的宋用臣，高太后又驾临寝宫。高太后来得很急，之前应该已经就寝。脚步匆匆地扶着陈衍的手跨进门时，脸上并没有化妆，能看到有不少皱纹，头发也只是很随便地挽着。韩冈看了一眼后就低下了头去，王珪和薛向也是一样，这般模样的太后不能随便乱看的。

但随同而来的不仅仅是高太后和她的一班近侍，还有雍王赵颢。当二大王的身形出现在门前，殿内的气氛顿时为之一冷。王珪、薛向面面相觑，皆是心头凛然。雍王竟然没有出宫！看样子，是住在了保慈宫中。难道太后已经打定了主意不成？可即便赵颢在保慈宫住了下来，现在也不该随着太后一起过来。宋用臣可是带着口谕出去的，天子既然没有邀请，雍王就没资格走进福宁殿。天子寝宫又不是菜市口，想来就来想走就走，又不是之前昏迷的情况，天子可是已经清醒了。

当然，相比起赵颢今晚住在宫城中的事，其实也算不上什么了。三名朝臣偷眼去看赵顼和向皇后，观察着他们的反应，皇宫的主人终究还是赵顼，雍王留宿的事，鬼才相信皇帝皇后心里会不恼火。高太后并不管那么多，径直在床榻边坐了下来。听说找到了与儿子交流的办法，她亦是欣喜不已，毕竟是母子天性，再怎么偏爱次子，终究还是关心赵顼这个长子的。

韩冈在一旁看着高太后和赵顼通过韵书①来交流，问了几句之后，也确认赵顼恢复了神智。应该差不多了吧，不止韩冈一个人这么想着，赵顼似乎也是这么想的。当高太后用韵书翻出了上平八齐中的珪字，高太后便转手将韵书交给了王珪。

---

① 这其实是宋末才出的《平水韵》，韵部与《广韵》有别，不过一时间能找到的就是《平水韵》，只能用一用了。（作者注）

王珪接过韵书上前半步："陛下有何吩咐?"所有人也都立刻关注起赵顼眼皮的变化。

"下平。"

"二萧。"

王珪的声音圆融醇和，在过去还担任翰林学士的时候，是宫宴白席的不二人选，也是在郊祀或是明堂等大典上担任赞礼的第一人。

"招。"

是要将王安石招入宫来吗？还是说奉旨书诏的翰林？韩冈想着，早点招两个翰林进来，正好就可以宣麻拜相了。但当着高太后的面，却做着近乎托孤王安石的事，似乎有些不太对劲。

盯着赵顼眼皮的一众视线也更加凝聚，屏气凝神。内侍和宫女更是大气也不敢出，只有王珪一人的声音在回响。

"是上平?"王珪问着。

赵顼的眼皮眨了两下。

不是王安石，王是下平。翰林的翰倒是上平——上平十四寒。不过王安石的安好像也是上平十四寒，只是韩冈不写诗，对韵目的了解不是那么深。

但赵顼并没有等到上平十四寒，而是到了第四韵部，便眨了两下眼皮。

上平四支。"司。"

随着王珪的声音在韵书中一个字一个字地数过，最后停在"司"上，韩冈的心一点点地沉了下去，事情不对了。司开头的名词并不多见，人名也好，官职也好，也就那么几个。不仅是韩冈，所有人都知道，朝堂上能对得上号的，也最合适的，只有一人而已。王珪的手颤了几下，声音也没有之前那么稳定，但韵书还在翻着，赵顼的眼皮也在继续眨着。

上声。韵部二十一。"马。"

韩冈呼吸一滞，不会有别的可能了，赵顼找的总不可能是别称大司马的兵部尚书。这到底是怎么回事?!韩冈无可奈何地闭上了眼睛，眼前是一片黑暗，韵书翻动的声音却依然不停，王珪的嗓音则沙哑艰难了许多。

"下平。""七阳。"

传入耳中的王珪那本是圆融醇和，却变得沙哑的语声，最后发出了一记变调的破音：

“光！”

招司马光。不是王安石，而是司马光。旧党赤帜——司马光。

虽然在王珪念出司马二字时就已经想到了会是这个名字，但听到了赵顼点出了西京留守、判西京御史台的全名之后，向皇后还是不敢相信自己的耳朵。

“官家，可是要招司马光入京？”她凑近了赵顼耳边，声音中隐隐透着心中的惶急。赵顼眨了两下眼，没有一点拖泥带水，给了皇后肯定的答复。向皇后攥着汗巾不说话了。不仅是韩冈，或是向皇后，相信王珪、薛向他们，都会觉得赵顼肯定会找王安石入宫，甚至第三度宣麻拜相，托孤于他——王安石能在郊祀大典前赶到京城，不论是什么原因将他从金陵城招来，在世人看来，可以说是冥冥之中自有天意。顺天应人，这应该是常理，但赵顼偏偏选择了司马光。

薛向从牙缝里挤出的声音微不可闻，只有站在侧后方，又闭着眼睛的韩冈听见了：“异论……”

异论相搅？

不过韩冈不这么认为，都这时候，还玩什么帝王心术？

赵顼病得连话都说不出来，以中风的普遍情况，他这样子一年半载都拖不过去，既然能清醒到召回司马光，就不会自大得认为自己能牵制住高太后。要异论相搅，也要皇帝或是垂帘听政的太后有这个手腕才行，难道赵顼有自信拖着病体施展权术，还是说他相信他的母亲能有执中而行的政治头脑？

高太后对新党成见极深，这件事朝臣们人人皆知。她一旦上台，又有旧党在朝，那么当旧党攻击新党的时候，她会偏向哪一边？而旧党攻击新党的理由，自然是拿着新法施行中的弊端说事。党同伐异，就算新法做得好的地方，旧党也不会承认，因人废事的场面，千年后有，此时当然也有。不是韩冈小瞧人，兼容并蓄的胸襟，不是什么人都能有的。

“不对。”韩冈心中一动，睁开眼，眼角的余光左撇右撇，看看高太后，再看看雍王，脸色都难看得紧。能身列两府，就算没有才干，政治眼光不会缺少，而薛向，不但才干不缺，论起嗅觉和眼光，韩冈并不认为自己能胜过他，高太后和雍王都是当事人，他们的感觉也应该不会错。

思路转了个弯，韩冈算是明白了，自己的思路果然是钻进了牛角尖。的确是异论相搅。大概在赵顼看来，王安石压不住高太后，即便王安石压得住高太后，但后宫是在高太后手中，作为外臣的王安石，保不住赵佣。既然如此，新法也好，旧法也好，最后搅成什么样，现在的皇帝都不在乎，只要保住儿子。

“陛下，可是要由中书门下下堂札？”王珪问道。

由政事堂下文调司马光进京，声势会小一点，这也是在试探赵顼的心意，到底是怎么一个想法。

韩冈集中了注意力，再一次盯住赵顼的眼皮。

去声，十八啸。诏，诏书。是要以诏书来招司马光进京。韩冈抬头向上，长长地呼了一口气，郁结在心的愤懑却怎么吐不出来。站在不同的位置，看问题的角度便截然不同，得出的答案也绝不一样，眼前的这一幕，就是又一次绝好的证明。

旧党要上台了，新法危在旦夕了。

吕公著虽是做了几年的枢密使，但他的作用仅仅是掺和而已，不让新党独据朝堂，国是依然是新法这一点，从来没有变动过。

可旧党赤帜司马光被招入京城，还是天子清醒后的第一封诏书，以近乎遗诏托孤的态度来对待旧党，那么新法和旧法之间的交锋将不可避免。何况还有高太后在。

当然，这也等于是断了太后示恩旧党的机会。贬去旧党的是赵顼，现在起用他们的还是赵顼，而且以托孤的形势，不愁他们不为赵佣卖命，而不至于将感激和忠诚献给太后。

皇帝这是宁可放手让朝堂乱起来，也要力保延安郡王的安稳。只是世间明眼人所在多有，司马光是其中的佼佼者，能有几分机会让他入彀？一成，还是半成，甚至可能会更低。不过，赵顼的做法，其实已经钳制住了旧党。因为世人只会看到赵顼托孤的举动，不会去深思其中的用心，也不可能有机会了解这是用士林和民心来压迫司马光等一众旧党，让他们不敢逾越雷池一步。

旧党可都是自命君子啊……他们敢不要脸吗？先伤己，再伤敌，钳制上下，好狠的一招。

“翰林不在这里。”高太后抬头问王珪道，“玉堂那边今夜有谁留守？”王珪停了一下，偷眼先看了赵顼一眼，这才低下头去：“回太后，是张璪。”高太后点起身边的亲信内侍：“陈衍，去宣张璪来福宁殿。”陈衍立刻领旨离开了——垂帘听政的太后的谕旨，是可以叫作圣旨的。有慈圣光献曹后的旧例在，招翰林学士夜入福宁殿那是一点问题都没有，只是皇后绕在手上的汗巾，又被缠紧了一圈。

今晚的赵顼似乎精神很好，努力地要将所有的事都安排妥当。陈衍离开，他又开始眨起眼睛，王珪翻着韵书，一个字一个字翻译，声音却渐渐不成语调。

司马光，吕公著，为师保。

赵顼艰难地眨着眼睛，用了半刻钟，将九个字的圣谕传递出来。韩冈掌心中满是汗水，之前的猜测居然还是有错，不是留着新党和旧党在朝中厮杀，而是毫不犹豫地选择了旧党，站在了旧党的一边。

“官家，要以司马光和吕公著为师保？”

高太后的声音尖利，听起来却让人感觉隐藏着几许怒意。可惜韩冈从侧面看不清高太后的表情，不过雍王脸色的变化，在韩冈的角度，却能尽收眼底。有那么一瞬，一直都用余光关注着他的韩冈，在赵颢的脸上，发现了一闪即逝的冷笑。

赵顼的眼皮眨了两下。没有多，没有少，依然稳定。这是在做交易，或者说，是妥协，跟太后做交易，向太后妥协。

韩冈都开始佩服起赵顼了，壮士断腕的刚烈，竟然在从来没有吃过苦的皇帝身上见到了。毕生的心血和成果，轻而易举地便放弃，这份狠决，韩冈真的没有见过几人做到过。

赵佣的年纪太小了，又没有其他兄弟，一旦他出了事，赵颢必然接位——有东汉旧事在前，不可能幼主夭折之后，再立一幼主，朝堂上下都会有忌讳。

所以赵顼才要向太后妥协，让高太后折腾朝堂。新法施行了这么多年，在地方上根深蒂固，旧法想要推行，只会一个麻烦接一个麻烦，到最后，高太后也不会有太多的精力来跟他的儿子过不去了。反正高太后上台后有七八成的可能在旧党的帮助下，清光朝堂上的新党，毫不犹豫地废除新法。既然如此，还不如就先卖个好，不要给太后留下麻烦。

等几年一过，赵佣成人，那就没有太后的事了。那时候，再恢复新法也不为难事，看起来是妥协退让，甚至是服输，但还是为了将来东山再起。母子之间，算计到这一步，也难怪高太后会变了声音，而赵颢的冷笑也就能理解了——赵顼没有考虑到他母亲的性格啊。

韩冈再去看王珪和薛向，已经是变得面无表情的两人，看起来一样也都了然于心了。不过有一点让韩冈觉得纳闷，他和两位宰执能想得通透，是因为他们在朝堂上的经验，但高太后能想明白，以她过去表现出来的性格，却让人觉得应该不可能想得透。何况她今晚还留了儿子在宫中，换作是曹太皇在她的位置上，决不至于这么做。

那么，只有一个可能了，高太后现在已经是将自己放到了垂帘听政的位置上，从这一角度去思考问题，而且还是从结果上逆推原因，就不那么难了。另一方面，赵顼毕竟是儿子，做事和思考方式的规律，做母亲的想明白不是难事。

赵顼闭上眼睛，看起来在翰林学士入觐前，并没有多的吩咐了，该说的都已经说了，该表明的都已经表明了。十几年的心血，在今夜被他完全放弃，视若敝屣一般地丢到了一旁去。

在儿子继承皇位，和毕生的心血之间，赵顼毫不犹豫地选择了前者，将他赵顼的血脉传下去，这样新法才有未来。

想得明白，做得痛快。第一次，韩冈佩服起赵顼的手段，但他还是无法接受。

"太后，官家，张璪已奉旨在殿外听宣。"陈衍匆匆进殿，向着太后跪倒。

高太后提声道："宣其入殿。"陈衍立刻起身回头，提声道："宣张璪进殿。"当高太后开始垂帘听政，那么赵顼再也没有一言九鼎的权力了。不出意料，韩冈在赵顼的双眼中找到了一丝失落。除非他能重新开口说话，而且要清楚、流利，否则，权力将不会回到他的手中。以眼下的状态，赵顼的政治生命，正在渐渐终结，当内禅诏书下达之后，作为统御天下的天子，才三十出头的赵顼，将不再存在。

张璪进来了。

作为翰林学士在进殿前多半已经做好了一定的心理准备，但当他进殿时，看见太后、皇后、宰相、执政全都在列，身子还是猛地抖了一下。尽管韩冈相信陈衍肯定已经对张璪解释了许多，但太后身边的内侍来传话，而不是天子身边的宋用臣、蓝元震等人，想必这位翰林学士肯定会有许多联想。不过张璪毕竟还是为官多年的重臣，很快就恢复了平静，先通过韵书亲眼验证过赵顼的神智，然后便在准备好的小桌案上开始起草诏文。

招司马光入京。

七步成诗的能力对翰林学士来说是必备的技能。第一份诏书很快就打好了草稿，张璪提笔修改了几句之后，誊抄了一遍交了上来——看看时间，最多也不过两刻钟。

王珪草草看了一遍草稿，又给赵顼念了一通。通过眼皮的交流，韵书翻到了上声二十哿，诏书的草稿便发还给了张璪，让他在正式的隐纹花绫纸诏书上誊抄——天子说了“可”。誊抄的时候，天子的印玺也已被找出来了。当诏书写好，王珪又亲自检查过，向皇后便把着赵顼的手，攥着天子印玺在诏书上盖上了鲜红的大印。盖好印，宰相王珪落笔签押。

一封召还司马光的诏书便就此出台。

看着宋用臣接过诏书，用黄绫紧紧包扎好，韩冈咬紧了牙。这一封诏书，可就意味着旧党在沉寂了十数年后，再一次回到了执掌朝政的舞台上。

政局犹如跷跷板，一头翘起，一头便会落下。

韩冈并不觉得落下的仅仅是新党和新法。他的学派与新法勾连得太紧了，如今的成就，有多少是出自韩冈主导的气学？拓边河湟是王安石一力支持的，南征交趾领军的是新党中坚章惇，最后平灭西夏也是从一开始就在王安石和赵顼议定的变法方略中。当旧党重新登上舞台，曾经是新党拿来炫耀的这几件事，又怎么可能不被旧党当成靶子来攻击？韩冈和他手下的人何能置身于外？难道要将希望放在旧党的宽宏大量上?!

就像赵顼不愿拿儿子的性命冒险一般，韩冈也不愿意去赌赵顼的算计能百分百地实现，更不会去赌旧党的人品。不要脸的士大夫，永远都会比要脸的多。欲加之罪，何患无辞？借口总是能找到的。韩冈不喜欢陷入被动，也不可能眼睁睁地看着自己事业的命运落在敌人手中后，还能安心下来。

只是赵顼依然有条不紊地让张璪继续起草诏书。

司马光、吕公著，分别为太子太师和太子太保。而王安石……什么都没有。尽管只是虚名，但分量已经不下于宰执之位了。尽管诏书没有参知政事们的签押，但并不是任免官员的诏令，仅仅是召臣子入京和两个虚职，在天子的印玺和宰相的签押后，就已经有了足够的法律效力，不愁无法通过。

通过三份诏书，赵顼十分直白地表明了他现在所做的一切，就是为了保住儿子能顺利登基。三份诏书已经全部被黄绫包好，等天明之后，皇城、内城、外城开门，便会遣使出发。看起来已经没有事了，赵顼也闭上了眼睛，但所有人还是在等着。

今夜还没有结束，应该还有一件最为重要，也是关键性的压轴要事需要解决。

韩冈在看王珪，不止一人将视线投向当朝宰相身上。额头和颈项上汗水涔涔的王禹玉王相公，一时间成了关注的焦点。

天子的态度都这么明白了，请立皇太子的动议，也该起头了吧？

前面赵顼说以司马光、吕公著为师保，那时候以王珪的聪明识趣，就该抢先一步请立延安郡王为太子——宰相在场的时候，副枢密使的薛向不好先开口。而端明殿学士的韩冈，则是不能开口提议。

但王珪没有任何动静，除了当着天子、太后的面，在三份诏书后签押副署之外，提也不提册立太子之事。即便是诏书全都写好之后，他依然保持着沉默，只是在流汗。战战惶惶，汗出如浆。

赵颢的神色一直很平静，但他现在想笑。对王珪的退缩看在眼里，冷笑在心头。为了不受掣肘而用了这等没用的宰相。平日里是痛快了，但到了关键的时候，就是咬牙切齿也无法让一个废物变成谋国贤臣。

如今最重要的便是内禅，在赵顼还活着的时候，将皇位传给六皇子赵佣。

但内禅的事没人会催促赵顼，也没人敢催促赵顼，这需要赵顼自己提出来。臣子们只可能做好准备，亲如母子、夫妻，也不能径自开口让赵顼让出皇位。

可是连内禅的先决条件都达不成，那就是笑话了。赵颢当然更不会帮他的兄长，没有臣子开口，而由皇帝或是皇后主动提起，那么其中就有得空子可以钻了。

赵颢不屑地瞥了王珪一眼后，又将视线挪到了薛向身上。幸好不是章惇和蔡确，赵颢对他兄长的宰辅们下了大力气去了解，一个有名的胆大，另一个则最擅投机，没什么是他们不敢做的。至于薛向，胆子虽大，可惜已经老了。

视线最后落到了韩冈的身上。

赵颢很想笑出来，这样的窘境，不知道端明殿的韩学士是不是已经忍无可忍了？可惜他是最不可能开口请立太子的！纵然他是这座寝殿中最为期盼佣哥儿成为皇太子的几人之一，可他的身份让他不能开口。

看看皇兄怎么办吧，赵颢期待着。就算侄儿继承了大统，赵颢也不心急。时间有的是，身在深宫，区区一小儿，又能靠谁？

不需要太后狠下心对孙子如何，到时候，有的是想做王继恩的内侍。片刻风寒，一次惊吓，或是一点查验不出来的秘药，就能轻而易举地达到目的。就算太后知道真相又能如何，还能将他这个亲生儿子法办不成？

赵颢有足够的耐心。当他的皇兄真的像他日夜梦想地那般倒下，赵颢相信天命已经眷顾在自己的身上。不论瘫在床榻上的皇兄怎么挣扎，命数就是命数，既然注定便不会再改变。眼前的寂静，不就是最有力的证据吗？第一次，赵颢觉得大庆殿中的那张御榻，已是触手可及。

凝重的空气压在寝殿间不知过了多久，仿佛要拖到天荒地老一般，赵顼终于还是再一次睁开了眼睛，眨起眼。

王珪一时间如释重负，连忙拿起韵书，继续做起了皇帝的通译。

上平十四寒——韩。下平七阳——冈。

韩冈在众人的视线中上前半步，躬身道：“臣在。”

侍。讲。资。

没等赵顼将整句话用眼睛眨完，向皇后已经急着开口：“可是着韩冈侍讲资善堂？”

赵顼眨了两下眼，做了确认。

张璪提起笔，开始起草第四份诏令。翰林学士笔下的字如流水，一行行地流淌到稿纸上。这是早就确定了的任命，只要稍稍聪明一点的玉堂内翰，都知道该早一点打好腹稿。而张璪，甚至准备了两篇。

但赵顼的圣谕并没有结束。

上平一东——同。下平十三覃——参。

赵颢不安地扭动了一下身子；张璪的笔也顿了一下，墨字的流水遇上了大坝，无法再轻快地流淌；王珪、薛向，乃至所有人的双眼也一下投向低眉垂眼的韩冈，眼神中只有震惊。

去声九泰——大。

“想不到还真敢做。”赵颢心底里冷笑一声，又恢复了平静。因为他清楚地看见了他的母亲的双眉，向中间靠紧了一点。想依靠韩冈？也得看看娘娘高不高兴。

可惜韩冈并不是那么讨他母亲的喜欢。或者说，只要跟王安石有瓜葛的，太后都不喜欢，包括从来跟王安石合不来的亲家吴充——或许其中有一部分是因为吴充脖子下的那个赘瘤。

当然，赵颢知道，更多的应是有他这个二大王的因素在。市井的瓦子中编排了那么多唐朝奸王夺女不遂，贫寒书生双喜临门的杂剧，太后若是能喜欢起韩冈，岂不是笑话？好歹也是最疼爱的儿子，而韩冈，不过是个灌园子。

但王珪的声音重又变得干哑起来，去声的诸韵部中一个个向下移过去。最终，停在了第二十四韵部。

去声二十四敬——政。

同参大政，也即是参知政事。入居东府，副署诏令，为宰相之亚的参知政事。

张璪的喉咙也变得发干，正拿着笔打着草稿的右手仿佛重有千钧，甚至抖了起来，在雪白的宣纸上留下了一串墨团。嫉妒、愤恨、无奈、自怜，诸般心思涌上心头，啃咬着心口，一时间五味杂陈。

因为就在半年前，韩冈生日时，朝廷赐物的诏书正是由张璪所草拟。学士以上的重臣都能在生日的时候收到朝廷的赏赐，宰辅们尤其多，这是朝廷给重臣们的体面，当时已经是龙图阁学士的韩冈也不例外。

但张璪也从那份诏书中了解到了，今天，离韩冈三十岁，还有半年，一个尚不及而立的参知政事！张璪摆脱了失落，正在为韩冈出任参知政事的诏书奋笔疾书。赵顼静静地等待着韩冈的回答。

“臣不敢奉诏！”

清朗却又决绝的声音，打碎了寝殿内的寂静。韩冈在说什么?！这时候还玩欲拒还迎的把戏?！连赵颢都瞪大了眼。三辞三让的旧例，难道韩冈当真准备一丝不苟地按流程做完？

韩冈却不在乎别人怎么看，他退后一步，一字一顿地重复着极为简洁的五个字：“臣……不敢奉诏！”

不是故作姿态，不是欲拒还迎，更不是墨守旧规，韩冈的眼神坚定如钢，清晰明了到不让任何人误会的表态，他不想在这个时间，这个地点，这个局面下，接下这个参知政事。

赵顼病得不能说话；司马光被召回，又与吕公著同为师保；同时留在宫中宿直的韩冈又出任了参知政事。

这几桩事发生在一夜之中，是人都会怀疑韩冈在其中动了手脚，还能靠王珪、薛向帮他解释不成？也要人信啊。新党必然会与他决裂，可韩冈他还没打算跟自己的岳父翻脸，而旧党那边，韩冈从来就没讨过好。众矢之的的他，一个孤家寡人的参知政事，能保得住气学？那可不会是再局限于学术领域的争锋了！

纵然成为帝师能保证十年后复兴的希望，可这又要耽搁多少时间？时至今日，官位只是韩冈达成目的的工具，韩冈当然想更进一步，可他并不打算拿自己的心血去做交换。

韩冈前世曾经在旅途中翻过不少闲书，《舌华录》之类的古文笔记也曾翻看过，其中有一条给韩冈留下一份似模糊却又清晰的记忆：

禄饵可以钓天下之中才，而不可以啖尝天下之豪杰；名航可以载天下之猥士，而不可以陆沉天下之英雄。

不要太小瞧人啊！

"韩学士……"向皇后开口想要劝。

但换来的是韩冈的再一次重复："臣不敢奉诏。"赵顼闭上了眼睛，眼皮沉沉的，让人清晰地感觉到他心头的疲惫，竟有一股穷途末路的气息。

要是拖到最后，逼得赵顼自己明说要册立太子，那么今夜没有开口的王珪、薛向和韩冈，还怎么能忠心于六皇子——做了，不一定会记得，但没做，却会被记一辈子。官场上，拜年送礼是这个道理，册立太子同样是这个道理——赵顼现在又岂能逼着他们离心离德？

赵颢看着他的皇兄，不知为何，一股兔死狐悲、物伤其类的悲凉蹿上心间。赵顼刚刚发病不过一天，宫中宿直的三位重臣，竟全都跟他离心背德。换作是一天之前，又有哪位重臣敢如此违逆天子？

向皇后正瞪着韩冈，她的眼神中充盈着愤怒……以及哀求，只是韩冈依然毫不动摇。如果是牺牲了十多年的心血，只为了一个参知政事，这个交换他绝不会做。赵顼今夜的几封诏令，已经触到了韩冈的逆鳞。他不在乎钱财，不在乎官职，但他不能不在乎他的心血。

不仅仅是气学，还有新法所带来的一切——自从熙宁二年，他接受王韶的举荐之后，新法就已经跟他脱不开关系。这不是皇帝一人的东西，赵顼没有权力毁掉。

王安石的，吕惠卿的，王韶的，章惇的，还有他韩冈的。这是数千上万参与到新法进程中的人们的心血，这关系到无数受益于新法的百姓们的生活。纵然今天的赵顼自觉是逼不得已，但韩冈却绝不会认同。

如今的大宋，之所以能从仁宗、英宗遗留下来的财政黑洞和军事惨败中爬上来，是建立在新法顺利推行的基础上的。新法不仅仅是旧党口诛笔伐的聚敛之术，更是“国是”，是行之有效的国家战略。

被开拓的河湟可以作证！被灭亡的交趾可以作证！被瓜分的西夏可以作证！戒备森严的辽国边寨同样可以作证！

一旦旧党粉墨登场，主导朝局，那么之前十几年新党所建立的一切，便会成为沙土垒砌的大坝，在洪流中被冲垮毁坏。就算十几年后重新修起，造成的伤害也注定留存，不可能恢复原状了。而攀附在新法成就上，由气学格物所造就的一切，也将会是连锁性的崩塌。

军器监、将作监，交州的蛮部分封，河湟的诸部羁縻，许多制度都是韩冈与王安石、章惇、吕惠卿这一干新党中人交流之后制定的。韩冈看不到在旧党上台后能有幸免于难的可能，即便衙门会留下来——这是肯定的，几十个实职差遣就算司马光、吕公著也不敢随意废除——但其中的制度却留不下来。

或许在天子的眼里，相比起皇嗣的传承还是小事，可在韩冈这边，却绝不是可以轻言放弃。当然，韩冈不会蠢到只拒绝自己头上的那一份升任参知政事的圣旨。赵顼的那三份诏书，毕竟已经写好了。

赶在重新睁开眼帘，双瞳中透着决绝之色的赵顼眨眼之前，韩冈再一次开口。

“参政之职，臣不能奉诏。”这一回，韩冈改了用词，不再是“不敢”，而是“不能”，同时，还明确了仅仅是针对参知政事一职，而不是侍讲资善堂。他跪倒在地，拜了一拜，抬起头，视线扫过太后、皇后、宰相、亲王，最后落在赵顼的脸上，与已成废人的皇帝对视着：“臣不辞万死，恳请陛下册立太子！”

王珪不提，薛向不提，那么他韩冈来提。

虽然以药王弟子的身份，第一个而不是跟着其他人之后来请立皇太子，等于是在明说赵顼活不长了。以韩冈在医学领域中的分量，他现在做的事一旦传到宫外，便是给京城中正在疯传、连夜色也决然掩不住的谣言，敲上了千真万确的印章。不会没人明白这个后果，王珪、薛向、韩冈三人中，绝对不能领头请立太子的，只有韩冈。这一点，王珪、薛向肯定清楚，瘫痪在床的赵顼同样应该明白，甚至赵颢都能想得通。

可王珪做了哑巴，而薛向也随之仿效。所以赵顼无奈之下给了韩冈参知政事一职，并不是要任用他的才干，也不是让他代替王珪提议，而是更加直白地表明了保护赵佣的心意——依然是在催促王珪。其中最多也只有一小半的打算，是希望韩冈在王珪仍然退缩的时候，开口请立太子，只因为韩冈开口的代价实在太大了。韩冈却不能等待下去，辞了诏命带来的损失，必须立刻弥补。混乱不可避免，但这正是韩冈想看到的，他现在需要争取时间。

众目环伺下，端明殿学士低下头去，静待赵顼和王珪的反应。但出人意料的，紧接着韩冈跪下来的是谁也没有想到的张璪："臣张璪，请陛下册立太子。"几乎在同时，薛向也跪了下来："臣，枢密副使薛向，恳请陛下册立延安郡王为皇太子。"薛向比韩冈更加明确地点出了太子的人选，更是自报官名来助长声势，这是在弥补他之前的过错。

王珪已经站不住了，扑通一声跪倒，只是犹豫了一下，便毁了他的未来。他今夜的错误，让他的家族日后很难再享受到宰相之后的优遇，朝堂中唯一的宰相脸色灰败，颤声道："臣王珪，请陛下册立太子。"

四名重臣联名请立太子，包括了东西两府的宰执，以及名声广布的贤臣，赵顼和他的后妃们终于可以稍稍放心下来。

当向皇后再去看韩冈时，眼神便只剩下了感激。

上声二十哿——可。

终于等到了这一句，赵顼忙不迭地眨眼认可。才起草了三分之一的第四封诏书草稿被撤下，换上了新的一张稿纸。张璪册立大诏。

赵颢冷眼看着韩冈。

之前韩冈不能晋升两府，都是以他年资浅薄为理由，如今既然开了头，日后也就没办法再以此为借口。原来是只差一步，现在则是隔了一层窗户纸，随时都能捅破。这一回如果韩冈接下任命，必然会有许多反对的声音，但换作是下一次，恐怕就为数寥寥了。此人太过聪明，赵颢想着，也许在自己登上皇位的道路上，这个灌园小儿就是最大的阻碍。

韩冈冷静地感受着蕴含了不同心情的眼神，或许在他们眼中，自己辞去诏命，只是不想被人看成是用支持延安郡王为太子来交换参知政事这个职位，是自清之举。但韩冈很清楚，这完全是为了维护现在的大好局面不被破坏，赵顼要以废除新法为代价换取赵佣即位，并平安成人。对此薛向认命了，王珪也是当作理所当然，但韩冈绝不会接受。

“普天之下，莫非王土，率土之滨，莫非王臣。”天底下的一切都是皇帝的。但有识之人都明白，这其实只是说说而已。就算是皇帝，也不能说臣民私家的所有物，就是他的东西，官是官，民是民，皇帝是皇帝。天子不能随意动用国库，更不用说百姓们的私人财物，即便是内库中的财货，也必须时不时拿出来赏赐百官、军队，或是补贴国用，连账本也得在三司里面放一个副册。

皇帝手上所有的权力——财权、人事权、行政权，以及制定国策的权力——全都受到士大夫阶层的强力制约，更需要士大夫们的配合。韩冈哪里能眼睁睁看着赵顼毁掉包括他自己在内的无数人的心血。

你可以主导开始，但你无权选择结束。

赵顼眼下因为中风而瘫痪失语，做出起用旧党的决定也是被逼无奈，但韩冈认为他其实还有一个更好的选择。韩冈用眼尾余光瞥了脸色木然的高太后一眼，看来还有机会。他深吸了一口气，定了定心神。自己手上的力量太小，成与不成，这一回可是要搏一搏了。

“陛下。”就在所有人都在等着张璪的草稿的时候，韩冈说话了，“臣曾听闻河北祁州、陕西耀州，各有一药王祠，甚为灵验。若以至亲去祈福，或有奇效。”

两个亲王，两座庙。

韩冈是面对着天子开的口，但所有人都知道，他到底针对的是谁。所谓至亲，当然不是太后，也不是皇后，更不会是唯一的皇子。两座药王祠，一在北，一在西，离京城皆有千里之遥。两位亲王一人分一座，一去一回差不多也要一个月，至少在天子内禅之前，是别指望能赶回来，若是中间再有个什么波折，说不定要在药王祠中留到天子龙驭宾天的那一天。

赵颢的脸抽搐了一下，眼皮直跳，韩冈完全是撕破脸皮了，竟然想将他和老三一并赶出京城。他瞄了一眼韩冈，这灌园小儿脸色平静得仿佛只是提了一句奇闻逸事，就像寻常聊天时不经意间提起的一般。临到大事有静气，这样的人才比旁边流汗的王相公要强得多，赵颙也不由暗暗心折。但韩冈的想法绝不可能那么简单，绝不可能仅仅是为了内禅的顺利。赵颙又瞄了瞄他的母亲，只见她一双眉毛高高吊起，脸色铁青，正死死地瞪着韩冈。赵颙打了个寒战，以他对母亲的了解，心头的怒气当已是到了极点。上一次亲眼看到母亲这般怒气冲天的时候，还是她得知京城中正流行有关自己的唱本，再前一次，是太皇太后劝说母亲不要将父皇管得太死，让他能去接近其他嫔妃。

寝宫中的气氛就像张开的弓弦，绷得越来越紧。越来越多的内侍和宫女都尽量缩到墙根边，努力使自己不至于成为被迁怒的目标。而看到太后气得发昏的模样，贵为宰相的王珪也不由得缩了缩脖子，脖颈子上的寒毛全都竖着，那可是发起火来，连身为姨母和姑姑的曹太皇都压不住的主。王珪方才还想既然前面比韩冈迟了一步才一同请立太子，那么现在就该将功补过，将事情做得圆满了。可当他看到高太后怒视着韩冈的双眼里，都染上一层血丝，他发现自己的一张嘴怎么也张不开。

张璪盯着眼前的稿纸，尽力想将心神给收拢住，可寝殿内犹如山雨欲来，如芒在背。但手上的笔越来越慢，最后已是字不成句，不得不暗暗一叹，干脆将起草诏书的笔给停了。前面是韩冈不肯干，这一回是自己的思路给乱了。

他很佩服韩冈的狠绝，出手之后，就不再给自己任何回转的余地。毫不留情地凌逼太后和雍王，根本不在意自家也一并断了后路。可是，韩冈办了一件蠢事，难以挽回的大蠢事！

没人会认为韩冈说的是真话，河北和陕西的两座药王祠灵不灵也不是人们所关心的，他的目的一目了然。以韩冈的身份当然可以拿着药王祠编个有灵应的故事，然后将他想打发的人打发出去，但他不该在太后面前说出来，即便是可以说出来，也不该用方才的那种语气。以太后之尊，臣子可以动之以情，可以晓之以理，但不能就这么公然地丢下一句极为明显的谎话，近乎强逼地将她的两个儿子赶出京城。难道不要照顾太后的面子？

而且更重要的一点，天子要保儿子平安登基，平安成人，难道太后就不想要保住儿子的性命?！表面上看，韩冈不过只是想让内禅的过程不受干扰，能让延安郡王安安稳稳地即位。可事实上，雍王、嘉王如果都留在京城中，太后还能保住他们。可一旦出了京，从开封往河北、陕西的一路上，出点什么事都不会让人意外！太后会想不到吗？看她现在的愤怒就知道了。

高太后等着韩冈半天，也不见他有半点悔意。那从容冷静的神态，不断地在挑动高太后的神经，终于让她是出离愤怒了。她没想到韩冈竟然敢有这等提议，竟然要将她的两个儿子都赶出京城。

“韩冈！”她猛地站起身，一把甩开想搀扶她的陈衍，上前两步，直指着看着就心头生厌的措大的鼻子，“你这外臣不思忠心报国，却离间天家兄弟骨肉，究竟是何居心！?”

“臣不敢。”韩冈只微微垂下眼，身子却纹丝不动，并不加以解释，更不承认自己有错。

年近五旬的太后更是恼火，尖声道：“你还有什么不敢的?！”

“还请太后息怒。”薛向想上来打圆场，“晋时庾衮事兄，疫盛不避。如今……”

“别说那么多场面话！”高太后一声断喝，惊得薛向倒退了一步，“韩冈打的什么主意，你们还想瞒着老身?”她回头又指着赵顼，颤声说着：“看你用的好臣子！”

太后雷霆之怒，床边的嫔妃们一个个噤若寒蝉，就是向皇后也在积威之下，讷讷不敢开口，但她们都知道事情的关键该着落在谁身上。韩冈既然说了药王祠灵验，聪明的亲王这时候就该知道怎么做了，至少要自请出外，决不能当作没听到，不论韩冈之言真伪与否，该装的样子就不能少。可赵颢垂眼看着身前的地面，不过片刻时间，他就已经汗流浃背，几次欲开口，却完全发不出声来。赵颢知道自己在情理上，应该立刻自请出京，去韩冈说的什么耀州、祁州。只要他这么做了，立刻就能扭转他在世人心目中的坏名声。日后接手帝位，朝堂上的反对声也能少许多。为了皇位，仅仅是跑跑腿而已，这样的交换是大赚特赚，就是刲臂割股、尝粪吮痈，也不是不能做的，反正他的算计是着落在侄儿区区五岁的年纪上，而并不在乎现在皇兄内禅于谁。韩冈如今撕破脸皮，反倒是一件好事，能让即将成为太皇太后的娘亲，彻底站在自己这边。

可谁能保证自己就能顺顺利利抵达千里之外的耀州或祁州，又有谁能保证自己事后能顺顺利利地返回京城？路上风风雨雨，说不定就染上疾疫；说不定就失足落水；说不定就水土不服；要死人，太容易了。就算没这些事，安安稳稳地到了地头，当皇兄顺利内禅，至多当其病死之后，就能被召回来。可万一皇兄在临死前下一份密旨呢？一杯鸩酒就足够了。有太祖太宗的亲弟秦悼王在前，有太祖的两个儿子燕懿王和秦康惠王在前，有太宗长子楚王元佐在前，赵颢决然不敢破釜沉舟。只要翻一翻史书，就能知道，皇帝的宝座分明是血色的，绝不是光明正大的明黄。

一旦出京，性命就不是自己的了。

赵颢怎么敢开口要求出京？他盼望着母亲的愤怒，能让皇兄退缩。赵顼的确退缩了。在高太后发了一大通火之后，所有人都只能等待天子的裁决，而赵顼眨起眼，传出来的却是：

娘。息。怒。

"息怒？大哥儿，你说怎么办？"高太后质问道。向皇后在被褥下紧紧攥着赵顼手腕的手，无法遏制地颤抖起来。官家都已经妥协了！已经退让了！新法准备废了，旧党也要重新启用了！都已经做到了这一步，只要求两位皇弟出外一阵，为他们的皇兄祈福，竟然还不愿意！难道赵仲鍼[①]就不是她十月怀胎生下来的亲儿子，只有赵仲糺才是吗?！她是多么希望她的夫婿能稍稍强硬一点，能让太后答应下来，但赵顼让她失望了。

下平十一尤——留。

向皇后眼前顿时一黑，只觉得天都塌了。天子既然当着太后和宰相执政的面做了决定，几乎就不可能再改变。尤其是赵顼只能用眨眼来传话，想反口，不知要费多少精力。

"你这是要将我们母子逼死不成?!"向皇后紧紧咬着下唇，等着赵顼，却不敢将话宣之于口。高太后终于是重新坐了下来，胸口上下起伏地喘着气，时不时地瞪一下韩冈，脸色还是难看，显是余怒未消。在母亲的身边端茶递水，劝着她稍息心头之怒，赵颢一边也在偷眼观察着韩冈。

明明图谋已经落了空，但赵颢在韩冈的脸上，找不到胆怯，找不到慌张，找不到一星半点投注落空的恐慌，依然是宁宁定定地站着。如果从气度和城府上来看，他远比王珪更有资格成为宰相。尽管应该可以放宽心了，赵颢也不断地跟自己说韩冈的图谋根本绕不过他的母亲，但雍王殿下却还是神经质地想要从韩冈的脸上找到失败服输的痕迹。越是找不到，心就越是没底，完全没有感到一丝一毫胜利的喜悦。

---

① 赵顼原名仲鍼，赵颢原名仲糺。(作者注)

赵颢依然沦陷在不安中，赵顼在稍事休息之后，又开始让王珪传话。

招。宰。执。

招宰执？今夜留守宫掖，宿直宫城的两名宰执——王珪和薛向可都在这里。王珪小心地询问："陛下，可是要将两府里所有的宰执都召入宫？"

赵顼眨了两下眼睛。

但所有的人都没敢动弹，甚至连传话的王珪都犹豫了。毕竟半夜招宰执入宫，这就等于是在说天子即将驾崩，甚至是已经驾崩。这不是边关烽烟连绵的时候，不会有哪位宰执为了安定京城人心，硬是拖到白天才入宫。以赵顼的病情之重，他们一听到消息便会立刻动身。

赵顼突然发病的今夜，不知有多少双眼睛在黑暗中盯着皇城城门，或是宰执们的府邸，只要宫里面派去几位宰执府邸的内侍一亮相，不等天亮，皇帝大行的流言便会传遍京城。

"官家的病才好了这么一点，就累了半夜。是不是先歇一歇，等明天白天，群臣入宫后再说？"向皇后也开口劝阻。有半夜的时间作为缓冲，至少在太后和赵颢离开后，她还能有机会劝一劝她的夫君，看看是不是能够将之前的决定给改回来。

可赵顼却不肯等待：

速去。

第二十六章　当潮立马夜弯弓

还没有就寝的吕公著这时候领着一家老小，聚集在前院中。在他们的面前，是匆匆出宫的蓝元震："小人奉圣谕，招吕宫保入宫。"

"宫保？"吕公著顿时皱起眉头，没有接旨。他身上可没有简称宫保的太子太保这个官衔，更不可能被封为又名公保的太保。"官家已经书诏册封枢密为太子太保。"蓝元震直言相告。这是他在示好，提前一步告知吕公著，终归是一桩人情。

吕公著却疑心重重："天子的情况如何？"

"大体还好，已经能借韵书传话。"

“眨眼？”

回想起出宫前韩冈验证天子神智的那一幕，吕公著心中疑云更深了一层。韩冈那时候的表演，该不会是为了现在而做的埋伏吧？

“册封宫保的诏书，还有召洛阳的司马宫师回京的诏书，都是官家通过韵书传达出来的。”

吕公著吓了一跳：“司马十二也被召回了！”

“正是如此，而且还被封作太子太师。以司马宫师和枢密为师保，是官家当着太后、皇后和王相公的面，做的决定。”

吕公著花白的双眉皱得更紧了几分。这份任命突然而来，该不会是宫中有人想收买自己吧？只是同时将司马光招入京中，这个路数怎么想也不对，还任命了司马光做太子太师。吕公著忽然双目一瞪，该不会是天子向太后献了降表，但他又很难相信这个答案。不，应该说，他觉得这根本就不可能。

“王介甫呢？”吕公著问蓝元震，“是不是太子太傅？”

“不，太子六傅今天只定了司马宫保和枢密两位。”蓝元震顿了顿，“至少小人出宫之前还没有。”

“是这样啊……”吕公著手捻着一缕长须，苦苦思索着前因后果。

蓝元震可是耗不起这个时间了，催促着：“宫保，两府宰执可是都被传诏了。”蓝元震越急，吕公著就觉得越是可疑，他这时候过来，目的不应该就这么简单。当年的吕正惠为了防止在太宗即位中立下汗马功劳的王继恩，在太宗身后继续搅浑水，甚至是直接设计将其人锁在了中书门下的内厅里。不过帝位传承中，刀光剑影都是平常事。吕公著素来胆大过人，又自命君子，纵是皇城成了龙潭虎穴，他也要闯上一闯。回头看着儿孙和下人们惶恐担忧的眼神，吕公著大喝道：“尔等紧闭门户，各自回房休息。”说完便骑着马扬鞭而去。

走上夜色下的御街，南面不远处的州桥夜市依然灿如星海，但北面通向宣德门的一段，则是黯淡了许多，唯有宣德门的城楼上灯火辉煌。不过在吕公著的这一队前后，都有提着灯笼的一队人马。吕公著眯起眼，前面那一队的灯笼上，韩字很是明显，当是东府的参政韩缜；而后面的一队，从过来的方向上看，则是副手章惇。

吕公著无意跟他们交流什么，队伍中还有阉人在，现在多说两句闲话，日后就有可能成为把柄。而且吕公著还有事情想不通，都被请来了所有的宰执，难道是想当着宰执们的面公布遗诏？或者是内禅大诏？有必要急成这样吗？怀着心中的疑问，吕公著和韩缜、章惇前后脚进了皇城，再往前一点，甚至看到了蔡确的背影。

夜幕笼罩的皇城，犹如鬼蜮。班直手中以及高处张挂的一串串灯笼，那些许的光芒，只是更加强烈地凸显了皇城的幽暗深邃。穿过一重重宫门，两府中剩下的几位执政，陆续抵达福宁殿，王中正和张守约就在外殿中。一名是身任五品观察使的大貂珰，一名则是三衙管军，都有带御器械的兼差，是今夜领兵镇守皇城的主帅。他们都在外殿里镇守，估计是在防着什么了。

吕公著多看了他们一眼，脚步便落到了最后。深呼吸了两下，定了定心神，吕公著走进了福宁殿的内殿寝殿中。进了内殿，就在御榻之前，已经是被人围了一重又一重。寝殿是皇帝私人之地，永远都是安静整齐的，可现在的寝殿中挤满了人，吕公著的脸色很是不好看。

最外圈是内侍和宫人，里面一点，则是宿直的王珪、薛向，还有早一步进来的章惇、蔡确和韩缜，除了这几位宰执外，又有韩冈、张璪。而紧贴着御榻，是高太后和向皇后及嫔妃，皇子延安郡王赵佣都在殿中。只是在太后的身后，吕公著还看到了雍王赵颢，这让吕公著心中立刻多了一层阴云。天子接见外臣，后妃和皇子就该在东间待着，还要拉上一层帘来隔绝内外，怎么一点规矩都没有。要是这样都行，那太后还垂什么帘?!

但他也不好发作，人到得这么齐，分明就是要内禅的步骤，也就是说，赵顼对自己的身体完全失去了信心——如果赵顼还有清醒的意识的话。天子现在连话都说不出来，除了眨眼，没有别的办法来验证。吕公著无论如何都不会不加测试，便相信方才蓝元震的传话。

王珪拿着韵书，向几位刚刚到场的两府执政解释了怎么通过这本书，来与天子交流。章惇听了几句，抬眼望了望韩冈，见韩冈点了点头，给了一个肯定的答复，他便放心了下来。其他几名执政也在跟相熟的人进行交流，初步确定了天子的神智依然存在。只有吕公著怀着浓浓的疑心，现在的殿上，除了自己，以及不能说话的赵顼，他不相信任何人。

“陛下请恕臣失礼。”吕公著踏前一步靠近了王珪，同时伸出手，近乎用抢的将他手上的韵书强拿了过来。他翻着韵书，向赵顼发问：“还请陛下告诉微臣，方才的诏谕封臣为何职?”赵顼没有生气，他现在表现不出生气的模样，他很熟练地在吕公著的配合下眨着眼睛。

上平一东——宫。上声十九皓——保。

"那臣的差遣呢？"吕公著再问。只是一个最简单的问题，事先或许做了准备，他当然不能放心。

枢。使。

吕公著稍稍松了一口气，能用简称来报官职，比起太子太保和枢密使更能确定天子的神智——聪明人往往更会偷懒。但他还是不放心，再次发问："臣父何名？"

夷。简。

吕公著将韵书还给王珪，退后两步，跪下请罪："臣老多疑，有罪。"赵顼眨着眼：无妨。两府宰执在列，吕公著又代表其他臣子验证了天子的神智，赵顼便立刻点起了宋用臣。

册。太。子。

从赵顼的枕边拿起张璪在吕公著等执政进宫之前刚刚写好的《册皇太子文》，宋用臣将之展开，当着重臣们的面，大声诵读。现在并不是内禅，只是要敲定内禅。先确定皇太子，等皇太子的身份确定，然后再由重臣商议禅让事宜。

大宋的百多年，还没有一次内禅的先例，再往前，也找不到几条故事。吕公著有些担心，如此仓促恐会有失国体，就像现在的寝殿里，乱得没有一点规矩。所以等赵佣在向皇后的指点下，懵懵懂懂地向他的父皇三跪九叩，接过册书；转过来，又接受了在王珪的带领下的一众重臣的参拜。吕公著便跪下道："陛下玉体违和，臣乞皇太后权同听政，候陛下康复日依旧。"

视线集中在赵顼的脸上，但天子阖起眼皮，没有动静。

"陛下……"

吕公著还想再说什么，但王珪捧起了韵书，抢在他前面问道："陛下可是另有心意？"

赵顼睁开眼，眨了两下。

"是内禅？没用的！"赵颢冷眼看着。

他不在乎内禅，就算皇位现在落到侄儿手中，几年后照样能回来，他至少还有十年时间。尤其是韩冈自寻死路，等到他皇兄一死，韩冈最好也只能到岭南待着，到时候，看看这个小儿谁来保！他恶狠狠地盯了赵佣一眼。

韩冈则是微微一笑，虽然在赵顼迫不及待地招来所有宰执，不，在高太后大发雷霆后，他就已经可以确认自己的赌博已经赢定了，但直到现在，他才彻底放下心来。不过所有人的注意力都在赵顼的脸上，没有人看见韩冈唇角边那抹如释重负的轻松笑意。

下平七阳——皇。

皇太后，还是皇太子，又或是皇后？天子到底想说什么，王珪也好，吕公著也好，几乎所有人都在猜测着。

下一个字是去声。

太？

但王珪的声音很快越过了“太”字所在的去声九泰，赵顼只眨了一下眼，给了否定的答案。王珪的声音，一个韵部一个韵部地向后挪动，直至第二十六韵部，皇帝这才眨了两下眼皮，刹那间满堂哗然，声浪直冲屋上。赵颢如同五雷轰顶，脸上不剩一丝血色。哐的一声巨响，是高太后霍然起身，身后的交椅被带倒在地，但高太后丝毫不顾，转身便拂袖而去。

韩冈闭起了眼，有些疲累，今年他是不想再赌博了。

去声二十六宥。“后”字便在这个韵部中。

缀连前一个字“皇”，那么就是：“皇后?!”

“皇后权同听政?!”

“岂有此理!”吕公著暴然而起，一声怒喝!

吕公著须发皆张，显是怒不可遏。他昂首立于寝殿中，厉声怒斥道：“皇宋以孝治天下。陛下今日以皇后权同听政，不知孝在何处?”

吕公著的斥责，让向皇后脸色骤变，这个罪名太大了。忠孝是国家的根本大节，在家思孝，入朝思忠，忠孝二字是一体两面，是儒家社会稳定的根基，就算是天子也不敢明着违反孝道，否则如何劝导臣子忠心?

“吕枢密何有此言?”王珪站了起来，挡在前面，“此事陛下自有因由。”

“纵有因由，也不当陷太后于不义。”吕公著冲前一步，声音更大了三分，“陛下不以太后而以皇后同听政，敢问世人当如何视太后，太后又当如何自处?!到了英宗皇帝忌日，不知陛下在神主前能无愧否?!”

吕公著如此激烈的反应有些出人意料，甚至连外殿的王中正和张守约都听到了声音，咬着牙跑过来看风色。韩冈也同样觉得意外，他不信吕公著没看出现在的风向，硬顶着来也没有任何意义，即便不想落一个反复无常的名号，也不应该这般义愤填膺。吕公著从来都不是王安石那种倔强得认死理的臣子。吕夷简阴狠狡诈从来不缺，家学渊源，他的儿子怎么可能是刚直严正的清介之臣？两年前的陈世儒弑母案中，吕家的人为了自保，几乎将大理寺都给收买了。没吕公著点头，他们能这般肆无忌惮？知情识趣，那是必然的。可现在吕公著一脸正气凛然，却好似包孝肃附身的模样。

韩冈冷眼看着吕公著到底要玩什么花样，也不站出去跟太子太保打擂台。反正他今天做得够多了，过犹不及，现在该发扬一下风格，让其他人有机会做个表态。韩缜站起身，打着圆场道："吕枢密，这不过是依章献明肃皇后旧例，依循故事而已。"章献明肃皇后，也就是真宗的刘娥刘皇后，她在真宗晚年病重的时候，曾经以皇后的身份代为处理政事。但吕公著立刻驳了回去："天禧年间的皇宫里，可没有皇太后在！"

吕公著的气势高涨，但王珪今天也是第一次做得像一名宰相，他沉下脸："王珪有闻，宫保曾治《春秋》。不知吕宫保怎么看'郑伯克段于鄢'这一条？庄公待共叔段，做得是对是错？"

殿中众人闻言，齐齐悚然一惊。王珪的这个比喻好狠！韩冈都被吓到了，惊讶莫名地看着王大丞相，心道他还真是敢说。

郑伯克段于鄢，是《左传》最有名的一桩公案，是有关庄公和他的母亲武姜及弟弟共叔段的故事。

武姜生庄公时难产，所以讨厌这名长子，而喜欢幼子共叔段。当共叔段成年后，觊觎国君之位，小动作不断，而庄公却一直优容，甚至给了他最好的封地。直到共叔段在武姜的支持下，举起叛旗，庄公这才整军讨逆，杀了共叔段，并将武姜囚禁。

在历代儒生们的眼中，这一件事，武姜和共叔段纵然有过，但庄公的过错也不轻。有弟不教，纵容太甚，也是共叔段敢于谋叛的原因。所以夫子微言大义，用一个"克"字，来表达了对庄公的不满。

王珪这个比喻，等于是在说，赵顼就是为了避免这个结局，才特意让皇后而不是太后来垂帘。但用武姜和共叔段来形容高太后和赵颢，如果没有相应的行为，那就是极为恶毒的污蔑了。

蔡确回头看了看，发现赵颢已经连站都站不稳了，手扶着高太后方才坐的交椅的椅背，整个人都在发抖。蔡确只觉得自己的思路变成了一团乱麻，在自己入宫之前，福宁殿里肯定发生了什么，只有王珪、薛向、韩冈和张璪这几位宿直宫中的人才知道的事。

只是蔡确想不通，要是在他们几位回家的执政重新回来前，对天子现在的这个安排已经有了决定，为什么当天子要皇后垂帘，王珪、薛向会那么惊讶？而太后也早该拂袖走了。而且吕公著的宫保又是怎么回事？想不通啊。蔡确恨不得用锤子敲自己的脑袋，将灵感敲出来。

章惇也狐疑地将视线左转右转，想在王珪和向皇后的脸上发现点什么。方才他还准备站出来表态呢，但王珪的一句话把他都惊得缩了脚。王珪的话等于是在给高太后和雍王定罪，并不仅仅是为了驳斥吕公著。到底发生了什么事，才让王珪这枚滑不溜手的至宝丹如此迫不及待地表忠心？

吕公著也看到了，狠狠地瞪了已经失魂落魄的二大王一眼：“太后纵有过，可以私下规劝，哪里能弄得满城皆知，世上岂有曝父母之过的道理?!”原来如此。韩冈算是听明白了。

前面吕公著请皇太后垂帘，现在情况有变，也不方便立刻改口。将错就错地强硬到底，还能博取一个直名。但吕公著口口声声不离孝道和太后的脸面，调门的方向明显地转向了赵顼所用的手段，而不是他这个诏令的内容上。韩冈暗自啧了一下嘴，比起这等成了精的老滑头，自家还有得磨炼。

坐在床榻边的向皇后这时候起身，端端正正地面对着朝堂上地位最高的一众臣子：“方才韩学士有言，陕西耀州、河北祁州，有两座药王祠灵验非常，若有至亲去祈福，或有奇效。敢问吕宫保，不知这两位至亲是该去还是不该去？”

寝殿内顿时静了。

“好手段！”章惇喃喃低语。蔡确和韩缜也立刻抬眼望向韩冈，眼里只有震惊。三人都是人精，一下便想得通透。吕公著也是气焰一收，一下就怔住了。看看赵颢，又看看韩冈，难以置信地再转回来：“难道太后……”

“长辈的过错，做晚辈的怎么敢说？”向皇后态度强硬，在内有丈夫的支持，在外又有几名宰执和韩冈等重臣辅佐，而且还抓着太后和雍王的把柄，一下就变得底气十足。

吕公著低下了头："臣无话可说。"

他前面纵然已经服软，只是要维持一下体面，但他绝对没想到，事情的性质会这么严重。

若皇后所言为实，这件事如果传出去，没人能说天子半句不是，而都会指责太后不识大体，雍王有不轨之心。以太后和雍王的今夜表现，王珪用武姜和共叔段来比喻，并没有太多不合适的地方。

眼角的余光只能看到韩冈的脚尖，吕公著心头憋得发慌，眼下的一切全都是这个灌园小儿带来的结果。以吕公著的才智，就算只有向皇后的几句话，也能想明白是怎么回事。

同样的话由不同的人来说，得到的结果是不一样的。如果是自己私底下劝说，纵然艰难一点，但使太后点头同意，让两位亲王出外为天子祈福，还是可以做到的。可这话换成是韩冈开口，那么听在高太后的耳朵里，就只有四个字——包藏祸心。吕公著自问，换作是自己心里面也要打鼓。难道韩冈的打算就只是让人出京吗？一路上就不会做手脚？就算天子不做，也会有人想为天子分忧！但这番心思如何能公之于众，如何能取信于世人？人们只会说高太后太偏心，想趁长子重病，让最喜欢的次子占据皇位。当士林清议和民心全都在天子和皇后一边，那么太后、雍王无论如何都翻不了身了。

这个机会是韩冈带来的，是韩冈让天子可以理直气壮地将权同听政的资格交给皇后，而不用担心朝堂上的反弹，更不用担心皇宫内的暗流——人心向背，今夜一过，皇后可以轻而易举地控制住皇宫内外。

吕公著已是哑口无言。

韩冈自吕公著身上收回了视线。从他的反应上看，朝野上应该不会有反弹了，最多也只会有点杂音。

今夜虽是百转千折，终究还是有了一个完美的结局。

为什么要起用旧党？因为太后将会垂帘。

为什么要无视多年心血？因为太后将会垂帘。

为什么要忍辱负重？因为太后将会垂帘。

赵顼之所以拖着残躯，百般谋算，根子就在太后身上。只要太后无法垂帘，进而控制朝堂，那么旧党无法上台，新法不会被废，而雍王也只有回家闭门思过的份。

当权力落入皇后手中，太后在宫中的地位将会随之缩减，皇子的安全更能得到保证。换作是太后垂帘听政，那么后宫中，向皇后连站都没地方站了，至于赵佣，只能将性命托付在太后的心意上。

所以韩冈必须要赌一把。

提议二王出京，与其说是赶人，还不如说是逼赵顼和高太后撕破脸皮，刻意引发高太后的怒火，让赵顼明白妥协退让也不会有好结果。以妥协求团结，而团结不可存。以斗争求团结……现在也不需要团结了。

要引发太后的怒火并不难。韩冈一直都清楚，太后恨自己并不出奇，若是自家最疼爱的儿子的名声被人毁了，而且一日一日地被世人嘲笑，韩冈也绝不会轻饶。所以自家说的任何话，落到太后的耳朵里，都会被扭曲成别有用心的图谋。而天子这边，并不需要赵顼对太后怎么样。一边是韩冈定然被重责，以致独子性命多半难保；另一边，不过是顶撞一下母亲，又不会伤其性命。孰轻孰重，自不用多说。只要赵顼能想得到，只要敢去想，要做出韩冈想要的决定，那是必然的。

只是高太后的反应如此激烈，逼得天子痛下决断，还是超出了韩冈的预计。甚至让他暗暗心惊，高太后藏在心中的恨意不知积累了多少，恐怕已经将自己视若仇雠，一旦由她垂帘，结果当真堪忧。幸好赌了这一把，也幸好对手是个更年期的老太太。

结局近乎完美，韩冈的思绪已经飞到了明天……应该是今天的早朝上。宰执齐齐入宫的消息肯定是传开了，吕公著被封太子太保的消息也定然保密不了，但具体细节却不会有人知道。

届时，朝堂上的乐子不会少。韩冈带着些许恶意地想着。

（节选自纵横中文网）

【粉丝评论摘编】

@马伯庸：我初看时纳闷，河东战事紧，作者怎么突然扯到洛阳赏花去了？批那几个昏庸老臣也不挑时候，败笔！看到后来方才恍然大悟，拍案叫绝。在此密不容针之处，却荡开一笔，看似冗闲，却勾连河东与后方成一大局，诸老增色，意气顿生，此以细见大的布局，非胸有丘壑者不能为之。

@安第斯晨风：钱穆的书够高大上了吧，但要说《中国历代政治得失》对宋代制度的理解比《宰执天下》更高，只怕未必。当然这话也只有我敢说，别人都当是疯话。

@一觉相逢：《宰执天下》以对历史文化政治经济的深刻解析为基调，在情节文笔上如行云流水，三观和阳谋布局上干净利落，就像一首有着最好的音色音域后还有稳定音准和起伏利落的节奏的音乐。懂它的人看每一章都是营养，字字凿心，有和作者在同一频率上共振的感觉。张纪中的电视，徐克的电影，都是行云流水，像音准。欧美动作电影是干净利落，像节奏。一直期待能两者结合各取所长的作品，《宰执天下》就是。

@勤劳慈祥很无奈：九四，或跃在渊，无咎。前已蓄势，今则待发。发与不发，进退皆宜。本文情节发展并不算快，大多是循序渐进地铺陈展开，娓娓道来，只在关键时奇峰突起，可谓于无声处响惊雷。读者仿佛看着作者一筐一筐地负土填坑，不知不觉间已是垒起好大一座山峰，还来不及惊叹，又是一阵地颤，竟是熔岩破山而出！而本文绝妙处，正在此收放之间拿捏人心！

@安迪斯晨风：《宰执天下》除了情节之外最大长处是考据，书中犄角旮旯里体现出的宋代资料之丰富远在其他同类小说之上。另外绝大多数金手指过大，这是单穿文普遍的特点，以书中主角表现出来的才智，在现实社会里混到省部级都没问题。

（导引、简介、节选、粉丝评论摘编：吉云飞）

“知识考古型”历史穿越的高峰之作

吉云飞

历史穿越小说向来被认为只是在“借古人酒杯浇今人块垒”，穿越过后全是稗官野史乃至水煮恶搞，并不在意历史的本来面貌和自身逻辑——重要的是YY，这些YY或许戳中了当代人的某种心理真实，却无历史真实，历史只是背景。然而，为圈外人所不知的是，在这种历史穿越的主流叙述下面，还有一脉“反YY”的“知识考古型”潜流。随着历史穿越小说的发展越来越成熟，各种桥段、爽点的红利渐被吃尽，单纯的YY模式越来越难以满足读者不断成长的阅读需求。于是，这一脉潜流逐渐壮大，目前已几乎占据了男频历史穿越小说的半壁江山。其中，从2010年12月连载至今（字数超过600万）的《宰执天下》可称为其中的“高峰之作”。

“知识考古型”历史穿越小说最开先河的代表作当推阿越的《新宋》(2004)，几年之后佳作频出，如三戒大师的《官居一品》(2009)，贼道三痴的《雅骚》(2012)，随轻风去的《奋斗在新明朝》(2011)等。在这类“知识考古型”作品里，“穿越”只是主人公进入历史现场的方式和工具，而非大开“金手指”的理由。作者大都宣称要用最严肃认真的态度来对待历史，“战战兢兢，如履薄冰”（三戒大师），以保证史实的精确，逻辑的严密。“穿越历史，尊重文明”，成为了“知识考古型”历史小说共同的底色。这种“知识考古”的观念后来也影响到了整个历史类小说创作的走向，早年以“历史YY”代表作《回到明朝当王爷》(2006)而“封神”的月关，从《锦衣夜行》(2011)开始，也特别重视史料的运用，在其后的作品《醉枕江山》(2012)、《夜天子》(2014)里，他甚至直接抛弃了“穿越”的设定，主要以史实为基础写“历史土著”的传奇生活。

《宰执天下》的作者Cuslaa（哥斯拉）号称“宋史专业户”。对宋史的整体把握能力和灵活驾驭历史材料的能力，使他做到了自由驰骋于“历史与文学之间”。从某种意义上可以说，当年人们对《新宋》的期望，在《宰执天下》这里终于实现了。

《宰执天下》前五卷以穿越者韩冈从灌园小儿到大宋宰执的传奇经历为主轴，描写了当时各色人等的命运起伏与宋神宗时期的内外军政大略，从而全景式地展现了北宋最真实最具体的面貌。上至帝后宰执，下到贩夫走卒，中及文人士大夫、武将宦官以及宗室商人、胥吏地主，有名有姓的配角数以千计，其中让人印象深刻的也有数十人。《宰执天下》以其丰富生动的人物形象，扎实的考据功夫和对宋朝政治经济文化的深刻理解，被读者称为“宋朝元丰改制前官制和典故的科普文”与“北宋神宗朝的历史大百科全书”。

不过对宋史的深刻理解和对史料的大量占有，只是哥斯拉创作的基础。如果这仅仅是一部无聊的宋史教科书，也绝对无法收获网友普遍的追捧与赞誉。如何把历史故事讲得精彩，是哥斯拉面临的首要难题。而“干货够干却不枯燥，爽点够爽但不轻浮”，是其给出的答案。

首先，“干货够干却不枯燥”。尊重历史，也就有了在历史中拾贝的可能。主角韩冈就是串起无数闪亮贝壳的那根丝线。来自现代的智慧更使韩冈拥有了一步步向上走到巅峰的机会。数十年浮沉之间，现代人韩冈在北宋生存、生活、奋斗、改变，最终在王安石、司马光、苏轼、张载等闪耀史书的名字旁边，找到了自己的位置。在哥斯拉笔下，连繁复至极的北宋官制，读者陌生到极点的历史典故，都能恰到好处地为小说增色，而非成为累赘。

历史题材最是“以小说见才学”，史实上的错误对许多读者都是最大的“槽点”和“毒点”。哥斯拉的史学素养向来为人称道，一些学术著作也难免踩到的“雷”，他都能安全避过。

那些大的历史逻辑和历史事件，更无一不是“从历史中来”，又经由韩冈带领，“到历史中去”。因为有了穿越者韩冈的介入，最干的干货变成了最爽的爽点，真真实实，虚虚假假，成为了《宰执天下》最大的魅力。

“干货够干”，就已经能让在行的读者爽到骨子里了，但对于“小白”读者，这些只能是附带的收获，“爽点够爽”才是他们需要的主菜。但纯粹的“爽文”并不是《宰执天下》的追求，书中“爽点够爽但不轻浮”，有着历史穿越小说的经典套路，然而情节和人物绝不是在为爽点服务，因此仍是一本有一定阅读门槛的作品。

当作者与读者都不再满足于在一个随意搭建的历史空间中去生活与改变，只想去体验和改造最真实的历史时，建构出一个极度真实的历史幻象，就成为讲述一切历史传奇的起点。描绘出一张比《清明上河图》还要真切可感的历史画卷，已足以证明作者的才学与能力，但哥斯拉的野心显然不止于此。《宰执天下》以“穿越”的形式让现代智慧深入历史现场，拨动历史的车轮，试图在现代与历史的碰撞中重新寻找中国的位置和道路。

陈寅恪认为，“华夏民族之文化，历数千载之演进，造极于赵宋之世。后渐衰微，终必复振”。从《新宋》开始，网络历史穿越小说就尝试着思考这一历史命题，这也是《宰执天下》的最终抱负。特别是在2008年美国“金融危机”之后，资本主义的发展道路被不断质疑，全世界的思想家都在寻找着新的出路，能否在中国的历史智慧中寻找到新可能也成为一个时代的大命题。对于这一时代难题，《宰执天下》或许给不出答案，但已经参与到对这一最前沿问题的思考中，并且以文学的形式将这一思考落进了“宋朝的肉身”。

从前有座灵剑山

国王陛下

国王陛下，因极擅长以吐槽的方式在小说中广泛勾连社会生活和大众流行文化，而被誉为“网络文学第一吐槽大师”。

2010年起，在起点中文网创作了《崩坏世界的传奇大冒险》（2010）、《盗梦宗师》（2012）两部作品；2013年转战创世中文网，完成第三部小说《从前有座灵剑山》（2013年6月29日至2015年7月26日）。

“灵剑山”延续了前作“欢脱无节操”的吐槽风格，但不再构建一个极度依赖动漫元素的异界大陆，转而采用更为读者所熟知的东方仙侠设定，因而成为了国王陛下作品中受众最广、商业上最为成功的一部作品。

“灵剑山”共280余万字，在创世中文网仙侠区总人气排名第二，国王陛下凭此作成功跻身腾讯文学大神之列。由继猪画和菌小莫改编的同名漫画于2014年8月起在腾讯动漫网连载后，中日合资的同名动画也将于2016年在中日两国同期播出。

【标签】 修仙　升级　重生　吐槽　热血

【简介】

天才少年王陆重生于九州大陆，师从灵剑派五长老王舞，开始了独特的修仙之路。在与师父互坑、互吐槽、互掉节操、互秀下限的友爱氛围中，王陆的修为稳步增长。同时，凭借重生前应试教育下培养的学霸素质，以及两世为人的社会阅历，王陆在灵剑派乃至万仙盟混得风生水起。

意外发现群仙墓后，万仙盟才意识到堕仙的威胁已经迫在眉睫。群仙墓发管委成立后，王陆穿梭于群仙墓副本之中，继承地仙遗产。而九州大陆的历史、魔族的兴衰际遇也都在副本之中一一展现。在这一过程中，王陆知晓了自己与九州大陆的深刻羁绊，并决定继承自己前世未竟之愿，对抗堕仙，守护九州大陆免于沦亡。

从把人生当网游的穿越者，到天下存亡系于一身的领导者，王陆在九州世界中找到了自己的位置、牵挂和责任，这是一份连高密度的吐槽和玩梗也消解不掉的生命意义。或许正因如此，千万年后王陆也仍旧记得："从前……这里有座灵剑山。"

选文分为两部分：小说开头王陆凭借网游中养成的"专业冒险"素质通过灵剑派入门试炼的情节（第一卷升仙大会：第十六章，第十七章，第十八章）；群仙墓发管委成立后王陆作为突出贡献奖得主发言的情节（第八卷遗产：第二章，第三章）。前者展现了《从前有座灵剑山》的网文化特征，后者则以吐槽的方式讽刺了现实生活中的官僚主义作风，体现出作品与社会生活的丰富互文。

【节选】

第一卷第十六章　金牌代练的火箭一波流

“哦哦，王陆开始行动了！”

“此话当真?！快去喊人围观！”

在书童和同伴等三人，以惊人高的完成度离开桃源村的当天上午，王陆终于结束闭关，走出门来，引得不知多少人前来围观。

“哦，他就是王陆啊，原来是长这个样子，也没什么了不起嘛，听你们之前议论，还以为是个身长八尺腰围也是八尺的邪魔呢。”

“啧，八尺体形会被天诛吧？别看貌不惊人，这家伙可是第一个走出云波图呢。”

“也可能只是运气好，看他在桃源村里可没有什么作为啊。”

“没作为？第一个走出村子的海云帆就是在他的指导下完成的任务。”

“切，一味求快，完成度能有多高？白浪费了村长的甲级任务。而且现在村子里所有的独占任务都已经激发，他就算结束闭关又能做些什么?”

“谁知道……所以大家才来围观，想看看他到底要做什么。”

而王陆接下来所做的事果然没让人失望。

他去帮村东的黄大妈挑水去了。

“咦咦，有没有搞错啊！黄大妈的任务已经完成，现在不可能认任何人当干儿子，他挑什么水啊?!”

而占了黄大妈任务的试炼者也在纳闷，这黄大妈的任务大概也就是丁级水准，其价值在村中可位列倒数前三，鸡肋都不如，想不到堂堂王陆竟然选了这个任务作为开场，也不知究竟有何用意。

王陆无视旁人围观，专心挑水，他身形中等，但体力却好，不多时便将黄大妈的水缸灌满。

“嗬，小伙子，谢……”

大妈话没说完，王陆就打断道：“我想去您儿子的学堂。”

大妈愣了下，点点头。

随后王陆连寒暄也不多一句，放下扁担便向隔壁走去。

隔壁住的就是黄大妈的亲儿子黄秀才，任务价值比他那个平凡无奇的妈要高上不少，初始只是丁级，然而进展到后来却能以此为机缘结识一位隐居村中的老学究，那就是甲级任务，也是小书童王忠赖以在村中扬名立万的任务。

如今黄秀才的任务已经被完成，小书童走后他对其他人再不假颜色，而其他试炼者也懒得搭理这个毫无价值的穷酸秀才。如今眼看王陆要大步走进学堂，试炼者们纷纷猜测他要如何打开局面。

“莫非这秀才身上还有隐藏任务？”

“不会吧，要这么说，其他村民难道也有隐藏任务？王陆闭关这么久，就是有信心能开启隐藏任务？”

接下来，只见王陆径直走进学堂，在黄秀才开口之前，将一沓纸送到面前：“老师，这是今天的作业。”

此时外面围观的人就糊涂了，王陆一没拜师二没交学费，按理说走进学堂就该被轰出来，可现在不但大摇大摆进去了，还声称要交作业！他什么时候写的作业？不过今日黄秀才教授的是诗词，想来纸上所写也该是诗词之类。

黄秀才却理所当然地接过纸来，定睛一看，抽一口凉气：“此诗真是你所作?!”

“不然还能是谁？”王陆笑着反问，“君不见黄河之水天上来，奔流到海不复还……您以前读过类似的诗句？”

“这几篇诗用情真挚，慷慨激昂，你一个十一二岁的孩子，如何能有这般感慨？”

“我天赋异禀，文曲星下凡。”

王陆笑呵呵地说着，看黄秀才的目光就像是看村里的土狗。这种扯×蛋的理由就算八九岁的孩子也不会上当，但黄秀才沉思片刻，竟摇头叹道：

“可惜我已收了关门弟子，不然定要将你收入门下。”

王陆继续呵呵笑，根本不理会秀才的感慨：“托您个事儿。”

黄秀才一脸正气：“尽管说。”

“我想要您这汗巾。”王陆说着，指了指秀才放在桌前，擦汗用的毛巾。

黄秀才愣了一下：“你要这个？”

“嗯。”说完王陆也不多等，伸手便拿，拿完便走。黄秀才也是个妙人，愣了愣神便将王陆的事情抛到脑后，重新对着课堂里的孩童们大声朗读起来了，仿佛方才什么也没发生过。

屋外围观的试炼者们倒是见怪不怪，桃源村大多数村民都这么一个模式，除了激发任务的时候，大多数情况下都蠢得像牲口。

奇怪的是王陆，拿着一个穷酸秀才的汗巾大摇大摆向外走，到底想干什么？黄家秀才又不是黄花闺女，他的汗巾又酸又臭，有什么好玩？

结果众人就目送王陆一路走到另一个知名人士的家里，走到门前的时候，几个围观者惊呼出声。

“小芳！这是小芳家！”

其他人面面相觑，村姑小芳，那是桃源村中传说一样的人物，国字脸络腮胡，身高八尺腰围也是八尺，一顿饭能吃下二十个馒头十盘牛肉，屋外放有两只百十斤的石锁，饭前便后都要舞动一番权当消遣。

如此彪悍人物，放到哪里都是条好汉，偏偏在桃源村中却成了村姑小芳，而且是呼唤真爱的多情小芳。其独占任务就是爱情路线，非得要对她忠贞不贰才能开启后续路线。很多试炼者将其评为超越甲级的传奇任务。某国皇子牺牲一切与之缠绵，却一招失手满盘皆输，想不到王陆此时却踌躇满志一般走到门前……

可惜，若是之前没有那个皇子激活任务，以王陆的才干或许真能将这个任务做完……虽然想一想都觉得胃里翻江倒海。但无论如何，现在王陆已经没有机会了。

结果王陆直接敲门，一边敲门一边说：“小芳，我有黄秀才的汗巾。”

话音刚落，门就开了，村姑小芳抓着一只油腻的猪腿，瓮声瓮气：“你刚才说什么？”

王陆笑了：“我用黄秀才刚用过还没洗的汗巾，换你独门秘制的一碗粉蒸肉。”

“你要俺的粉蒸肉？……行，汗巾拿来。”

小芳说着，伸手就来拿汗巾，手臂上的肥肉一颤一颤的，也不知是因为过于紧张，还是脂肪过于松弛。

王陆也不拦着，任她将汗巾取走。然后小芳就在无数人心惊胆战的目光中，如获至宝一般将汗巾捧在手心，猛地埋头进去吸气。

这时候，某个看起来像是乞丐一样，浑身散发着败狗气息的试炼者猛地一惊："对了，小芳暗恋黄秀才！"

众人回头看去，正是不久前才因脚踏两条船被小芳打得肾衰竭的某皇子，他的话当有几分可信。何况这位汉子一般的村姑表达感情的方式是如此直接，十个人也能看明白。

小芳似乎等不及想用这条汗巾做些什么，两只绿豆眼中闪烁着油光，急匆匆捧着汗巾往里屋走去，就连原本抓在手上的猪腿都随意丢在地上。

然而这位村姑却是实在人，过了几分钟，小芳满脸喜意地捧着一只大坛子走了出来："你给的是真货，谢了啊！"

王陆接过坛子，还算有力的手臂当时就是一沉，这一坛粉蒸肉，就像小芳一样实在。而且虽然坛子被封着，一股遮掩不住的香气却弥散开来，令人食指大动。

村姑小芳若说还有什么可取之处，就是那一手出神入化的厨艺了。

"谢了啊。"

小芳一拍胸脯："客气啥，下次再有这种好东西，尽管给我带来，我这儿还有独门秘制的火腿，等你来换！"

王陆又笑："行，有你这句话，秀才的内衣我也拿给你。"

小芳鼻孔一张："嘀啊！你要是能拿来黄秀才的内衣，老娘我人都给你！"

"人就免了。"王陆婉拒，随后吃力地搬起肉坛向另一边走去。

这一次仍是没走太远，王陆就敲开了一户人家的门。

依然是那个路数，王陆用一坛子粉蒸肉，换来了一匹精致丝绸，又用丝绸换了几大盒脂粉，再用脂粉去换点心……这些交换有的赚有的亏，王陆浑不在意，他只是如傀儡一般重复着这一套动作：敲开门，拱手送上手中物，开口索取另一物。

然后，在感激的目光下前往下一处。

一天时间，王陆马不停蹄在村中兜了一圈，敲开了一百二十家的房门，为一百二十人送去温暖，最终带着桃源酒店的一盒饭菜悠然回家。

这一天，有十来个人停下了手中的攻略，专心跟着王陆兜圈子，上午的时候还心存几分不解，搞不懂王陆这种散步有什么意义，等到了中午，就算最迟钝的人也是一脸骇然。

在桃源村生活了一个月，没有人不知道好感度这个由王陆首创，又经海云帆等人之口在村中发扬光大的关键词。每个村民都有好感度，而好感度就是试炼者的任务完成度！王陆这一上午以物易物，从商人的角度看简直亏得离谱，但是从试炼者的角度，他给所有人诠释了一个词。

什么叫牛×。

试炼者在桃源村唯一的任务就是刷好感度，而王陆就将刷好感度做到了极致。除了必要的台词，他多一个字也不说，很多时候和村民的对话甚至违反了正常逻辑，但偏偏却能顺利进行下去，最终皆大欢喜。

这其中的解释只有一个，王陆抓到了任务逻辑，看准了每一个任务的好感度刷法，用最简单的方式刷出了最高的好感度。而更令人赞叹的，是他将一百二十人的任务串联成链，一波走完。

一整天，一百二十人，每个人都对王陆感恩戴德。若非他们的独占任务都已经被激发，没人怀疑王陆绝对能触发一百二十次独占任务。从单个人的好感度来讲，未必比村里那些专精一人的试炼者刷的更多，但是一百二十倍叠加，就相当恐怖了。

目前，最博爱的试炼者，也不过同时手握十余条任务线，但周旋于如此众多的村民之间，多少也会顾此失彼手忙脚乱。

而王陆呢？一波，一百二十人，一个也没有落下。围观者们总结了他的走位图，发现他几乎连冤枉路都没多走一条！更恐怖的是他的好感度刷法完全可以无限次重复，等于完美地控制了一百二十条任务线，这实在不是凡人能够理解的境界。

让人一天洗上一百二十次手，人都会发疯，更何况是刷一百二十次任务？偏偏王陆就是做得到。

"……不过，这又有什么意义呢？"

一个试炼者用嘲讽的笑容掩饰了心中的嫉妒。

"他若是早一个月出手，那没话说，大家都得被他从升仙之路上挤下去，一个任务都捞不着，永远困死在这里。但现在被困死的是他自己啊！就算一波能刷一百二十个人的好感度又有什么用？现在已经没有人可以供给他任务了！"

这番话虽然不客气，却也说出了不少人的心声。

王陆你的确是牛×，不过你不觉得自己这是装×装成了傻×么?

王陆当然不觉得。

第二天一早，王陆出门时，正好遇到几个心存不忿的白面少年前来挑衅。

“王陆啊，你刷好感度刷得这么辛苦，可惜……”

结果话没说完，王陆就给打断了。

“我知道你想说什么……说实话，我真没想到你们会这么笨，真以为那一百二十人就是桃源村的全部了?”

这话问得几个惨白少年一愣，连忙扳着手指头将村民从头到尾数了一遍。

“没有……没有落下的吧?”

一个少年迟疑道:“除非把张妈肚子里的孩子也算上，否则村里就只有一百二十人。”

又有人想道:“还是说村子里就算猪和狗也有任务?”

结果讨论到一半又被王陆打断:“你们这帮傻×果然是近亲交配的产物吧?”

虽然对专业名词不甚熟稔，但少爷们也听出这是极其恶毒的辱骂，几人血涌上脸:“你说什么?”

一边喝骂，一边就要冲上来拼个你死我活。

王陆仰着脸抱着胸，看几人的目光就像是在看村里的野狗交配。

而就在少爷们的拳头挥出后的下一刻，一道黑影从天而降。

“啊打打打打打!”

第一卷第十七章　论义务教育的重要性

啊打打不愧是啊打打，鬼魅一般出现，又鬼魅一般消失，在人们的视野中只停留了一瞬，下一刻，少爷们就东倒西歪躺在地上，谁也站不起来了。

尽管被揍得人仰马翻，但此时少爷们也知道了王陆的打算。

的确，一百二十人并不是桃源村的全部，的确，自己真是够蠢，居然将这么明显的一个人给忘掉了!

神秘黑影，桃源村治安守护者啊打打！

关于这个啊打打，可谓是村中第一神秘的人物，无论跟村中任何人提起，对方都会非常自然地做出“你在扯什么玩意儿”的困惑表情，并强行将话题引开，闭口不谈。他神出鬼没，迄今为止出现过数十次，每一次都恰到好处地制止了暴力流血事件（不过似乎对语言类暴力无动于衷，让王陆捡了不少便宜），而且身手高绝，就算试炼者手持法宝，也禁不住他三拳两脚。最夸张的一次是当时已经自暴自弃的谢乾龙等人，专门设了陷阱引诱他前来，事先祭起法宝，待黑影出现立即激发，结果黑影赤手空拳打爆了冰封骤雨和流云无形剑，将三个少爷揍得鼻青脸肿。

那次之后，没人再以为黑影是桃源村中人，因为一个和平的小村庄里，怎可能有空手斗法宝的高手？显然是灵剑派中来此监视的师兄嘛！师兄又怎么可能攻略呢?!

然而现在看来……难道说……?

果然，这一次黑影啊打打出现后并没有立即消失，而是停步在王陆面前。

这也让人们第一次看到了黑影的真容……好吧，还不如看不见，的确就是一团黑影，勉强有着人的轮廓，但细节都掩藏在黑雾里。这造型的确不像是灵剑派的师兄，倒像是邪教的老魔。

王陆倒也不害怕，一副等你好久了的表情：“大侠，快来教我功夫吧。我骨骼清奇资质超群，一定能担负起维护世界和平的重任的！”

那黑影似乎没料到王陆的开场白如此直接，愣了一会儿，有些生硬地说道：“你在村中助人为乐广结善缘，这很好，但要学我的功夫……还不够。”

说完，便嗖的一声消失了。

但王陆却已经得到了自己想要的，啊打打说还不够，显然是指好感度刷得还不够，虽然自己苦心孤诣一个月，终于设计出一套完美一波流的攻略，但毕竟只实践了一天，好感度积累有限。

但是有完美一波流，从零开始刷到满也用不了太长时间。那些鼠目寸光的试炼者以为那些独占任务被人占掉的桃源村民就没有价值，实在是愚不可及。的确，失去任务后，该村民就不可能帮助试炼者脱离桃源村，但相反，他的攻略方法却会变得非常刻板单调，就如王陆昨天所做的那样，用简单的以物易物就能刷到大量好感，并且可以反复尝试，无限次去刷。而这些好感度的积累，可是很大程度上会影响一个试炼者的综合评价。

现在滞留村中的试炼者们，基本都拿到了离开的门票，如今无非就是为了进一步提升过关评价。然而放着最简单的办法不用，却非要去抢独占任务，在王陆看来俨然又是近亲交配的证明。

至于王陆，目标从一开始就和其他人不一样。

如果是比拼其他的领域，王陆并没信心赢得过这些身家底蕴丰厚的九州精英，但这条升仙之路……简直像是为自己量身定做的，每一关的设置都如此体贴入微，所以要做，那就做到最好吧。

有了明确的目标，王陆接下来要做的就是不断重复一波流，直到黑影啊打打触发下一步任务为止。

这一重复，就是半个月。半个月里，越来越多的试炼者选择了离开，一来是在桃源村中能做的几乎都已经做完——并不是做得越多，效果就一定越好，比如某位喜欢姐姐的皇子，就惨遭村姑的折戟沉沙。

桃源村是为了考验情商，这一点的确反映了出来，能坚持到现在的，大多都是处事圆滑之辈，但各自也有各自的极限，村中总有些人自己取悦不了。

另一方面，就是眼睁睁看着王陆轻而易举地取悦了所有人，实在是不小的打击，心理承受能力较差的，就容易做出报复社会的行径，最终害人害己。

半个月后，除了那些已经注定要在村中孤苦一生的失败者，其他人已经走了七七八八。甚至连那个笨拙不已，明明占了甲级任务又得海云帆相助，却险些将任务做砸的闻宝都积累了足够的完成度，喜笑颜开地跟着刘大娘离开桃源。

留在村里的，就只剩下一些升仙无望的失败者，以及王陆。

而或许是王陆滞留的时间太长，又或许懂事的都已经走到了下一关，桃源村中开始渐渐流传起来针对王陆的流言蜚语。

或者说就是讥笑讽刺。

云波图第一人很了不起是不是？博得村长青睐，独占村长后院很爽是不是？亲手指导海云帆第一个离开桃源村很有成就感是不是？一波刷一百二十人的好感度很王霸无敌是不是？

然后，现在滞留此地，与我们这些失败者为伍，很不甘心是不是？

自以为是，放任一百二十个机会在眼前溜走，妄想去抓那个不存在的隐藏任务，结果作茧自缚，大好前程毁于自己手中，升仙之路就此断绝。除了在试炼结束前，依然能住在村长后院，你与我们又有什么不同？

对于这种负犬味道十足的恶意言论，王陆并没有装什么世外高人，而是非常高调地跑到村中广场，慷慨激昂地和流言蜚语作斗争。

王陆的斗争方式非常直接。

“傻×，你妈被狗日了。”

短短一句话，令桃源村安静了许久，数十双震惊万状的眼睛紧盯着他，难以想象这位一向作高人状的王陆居然能骂得如此难听。

然而在王陆看来，骂街的真谛不外如是，除了尖刻犀利，一针见血的讽刺之外，就属下三路、带亲属的段数最具杀伤，而且老少咸宜，适用范围极广，激怒效果一流。

果然，那些平日里自诩高贵的少爷们个个恼羞成怒。

“王陆，你找死！”

“贱畜，别以为自己会两手歪门邪道，我们就怕了你！”

“我要让你求生不得，求死不能！”

一时间，村中剩余的十来人不约而同发起讨伐的高潮，尤其以某位谢姓公子最为激烈。

对此王陆只是冷笑一声：“不服气？不服气就来证明给我看，你们这群杂种有逆天的本事，来碰我一下试试看啊杂种！”

如此挑拨之下，终归有人失去了自制，抡起王八拳扑向了王陆。

再然后，黑影从天而降。

“啊打打打打打打！”

待人群仆街，王陆笑着对黑影说道：“等您好久了。”

那黑影这次颇没好气：“你这嘴巴，果然是歪门邪道！我可不是给你当保镖来的！”

王陆点点头：“我知道，您是来教我功夫的嘛，一百二十人的好感度咱可都给刷满了。”

说到这里，王陆都不免唏嘘，早在进入桃源村时，他就怀疑会有隐藏任务，因为他总感觉自己和设计者有冥冥中的默契，若是自己来做，隐藏任务是必然的。

但他也没想到这个任务居然如此麻烦！一百二十人的好感度竟要刷到满才能触发下一步……想想看，若非自己第一个走出云波图，能够寄宿村长家，安然推演全盘，又有村长这个一流的情报源，他无论如何不可能找到一波流的攻略法。

而没有一波流，就算最长袖善舞的交际花，也不可能同时取悦村中一百二十人，这难度堪称苛刻之极！

不过难度越大，奖励越高，这隐藏任务究竟能给出什么奖励，王陆实在是非常非常好奇！

然而……

“与人为善的本事……我的确见识了。”黑影说着，低头看了看倒成一片的试炼者，“不过这还不够。”

王陆皱皱眉：“不够？”

“想学功夫，是要学费的。”

“……学费？”

黑影笑了：“我的要求不高，只要一文钱。”

王陆乐了：“您这学费收得真文艺，一文钱还不简单，这就拿给你。”

在灵溪镇如家客栈，王陆几乎散尽家财，但零散碎银和铜钱总有那么一些。

然而拿出钱囊，黑影却摇头：“外面的钱有什么用？我只要这山里的钱。”

王陆的表情顿时一沉。

山里的钱？这山里哪儿来的钱？桃源村和平安逸，货币体系却原始得让人想哭，别说金币银币，就连贝壳都没一只，原始的以物易物才是大行其道之法。

王陆在原地愣着，黑影也不忙走，安静等待他去思考。

山里的钱……这个山显然是灵剑山，灵剑山上灵剑派自有货币体系，然而距离自己太遥远，除此之外，灵剑山上哪里还会有钱？

等等，这么说来……

王陆作为专精攻略的冒险者的神经忽地一颤，脑海里灵光一闪。

他解开钱囊，从十余枚铜板中夹起一枚。

那枚铜钱，是灵溪镇如家客栈的老板娘找给他的零钱，既然出自灵溪镇，大约也算山里的钱……吧？

果然，见到铜钱，黑影就伸出手来。

王陆仔细凝视着黑影的动作，说来也怪，这黑影的啊打打快如闪电，就连法宝都在那拳脚之下碎裂哀鸣，但此时动作却比常人还要慢上几分。

奇怪，非常奇怪，脑海中，冒险者的灵光不断闪烁，却映不出真切的影子，王陆紧皱着眉头，捏在铜板上的手指，因过度用力而发白。

下一刻，似有若无，他听到黑影仿佛叹息，于是当机立断。

王陆收回了铜板。

黑影愕然："怎么？"

"不好意思，这枚铜钱是我死去的妻子留下的遗物，对我有很重要的意义。"

那黑影愣了一下，发出意义不明的咕哝声，下一刻，无声无息，一只拳头轰了过来。

"死去妻子个头啊！"

第一卷第十八章　松鼠党的胜利！

古语道一文钱难倒英雄汉，王陆自嘲，自诩专业冒险者的自己，还真是被一文钱给难住了。

临阵的缩手，多半出于直觉，但王陆并不后悔，因为他觉得自己赌对了。

老板娘的铜板到底有什么价值？王陆也说不清楚，但其价值应该不仅仅局限于一个桃源村吧？……老实说在黑影说一文钱之前，王陆都只将铜板当成普通铜板，但偏偏这个近乎强制回收的学费却激起了他的警惕。

在游戏……哦不，很多冒险中都有这样的设定，冒险之初得到的物品若是能留到最后，往往能发挥不可思议的神奇功效，这个铜板看来正是这样的神奇道具，若是在中途就贸然消耗，到了末尾定要捶胸顿足不已。

越想王陆越觉得自己猜想不错，但接下来的问题就是，一文钱的难关总要过，到哪里再找一文山里的钱？

当然，这种问题也简单，直接找村长呗，好感度都刷到满了，没什么不好开口的。

“钱?”

然而村长听到王陆的要求，却将眉头皱得比海深。

“你若是要其他什么那都简单，但这钱……我却实在没见过。村中若有交换，也是以物易物，不曾有过你说的一般等价物。”

王陆啧了一声，心想你这废物果然是靠不住。

所以还是靠自己吧。

“村长，钱这个东西，没有也没关系，没有的话，咱们发明出来就是了啊。”

“啊?!”村长莫名其妙。

王陆解释：“桃源村中人虽不多，但物产丰富，交易频繁，若没有一般等价物，其实很不方便。不如以村长你的信用为担保，发行一套货币出来供大家使用啊。”

村长一愣：“发行……货币?”

“不错，用贝壳啊，贵金属之类就可以了，嫌麻烦直接拿纸印也行，反正信用担保嘛。而一旦有了货币体系，村中的资源配置就能更富效率，生产力也会大大提高，人民生活质量再上新台阶！而一手促成如此经济奇迹的我呢，只要你给我一文钱就可以了!”

王陆越说越兴奋，心想这傻×任务果然还得用这傻×解法，天知道那枚任务用铜板被你们藏到哪个腹股沟里去了，我也懒得猜懒得找，自己动手丰衣足食!

谁知，尽管王陆滔滔不绝说了许久，村长大爷在漫长的沉默之后却摇起了头。

“不可。”

王陆差点跳起来：“不可?! 你知不知道你在说什么?”

村长大爷继续摇头：“发行货币之事，不可行。”

“怎就不可行?我刚才说的莫非都喂了狗?没关系咱们重新再来……”王陆表现出了惊人的耐心。

“王少，你说的那些我都明白。”村长叹了口气，“但此事的确不行。”

“给个理由先。”

“……”这个问题似乎也难住了村长，过了半晌，村长才犹犹豫豫地说道，“祖宗之法不可变。”

“祖宗之法不可便？你丫是便秘了吧?!”王陆气得一蹦三尺高，“你这脑残理由也好意思说出口？被我刷好感度刷到数据溢出了么?”

村长又说：“我知道那都是很好很好的，但我偏不喜欢。”

“我靠，你个五六十的老爷子如此卖萌不怕折寿心肌梗死么?”

村长是不是会心肌梗死不得而知，王陆却简直要心肌梗死了。

作为与关卡设计者心有默契的冒险者，他在升仙之路上的优势是压倒性的，然而此时设计者的思路却忽然和他背离了，这就令人痛苦不堪。

更令人痛苦的是，眼下这局面俨然是设计者在耍流氓，村长平日里俨然也有正常水准的智力，此时却连人话都不大会说，一副被刘大娘和何吕氏连谋下药毒成傻子的模样，要说这里面没有猫腻……

“好了，咱们也别绕圈子了，你想怎样，划下道来吧。”

村长一脸茫然：“什么道?”

“……”王陆皱着眉头，沉默良久，目光在村长身上扫来扫去，让老爷子浑身不自在。

“算了，今天就当我没来过。”

……

与此同时，云端之上。

“……我觉得，这样做不太好吧?”

某个黑影一脸迟疑之色地观察着幻化桃源的云层变化，王陆和村长的对话，在此地一目了然。

另一边，某个白衣女子冷笑道：“对于这种喜欢作弊的孩子，没直接封杀已经算是手下留情了。”

那黑影实在看不过去：“你好意思说人家作弊哦？明明是你这个桃源村的设计存在缺陷被人家找出来了。”

白衣女子尴尬道：“什么缺陷，小铃儿你不懂不要乱说……长老的缺陷，那也叫缺陷吗?”

黑影只是冷笑：“擅自改动升仙之路，在长老面前拍着胸脯说这一关的严谨精妙不亚于门派传承千年的云波图、幽冥道，等出了问题又悄悄跑来强行干涉进程……”

“喂喂喂，小铃儿你怎么这么向着他说话，咱们多年的姐妹情就被你抛诸脑后了吗？”

“哼，是他帮我赢了那个赌约，我当然要帮他说话，而且我说你啊，玩不起就不要玩，堂堂天剑堂长老，连这点担当都没有？”

那白衣女子顿时恼羞成怒：“天剑堂？哈，掌门那傻×到现在都没给我发过天剑堂的补贴，我凭什么要有天剑堂的担当？我就是要赖了！什么时候给我发奖金，我什么时候再转职当正派高人！”

“……灵剑派虽大，能说出这话的大概只有你一个了。”对于白衣女子的无耻，黑影实在是不得不服。

而说话间，白衣女子已经指挥桃源村长将王陆生生逼走，拊掌笑道：“倒要看看你这次还有什么招数。”

然后身后一个老者的声音冷冷响起：“我倒要看看，你这次打算怎么跟掌刑长老解释。”

白衣女子的笑容瞬间被冻结住，哆哆嗦嗦地转过身时，笑容已经变得无比牵强：“哎哟喂，这不是掌门师兄么，贵客大驾光临那个有失远迎我真是……”

“贵客你个头！这是我家！”

“是吗？我还以为是我家来着，最近路痴的毛病越来越重，师兄要不要拨给我几万灵石让我去医治一番……？”

“治好你路痴的毛病之前，先治治你这胆大妄为再说吧！先前胡乱修改升仙之路倒也罢了，此番趁我不在擅动升仙图，啧啧，你今年的薪水也别想要了。”

“我靠不是吧?!”

“另外，你说自己身为天剑堂长老，却一直领不到补贴，这的确不好。”

白衣女子重新燃起希望：“所以……？”

“所以你就别再当什么长老了，安心在你的无相峰修行吧，什么时候修炼到元婴境界，什么时候我再重开天剑堂，到时候一定给你全额补贴！”

“啊！师兄我其实是一心为了门派好，也是为了你着想啊！”

“再说我连你门派基本供奉也扣！”

“师兄你是非不分，纵容竖子作弊，以后一定会后悔的！”

……

赶走了捣乱的白衣女子后，灵剑派至高无上的掌门人又转过头，却发现那个黑影已经消失不见。

掌门叹了口气，知道无法可想，又将注意力转回升仙图，总控整条升仙之路的仙家法器被白衣女子搞得一塌糊涂，掌门人伸手一拊，白衣女子留下的痕迹就消失殆尽了。

然而掌门沉吟了片刻，却又在升仙图上添了些东西。

“虽然师妹喜欢胡闹，不过既然真的存在漏洞，的确是封上比较好。不过……那枚铜钱是不是有点眼熟？算了，没戴眼镜，不看了。”

……

另一边，必胜之法被强行封堵的王陆，也意识到此路不通。

虽然非常不齿灵剑派这种耍无赖的做法，但投机取巧的路若是走不通，王陆也不会在一棵树上吊死。

“那么，就仔细思考一下正攻法吧……想要拿到山里的钱，还有什么办法？要拿到钱，至少这个钱要先存在才可以，莫非这个村子里，还有什么我遗漏的线索？……显然不可能有了吧！咱可是专业人士啊！”

王陆怒拍桌，表现出对自己专业能力的十足信心。

在桃源村足足准备了一个月时间，虽然足不出户，但村中大小细节尽在掌握，不可能再有任何遗漏，否则他也不可能创得出一波流攻略法，然而现在却分明已经走到尽头，若不能从中找到柳暗花明之道，升仙之路也就到此为止。

“妈的，山里的钱，山里的钱……到底哪儿会有山里的钱？这村子分明已经被找遍了，难道……”

忽的，王陆脑中闪过一道灵光。

“啧，竟把那个人给忘了，我的专业精神在哭泣啊。”

之后，王陆带着自嘲的笑容走出院门，正好看到门前有两个败狗试炼者路过。

“巧了，喂，你们两个近亲……”

话没说完，一道黑影从天而降，一把抓住王陆，风一般冲回了屋子里。

“我说你……够了啊，不要每次为了和我见面，就故意用污言秽语挑衅旁人啊。”

王陆说道：“谁让桃源村的任务设计存在缺陷的，我也不想啊。”

黑影深有同感地点了点头：“那么，这次你找我，莫非是想开了？”

王陆笑道：“说是想开也可以，山里的钱，我已经找到了。”

“哦？”

“哼哼，一开始我的确是陷入了误区，以为山里的钱，就只能在桃源村里找，后来才发现自己实在糊涂，明明隐藏任务的关键就是你这个村外人士，竟没想到这么简单的一个道理，就算桃源村没有钱这个概念，但是管我要学费的你却一定是有的。”

黑影也笑了：“的确是这个道理。”

“所以我的任务，就是从你身上拿到那一文钱。”

“嗯嗯，思路很正确，不过这一文钱可不好拿哦，就算你拿出一万两白银我也不会跟你换的。”

“放心吧，我就算卖肾也拿不出一万两银子，但是呢……”

王陆一边说，一边又笑了起来，随后从床下面翻出一物。

一只精致的红木食盒。

见到食盒，那黑影似乎万分惊讶地愣在那里，而看到这一幕，王陆的信心就由八分变为十分。

这一关，总算是过了。

食盒当然不是一般的食盒，尽管其做工上乘，用料考究，但若单只一个食盒，就算是前朝古董，也卖不到一万两白银，更遑论去换灵剑山里的一文钱？

事实上，灵剑山里的一文钱根本无价。别说是凡间的金银……就算谢乾龙那种修仙世家的少爷，拿自己随身携带的法宝出来，难道黑影会换给他那一文钱么？

显然不能。

想到这一点，王陆很快就意识到，恐怕只有山里的东西，才能换到山里的钱，而且不能是寻常物事，因为寻常物事在这里不值钱。

而食盒恰好就是不寻常的物事，说来功效并不出奇：放入其中的食物，无论过去多久，色香味与放入时不会有大的变化，说到底就是个超级保鲜盒，既比不得某些少爷公子的暴风骤雨符，也不可能值得一万两白银，甚至王陆吃光了其中饭菜后，这食盒就没有任何实用价值，但偏偏在桃源村，它就是过关的钥匙。

老板娘当初将食盒送给他时，他还没意识到其中蕴藏的奥妙，然而后来想起，老板娘当初的提示简直是赤裸裸的，一盒饭菜要撑一周时间……若没有保鲜功能，难道要把霉菌当配菜吃？

何况自完成那个任务链，又帮助老板娘狠宰了一笔后，老板娘给他的东西还没有凡品，那调戏似的一文钱如今看来很可能牵扯到了整条升仙之路的隐藏任务，而后面的食盒又怎会只是普通食盒？

随手拍着这非同寻常的食盒，王陆笑道："这东西就便宜卖你了，良心价一文钱，你不会说不收吧？"

那黑影沉默了好久，因为身体隐藏在黑雾中，也看不出此时表情怎样。

过了一会儿，那黑影问："想不到你真能找得到，这个食盒……我收下了。"

既然收下了，王陆这一关也就算是过了，至此，这位自诩专业的冒险者实在忍不住笑了起来。

黑影也笑了："我只是奇怪，你从一开始就料到这一步了？"

"当然没有，我只是专业冒险者，又不是封弊者，没有事先看攻略，谁会想到这个食盒也藏着秘密——里面的饭菜我两三天就吃完了，然后剩下那几天就在床上干躺着挨饿来着。"

那黑影问："哦？既然你之前并没发现这个食盒的奥妙，为什么要带着它走这么远？"

"因为每一个合格的专业冒险者都是松鼠党。"

第八卷第二章　有关领导发表重要讲话

（略）

"……你们未经我同意就安排我发言，可我还根本就没……"

话没说完，王舞就将厚厚一沓发言稿递给了他。

"不用你准备，一会儿照着这个念，一个字也别差。"王舞淡淡地说道，"放心吧，这是发管委牵头成立的起草小组呕心沥血三日三夜的成果，誊稿前还专门校对了三遍，保准是字斟句酌，字字珠玑……"

王陆却越听越觉得玄乎，不过还没等他翻开细看，一道柔和却不容抗拒的力量自身旁不远处扩散开来，如春风拂面，却有力地吸引了他的注意力，从手上发言稿移开。

“各位道友，群仙墓开门仪式，现在正式开始。”

开口说话的，是居于金台中左部的风吟真人，也是典礼的主持人。这位灵剑派的掌门人声音不急不缓，平平淡淡，但当他开口的刹那间，方才还略显嘈杂的草原上顿时寂静无声，所有人都收敛了声音，专注一心。

千万双眼睛齐聚金台，等待着风吟真人下面的话，姿态虔诚。当然，在虔诚的背后，不知有多少人在心中暗骂万仙盟的死官僚卑鄙无耻。这种抓人注意力，逼人不得不认真听讲的法术，是万仙盟几千年来的官僚文化传承产物，起源已不可考，千年来被人恨得咬牙切齿，却仍生命力顽强。每当重要领导讲话时，都会用出这道法术，逼得下面人连瞌睡都不能够。

好在风吟真人的开场白非常简短，三两句话后便进入了第一项议程。

“接下来，由万仙盟盟主河图道人发表讲话。”

而在换人的短暂时间，法术解除，王陆不想浪费时间，便低头翻看起了发言稿，然后在第一眼的时候就恨不得拍案而起。

因为王陆第一眼就看到，自己发言稿的题目居然是：关于赴西夷大陆执行寻物工作的情况报告。而题目下面第一句话则是：为了深入贯彻落实万仙盟第一百〇七次全体大会精神，切实做好群仙墓发掘管理相关工作，认真寻找群仙墓开门钥匙。我们团队紧密团结在以风吟真人为核心的发管委周围，牢牢把握发管委第一次工作大会上确定的工作要点，认真开展各项工作，现就有关情况汇报如下：一是精心准备周密部署……

“这都什么鬼东西?!”王陆恨不得当场就焚书坑儒，可惜就在他准备发飙的时候，河图道人开口了。

满腔怒火，只能强忍下来。

第八卷第三章　生财有道

“……总之，在新的阶段，发管委将在万仙盟的支持下，坚持艰苦奋斗，坚持开拓创新，为仙道发展做出应有的贡献！”

随着风吟真人念完最后一个字，金台下方响起一阵雷鸣般的掌声。

当然不是因为风吟真人的发言有多精彩，而是这折磨人的领导讲话总算告一段落，让人如释重负。一边听着无聊的报告一边又因为法术作用而不能转移注意力，这种感觉与遭受强暴也没什么区别。

万幸风吟真人体谅大伙儿，报告全文非常简单，至少相较于整整念了三个时辰报告的河图道人，已经算是特别厚道了。而当人们如释重负之余想起不久前河图道人的报告，真是心有余悸。

事实上，河图道人并非那种好大喜功、贪图形式的官僚修士。作为九州修仙境界最高者，他对修行的兴趣远大于权势——无论是凡间的权势还是万仙盟的权势。但同时河图道人也是一个性格耿直得不可思议，责任心强到足以令绝大多数修士自惭形秽的人。

他作为盛京仙门的掌门人，万仙盟的名义最高领袖，对工作职责高度重视，分内之事必定要做得尽善尽美。在群仙墓开门典礼上的讲话，河图道人需要总结并指出万仙盟下一阶段的工作重点，而万仙盟涉及机构人员之繁多，使得他若要面面俱到，就必须花上这么多时间。三个时辰的报告已经是他反复精简的结果，若有人认真听下来，不难发现，内容上已到了千金难改一字的程度。

两位领导之后，就轮到获得突出贡献奖的王陆发言。不过到了王陆发言的时候，人们明显懈怠起来。先前河图和风吟所用的法术，是以自身法力凝聚气运人心，恶心无比偏又效力惊人，非化神境界且居领导职位的修士不能施展，王陆一个虚丹上品、弟子级的修士是不必指望了。

而金台上的王陆也不以为意，对于这种形式主义，堪称心神强暴的活动他是深恶痛疾，哪怕他本人作为演讲者，其实是这场活动的施暴一方，但也得不到半点快感。

拿起稿子，王陆以平淡的声音照本宣科，而台下的反应就五花八门，大部分人佯作专注实则走神，小部分特立独行之辈干脆直接开始打盹。当然也有不少专心聆听的，因为相较于前两位领导级修士的发言，王陆身上其实有更多干货。

如今稍微知晓内情的人都知道，万仙盟、发管委在西夷大陆的行动几乎全部都是无用功。群仙墓的钥匙是王陆和他的小伙伴们单独行动拿到手的，期间没有借助任何师门和组织的力量，若非此事在许多高层修士之间都有流传，难以作伪，实在是令人无法相信。

一伙儿虚丹级的修士，完成了众多化神乃至合体真君都未曾完成的伟业，这已经难以用少年英雄之类的理由去解释了，所以许多人着实迫不及待想要知道，王陆他们是怎么做到的？

“三、认真细致做好相关准备工作。（一）组织层面，精心挑选队员，宁缺毋滥。充分借助师门力量，挑选同辈中实力过硬、服从性强的队员，同时聘请专业外援进一步充实力量……”

一边念着稿子，王陆一边也在感叹这稿子的起草人真心强大，能将自己这几个月的生动冒险经历硬生生总结得如此干燥无味！如果自己几个月前看到这么一份工作计划书，估计当场就放弃西行了……

不过，这种稿子的好处就是万无一失，任凭再挑剔的人也难以从中找到任何疏漏忌讳之处，稿件中每一个字都准确而简洁，同时内涵丰富。

比如“聘请专业外援进一步充实力量”这句，聘请二字就微妙地点出了阿娅的身份，并非灵剑派的内部人士，如此一来就算出了什么问题也可以用临时工、境外友人等理由推脱开去……而这句话放在挑选同辈之后，虽然多少弱化了阿娅的作用，但却突出了灵剑派同辈队员的力量，明显是政治正确的修辞手法。

念着稿子，王陆不自觉想起了在布莱东尼亚龙城时听到的关于圣光教的见闻。

圣光教中，曾经一度流行苦修，也就是以禁欲的方式快速提升力量。然而其他欲望倒也罢了，繁衍的欲望若是没了，圣光教的麻烦就大了。西夷大陆职业者的传承很大程度借助血脉力量，圣光教的牧师们也是如此，血脉精纯的更容易感悟圣光，得到圣光赐福。

而这些精英人才若是个个都去苦修禁欲，在教会高层看来简直就像是给优良种马做绝育手术，丧尽天良。所以经过高层几次研讨，提出了特别的繁衍方法，以一块白布盖在女方身上，在关键部位挖出孔洞，然后苦修者便隔着白布，通过孔洞完成繁衍大业……

当时听闻此事时，王陆盛赞了发明此法的圣光教，认为这种方法无疑是一种强大的精神绝育法，体现了西夷人民的强大智慧。而此时看来九州人民的智慧也不逊色，这种枯燥的报告书，可不就是一块屏蔽隔绝了所有快感的白布么？

不过余光瞥过，王陆却看到金台上的许多领导级修士，比如昆仑仙山的逐日真君，竟是面露陶醉之色，听得津津有味！而一向严肃形容的河图道人，虽无明显的表情变化，却也是频频点头，显得颇为认可。

王陆当时就惊了，这得要多强大的脑补能力，才能将干巴巴的文字脑补成令人愉悦的故事？真不愧是做领导的，已达到阅尽天下公文，心中自然高潮的境界了。

而在王陆心情变化，脑中已经完全走神开了小差时，他朗诵稿件依然顺畅，作为虚丹级修士，无相仙心虽不如那些金丹元婴强大，但一心多用却也是基本功了。不过因为他对公文全无兴趣，念的时候也没多想，等他发现台下有些人反应有异时，已经晚了。

“……物质层面，精心选择质量过硬、物美价廉的法宝道具供应商，如供应飞剑的苍溪州断岳斋，在打折时段以特别优惠价三千八百八十八灵石一口的价格批发购买二十口法宝飞剑。供应护心镜的金顶观，以协议价九千八百八十八灵石的价格购买中品法宝混元镜。在飘香居购买特价灵丹……”

一边念着稿子，王陆一边有些头脑发懵，手中稿件，接下来几十页内容竟有大部分都是用来介绍一堆不知从哪个犄角旮旯里杀出来的野鸡山寨供应商的可疑产品……他当初西行出发前的确做了相当充分的准备，但绝对不曾光顾过这些不靠谱的商家，他若要采购，基本都是通过师门内部或者玄天馆。

那这些东西又是从哪儿来的？想起将稿件送到自己手上的人正是自己敬爱而贫穷的师父，王陆觉得一切都不需要解释了。

同时在他身后，金台遮挡住众人视线的地方，王陆已经听到灵剑派的长老们开始骚动起来，三师伯掌刑长老方鹤厉声质问五师妹意欲何为。

“你……你知不知道今天这是什么场合？你想让整个门派为之蒙羞么?!”

王舞义正词严地辩解道：“我可是拼了命才拉到这么多赞助商好么！这些无良商人虽然产品质量难以保证，但每一个都是交了巨额广告费，我才在稿子上加了他们的名头。单单这几十页纸，不到一万字，就价值上百万灵石了！千金一字啊，你怕不怕？我们灵剑派能否洗刷贫剑派的名头，就在此一举了！”

“你才贫剑派，你全家都贫剑派！”掌管门派财富的六长老陆离当时就跳起脚来，“整个无相峰真正意义上的贫困人口就你一个！灵剑派人均生产总值在整个万仙盟是排到前列的，人均财富拥有量也在第一方阵，贫你全家！”

方鹤愤怒不已：“为了钱，你什么都不顾了?!”

王舞反而疑惑地问：“那可是钱啊，有了钱，还需要顾虑什么?”

眼看方鹤就要不顾在场众人，对自己出手惩戒，王舞立刻补充道：“我会上缴部分利润分成的！”

陆离眼前一亮：“师兄且慢动手，听她分成比例……”

师门长老的争论并没让王陆太过在意，相反，他的心思已经被其他的事情吸引过去了。

千万灵石什么的，对于如今的王陆而言其实无关紧要，灵石这种财富只对大型组织机构有用，他在意的是更稀缺的资源，例如高品质的法宝，或者有足够借鉴参考价值的高阶功法。这些东西有钱也难求，真金白银或者灵石都不好用，通常是用更高一级的货币单位进行交易。

目前通行的是用品质均值的上品法宝——这一点东西大陆倒有共通之处，西夷大陆那边，魔银币之上是一种名为乔丹之石的宝物……而上品法宝，对王陆而言也不容易到手，不过现在看来，他却看到了一条发财致富的捷径。

啊，差点忽略掉，我现在……已经是名人了啊，与河图、逐日、天轮等人同席过，而且还有五绝首席的身份，已经是标准的大V了啊……

（节选自创世中文网）

【粉丝评论摘编】

@团子：无节操无下限，很欢乐，像《银魂》一样你永远猜不到剧情发展，各种梗用得随心所欲……但是莫名地我觉得三观挺正。

@仲夏春谜：看着自诩为专业冒险者的王陆一次又一次用意想不到的

方法混迹修仙圈就好像亲自在玩一款角色扮演的游戏。很多现代的网络用语出现在修仙的世界里或许有些不伦不类但也算一个特色（读到后面才知道主角是穿越的）。总之这是一部与众不同的修仙小说。

@大尸兄：《从前有座灵剑山》并不像以往的仙侠小说打怪升级，将小说掺入网游元素是一大亮点，新奇的语言让每章都槽点满满，令人捧腹，很大程度我也是因此为之倾倒……各种无下限使得我不会因为主角的智商完美而对此有龙傲天的即视感……卫生棉（指国王陛下——编选者注）在文中的许多情节设置我不知道是不是仅为了逗人一笑，但我自己一厢情愿的理解是对当今网文的讽刺，君不见王陆对退婚流、爷爷流的调笑吗？

@动漫之忆：这本书前期给我一种完全的轻松搞笑氛围，我也是一直带着乐呵呵的心态看下去的……但是，后期的风格陡然突变，把还乐呵呵的我瞬间踹进了苦大仇深的深渊，害得我一个星期都没往下看。这两天又重新捡了起来，每天两三个小时地彻底补完课。今天更是一口气看完了最后一卷，原本笑嘻嘻的我即使看到里面的耍贱对话也没心思笑了，九州多少人惨死，多少角色上演了英雄悲歌，让我重新认识了这本书，认识了一群看起来犯二却鲜活的人物。

@瓜子村长：这是一本你不需要带脑子就可以读的书，保证你从头笑到尾。这同样是一本需要你带脑子读的书，书中有很多剧情都是反映现实的，比如官僚主义、传销、玉林爱狗人士……这种很现实的东西数不胜数。

（导引、简介、节选、粉丝评论摘编：王玉王）

吐槽即叙事

王玉玊

《从前有座灵剑山》（以下简称《灵剑山》）因其高密度、高质量的吐槽而得到读者的认可和喜爱，口碑、商业双丰收。对于“吐槽大师”国王陛下而言，吐槽绝非借以调节气氛、制造萌点的无足轻重的小花招，甚至也不仅仅是一种标志性的语言风格，吐槽已经成为了他的小说中叙事的最终目的。或者说，将现实世界中的槽点具象化为情节，然后去吐槽它，这就是《灵剑山》一至九卷的叙事本身。相比于世界设定、主线剧情，乃至于人物塑造而言，吐槽才是《灵剑山》的本体。

网文中的吐槽大抵分为两种：有梗的吐槽和无梗的吐槽。国王陛下显然属于前者。《灵剑山》中的吐槽虽然句句针对文中人、事而发，却又句句勾连于时事热点、网络流行语、政治历史事件，或者从经典文学到网文、动漫、游戏、电视剧的各种文学艺术作品，所用之梗波及极广：从《倚天屠龙记》到《魔法禁书目录》（2004，日本轻小说，后改编为动画）再到《生化危机》（1996，日本电子游戏），从《范进中举》到《药》再到《多收了三五斗》，从“政治献金”到“先进个人代表发言”，从“发管委”到“管培生”，从“玉林爱狗人士”到“仰望星空派”，从“智商税”到“应试教育”……借由这林林总总的吐槽，无数现实世界的碎片被代入《灵剑山》中的九州大陆，构成了虚幻与现实相重叠的双层世界。

2010年左右起，一批深受“二次元”文化影响的网文作者开始有意识地创作包含“二次元”要素、模仿轻小说风格的网络文学作品，吐槽——这一“二次元”化的叙事手段也由此而为网络文学所吸收。国王陛下在此时创作了其第一部小说《崩坏世界的传奇大冒险》（2010，以下简称《崩坏》），这部以吐槽为核心风格的小说使国王陛下成为了“吐槽流”作者中最有代表性的先驱者之一。很快，吐槽便在网文界得到更大范围的使用，成为许多作品借以创造笑点的利器。虽然在大部分网文之中，吐槽的作用仅止于语言风格层面，至多成为人物的萌点，并不触及叙事逻辑本身，但从根本上讲，吐槽是解构“宏大叙事”的新叙事策略。国王陛下的作品能够真正以吐槽之刃裂解“宏大叙事”之骸，完成一种后现代的碎片化叙事，实现了吐槽作为一种叙事策略的真正能量。

《灵剑山》前九卷的情节往往是依托于吐槽的逻辑，而非主线的逻辑设置的。如选文中涉及到的群仙墓开门典礼情节，前后近万字，核心内容是“万仙盟的领袖河图真君发表讲话”，“发管委的主任风吟发表讲话”，以及“王陆作为突出贡献奖得主发表讲话”，整个情节安排于主线而言并无必要，其中涉及的所有细节，如“逼人不得不认真听讲的法术”等，最终都是为吐槽现实中动辄开大会、打官腔的官僚主义作风而准备的。又如王陆与海云帆双双落选灵剑派的情节是为吐槽网文中的僵化套路“退婚流”而设置，灵剑派的学分制度是对应试教育的戏仿，智教的建立则是为了玩“智商税”的梗……情节为了吐槽，爽点来自吐槽，这就使得故事主线本身变得无足轻重。或者不如说，吐槽恰恰是以打破故事主线的连续性，戳穿九州大陆的封闭性，阻隔读者对于书中世界的深度卷入的方式存在的。不同于“反讽”这种传统的文学手法，吐槽并不寄寓任何具体的意义指向或乌托邦构想，而是对建构意义、提供乌托邦构想的可能性本身的消解，是彻底反深度模式的。于是，《灵剑山》就在吐槽之中变成了一个由各种极端戏剧化却又极端缺乏意义的槽点拼合而成的庞大杂乱的世界。这是对故事世界与现实世界的双重消解——既在故事层面完成了一种后现代式的碎片化叙事，又成为了当前这个多层媒体折射之下，信息爆棚、多元碎裂的现实世界的一种镜像。

这一镜像突显为自我消解的二元对立。国王陛下总爱在完美对称的二元结构中进行叙事：有人间仙境“天上人间”，便有聚集一切污秽的“混沌界”；有死寂绝望的“旧魔界”，就有理想家园“新魔界”；有“正道”，就有“邪教”；有“负能量”就有“正能量”……然而当人间仙境被命名为“天上人间”，当“新魔界”被证明为一个彻底的反乌托邦，当王陆身兼正派首席大弟子和邪教教主二职，当“负能量”被定义为对生的眷恋和对死的恐惧，而

“正能量”却被定义为充分满足人的物欲时产生的快感，我们发现，在极端的二元对立中，实际上并无所谓立场。立场的含混遮蔽于壁垒分明的表象之下，阻隔着人们真正参与社会进程的可能。

但另一方面，吐槽也因其对“宏大叙事”的解构而必然包裹着“宏大叙事”之维，再加上讲述一个“不烂尾”的完整故事是网文作者、读者对于作品的共识性要求，故而《灵剑山》自第十卷起，开始由以吐槽为核心转向集中推进主线，试图在十一至十三卷中补完这个修仙设定之下的广阔世界与历史进程，并在其中探讨集权政治、宗教信仰等宏大命题。然而，十卷以后重建“宏大叙事”的尝试确实无法与前文的吐槽水准相媲美。相比之下，《崩坏》的结尾，王五的个人能量膨胀到极致，以一人之力征服、崩坏了整个宇宙，却在宇宙尽头看到了一切意义尽皆消解之后的空洞与寂静，看到了不再相信“宏大叙事”的当代人的迷茫与无助。这一结尾与前文高密度的吐槽叙事构成相反相成的连接，或许才是国王陛下“吐槽流”小说的最佳呈现方式。

异常生物见闻录

远　瞳

远瞳，起点最为成功的科幻轻小说作者。2010年9月开始在起点中文网进行创作，出道作品《希灵帝国》（2010年）引领了网文圈轻小说创作的热潮，在国内二次元亚文化圈也拥有较强的影响力。

《异常生物见闻录》是远瞳的第二部作品，自2014年7月28日在起点中文网科幻频道连载至今，总字数超过250万字，长期处于科幻频道月推荐榜前十名，起点月推荐榜前五十名，在口碑和商业上都取得了较好的成绩。

《异常生物见闻录》沿用了前作《希灵帝国》的世界设定，同时也延续了其轻小说加硬科幻的风格。人物形象与语言风格带有鲜明的ACG（动画、漫画、游戏的总称。——编者注）亚文化特征，北方市井风味也在其中有所体现；中外科幻作品的经典元素被远瞳融入了作品的故事核心，呈现出崭新的样态。

【标签】 科幻　日常　二次元　轻小说

【简介】

郝仁，依靠出租房屋为生的25岁待业青年，在找工作的过程中意外被希灵帝国的神祇“渡鸦12345”选中，成为时空管理局的审查官。在不靠谱神祇的领导下，郝仁收留了吸血鬼、狼人、魔王、海妖等性格各异的异类生物房客。一群“人”平时努力在北方小城过着状况百出的日常生活，有任务时则要前往异世界和外星球“拯救文明”。工作过程中，郝仁逐渐发现宇宙面临重大危机，事件的关键点则是自己的异类亲友。在神祇和房客们的帮助下，郝仁努力探寻各种事件背后的真相，拯救自己所爱的人和整个世界。

《异常生物见闻录》又被读者戏称为“日常文明收尸录”。郝仁与异类房客们的市井生活欢脱滑稽，而审查官的工作则需要他们拯救千奇百怪的失落文明，挖掘诡异惨烈的宇宙历史。“日常”与“异常”、“平凡”与“宏大”之间形成强烈反差，使作品的场景、叙事具有强烈的幽默感与震撼力。

选文第十三章至第十四章讲述了郝仁如何成为帝国审查官，展示了作品整体的世界设定；第二百六十三章至二百六十四章中，郝仁拯救了精灵文明，救援到来的宏大场景却变成了滑稽的市井搬家，作品的反差式幽默尽显其中；第七百五十八章叙述了郝仁解救了自救不得的卓姆文明，星球解体的场景充满震撼力与悲壮感。

【节选】

第十三章 工作单位高大上

郝仁抬着头，目瞪口呆地看着天空中的异象，嘴巴大张——他是看不见自己的模样，要是能看见的话绝对会以为自己是刚从青山精神病院做了两年的康复训练出来。

一座规模庞大的建筑物倒立着悬浮在他头顶，几乎让人心胆俱裂！

那是一座蓝顶的巨大洋房，有着十字形的主体和两侧长长的副楼，洋房白墙蓝顶，素雅高贵，给人的感觉像是欧洲近代城堡和庄园的结合体。主建筑后面还有一座结构繁复的流线型高塔，这高塔和洋房的风格并不十分搭调，但却从整体上带来一种神秘感。洋房本身建筑在一片纯白色的基座上，在它周围还能看到生机勃勃的草坪和花园，花园中对称分布着小型的喷水池，而在洋房正前方的小广场上则有一座简直可以用“巨型”来形容的人工喷泉。以上种种，令人惊叹。

而更让人惊叹的是：这一切都是倒立在天上的！连那喷泉也倒立在空中，仿佛完全不考虑牛顿老爷子的面子。

郝仁这辈子只从电视里看见过这种规模的建筑，但也没见过这种规模的建筑以如此诡异的方式挂在天上啊。当场他出于人类本能就感觉腿肚子一哆嗦，头一个念头就是这玩意儿砸下来怎么办——不怪他大惊小怪，哪怕你让施瓦辛格过来，要看见头顶凌空飞过来一个比居民区还大的楼盘那也得哆嗦。

郝仁完全可以肯定之前天上什么东西都没有，而且他也发现，即便天上倒悬着那么大一栋房子，地上也看不到任何阴影，他仍然能感觉到热辣辣的太阳直接晒在自己身上，让人滋滋冒汗——当然这时候冒汗也不完全是太阳的原因——总之眼前发生的一切已经完全超出他作为一个普通人的理解能力，以至于直到手边的手机里传来一阵咋咋呼呼的呼叫才让他反应过来：“喂喂！郝仁！看见天上的大房子没？”

郝仁把手机贴在耳朵上，酝酿了很久才感叹一声：“卧槽……”

"本单位员工行为规范第一条，在领导说脏话之前员工不准说脏话，不过现在你还没入职所以随便。"那个女人大大咧咧地说道，"现在把手从老中医广告上拿开，记着把视线保持在广场上，否则你飞到哪儿我可不管。"

本来郝仁都准备扭头走人了，这时候一听这个顿时冒了一身冷汗：幸亏他的手始终扶着电线杆子（因为腿软）没放下来，否则这时候恐怕都出事了！

郝仁知道自己今天是跑不了的，于是只能一咬牙一狠心，顶着天上大房子前的广场撒了手。

这一瞬间，天旋地转，郝仁感觉自己似乎一下子被扔到了数百米高空，然后又被扔到一个没有上下左右和重力的地方，紧接着是朝各个方向疯狂旋转不知道多少个360度，等他感觉自己去年的年夜饭都快被甩出来的时候这种疯狂的感觉才潮水般退去，他发现自己仍然站在坚实的地面上，但眼前的景象已经完全变了模样：一个硕大的喷水池在自己面前欢快地卷着水花，微风吹来，带着一股让人浑身汗毛孔都忍不住舒展开的惬意和微凉湿气，两旁是茵茵草坪和争奇斗艳的花园，脚下则是整齐洁白的白石地面。这地面到底是不是石头其实郝仁也不敢肯定，但他知道这绝对不是水泥，它细腻素雅，带着介于塑料和金属制件的质感，是他从未见过的建筑材料。

郝仁慢慢转过头去，看到自己身后是一座巨大的白色蓝顶洋房。

果然不出所料，自己来到了刚才看到的那座倒悬建筑，那也就是说……

郝仁表情惊悚地抬头，但出乎意料的是他并未看到另一片倒垂的大地，上方只有澄明瓦亮的蓝天，云层背后似乎有极光一样的绚丽光带在缓缓游动。他没看见太阳，但和煦却不燥热的阳光仍然从斜上方洒下来。再极目眺望远处：这座洋房周围并没有什么遮挡视线的东西，两侧的花园中间也有一条笔直开阔的大路，但道路尽头什么都没有，郝仁看见一片浓稠的迷雾，似乎这里是被一圈雾气笼罩着，唯有自己身处的巨大洋房和花园是这里唯一的存在。

如同雾中孤岛一般——这个想法让郝仁哆嗦了一下，他意识到自己要回去已经是个问题了。

这时候从身后传来"吱呀"一声轻响，让郝仁迅速回过神来，他扭头一看，发现那座洋房的华丽大门已经被人推开，一个……看上去仿佛云团和电流组成的人形"生物"从里面走了出来。

郝仁从未见过这种奇特的"生物"，他不辨男女，甚至看不出五官，整个

“人”完全是由半透明朦朦胧胧的淡蓝色雾气所组成，这个奇特生物有一人多高，也有着人类的四肢结构，而在他身体的雾气中可以看到明亮的电流不时流窜，似乎这些电流就是他的骨骼了？

除此之外，郝仁没看到他穿着任何衣服……估计这东西也不用穿衣服吧？

郝仁这两天已经遇到太多的离奇事情，之前的倒悬建筑更是让他的神经瞬间锤炼到近乎末梢坏死，因此见到这个连人都称不上的诡异家伙之后，郝仁虽然惊奇但还不至于失态。而那个“蓝色雾人”则对着郝仁点点头，体内发出一阵噼里啪啦的电流声，随后侧开身子，示意访客跟他进屋。

郝仁壮了壮胆子，加速两步跟在“蓝色雾人”身后，走入这间诡异的洋房。

大房子里就如外表看着一样华丽高大，从正门进去是一个明亮广阔的前厅，随后就是一条长长的、铺着红地毯的走廊。郝仁跟在那个沉默的诡异生物身后，一边前行一边小心翼翼地观察周围情况：走廊各处都没有光源，但这里每一寸角落都充满光明，两侧的墙壁上则挂着很多含义不明的壁画，这些壁画有的是高耸入云的城堡和高塔，有些却在描绘星球和宇宙的图景，还有一些竟然是巨大的战舰对轰和高科技军队作战的场面，而还有一些壁画上则绘制着仿佛魔法师一样的人在释放魔法——说实话，这些东西挂在这里还真不搭调。

最后他还看到走廊尽头的一幅壁画上涂满了小孩子涂鸦般的小王八……这就完全不能理解了。

最终，他被带到一扇看上去沉重华丽的暗棕色木门前，蓝色雾人指了指木门，不等郝仁开口询问便突然消散在空气中。

郝仁耸耸肩，只能硬着头皮在木门上拍了几下。

一个很好听的女声从门后传来，正是电话里的女人：“进来，门没锁。”

郝仁用力推开房门，门后的一切呈现在他眼前。

这是一间很大的半圆形房间，房间中央摆放着一张看上去很沉重的暗色桌子，地面没有铺地毯，而是一层灰白色的温润石砖样的材质。在房间弧线形的墙壁靠墙放着半圈架子，却不是书架——那上面摆满了郝仁看不出作用的奇特玩意儿，有的好像是模型，有的却是正在闪烁的水晶，还有的格子里放着没吃完的煎饼果子。

那里确实有半个煎饼果子——千真万确，天知道为什么！

而在房间中央的大桌后面，坐着一个银白长发的女性。

一个让郝仁略微愣神的漂亮女子，而且看上去出奇地年轻，甚至有可能比郝仁还小一点——起码看上去是这样。

她气质清冷，有着浅褐色的眼珠和一头冰雪版的银白色长发，鼻梁高挺，嘴唇很薄，在不说话的时候给人一种很难接近的感觉（当然也可能是郝仁的错觉，毕竟他现在已经快把对方看作末日魔王了）。这位年轻女性身上穿着一件很奇怪的衣服，像是黑色的长袍，又有点像改良过的风衣，虽然样式不太常见，穿在对方身上却出奇合适，平白为对方带来一种神秘的气质。

在郝仁愣神的时候，年轻女人笑了起来，那种清冷的气质一下子消散不少，她对郝仁点点头，示意他在旁边椅子上坐下，随后指着自己："你可以叫我渡鸦12345，是你今后的上司。"

郝仁正沉浸在乱糟糟的心绪中，以至于一下子都没注意到对方介绍自己的名字，只是下意识地问了一句："这里……是什么地方？"

"这里？时空管理局，"自称渡鸦12345的女人满脸自豪，"时空管理局EN35节点驻王八坨子办事处，怎么样厉害吧？"

郝仁："……"

第十四章　神仙招工那点事

郝仁目瞪口呆（他这两天好像经常处于目瞪口呆的状态）地听到了一句让人几乎噎死的话，他这一刻几乎不敢相信大眼珠子的笔头："你刚才说……什么？"

"时空管理局啊。"银发女子笑吟吟地说着，虽然她不开口的时候有一种清冷疏离的气质，但一开口再带上点笑容那种清冷疏离感就冰消雪融了，一副很好说话的样子。

郝仁愣头愣脑地问："不是，我是说后半句你说啥？"

"哦，驻王八坨子办事处。"银发女子很高兴地点点头，就这么痛快地承认了。

郝仁几乎想一头撞死在……还是出门再撞吧，这里的东西看着都挺名贵的撞坏了兴许赔不起，但他是真想一头撞死在什么地方！“时空管理局”跟“王八坨子办事处”这俩天上地下的词是怎么愣组到一块的？而且眼前这个白头发妹子说出来的时候竟然一点都没觉得不对，看她脸上那表情就好像这天经地义一般。郝仁听到这句话的心情就跟听到下面这句话一样：老王家有三个孩子，老大叫大明，老二叫二明，老三叫艾森布里克·威廉·汉尼拔……

但银发女子说得是如此有道理，郝仁竟无言以对：这旁边确实有个王八坨子。

“呵……呵呵，”郝仁满脸僵硬地干笑了两声，在仿佛棉花包一样的厚垫座椅上挪了挪身子换个稳妥的姿势，他担心再听到点什么冲击性东西会让自己摔到地上，“时空管理局是吧……唉，对了你刚才说自己叫什么？”

他这时才想起来刚才对方好像介绍过自己的名字，只不过那时他还忙着心情激荡呢就没听清。

银发女子丝毫没有介怀，比预想的还要好脾气：“我叫渡鸦12345，你要牢记，这很重要。”

“包括后面的数字？”

“包括后面的数字——其实数字才是本体，”自称渡鸦12345的女人用力点点头，“可以防止和其他渡鸦搞混。然后还有什么问题？”

郝仁脑海中一瞬间闪过了人造人复制人黑暗势力邪恶军队图谋颠覆地球等一大堆设定，自带二十万字文本和十几个主角的爱恨情仇以及三套男女关系——不能说他想象力太丰富，只是平常电影看多了。不过他很聪明地没有问其他渡鸦在哪儿（经验判断他认为这是个禁忌问题，当然日后他会知道自己错得有多离谱），只是挠挠下巴：“渡鸦12345……啊，名字挺有创意的，呵……呵……呵。那你找我有事？”

银发女子微微一笑：“你家应该已经住进去一个奇奇怪怪的生物了吧？计算没错的话是个‘狼人’。”

郝仁一瞬间紧张起来，浑身的肌肉都忍不住一颤：他之前还把这当成最高秘密打算严防死守，认为莉莉的身份绝对不能暴露出去，这是他对自己熟悉的日常生活的最后一丝徒劳挽救，却没想到眼前这个神秘女人竟然什么都知道的样子！不过很快他又放松下来——既然眼前的神秘人也是“异类”，那她知道一些事情也没办法，郝仁很清楚自己对某个神秘领域几乎还是两眼一抹黑，所以不能表现得太过一惊一乍，这会让自己落入被动。

既然渡鸦12345没有提薇薇安的事，这说明她的情报也有点落后，郝仁自然也不会主动多事。

他点点头："确实，不过这应该没犯什么忌讳吧？你们那个时空……管理局是管这个的？"

"没什么忌讳，只是提醒你一下，今后你家还会有更多奇奇怪怪的家伙住进去，这是你将来的工作，"渡鸦12345轻描淡写地语出惊人，"组织上对你寄予厚望……"

"等一下！"郝仁终于忍不住蹦了起来，"这都是你们安排的?!"

"当前不是，不过今后就是了，"渡鸦12345耸耸肩，"反正你已经与那个叫莉莉的'狼人'接触过，正好我也缺一个帮手，你很适合这项工作。"

"你们到底是干什么的？"郝仁皱着眉，他感觉眼前这个渡鸦12345说话有些颠三倒四，总是莫名其妙就开始自说自话，而且半天说不到重点上，你倒是解释一下时空管理局是干啥的啊！

"我们？'我们'这个群体可大了，"渡鸦12345摸摸鼻子，"希灵帝国幅员辽阔，管理的宇宙数不胜数，部门繁多，分工复杂，干什么的都有，你笼统地把我们当成神明就行，这便于理解——顺便说一句我们也是最近才整体转型成神族的，组织很年轻，但年轻才有机遇嘛。至于时空管理局，是帝国下属的一个专门用来管理各个宇宙的部门，负责信息传递，对宇宙之间的穿越行为进行疏导和管制，提高世界凝聚力什么的……反正上头新发下来的文件是这么说的，今后改了另算。我就是时空管理局的基层干部，在这边负责本宇宙的琐事——比如防止某些种族作死弄个世界末日出来，或者规划一下天体的演化之类。按理说这不是我的工作，因为一些特殊原因吧……我在这儿顶班。至于你，是因为我需要一个助手——我要管理整个宇宙层面的事，所以局部地区的琐事就需要找代理人，你被选中了，感觉自己牛×不？"

郝仁头昏脑涨地听完这近乎天方夜谭一般的故事，很冷静地站起身："谢谢，但你是个好人，你们的特摄节目很有趣，请问出口在哪儿？"

渡鸦12345脸上连惊讶的表情都欠奉，好像她已经看多了类似情况似的，等郝仁说完，她才轻轻打个响指："按照入职要求，新晋见习审查官需要进行心理测试，测试周期挺长，现在对你进行最基础的……"

郝仁还没来得及多说什么，就感觉浑身一轻，随后周围的景色天翻地覆！

那华丽的大屋不见了，四面八方是浓重的黑暗扑面而来，郝仁发现自己站在一片虚无中，随后这片虚无中有一个亮点猝然爆发，光芒万道！

最先出现的是一团无可名状的灼热亮光，无法辨识结构，也没有固定的形态。这团光芒以压顶之势迎面冲来，转瞬间便扩散到无边远处，郝仁只来得及眨一下眼，这光芒便已经膨胀到他无法理解的规模了。

随后光芒黯淡下来，超高能级的能量迅速衰落、降级，原始的微粒在冷却和层层衰减中诞生，最初那道闪光的余波吹拂着宇宙万物，最早的原始星云诞生了，并为今后的星系团和巨型天体结构打下基础。

一切还在继续冷却，古老的恒星开始在原始星云的物质浓密处诞生，原始星云本身则在分化中变成各自独立的星系团。局部的核反应取代了大爆炸的迅猛能量，世间万物迎来了更温和的秩序时期——随着冷却持续，原始恒星也在迅速燃烧中耗尽燃料，在一次次大爆炸中抛射出累积多年的重元素，这些重元素是“最初闪光”之后第一次出现的高稳定物质，它们沿着恒星残辉指示出的路径飞行，碰撞，融合，并被新生的年轻恒星捕获。

最初的恒星系诞生了。

物质越来越稀薄，躁动不安的星系也在释放了大量能量、消耗了大量物质之后变得安稳下来，宇宙的复杂度开始提升，群星演化，生命繁衍，郝仁感觉自己的视野已经超出人类理解，他站在一个近乎全知的角度观察整个宇宙，于是一眼便看到了自己努力寻找的目标：在一颗年轻的恒星附近，一颗蓝色的星球正在被绿色覆……

然后画面就卡住了，一行字从他眼前飘过：创世纪录像专家试用版，如需继续使用请充值。

周围的景象潮水般退去，郝仁发现自己还是坐在那个华丽的大房间中，汗水湿透衣襟。而自称渡鸦 12345 的女性则笑吟吟地看着他：“这就是你们宇宙演化至今的记录，当然局部区段进行了时间轴调整，以方便你观看。这不是我录的，而是直接从宇宙底层信息中剥离出来的快照，所以你等于亲身经历了一次创世纪，感觉怎么样？”

第二百六十三章　走起

维姆风风火火跑进来传达了一个糟糕的消息，让希尔妲的眉头顿时一皱，不过她对这个消息并不意外："是么……看样子果然会跳出来啊。"

"你早就猜到了？"郝仁奇怪地看了她一眼。

"总会有人存在不同意见的，"希尔妲不甚在意地耸耸肩，"我能让绝大部分精灵支持长老会的决议，这已经是民心所向的表现，而剩下的人总会有些不一样的想法，我早就知道会有人提出反对意见，只是这些人或多或少而已。维姆，他们怎么说？"

"乐土组织的一些成员似乎在暗光之岛宣传这是一场骗局，另外还有一些异见组织在通过各种渠道号召民众起来质疑'大迁徙'背后的真相，"维姆说着，脸色略有尴尬地看了郝仁一眼，"简而言之……他们不太信任一群来历不明的异邦人，尤其不相信会有如此大方的事发生，不相信有人会慷慨到将一整颗星球拿出来帮一群陌生人。"

郝仁原本还想着大迁徙的事儿一成，艾瑞姆社会中那些乐土组织和类似的异见团体就直接顺势消散了呢，毕竟资源枯竭的危机没了，这些异见组织聚集起来的理由也跟着消失，他们没道理继续蹦跶下去才是——但他现在才知道自己还是太年轻，有些事情想得过于简单。精灵和人类一样，也是思维很复杂的生物，换句话说就是很多时候都想太多：这不眼瞅着女王公告刚说完阴谋论就出来了，由此可见逗比是一种信仰，不随着情势转变，哪怕天塌下来某些人也是能找到全新的添乱姿势的。

但这些异见者的想法并不是不能理解，面对这种近乎天方夜谭的好事儿和一群连物种都不清不楚的异邦人，不管是谁产生怀疑都属于正常现象。那些疲于生存的艾瑞姆平民或许已经习惯听从女王的一切吩咐而不思考其他，但那些整日研究阴谋的黑色组织在这种情况下要是不蹦出来那就对不起他们的职业道德了。

希尔妲对此显然早有准备："你们手头掌握着多少组织的情报？"

"大约百分之七十，"维姆点点头，"过去一个月里他们的活动很高调，所以暗探趁机会掌握了不少情报。母亲大人，要展开大抓捕么？"

“不，这种时候采取过激措施反而会引发更大混乱，说不定他们连‘女王被控制心智’的故事都能编出来，”希尔妲摇摇头，“交给菲尔顿，他就是专门应付这种情况的。”

等维姆点头退下之后郝仁忍不住看向希尔妲：“用我们帮忙不？这貌似是个挺棘手的事儿。”

“不，这是我们的内务，最好还是让我们自己处理吧，要是我手下的议政团连这种事都办不好那王国也没救了。”希尔妲很自信地婉拒了郝仁的好意。

薇薇安走到窗前，看着远处广场上仍未散去的人群：“这对他们可是个很大的冲击……不过只有三天时间，来得及么？整整十亿人的大迁徙，我觉得应该准备更久才对吧。”

希尔妲对此同样很有信心：“艾瑞姆王国已经很适应这种大规模的紧急动员了，三天时间对我们而言足够做好准备，很多应急方案和部门其实都是现成的。而且你们刚才也看到了那些不安定的社会因素：时间拖得越久它们就越容易出问题，我要在更多异见者煽动起更多民众之前保证第一批移民顺利抵达新家园，只要第一批人安全到站，很多事情就都顺了。”

郝仁听得连连点头，希尔妲和她的治国团体确实雷厉风行，但雷厉风行之余也不欠缺考虑，而且说实话……这帮精灵再准备又能准备到哪儿去呢？他们可以说是一穷二白，能带走能用上的物资设备归拢归拢也就那么多，他们一直是精打细算过来的，已经穷到不管去哪儿都可以拎包就走的地步——也就只剩下个包了……

希尔妲没有在皇家尖塔待太久，很快她就召集手下的大臣们到议政厅去处理那一大堆激增出来的公务了，接下来的三天这位女王以及她手下的议政团体恐怕将迎接艾瑞姆有史以来最繁忙的大加班，这个王国的整个管理阶层大概都别指望能休息哪怕一分钟了。

而在这三天里，郝仁也真正见证了这些精灵的办事效率到底能高到什么程度：

这是一个隔三岔五就要紧急动员，连三岁小孩都要跟着大人经常参加救灾演练的特殊文明，他们已经将“紧急事态”四个字刻在骨子里，就如希尔妲所讲，他们的所有物资从一开始就统计精确到小数点后三位，他们的设备压根儿不用再次清点就已经按重要程度和类别分档管理，他们的仓库按照重要程度泾渭分明地划分了堆栈，甚至他们的每一个公民都习惯把家里的东西按照“维生基础”“紧急可携带”“可抛弃”三极分类保管，这样一个种族是不用怎么特殊动员的。

拜那些严重过期故障不断的浮岛所赐，艾瑞姆精灵在最近一千年里没少经历过“紧急迁徙”，浮岛发生崩坏的时候可没有准备时间，很多时候穹顶城市里的几百上千万市民在二十四小时内就要全部撤离到其他岛屿上去——这次希尔妲还给了大家三天时间搞规划，这对很多艾瑞姆平民和城市管理者而言已经算格外宽裕了。

在第一天，所有穹顶城市便发回了物资统计和人口报告，第二天，临时成立的迁徙管理委员会开始在物资长老会的委派下将每一座穹顶城市的物资汇总并提前按人头进行预分配，同时各个浮岛上的工厂也开始加班加点进行拆除作业，他们要把相当数量的设备带到新家，以保证尽快在新家园扎稳脚跟。而且考虑到大迁徙之后原有的社会结构很容易发生崩坏，十亿人被扔在一个陌生世界里要面对的第一个问题就是重建管理秩序，因此他们还要带去足够的通信设备并保证每一批迁徙队伍中都有足够的管理人员。郝仁将渡鸦12345传授的那些“移民经验”全都转交给了希尔妲和她的长老会们，这些经验的作用毋庸置疑，但不管怎么说，这次大迁徙对艾瑞姆文明都不只是一次拯救，更是一次考验。

如果他们的管理者不够强力，这十亿移民说不准就会变成十亿难民，他们的社会秩序和重建能力必须经受住这次考验，否则可以预见的将是长达数年甚至数十年的混乱，渡鸦12345可是顺便告诉过郝仁一个真实案例的：某个社会稳定性不佳的种族在大搬家之后落地摔成十七八个割据势力，那场面简直不要更酸爽，据说当时负责办理此事的审查官为这事儿还被扣了俩月的奖金……

郝仁觉得自己很幸运，不用担心被扣奖金，因为至今他都没见过奖金长啥样……

什么时候能转正啊！

总之不管怎么说，郝仁觉得希尔妲和她身边的大臣们应该是有能力控制好局面的。

在希尔妲的“女王公告”发布当天，郝仁就联络了883舰长，对方表示一切都不必担心，舰队的召集工作相当顺利，一群“有着多年共事经验而且忠厚可靠的老船长”一听说有机会来助人为乐，当即每个人都被心中的正义感所激励，热血沸腾地恨不得把货仓里的东西全都扔到太空里然后直接跑过来帮忙。说实话，883 舰长语气诚恳得让郝仁差点就信了……

三天时间转瞬即逝，在忙碌中众人几乎没感觉到时间流逝，一眨眼的工夫就到了上路的日子。

艾瑞姆太空岛链仍然静静地在那颗孤独恒星周围运行着，穹顶下的城市却弥漫着一种紧张而异样的气氛，今天就是移民舰队出现的日子，这究竟是不可思议的事实还是一次空前的玩笑很快就要得以验证。

无数精灵聚集在旭日之岛皇家区外的广场上翘首以待，希尔妲和她的大臣们则站在围墙外的大平台上，如今已经不需要什么形式上的激励演说或者发号施令，所有人都在同样地等待着。郝仁就站在希尔妲身旁，他看着下面黑压压的人群感觉有点冒汗，他能很强烈地感觉到有无数视线其实并不是看着希尔妲，而是集中在自己身上，不过他还是尽量表现得自然一点：“应该就快到了。”

“舰队来到穹顶上空的话直接就能看到，”希尔妲有些期待地说道，“那一定很壮观。”

“壮观不壮观我不知道，但肯定很五花八门，”郝仁扯着嘴角，“我召集了一帮杂牌军，他们基本上全是跑私人运输的，我这算亲手审批了一次史上最大的黑出租车队啊……等会儿，我问问他们到哪儿了。”

郝仁说着，让数据终端接通了 883 舰长的通讯：“我说你们到了没？”

通讯器里马上传来了 883 那粗犷有力的大嗓门：“就到了就到了——刚才过门的时候稍微卡了一下，有个逗比新人卸货没卸干净，居然在货仓里留了没报审的军备品，差点让自动警戒机给扣下……哦哦，这就到了，还有一分钟脱离超空间，有干扰我先挂了啊。”

郝仁对希尔妲耸耸肩：“这就到。”

没过一会儿，在穹顶城市外面巡逻的巡航机编队便发回了通讯，通讯内容在整个城市中广播出来（这能起到振奋人心的作用）：“侦测到不明能量场出现在岛链边缘……有不可思议的空间现象出现！船来了！舰队真的来了！”

广场上沉寂了几秒，随后骤然一片沸腾。

由郝仁负责号召，883 舰长负责组建，来自各大私营长途个体户，有史以来最乱七八糟的大型移民舰队终于抵达了这个荒凉的不毛之地，很快第一艘飞船便遵循引导信号来到了旭日之岛附近，巡航机将这艘飞船的磅礴身姿传输到穹顶城市中，城市各处的大型信息屏上随之出现了这第一艘飞船的影像，于是广场上再次一片沸腾。

第一艘到位的并非883号舰，而是一艘有着鲜亮的黄白色涂装、整体呈三角形的大型客运飞船，也不知道是来自哪个文明圈的私营飞船。郝仁第一眼就看到这艘船的侧面有一处全新的涂装，上面用巨大的艾瑞姆文字写着一行字："热烈欢迎艾瑞姆精灵乘坐本舰！'远行星号'客运飞船是你们出门旅行的必然选择！"

紧接着第二艘飞船也出现在岛链上空，另有一艘巡航机赶忙上前把画面转了过来，这艘船的侧面用更大的字号写着："'航宇运务'，快捷高效，无上之选！"

第三艘船几乎是咬着第二艘船的光影从超空间里蹦出来的，这艘船更夸张，一侧装甲带几乎都让广告词给占满了："要搬家，找'迅达'！迅达星际捷运，平民的价格，贵族的品质！新一代超空间引擎，来自帝国的生态技术，专业训练的卧槽字太大写不下了。"

郝仁看着转播画面一头冷汗，赶紧拽着希尔妲的袖子："直播能掐了不？"

希尔妲头上的冷汗不比郝仁少："这时候还怎么掐——十亿人都看见了！"

正说着呢883号舰也终于姗姗来迟，郝仁看到转播画面的一瞬间几乎瞎了一脸，这艘船别说装甲带了，丫整整四个面都用超巨型光带写上了广告词："883号舰，老字号运输专家，客货两用，专业快捷，帝国公务单位合作伙伴，您永恒的不二选择！本舰期待艾瑞姆朋友的第二次乘坐，并将永远竭诚为您服务！"

四个面都有字，每行字三公里长，而且还专门用发光带照亮，在太空里一闪一闪简直亮瞎狗眼，你找遍太阳系都肯定找不到比这更大的车体广告……

郝仁扭头看看身后：在他和希尔妲身后站着的是一群穿着制服精神抖擞的精灵，这些精灵是希尔妲最信赖的大臣，也是从三天前就开始准备、到现在心态已经调整到近乎抱着史诗荣耀感站在这儿的"外交官团队"。这帮勤恳可敬的精灵以莫大的使命感准备迎接今天这载入史册的第三类接触，却没想到出现在他们面前的只是一帮为拉活不择手段的黑车司机……

额，也不算黑车，毕竟这趟跨界运输是郝仁批准的，算招安了的黑车司机吧。

“我就说过你不用这么准备，”郝仁叹了口气，“来的都不是什么严肃家伙，连我这样的都算这次行动最高负责人，我旁边这个蹲在地上抠石头的都算大迁徙计划的首席文秘（莉莉），你觉得这帮外交官有必要么？”

维姆其实才是这支外交团队的组建者（也是最坚定的支持者），他表情古怪地看了看自己老妈和郝仁，这才别过头去：“虽然有所耳闻，但我真没想到……”

郝仁看了一眼那些争相在飞船上印广告词，恨不得把自己飞船的名字投影在人家艾瑞姆精灵太阳上的家伙，嘴角一扯：“喊，同行是冤家……”

这时候883舰长的声音突然从数据终端中传来：“到了到了！应该看见了吧？我们几个是舰队领航船和牵头船，剩下还有一大群杂牌军在这个这个……额，在这个岛链边缘的陨石带外面停着呢。你问一下他们把登舰手续都准备好了吧？我们从哪儿接手？这些浮岛有没有能直接给我们这些大飞船连接的转接通道？”

一连串问题砸过来，总算把希尔妲身边那些已经有点呆愣的大臣们给砸清醒，他们这才找到点“开工”的真实感，之前三天的演练可算派上用场，立刻就有人开始指挥起来：

“把通讯器转接到位！”

“发送预定的引导代码！”

“运输组运输组，准备开启十四至二十六号闸门……”

事实证明繁文缛节这种东西果然还是能省就省比较好，艾瑞姆精灵弄着不习惯，那帮老司机更受不了耽误时间。他们迫不及待开始了工作，各自按计划靠近他们应当负责的太空浮岛，准备开始装货。

不过有个问题还是未能避免：绝大部分飞船都没办法直接和艾瑞姆浮岛对接。

这些运输船全都是要命的大个子，而且装卸方式和对接方式也都五花八门，它们唯一的通用对接口还是执行的希灵标准：艾瑞姆精灵肯定没这个专业设备。所以这个装卸过程就要麻烦很多了：由每一艘大飞船派出小型运输机一趟一趟从浮岛边缘的出入闸门往母舰上装。

估计光装载第一批人员和物资就要一两天，这还是综合考虑到艾瑞姆精灵的高效率和那帮老司机的熟练度之后的乐观结果。

当然，有一些飞船是带有超空间传送装置的，并且其传送稳定性也能被精灵的体质所承受，这部分飞船的装载过程就要快捷多了。

不管怎样，本次交接双方都已经考虑到这个情况，老司机们的小型运输机已经准备到位，穹顶城市里的市政交通部门也准备了充足的运力，双方尽管都是初次接触，但在准备万全的前提以及各方专业人士的努力下，整个工作进行得还算顺利。

而那帮舰长并没有在自己的飞船上一直闲等着，他们有必要和这次的“大客户”接触一下，于是在883舰长的带领下，一大帮星际老司机乘坐着五花八门的穿梭机来到了旭日之岛。

并且见人就塞广告……

第二百六十四章　草本舰长

其实从那帮巨型飞船抵达艾瑞姆岛链以来，希尔妲和她身边的大臣们就一直处于晕头转向的状态。不得不说郝仁通过883的人脉召集起来的这帮舰长实在臭味相投，他们共有的行事风格让打定主意要来一次高规格外交行动的精灵们措手不及，原先计划的迎接仪式没了，外交稿件还没开始读就被宣布作废，还有一大帮外交官也被晾在了平台上，一群星舰舰长脚跟还没站稳就直接开始工作，雷厉风行的态度比希尔妲还厉害。

不过想想也是，大概正常的私营宇航舰长都是这个风格——人家来这边就是拉活儿来的，对他们而言今天这算日常业务，你见谁平常出门打个的还要提前沐浴更衣的?

幸好希尔妲多多少少对这种情况有所预料，对手下人该有的演练是一样都不少，艾瑞姆各级职能部门虽然一开始蒙了一下，但很快就走上正轨，开始按照计划转移物资和人员。

郝仁跟希尔妲站在皇家区高高的露台上看着下面城市的繁忙景象，看着那一张张或紧张或期待或迷茫的脸，这些精灵似乎还有点措手不及的意思。尽管从三天前就开始准备，但当巨型舰队真的突然出现在浮岛上空，所有人还是有种不真实的感觉，旁边的维姆都忍不住捏着自己的耳朵：“唉……不是做梦啊……”

薇薇安看向希尔妲：“这种时候你们娘俩就这么看着没问题么？按理说这时候应该大领导亲临一线指挥才对吧？”

“不，所有工作都有专门的部门在负责，这种大型行动需要的是大量专业工作人员和严密的制度配合。而不是一两个大人物在现场瞎忙活，我和维姆的工作在过去三天里就结束了。现在只要看着一切按我们的计划进行就可以。”希尔妲笑着看向穹顶城市上空那缓缓浮过的、怪异庞然的巨大阴影，“终于……开始了，这三天的辛苦没有白费。”

说着，她又低头看看自己微微发光的身体：“我突然发现这种被称作‘活圣灵’的形态还有个好处，竟然不会感觉累，过去三天我几乎完全没有休息，但现在感觉还是精力挺充沛的。”

莉莉看着希尔妲闪烁微光的身体，仔细观察之后发现对方的身影好像稍微暗淡了一些：“还是有影响啊，你没发现你魂淡了么？”

郝仁：“……少女你真是思路精奇，给你一块大骨头把那张破嘴占住可好？”

莉莉顿时高兴起来：“好呀好呀！”

这时候一群样式涂装都各不相同的杂牌穿梭机编队从东北方向的天空向这边急飞过来。那是来自移民舰队的舰长们，他们在靠近皇家区平台的时候完全没有受到阻拦，显然已经提前申请了穹顶内的空中航线，穿梭机在皇家平台上平稳降落，领头的三角形飞行器里跳出来一个体格壮硕宽面方额的魔鬼筋肉人——正是好些日子不见的883舰长。而在这位舰长身后跟着的是来自其他飞船的舰长们：绝大部分是人形生物，但也有几位骨骼精奇的异形混在其中。这帮舰长刚才在城市其他闸口绕了一圈，先跟第一批乘客打过招呼并且尽情发了一会儿小广告，这时候才跑来跟郝仁见面。

883巨热情，也不知道是真的多日不见甚为想念还是因为这次借着审查官的光大赚一笔而特别激动。总之他上来就是个威力十足的熊抱：“哎呀，郝仁，上次一别可……怎么这么硌得慌？”

郝仁身上闪烁着一阵微光：“废话，看见你这体格我下意识就把护盾打开了……”

希尔妲身后那帮大臣终于看到正主出现。纷纷围上来打招呼，一帮老司机立刻用星际时代的热情态度一一回应：“你好你好，我是‘远行星’号指挥官卡巴拉。这是我名片……”“我是‘白峨号’舰长，这是我名片……”“883号。我们客货两用，以后常联系。”“‘耀龙’号。我们专门跑大规模客运的，这是我们宣传册……”

郝仁上去把这帮奸商轰开：“行了行了！你们也太心急点，人家过去之后安顿下来起码也得好几年好么，而且说不定什么时候才用得上深空航行，有必要现在就拉生意？”

一帮老舰长互相看了一眼，有人嚷嚷了一句：“这叫前期投资——不能小看这帮混球，说不定谁就偷跑了！”

“你找的这都一帮什么人啊？”郝仁把883拉到一旁嘀咕起来，后者呵呵一笑：“都是生意场上认识的，几十年的老交情，放心吧，人品过得去。不过我们这些跑私营的都这样，甭管见到谁，只要是智力开化的都得塞一张广告过去，万一过几年就成客户了呢？”

希尔妲瞪着眼睛惊奇地看着这些有些粗鲁但又热情直爽的舰长们，随后突然深深一鞠躬：“谢谢你们前来相助。”

“别这样别这样——你这让我都不好意思收费了。”883赶紧闪开，然后好奇地看着郝仁，“这就是女王陛下？”

郝仁一点头，这帮人立刻就把希尔妲围起来了，接着发广告……

折腾好一番之后精灵们才适应了这些老司机的热情作风，众人便在皇家平台一角的接待室里休息起来，与此同时也不断有各方的工作人员把舰船装载情况向上汇报：已经有相当数量的精灵安全抵达各个运输船的客舱，而且他们对飞船上的生态环境显得很适应，负责领队的艾瑞姆方面负责人和各个运输船的工作人员交接都十分顺利。郝仁这时候突然想起件事：“对了希尔妲，那些乐土组织最后你是怎么解决的？”

“所有抱持怀疑态度的精灵现在都在暗光之岛上，”希尔妲答道，“那里本来就是乐土组织和很多异见团体的根据地，通过一直以来的诱导和最近这两天的造势，我终于成功让那些心怀疑虑的异见者完全‘占领’了暗光之岛，如今那座岛已经转移到岛链末端，上面全都是不愿意相信大迁徙的人——目前他们拒不合作，但也没办法影响大局。”

“你这是连哄带骗把他们隔离了啊？”郝仁了然地点点头，“原来这就是你的解决办法——那总不能一直这么隔离着吧？”

“当然不会，这只是暂时妥协和拖延，我要等到大部分精灵都在新家安顿下来，到时候哪怕是‘乐土’的人面对铁证也就没有必要固执下去了，自然会合作的。”

希尔妲的办法倒是温和而有效，看样子她早就在乐土组织等异见团体内部安插了自己的势力，之前或许是为了维持王国稳定，或许是乐土组织的危害并未超过将其连根铲除所要付出的代价，她才没有对那些人动手，而现在情况需要，她安插进去的特工便派上了大用场：诱导着那些反对派集中到了一座浮岛上。估计乐土组织那边还兴高采烈地庆祝自己终于成功占领了一块领地呢，压根没想到自己只是被暂时隔离了而已。

883 听着郝仁和希尔妲的谈话好奇地问了一句：“怎么回事？这中间还有猫腻呢？”

郝仁把乐土组织和其他质疑大迁徙的精灵的情况简单解释了一下，笑着摆手：“不用担心，反正影响不大了。”

883 想了想，觉得这压根不算个事：“不用这么麻烦，不就是让他们搬家么，我有办法。”

郝仁很奇怪：“你有办法？先说好咱们不兴绑架啊——今天这可是办好事来了，你用暴力手段是不行的，而且哪怕那些反对派也不是什么罪大恶极，他们只是疑心重而已。”

883 呵呵一乐：“放心吧，不用暴力。”随后他看向桌子对面：“凯帕，你那三艘船充能好了没？”

郝仁顺着 883 的视线看过去，发现桌子对面赫然“蹲”着一个不可思议的生物：那看上去是一株植物，上半部分的叶片有如含羞草一样，但这株植物的下半部分却是机械结构，它的根须与一系列机械节肢交缠共生在一起，看上去诡异得很。这株植物体形娇小，所以直接蹲在桌子上，而且之前压根没人注意到它，它就一个“人”在那儿蹲着发呆，同时把一条根须伸到旁边的小水盆里吸水喝。

刚才发广告的老司机里好像也没它，这是个低调的家伙，难怪会被人忽略。

“还有二十分钟，力场发生器不是那么容易启动的，”从那株植物下半身的机械结构中发出了一个略有些尖利的电子合成音，“这地方的空气不是很好，我感觉自己的叶子有些发蔫……波帕斯！说过多少次了不准在我旁边抽烟!”

在这株植物旁边坐着抽烟的另外一位舰长赶紧讪笑着把烟卷掐掉：“呵呵，习惯，习惯……”

郝仁目瞪口呆，感叹大千世界真是无奇不有：原来舰长这个职业还有草本成员哪?!

第七百五十八章　卓姆星球的最后一日

在巨龟岩台号的指令发出之后，宇宙各处的探测无人机纷纷作出响应，一个庞大的超高速数据链以惊人的速度开始建设起来。数以万计的无人机群从游荡中折返，它们有的正在数百亿光年之外绘制星图，有的正在某个荒凉的黑暗星球上建造基地，有的正在太空中设置哨所和工厂，现在它们暂停了眼下的工作，除去维持机群功能所必需的个体之外，大量机群从宇宙深处聚集在一起，在广袤的太空中铺设起了规模宏大的传输系统。

由于探测无人机本身的带宽有限，它们全都切换到了能进行超高速通讯的“织巢”模式，这个模式下无人机之间的通讯距离会有所缩短，但通讯效率却极大提高。无数这样的无人机就仿佛接力一样在晶核研究站和卓姆星球之间部署下来，它们在寒冷死寂的宇宙中张开自己银白色的天线系统，一个接一个地遥相呼应，等待着一次十六亿灵魂的传输。

在卓姆星球上空，刚刚抵达此处的无人机母机们正在紧张有序地建造一个大型天线阵列。那些闪耀着银白色光辉的、形如飞船的大型探测器在恒星至卓姆的延长线上悬停下来，将它们从机群基地里带来的大型天线组装成一个半径达到一公里的巨型圆环。大量小型无人机在阵列周围穿梭忙碌，将天线和能源系统固定到位，并且每完成一个部分便将自己也固定在天线的插槽里。机群意识控制着这项复杂精密的工作，在它的指挥下，那些大大小小的“飞船”比任何人类舰队都要灵活准确。

恒星的灼热光辉照射在初具雏形的天线阵列上，刺眼夺目，熠熠生辉。

在巨龟岩台号的舰桥上，郝仁他们紧张地关注着这项工程的进展。同时也关注着发生在卓姆表面的情况。那颗星球刚刚迎来了又一次恒星撕扯，如今它的所有表层几乎都已经被扯了下来，众人几乎可以看到那熔融的地面下露出了避难所和长子触须的身影。数据终端或许是现场最镇定的。它正以一台机器的冷静汇报着当前的进展：“无人机链路已经完成百分之八十，一小时后可以接通。飞船的转接系统也准备就绪。随时可以启用。”

巨龟岩台号悬停在卓姆的昼夜交界线上空，每时每刻都在俯视着阳光烧毁这颗星球的进程。而在这艘飞船周围已经聚集了一大群无人机，后者正忙碌地将自己固定在飞船下层装甲带上，并将大量状若管道和机械手的装置连接在飞船的天线周围。巨龟岩台号的一部分装甲板此刻已经被卸下，其内层的大量复杂结构直接暴露在外面：为了安装一套临时的转换设备，终端不得不让飞船进行了紧急的“改装”。

数据终端当时对此颇有意见：“本机必须强调，这是不符合安全操作规范的。”

当太空中的通讯链路逐渐建立起来的时候，卓姆也迎来了它的第三轮昼夜：这个世界的生命还剩下十二小时。

大部分人开始坐立不安地走来走去。哪怕是不明白这些高科技原理的南宫三八都一脸紧张，甚至从一开始就晕头转向的“滚”都被这里的气氛所感染，老老实实地蜷缩成一小团在椅子旁边安静下来。而郝仁则双手按在控制台上，等待着最后连接的建立。

终于，通讯器上出现了一张不断变动的虚化面容，无人机群的交互界面用生硬死板的机械合成音汇报着：“机群数据链连接成功，可以进行传输。”

“再等十分钟，”终端突然说道，同时用全息投影显示着卓姆背阳面的情况，“等阳光过去。数据连接点在这个位置——这里即将进入黑夜。在连接点入夜之后开始传输，我们将有六个小时的稳定通讯时间。”

全息投影上的卓姆星球被数据终端用两种颜色标注出来，向阳一面是红色，背阳面则是蓝色。而一个半径占星球半径四分之一的圆斑则正处于赤道位置，现在正逐渐从昼夜交界线进入夜晚区域。那里就是长子所说的“数据释放点”，是当初卓姆人在进入虚拟世界避难之前设置的、准备用来返回现实世界的灵魂传输口。而郝仁的计划就是将巨龟岩台号连接到那个传输口上，将整个物种的灵魂数据提取出来。在这个连接过程中，数据释放点将不可避免地暴露在地表的高温中，巨龟岩台号不怕这样的温度，可长子的组织器官不行，如果在阳光下执行这个过程，传输的稳定性将无法保证。

数据终端之前精确计算了卓姆的自转和无人机链路的建造速度。现在它终于成功把数据链的完工时刻提前到了“数据释放点”入夜前的十分钟。

昼夜交界线上的滔天火海在所有人的注视下缓缓后退着，随着阳光被星球遮挡。黑暗终于降临在预定的地方。

郝仁立刻转向通讯器：“打开数据释放点!”

通讯器上的不定型光芒抖动了一下，长子传来简短的两个字：“明白。”

随后卓姆的一部分星体便“绽放”开来。

就如同花苞绽放一般。行星在赤道位置突然隆起，随后大片大片的地壳和半熔融的岩层蠕动着裂向四周，规模远超山岳的板块碎片就这样被撕扯开来。而在那些“绽放”的花瓣周围，可以看到大量的、仿佛动物肌肉一样的组织在推动着它们。那就是促使行星“绽放”的力量，是长子的触须。

这一幕在太空中看过去都异常宏伟，简直不敢想象它们在星球表面掀起了多么宏大的壮观景象。

“这就是成熟期的长子啊……”莉莉瞪大眼睛看着星球打开的情况，声音有点发颤，“霍尔莱塔那几个简直就是小孩子……”

“没时间感叹了，”郝仁一边下达建立连接的指令一边飞快地说道，“这个裂口张开之后星球的强度会进一步下降，说不定会提前崩溃。终端，把所有转接系统上线——机群，就看你们的了!”

巨龟岩台号携带着一大堆刚刚安装上去的连接装置急速冲往星球裂开的洞口，无人机群的所有天线也在同一时间打开。而与此同时，卓姆星上那个巨大的“数据释放点”也将其深层的东西呈现了出来。

那是一大团难以描绘的事物，由生物组织、电缆线路、液体和气体管道交缠而成，看上去就像一颗硕大无朋的心脏，整个场面仿佛是星球把自己的心脏暴露出来一般，而这团巨大的事物周围则可以看到仿佛海洋般广阔的一大片红色液体，不用去分析其成分，郝仁便一眼看出那是什么：源血。

那想必是卓姆人曾经计划用来重建生态圈以及他们自己肉体的，但现在这些都派不上用场了。

源血暴露在太空中之后立刻开始沸腾，并向着数据释放点附近的生物组织涌去，而巨龟岩台号这时候也已经贴在那颗“星球之心”上方，大量线缆和转接插头被无人机们送了下去。

郝仁捏了一把汗，死死盯着控制台上的某个界面，接下来的十几秒钟里他甚至忘了呼吸，直到那上面显示出几个字才让他心中一块石头落地：“连接建立。”

终端的声音从舰桥广播中传来：“数据开始传输了。”

郝仁点点头，转头询问通讯器：“你那边感觉怎么样？”

通讯器上显示出长子的回应：“很好。”

南宫五月看到通讯器上的话之后仍然有些惊奇，这时候事情似乎都已经好起来，她也有机会表示一下自己的讶异了：“这个真的是长子在说话么？”

“刚开始我跟你一样惊讶，”郝仁知道对方在想什么，他笑了一下，“但理智的长子确实是这样，非常非常温和的家伙。”

薇薇安听到郝仁的话之后若有所思：“也正因为是这样温和的生物，在知道自己的母亲被害之后才更加疯狂吧——房东，你之后打算怎么跟它解释女神陨落的事？似乎……它还不知道这个消息。”

郝仁苦笑着摇摇头：“这种时候就别给我添这个堵了。”

“迟早是要说的，而且多半瞒不过去，”莉莉很认真地看着郝仁，“咱们只能尽量说得委婉点。”

郝仁默不作声地点点头，转身看着飞船外面的景象。

这是卓姆星球的最后一日。

（节选自起点中文网）

【粉丝评论摘编】

@libashiji：远瞳喜欢刻画女孩，大多数角色都是女性。但限于当前的高压政策，又不敢越雷池半步。不能暧昧的爱情很难写，远瞳聪明地把情感刻画大多放在了亲情上。其乐融融的亲情同样让人感动。至于爱情，恐怕只有和薇薇安的细水长流了，但反而这样感觉更自然。谁说没有暧昧、没有推倒、没有争风打脸、没有逛街炫富就写不出好的情感描写？远瞳给你上一课。

至于情节衔接，节奏控制，悬念设置，层层推进，这算是熟能生巧，就不算神性了。文笔嘛，很多人也不差。但刻画人物、场景的笔力和无限的想象力，只能用天赋来说明了。从《希灵帝国》初期的刻画能力来看，这真的只能说是天赋。多少人写一辈子都达不到的高度，远瞳几百万字就一蹴而就了。

@q1259950281：三观正，逻辑通畅，故事有趣而且富有内涵，悲情热血什么都涵盖其中。没有大多数日本轻小说那种为了洗白而洗白，为了剧情发展扭曲逻辑的缺点。世界观在上一本设定好了，到了这本，作者写作手法和流畅度都有不少的提升。

@最后的安眠：其实是粮草以上，但是还是想给这文撑一撑分数所以打了个仙草。文笔稍显啰唆，人物刻画却很生动，设定宏大却精致，没看过《希灵帝国》也能阅读。令人惊奇的作品。

@古城幽巷：作者从《希灵帝国》开始，就很擅长用不长的篇幅，给一个文明画白描，笔墨不多，却很生动。最近这几章，又是如此。不过除了我之外，没人发现这么明显的“流浪地球”梗嘛。特别是在星球地表，对星球发动机的那一段描述，显然受到大刘的《流浪地球》非常明显的影响。是不是应该给大刘付一点版权费啊？哈哈。开个玩笑，我不觉得这是抄袭，应该算是向大刘致敬吧。

@笑忘神君：《希灵帝国》框架下菜鸟检察官的成长史。前一本《希灵帝国》只能算干粮，这一本眼界宽广，又多有神来之笔，可算仙草。前十几章只算是日系轻小说的本土化生搬硬套，撑过二十章则可开始享受一段长久的精彩时光。

（导引、简介、节选、粉丝评论摘编：王恺文）

刷着弹幕观赏文明兴亡

王恺文

《异常生物见闻录》可以被定义为一部“二次元硬科幻”作品。它将中国传统科幻的“宏大叙事”传统安放在令网络读者舒适的安全距离上，让在“后启蒙”时期长大的网络一代于卖萌与吐槽中观赏文明的悲欢兴亡。

在以刘慈欣为旗帜的传统科幻中，“宏大叙事”是严肃的，唯有最庄重的人物和语言，才能被用来交代技术细节，构建核心创意，探讨文明发展、宇宙命运等终极命题。这一传统在中国科幻的整体评价体系中一贯是强势的，却在当下呈现出难以为继的尴尬局面。尽管刘慈欣凭借一人之力将中国科幻的“宏大叙事”推向极致，获得美国雨果奖的认可——然而，有意味的是，其获青睐的原因之一，即是这一承自美国二十世纪五六十年代科幻“黄金时代”的传统在西方世界已经式微。更有意味的是，在早已并入全球化版图的中国，刘慈欣其实也是独一无二的——更年轻一代的中国科幻作者也同样缺乏书写“宏大叙事”的意愿和能力，而力挺这一传统的期刊（以《科幻世界》为代表）明显后继无人。对于当下大部分的网文读者而言，技术细节、终极命题与严肃的语言风格本身即设置了较高的阅读门槛，“宏大叙事”的“硬科幻”并不受青睐。

作为在纸媒时代少数蓬勃发展起来的类型文学之一，中国科幻小说一个令人遗憾的事实是，这一脉传统始终未能在网络空间安营扎寨。网络文学中“科幻”这一类型的发展，与纸质科幻没有血缘关系，大部分作品属于网文自身发展出的“无限流”“太空武侠”与“末世文”，所汲取的营养多来自于好莱坞科幻电影、游戏以及日本的机甲动画，其风格也与纸媒科幻相去甚远。可喜的是，这两脉写作终于在《异常生物见闻录》合流——这部网络原生作品试图直接从大刘等传统科幻作家处汲取资源——不但有硬科幻的创意，还有“宏大叙事”的情怀，并且做了网络化处理。

《异常生物见闻录》在书写大部分“文明往事”时都保持着严肃沉重的基调，只是进行了一项关键的处理：将“宏大叙事”变作读者观赏的对象，用一层设定的“玻璃”来保持安全距离。在传统科幻中，主角往往直面“宏大叙事”带来的冲击，读者对此进行代入，感受文明危机带来的压力与危险。如房客伊扎克斯曾向郝仁转述过为探索宇宙而牺牲的下属说过的话：“飞到这么远的地方，回头看看自己来时的方向，所有人都会发现自己曾经是个蠢货。”这种探索与牺牲的桥段曾经在刘慈欣的《中国太阳》《山》等作品中反复出现过。种族求生的勇气、崇高的牺牲、残酷的抉择、绝境逢生的喜悦以及重生之后的迷茫与反思，这曾经是“宏大叙事科幻”作为一种类型文的核心吸引力。而在《异常生物见闻录》里，一切只是情怀。作品始终牢牢地将叙事的视角固定在郝仁一家身上，对于危机之中的文明而言，他们是天降救兵，对于已经毁灭的文明而言，他们是扫墓人与调查员。这两种身份本身都无甚危险，更何况作为希灵帝国的审查官，郝仁拥有作品中最强大的靠山，读者代入后处在绝对安全的位置，文明的兴亡则成为了被研究挖掘的对象。当读者阅读“文明往事”时，仍然可以满足对“宏大叙事”的需求，在作品出色的描写与叙述中获得震撼和感动，却不必因为代入其间而产生精神负担。作品本身单元拼接的结构，使得每一段“文明往事”能在十到二十万字内结束，避免网文连载机制造成单个创意被拉长注水，同时也能够提供更多的观赏对象来满足读者的需求。

“二次元”的人物设定与语言风格则让安全的观赏变得更加令人愉悦。《异常生物见闻录》的人物设定充满了有意为之的“反差萌”，主角郝仁作为身份尊崇的帝国审查官，却始终以普通人的形象和心态过日子。房客们也颇具特色，吸血鬼薇薇安热爱家务，魔王伊扎克斯倡导世界和平，狼人莉莉则时常犯二。这是近年来日本动漫流行的潮流之一，《打工吧！魔王大人》《不死者之王》等热门作品都热衷于将西方奇幻文化中的经典形象进行解构，将异类生物放入日常场域制造反差，生成“萌点”。《异常生物见闻录》在此基础上进一步将日常场域与日常性格本土化，种种生活细节带着浓重的北方市井风味。“反差萌”制造的笑料也使得“二次元”风格的“吐槽”成为郝仁家中日常的重要组成部分，“二次元”亚文化与网络流行用语混合着“没溜”等北方方言，制造了强烈的喜剧效果。当这一群在日常生活中卖萌犯蠢的异类房客由普通市民郝仁带领着去救亡扶困时，“日常”与“宏大”在反差间增强了各自的表现效果。在文明兴衰的大场景面前，一群人的相互吐槽就如同视频网站的弹幕一般，场外的插科打诨与场内的壮怀激烈相互助推，读者在欢乐中满足了对于“宏大叙事”的观看需求。

在远瞳自身的创作脉络中，随着宏大叙事的增多，“观看”的安全性也在不断被加强。前作《希灵帝国》中，在轻松向的“二次元”同人情节里，主角陈俊一家尚且会遭遇涉及自身的危机；而在《异常生物见闻录》中，严肃的“文明往事”取代了同人情节，主角团队身上的悬念与伏笔则安全到甚至都不会引起读者的担忧。归根结底，“宏大叙事”包含的席卷世界的危机都被放在了“另一个文明”身上，主角与代入主角的读者坐在明亮且安全的房间里隔着玻璃、刷着弹幕，欣赏一场光年尺度上壮烈的悲欢兴亡。

重生潜入梦

第十个名字

第十个名字，起点中文网历史类、都市类新晋大神。曾以“萨瓦斯托波尔”的笔名在17K小说网发布历史穿越小说《南海风云录》（2013），后在起点中文网发布都市小说《游钓天下》（2014）。

《重生潜入梦》是该作者更名为“第十个名字”后发布的首部作品，也是他的成神之作。于2014年10月至2015年11月在起点中文网连载，目前居起点中文网都市类小说总推荐榜第十八位，会员总点击榜第十位，是本年度起点都市类小说中商业成绩和读者评价俱佳的作品。

该作虽有都市类小说惯用的利用先知优势发家致富乃至种马后宫等设定，但对这些固定套路的使用往往出人意料，其核心爽点不是看主角重生之后如何升级，而是看他如何有品位地享受人生。

作者对20世纪70年代以来北京风物变迁的细致展示，对北京老胡同故事、家庭生活的描写，呈现出了与王朔笔下“大院”故事不同的“京味儿”。这种带有知识性和怀旧色彩的“爽文”，是都市类小说的新尝试。

【标签】都市　重生　京味儿

【简介】

洪涛（作者前作《游钓天下》主人公）又重生到了1976年。那时的他还在上托儿所，虽是小孩身躯，却兼具了自己四十多年的人生阅历。成长过程中，他的家里、邻里之间有不少温馨有趣的故事发生。后来，他凭借后天的阅历，在改革开放大潮下，抓住了很多机遇创业，还出国在世界各地旅行、做生意，最终成为世界首富。在这个过程中，洪涛一直没有忘记享受生活，甚至干一般重生者都不屑于干的事，例如开美容院，研究怎么给自己文一只老鼠之类的。后来，他终于在“9·11”恐怖袭击那天“玩脱了”：他本来准备在恐怖袭击发生时跳伞，玩一次大冒险；结果因为他在最后关头发善心救小孩而被摔成了残疾。出院后，他乘船在加勒比海自沉。小说最后暗示洪涛还会重生（该作完结之后新开坑、目前正在连载的《南宋不咳嗽》的主人公也叫洪涛）。

小说最初名为《红旗下的蛋》，后来未通过审查，才改用现在的名字。“重生潜入梦”意谓所有关于洪涛的故事都是几个重生的梦。在小说介绍里，作者说“我们的个性都是圆的，红旗下孕育着新的生命，在新时代成长的新一代”，解释了原小说名的意义。

以下选段出自小说第七十六至七十八章、第一千二百〇七至一千二百〇八章。第七十六至七十八章主要围绕洪涛抓蛐蛐展开，写出了北京老胡同里的生活乐趣；第一千二百〇七至一千二百〇八章是小说最后两章，讲的是洪涛在“9·11”摔成残疾然后自沉的故事。这是都市重生小说中罕见的结局，没人能够一直YY下去，重生的结果也可能是自我膨胀而最后自毁。

【节选】

第七十六章 抓蛐蛐

这种竹子婴儿车后世可能都看不见了，这个车里有三块挡板，可以任意搭配组合，让车变成好几种形态。当三块板都平铺在中层时，这辆车就变成了一张婴儿床，车的两头还有小门可以打开，增加床的长度。当把中间那一块板放到上层之后，婴儿车又变成了一辆可以让两个小孩对着坐，中间还有一个小桌子的推车，可以推着一对儿孩子上街，而且孩子面对面坐着，该玩还是该写字，都不影响农女当家。

如果把三块板都收起来，那竹子车就变成了一辆小型载重车，推200斤白菜回来不在话下，急了还装几百块蜂窝煤。洪涛也不知道这个车是谁设计的，简直就是绝了，非常符合当时的生活条件，既便宜又多功能，小孩用完了也不浪费，家里大人照样能用。

现在洪涛就充当了家里的大人，推着金月和张大江走在东四北大街上，他打算再去委托商店里看一看，还有什么好货色没有。再次来到商店门口，洪涛给金月和张大江一人买了一根大雪糕，让他们俩坐在竹子车里继续写功课，然后自己走进了商店里。

“嘿，小孩儿，来来来，你不是要蛐蛐罐儿嘛，又有货了，过来看看来。”洪涛刚进入商店，柜台后面那个男售货员就像看到财神爷一样热情地招呼上了，由于洪涛没事儿就在这几家委托商店里转悠，身份还特别特殊，这几家商店的售货员基本都认识他了。

“这和我上次买的那个蛐蛐罐是一套吧？还是那个人卖的吗？”洪涛看着柜台上那四个蛐蛐罐儿，怎么看怎么眼熟，盖子下面的款儿都是一样的，如果不是里面还没砸底，洪涛甚至以为自己家里的蛐蛐罐被人偷了，又卖到这里来了。

“这我没法告诉你，你又不是第一次来了，这个规矩你还不懂？要不要？”售货员没告诉洪涛卖家是谁，这是委托商店里的规矩，如果把卖家告诉买家，那商店还怎么吃中间的手续费。

“要！您给我找个东西装装，别碰坏了。”洪涛当然懂这个规矩，也就不再追问了。

“对了，还有这些玩意，那个卖家说是一套的。”售货员伸手从后面的货架上又拿起一些东西，扔在了柜台上。

“这是什么玩意啊？……他没说这是什么？”洪涛伸手拿起一个来看了看，材质好像是骨头做的，1寸宽、3寸长，几毫米厚，上面啥东西都没有。

“我哪儿知道啊，他说是和这些蛐蛐罐配套的，一个罐子一个，这是四个，另外还多给了四个，不知道什么意思，你自己琢磨去吧。”售货员找来一个木头箱子，里面还有稻草，不知道原来是装什么用的，不过装这四个罐子倒挺合适。

“谢谢您啊！等我会儿，我出去一下……”洪涛没接那个箱子，而是招呼了一声，转身跑了出去。

“大叔……这是我的一点心意，下次要再有这种玩意，您受累，帮我留留，我隔三岔五肯定来一趟，百分百买，您不用担心砸手里，怎么样？”过了几分钟，洪涛一溜小跑又回来了，凑到柜台边上，左右看了看没人注意，伸手递给售货员一盒“牡丹”烟。

“哎哟，你比那些货串子可懂事多了，那帮孙子天天净拿嘴填忽我，没一点儿正经的，你放心吧，有货我给你留着，卖不出也不给他们丫的！”售货员的后槽牙马上就露出来了，一盒“牡丹”烟8毛5分钱，已经算是好烟了。

“得嘞，那就麻烦您了啊！”洪涛本来是想买盒1块3毛1的“中华”烟来着，结果边上的小卖部里没卖的，现在看来，“牡丹”烟就足够了，还帮自己省了好几根大雪糕钱。

“哦，对了，您看见那二爷了吗？”洪涛突然又想起了那个老头，自从上次见到他之后，一直也没再见面，他还有好多东西想问呢。

“……没……你问他干吗？”售货员脸上的表情有点古怪。

“嗨，也没急事儿，就是想让他给我讲讲这些罐子的知识，成，您忙着，我走了。”洪涛并没发现售货员的表情，他根本就没回头。

“走喽，回家喽！小心点啊，别给我踩坏了！”洪涛抱着小箱子回到竹子车旁边，把箱子放到了金月坐着的挡板下面，还特意叮嘱了他们俩一声，然后推着小车继续上路，往东单方向走去，那边还有一个委托商店。

农历六月二十九，公历8月5号，星期三，这一天晚上洪涛姥姥家里又坐了一大桌子人，今天姥爷特意去牛街买回来8斤羊肉片和一堆牛肚、牛百叶，点上铜锅子，要在家里涮羊肉。要说今天是什么重要的日子？其实啥也不是，今天立秋，按照京城的风俗习惯，这一天要贴秋膘。

贴秋膘的意思就是吃点油水大的东西，把整个苦夏里失去的营养补一补，然后准备熬过寒冷的冬天。往年贴秋膘也就是饱一顿油渣韭菜饺子，不过今年市场上卖的主副食明显多了起来，不光猪肉、鸡蛋、麻酱、香油的定额都提高了一点，就连平时很少见的牛羊肉也都露面了。东单菜市场里还有了猪肉白菜馅的速冻饺子卖，而且不要粮票就能买，那个队伍从商场里都排到了商场外面，洪涛去晚了，看着长长的队伍连排都没排。

相对于这口吃来说，洪涛更喜欢立秋这个节气，因为他可以去抓蛐蛐了，至于那些蛐蛐到底是脱了几层壳的，他就没工夫去琢磨了，那些知识还太深，一边玩一边琢磨吧。

吃完了涮羊肉，洪涛拿出白天新买的四节一号电池，换到手电筒里，然后穿上一身旧衣服，拿起蛐蛐罩子和一根用通条改的小铁棍，招呼上不情不愿的小舅舅，迎着月光走向了胡同深处。之所以要叫着小舅舅陪伴，主要还是为了自身安全着想，他在这片名声太臭，学校里的同学也都住在这一片，万一自己落了单，挨揍的可能性不能说很大，但也不是没有，还是加个保镖比较合适。

在胡同里抓蛐蛐比在野外容易多了，胡同里没有杂草，只要听到了蛐蛐叫，你就循着声找吧，一般都会摸到某个大杂院里，那些蛐蛐不是藏在墙角的砖缝里，就是藏在花盆、水缸之类的杂物缝隙里。只要确定了蛐蛐的位置，这只蛐蛐也就无处可逃了，如果是墙缝里最容易，只需要用蛐蛐探子伸进去，把蛐蛐赶出来，用蛐蛐罩子一扣就算齐活了。如果要是藏在杂物堆里，那小舅舅就要倒霉了，他得负责把杂物搬开，还得轻手轻脚地搬，不能惊动了蛐蛐。

抓蛐蛐最大的难题不是蛐蛐，而是人。大杂院里突然来了两个陌生小孩，摸着黑举着手电筒在院子里乱窜，搁谁看见了也得往外轰，所以抓蛐蛐的时候还要避开大人，最好是在9点多以后，那时候的人们睡得都早。

另外一个要注意的，就是墙缝里、杂物堆下面藏着的各种昆虫。比如说蝎子、蚰蜒（钱串子）、蜈蚣之类的虫子，这些东西有的吓人，有的咬人，有的叮人，当时的老人为了不让自家孩子到处乱跑，就经常吓唬小孩说：别四处乱钻去，赶上钱串子钻你屁眼里去，你就没救了！

就因为这句吓唬小孩的瞎话，不知道有多少钱串子被孩子们踩死，它们死得冤枉啊！是背着一个坏名声含冤死去的，而且一直都没人站出来给它们平反，因为它们根本就不钻什么小孩屁眼。

至于蚊子之类的小虫，那时候的小孩好像根本就没什么记忆，叮就叮呗，一玩起来谁还顾得上那个，痒痒了回家擦点清凉油就算 OK 了。不过洪涛比较怕蚊子，所以他把自己捂得严严实实的，宁肯热得一脑袋汗，也不想被蚊子叮几口。

“这是个废物！不要！”第一只蛐蛐很快就落网了，洪涛拿出戥子称了称，连 4 厘都不到，没有什么养的价值，太小了。

这里的“厘”不是厘米，也不是长度单位，而是重量单位，10 厘是 1 分，10 分是 1 钱，10 钱是 1 两，也就是 50 克，那么 1 厘就是 0.05 克。一般来说，蛐蛐的平均体重在 5 厘左右，超过 5 厘就算是大蛐蛐了，不足 5 厘的身材太小，可以当鸣虫，当不了斗虫。

厘只是北方的京、津、冀、鲁一带的称重单位，叫作小厘。到了南方不这么算，南方叫斟和点，斟是上海那边的计重单位，点是苏杭一带的计重单位。这三种计量单位之间如何换算那二爷没说，洪涛也没想起来问，反正他现在也不打算去南方收蛐蛐，问那个也没用。

“哎哟，小涛啊，咱回家吧，小舅我都困了，这得有 12 点了吧！”洪涛和小舅舅沿着炮局胡同，一直抓到了北小街，蛐蛐是抓了不少，但是达到洪涛要求的并不多，只有四只。

第七十七章　摆擂台

“这边的蛐蛐质量不成啊，明天晚上咱俩去地坛里抓吧？”洪涛不太满意，胡同里的蛐蛐身材明显比较瘦弱，抓了半天，只有一只勉强够 6 厘的。

“我不去，让人抓住又要去拔草，你自己也别去啊，里面有纠察队。”小舅舅拒绝陪洪涛去公园里冒险。

“3 毛钱一晚上，去不去?”洪涛又祭出他的大杀器，钱!

“5 毛!”小舅舅现在也会讨价还价了。

“成交！回家!”虽然洪涛觉得 5 毛钱有点贵，但是除了小舅舅也没别人肯陪他大半夜地去地坛公园里抓蛐蛐，只能咬牙认头。

洪涛没回自家去睡觉，而是先把那四只蛐蛐都送回了小舅舅屋里，放进了蛐蛐罐，还在饭板上放了点米饭粒，这才溜回自己家里睡觉。第二天一大早，洪涛又跑回来了，也不管小舅舅还起没起床，从小屋里把他那四个装着蛐蛐的罐子又搬了出来，按照那二爷所说的，开始换水、换米饭粒、换过笼。

“小涛啊，你这个蛐蛐罐子不错啊，让爷爷看看……哎哟……这个蛐蛐小了点儿。”洪涛正在院子里折腾他这几只蛐蛐呢，姥姥隔壁的张爷爷从院外走了进来。他不玩虫，但是玩鸟，每天早上都提着两个大鸟笼子去公园里遛鸟。

“我抓了半宿，也没抓到好的，您知道哪儿有好蛐蛐吗?”洪涛这次没反驳，自己这四只蛐蛐确实是不怎么样，只能勉强算是斗虫，估计也是业余水平的。

“嘿，你这可问对了人了，抓蛐蛐得去昌平十三陵、西山八大处和云冈，可惜你太小了，自己去不了，赶明儿我和鸟市上卖油葫芦的说一声，让他给你留意留意，有好蛐蛐给我留着，不过人家那个可都是要钱的，你姥爷能给你买吗?”张爷爷把鸟笼挂在屋檐下，然后把鸟笼外面蒙着的蓝布撩开，让鸟儿见见阳光。

“没问题，我自己有钱，你琢磨着得多少钱一只?”洪涛二话不说，从自己裤兜里掏出一把零钱。

“这得看蛐蛐的成色了，我琢磨着 8 厘的蛐蛐怎么也得块八毛钱的吧，少了不值得人家去费那力气，他们抓油葫芦都用笼子和网，抓蛐蛐就得下手慢慢找了。”张爷爷看来也懂点玩虫的门道，其实像他和姥爷这种老京城人，多少都懂点花鸟鱼虫方面的知识，就算自己不玩，身边玩这个的也不少，听也能听个半懂。

“要不明天早上我和您去鸟市吧，远吗?”洪涛一听这个价格，自己还能承受，心思也活泛了起来。

“成啊，明天你早点起，5 点 30 分在胡同口等我，我带你去，不远，就地坛北门。”张爷爷知道洪涛不比其他小孩，在家里属于能做主的那种，所以也不避讳带着小孩出去乱跑。

“得嘞，那明见了爷爷，我先拿出去试试!”洪涛有了新的蛐蛐来源，立马看不上自己这四只小蛐蛐了，把几个罐子往一起一摞，抱着就出了院儿，径直来到胡同口的大槐树下面，从后面的废品收购站里找来一块木板，用粉笔在上面写了一行字：斗蛐蛐，一局5分钱！然后把木板往树干边上一戳，自己跑去和收购站的刘爷爷下棋了。

这个时代的孩子起得都早，想睡懒觉也睡不成，家里的大人都上班，上班之前肯定会把孩子弄起来。不到9点钟，好几条胡同里的孩子就都三三两两地出动了，然后就看到了洪涛杵在大树边上那块木板上的字。

“洪涛！这是你写的？”很快就有孩子发现了洪涛身边那几个蛐蛐罐子。

“对，我写的，有蛐蛐的回家拿去啊，谁赢了我就给5分钱！输了不用赔钱，一共就斗四局，先到先斗。”洪涛头也没抬，一边在棋盘上拱着自己的小卒子，一边大声喊着。

“哦……啪嗒！啪嗒啪嗒啪嗒……”孩子们听完洪涛的话，立马哄叫一声作鸟兽散，胡同里立刻传来了一片塑料凉鞋拍打地面的声音，都跑着各自回家拿自己的蛐蛐去了，没蛐蛐的孩子只能在大树下等着看热闹。

“我第一个来的……我先斗！你把5分钱先拿出来我看看，别输了不给！”住在胡同口的一个孩子家最近，来得最快，他和小舅舅同年级，但是对于洪涛的臭名声还是很谨慎，生怕被骗。

“操！我名声就那么臭?!”洪涛把棋子一扔，认输了，自己这个象棋水平还真玩不过这时候的人，他们没啥娱乐项目，没事儿就下象棋。

“我先说好啊，不许喊，谁喊你找谁要钱去，好了，自己把蛐蛐放到这个盆里，哪边都可以。”洪涛把自己那个斗盆摆在地上，中间找了一片硬纸片充当闸门，然后指挥着那个孩子把他玻璃瓶子里的蛐蛐倒进了其中的半边，又从自己蛐蛐罐里拿起一个过笼，放到另一边，把过笼里的蛐蛐赶出来之后，再把过笼放回蛐蛐罐里。

“嘿，你这个蛐蛐罐挺好啊，谁给你弄的？”周围的几个孩子看着洪涛的动作，都开始羡慕了，他们养的蛐蛐大多装在玻璃瓶子里，没有过笼之类的东西，平时斗蛐蛐就找一个搪瓷盆当斗盆。

“我姥爷给我买的，别废话了，都闭嘴啊，准备开始了啊！天灵灵、地灵灵，红头将军快显灵！开！”洪涛维护了一下现场秩序，然后把斗盆中间的闸门抬了起来。

斗盆里的两只蛐蛐个头差不多，洪涛这只还稍微壮点儿，它们进入斗盆之后，正晃悠着头上的两根触须熟悉新的环境呢，突然感觉到了一股杀气从另一端传来，本能的反应让它们不禁勃然大怒：这是谁敢入侵老子的地盘？活腻歪了吧！呀呀呀呀，拿命来！

随着闸门的抬起，两只蛐蛐立刻就感觉到了对方的存在，开始往一起凑，当它们的触须互相碰触到了对方之后，不约而同地蜷起后腿，蹬住了地面，后背一使劲儿：嘟嘟嘟……嘟嘟嘟……嘟嘟嘟……

两只蛐蛐对着叫了起来，同时把两颗大牙张开，这是在向对方发出警告，大概意思就是：孙贼！你混哪儿的？出来混懂不懂规矩？你捞过界啦！麻利儿的给大爷滚回去，我要再在这片儿看见你，我就咬断你丫的大腿！

当然了，两个暴脾气碰到一起，光靠骂那肯定是解决不了问题，听那二爷说，蛐蛐打架和人一样，分好多种方式。有的上来就咬，不叫也不开牙，这属于比较狠的那一类；还有的必须把面子功夫做足，能不战而屈人之兵那就别动手了，实在不成才冲上去搏斗；更有不讲规矩的，上来先装㞞，不叫也不开牙，先慢慢靠近对方，等对方认为它㞞了，突然发动，上去就是一口，这属于走偏门的。

按照斗蛐蛐的规矩，每只蛐蛐在斗之前还需要称重，一般6厘的就和6厘的斗，就和奥运会拳击比赛一样，分重量级的。

因为蛐蛐这种东西天性好斗，两只公的凑到一起，不分出胜负绝不罢休，一般能不受伤就结束的很少，多少也得给咬伤，不是大腿丢了，就是肚子给咬坏了。即使不受伤，斗败的蛐蛐也会失去自信心，很久都不敢再去和别的蛐蛐争斗，就算以后又重新开牙了，战斗力也受影响。可是几个小孩子斗着玩，就没这么多讲究了，只要不是“棺材板”和“老咪”这种不好斗的蛐蛐种类，一般都是不分重量级的。

很快两只蛐蛐就互相骂完了，一看对方都没有退却的意思，立马张着两颗大牙冲了上去，头对头地掐在了一起。原本听那二爷说，斗蛐蛐有什么夹、钩、闪、躲墩、抱、箍、咬、掐、滚等招式，但是洪涛看了看，斗盆里这两只蛐蛐就一个招式，牙咬着对方的牙，头对着头顶牛！

也就几秒钟的时间，洪涛那只蛐蛐技高一筹，脑袋一扭，用大牙把对面的蛐蛐翻了一个滚，并趁机扑上去，一口就把那只蛐蛐的一只大腿咬了下来，然后也不再追杀了，而是站在原地，鼓动翅膀，六爪撑着盆底，高声鸣叫，估计是在说：傻×了吧！老子卸你一条腿是轻的，今儿大爷高兴，饶你不死，下次躲大爷的地盘远点！

“唉……”围成一圈的孩子们很是丧气，从这些叹气上就可以看出，洪涛在这片孩子中的名声有多臭，几乎人人都盼着他输。

“该我啦！该我啦！”看到这个孩子输了，后面又有孩子举着自己的瓶子挤了进来。

“别忙！别忙，等我换一只蛐蛐，你们总不能玩车轮战吧！”洪涛先止住那个孩子要把他自己的蛐蛐往斗盆里倒的动作，然后把过笼放进斗盆里，用草棍做的芡草把那只还在吹牛×的蛐蛐赶了进去，再把过笼放到原来的蛐蛐罐里。至于那只斗败的蛐蛐，直接倒到地上就成了，已经缺了一只大腿，毫无利用价值了。

第七十八章　质量不行

最终洪涛这四只蛐蛐两胜两负，掏出去 1 毛钱，蛐蛐也就剩下两只了。

“不玩了！不玩了！说好四盘就是四盘，你们自己斗吧！”洪涛把斗输的两只蛐蛐都扔到了房根下面放生了，然后把蛐蛐罐和斗盆收起来，抱着往家走。

“把你那个盆借我们用用呗！”还有孩子想继续玩，看上了洪涛那个斗盆。

“美得你，这个盆比你还值钱，你还真敢开牙，不看看自己毛长齐了没有，一边凉快去吧。”洪涛连头都没回，骂骂咧咧地走了。

第二天一大早，洪涛拿着自己的戳子和一个 4 号的小蛐蛐罐，背着一个水壶和邻居张爷爷直奔地坛公园北门的鸟儿市。其实说是鸟儿市，根本就没有市场，只是一大群喜欢养鸟的人平时遛完自己的鸟，然后提着笼子到这里来聚一聚，聊聊天，顺便点评一下谁家养的鸟好。

后来就有有心人在这里卖上了鸟食和各种活昆虫，大家也没什么摊位，就是推着自行车，车后架子上放着一个用窗纱做的笼子，里面装着上百只蚂蚱或者油葫芦，按照一分钱几只来卖给养鸟的人。

今天来的卖虫人不少，有七八份儿，张爷爷基本都认识，于是就带着洪涛挨个地问，有没有好蛐蛐可卖。这些抓虫卖的人不光是为了养鸟的人，捎带手什么的也会抓点蛐蛐蝈蝈什么的，赶早来这里卖上个把小时的鸟食儿，然后就去别的地方接着卖蝈蝈蛐蛐。

这些以卖鸟食为主、卖蝈蝈蛐蛐为辅的人，卖蛐蛐的时候采用两种方式，一种是不让打开他们那些竹筒，看里面装的蛐蛐，3 毛钱一只，赶上什么算什么；要不就是可以开筒看，也可以用戥子称重，满意了再买，但是需要 1 块钱一只。

洪涛不差钱，不想去碰那个运气，直接就用 1 块钱一只的方式来买。每开一个竹筒，就把里面的蛐蛐倒进戥子下面挂的一个带盖的竹编小容器里，然后称一称蛐蛐的重量，至少要够 6 厘 5 毫以上的才可以备选。等称完重量之后，再把备选的那几只蛐蛐挨个倒进蛐蛐罐里，按照那二爷前些日子说的那些选斗虫的窍门来进行最后的筛选。

首先要看的是蛐蛐的须子，也就是它头上长的那两条长长的触须。对蛐蛐来讲，触须就是它的感觉器官，对进攻和防御的判断，全要凭借这两条须子来判断。好的斗虫，要求触须不能太长，而且还得又黑又粗，不能随意打弯，这说明它已经成年，而且触觉灵敏。

第二就要看蛐蛐的头，一般都分为黑、青、黄三种颜色，不管是哪种颜色，都可以出好的斗虫。它只是反映了蛐蛐的品种和年龄，是否善斗还要看头的形状。善斗的蛐蛐头形可以总结为三个字，那就是高、深、冲，按照洪涛的理解就是头要大，头顶到牙尖的距离要长，而且必须是个锛头。据说这样的蛐蛐牙齿粗大有力，而且牙齿带着弯曲角度，更适合在打斗时占据有力的角度。其次还可以用强光灯来照蛐蛐的头，光亮和不透明的比较好，太暗了说明蛐蛐已经老了，透明的说明蛐蛐还太嫩。

第三个就要看蛐蛐的牙齿了，这是它最主要的武器。从颜色上讲，不管是红紫色还是白色或者黄板牙的蛐蛐，都是颜色越重越好，这说明蛐蛐的牙齿骨骼已经硬了，就像我们吃的小龙虾一样，年轻的时候，小龙虾的钳子是青色的，捏上去还有点软，越长颜色越红，骨骼也越硬。另外就是牙齿的形状，要弯曲、细长、多锯齿的牙齿最好，短粗的牙齿看着敦实，其实打起架来一点便宜都不占。

第四个就是要看蛐蛐的脖子，要求蛐蛐的脖子粗、宽、直为好，如果前面宽后面窄，或者前面窄后面宽都不是好的斗虫品相。

第五要看蛐蛐的翅膀，简单上说要求蛐蛐的翅膀包裹着身体非常紧贴，两片翅膀咬合的地方不能有缝隙，更不能合不拢，而且翅膀上的凹凸不平越明显越好，说明这只蛐蛐的发音单位发育得很好。按照达尔文的进化论来讲，公蛐蛐只有翅膀长得好，叫声悠扬，才能把最好的母蛐蛐引过来，基因才能更好。

第六就是要看蛐蛐的身体了，也就是脖子后沿到尾巴尖的长度，这个长度如果短了，那蛐蛐就缺乏耐久力和韧性，如果太长了，就会没有爆发力，所以最合理的长度就是占身体的61%左右，符合黄金分割位。另外一点就是看蛐蛐吃饱之后，肚子不能太大，太大了说明蛐蛐身体里肌肉不足，全是脂肪，就和人一样，喝一个啤酒肚之后，打架肯定受影响。

第七要看蛐蛐的六条腿，尤其是腿的颜色，就说明了这只蛐蛐的生长环境。凡是浅色腿的，要求脚腕处必须有红斑，深色腿的要求大腿内侧要有独立的斑点，不能连成一片，也不能是一片白。另外还要求两条大腿要在身体两侧分开，大腿第二节越长越好，这样蹬地的力量足。

最后要看蛐蛐的两条尾须，京城叫尾（音引儿），这两条尾须是蛐蛐的触觉和平衡单位，颜色最好与大腿颜色一致，这说明这只蛐蛐的气血很旺盛，全身血脉通畅。

其实这八条里，每一条还有很多细致的讲究，而且这八条里还有很多搭配上的学问，比如说青头蛐蛐搭配一个什么颜色的脖子和翅膀出好斗虫的几率高，黑头蛐蛐的牙齿是什么颜色更可能是好斗虫，等等，不过那二爷没讲这么多，就算讲了，洪涛也记不住，这玩意是中国人总结几千年的东西，一时半会儿不可能全都搞懂。

另外那二爷还教了洪涛一招迅速辨别蛐蛐是否健壮的方法，就是把蛐蛐扔到水里，然后马上捞出来，这时的蛐蛐会猛力弹动大腿，须子和尾也会来回摆动，谁踢得有力、须子和尾分开迅速，谁就是身强体壮的。可惜的是，卖蛐蛐的绝不会让你把蛐蛐扔水里做试验，因为蛐蛐一旦受了潮，就不能放到竹筒里携带了，需要让它在干燥的地方把身体晾干，否则就会得病。

最终洪涛按照这九条窍门，自己自由组合判断了一下，然后买了五只他觉得最好的蛐蛐，其中一只黑头紫翅膀红牙的蛐蛐他最满意，那家伙不光长相很给力，而且个头还大，足足有8厘重。

“大叔，下次手里有好蛐蛐的话，尽管来这里找我张爷爷，让他带话儿给我，我保证来，只要蛐蛐好，价格肯定不会亏了您！”洪涛和那七八个卖鸟食儿的人几乎都说了同样的话，然后带着五个小竹筒跟着张爷爷回家了。

回到家之后，洪涛先给五只新买来的蛐蛐把房间准备好，然后把它们放到了新家里，并没有马上进行打斗。这也是那二爷告诉他的，新蛐蛐弄回来之后，最好也得养上一天，让它们恢复恢复体力，然后才可以打斗，最好是多养几天之后再打斗。

如何让蛐蛐恢复体力，这也是一门学问，洪涛上辈子养蛐蛐的时候，都是用扁豆角里的豆子喂蛐蛐，但是那二爷说那都是棒槌才干的事情，蛐蛐的主要食物还是谷类，尤其以黄小米最好。他说黄小米不仅养人，还养蛐蛐，而且容易消化，不会把蛐蛐撑出一个大肚子来，营养还够。

喂食的方法是先把黄小米蒸熟，然后掰几粒嫩玉米粒捣碎，用玉米汁拌黄小米，放凉之后放到蛐蛐罐里的饭板上，蛐蛐保证喜欢吃。除此之外，隔几天还可以喂一些药膳。用茯苓5克、白扁豆5克、杜仲3克、熟地黄2克、甘草2克、灵芝1克，加500毫升水，烧开之后文火煮30分钟，然后把药渣捞出来，放入一个土豆，煮10分钟，把汤倒掉，把土豆碾成土豆泥。这就是给蛐蛐吃的药膳，可以补气强身。

“哎哟，我的小祖宗哦，你这是弄什么呢？怎么一屋子药味儿啊！”洪涛也没闲着，安置好了蛐蛐，就跑到北新桥的中药房里把这些药材给买了回来，马上在姥姥家的厨房里开始制作，结果让姥姥给发现了。

“我在给蛐蛐做饭，一会儿就好，不耽误您做午饭。”洪涛一五一十地把那二爷给他介绍的蛐蛐药膳和姥姥说了一遍。

“呸！活该他们铁杆庄稼倒了！活该把家都败了！整天不寻思怎么挣钱养家，光琢磨这个没用的玩意，小涛啊，你可不能学那些玩意，那都是败家爷们儿才玩的东西！”洪涛的姥姥一听，立马就开始骂上了。

“我知道，我知道，我就是闲着试试，不会败家的……”洪涛连推带劝地把姥姥给弄出了厨房，这个老太太虽然不是劳动人民出身，但是对于八旗子弟玩的那些东西也看不上眼。

“小涛，你过来帮我看看，这个裤子和衣服做得对不对？”姥姥刚走，小姨又听见声从她屋里出来了。现在小姨算是彻底扑在服装裁剪工作上了，她现在已经不是一名高中生，而是变成了一个光荣的待业青年！

第一千二百〇七章 老天爷真会玩

“唉……我还不到30岁，就成瘫子了，你说这对我是不是特别不公平？要是50岁瘫也成啊，哪怕40岁以后呢！我以后是不是连拉屎撒尿都不能自理了？”洪涛本想揉一揉自己的脸，可是这个命令根本就传不到胳膊，胳膊更不会主动抬起来。

“是这样的，对此我很抱歉……不过也不应该对生活失去信心，说不定过几年随着科学的进步，有一些疾病是能治愈的。如果你不反对的话，我想现在给你做一个全身检查。”老头也让洪涛这句话说得不太好意思了，和一个病人生气很有损医德，于是他又开始安慰洪涛。

“成了吧，至少不是从鼻子以下瘫痪，我已经很知足了！要是不能说话，那我还不如死了呢。怀特先生，据你了解，世界上有没有安乐死合法的地方？我这种情况算不算可以要求安乐死的？”洪涛只能用脸上的表情代替肢体动作，所以说话的时候会不由自主地摇头晃脑。

“这……”怀特医生扭头看了看韩雪。

“你看她没用，只要我活着并且不糊涂，她就只能听我的，明白？你不告诉我也没关系，我可以去问别人。去把拉达和辛格叫进来，另外告诉她们一声，哭完了再进来！”洪涛很不耐烦，曾经叱咤全球的自己，现在连个医生都指挥不动了，这种反差非常不习惯。于是他说完前半句话，就用尽了全身力量，冲着韩雪怒吼起来。

“她们不在这里。我让她们去公司了，要不让阿珊来陪你？这几天她一直在这里守着。”韩雪被洪涛指使惯了。即使现在他只剩下一张嘴能动，依旧不敢反抗。

“打电话让她们俩过来。我都这样了，再赚多少钱也是白搭。先让阿珊进来，怀特医生，就别和我费劲了，也别全身检查了，我只问你一句话，我这个脊椎还有治好的希望没有？别说未来科技，就按照目前的医疗条件。”洪涛看着韩雪那张慌乱无助的脸，又把那股无名的怒火压了回去，现在冲谁喊都没用了，面对现实吧。

“……”老头这次没和洪涛斗嘴，默默地摇了摇头。

“OK，没关系，我明白了。现在我想和家人聊一聊，既然没有治好的希望，那就不用再耗费大家的时间了。对于您和其他医生之前所做的努力，我非常感谢。雪姐，陪怀特医生去给我办出院手续吧，我不想再待在医院里了，安排一下。我要回金字塔岛。”怀特医生脑袋摇晃的动作，就仿佛给洪涛判了死刑，也把他心中那团怒火连同一丝希望一起熄灭了。这时洪涛反倒平静了下来。

“艾特先生，请允许我提一个建议。从医疗的角度上讲，您目前还不具备出院的条件。这里对您的身体来讲，更合适一些。”老头没有跟着韩雪出去，他还在尽一位医生的职责，尽力规劝洪涛留在医院里。

“也对，那这样吧，我在家里弄一个医院，弄好之前先住在这里，雪姐，去吧，按我说的做。”洪涛想了一想，医生说得也对，自己是个瘫子，不光吃喝拉撒不能自理，搞不好连呼吸都要依靠鼻子上面这根管子，家里目前还没这个条件，还是住两天吧。

看到洪涛如此坚决，韩雪乖乖地出去打电话了，怀特医生也跟了出去，然后顶着一头鸡窝乱发的阿珊出现在门口。她好像突然间老了十多岁，非常憔悴，而且眼神很飘忽，不敢和洪涛直视，站在门口半天也不敢进来。

“进来吧，你背着我干的那些事儿我都知道了，也原谅你了，如果我还怪你，当时我就带着你一起上去谈判了。”洪涛感觉自己的呼吸非常急促，说了几句话就有点喘不过气，所以他也不想多废话，能用一句话说明的事情就尽量不用两句话说。

“我……我不是故意的……只是想给杉杉留点财产……”阿珊就像被子弹击中，直接就瘫倒在门边，手捂着脸号啕大哭。

“我现在说话很费劲，给我倒点水喝……”洪涛连歪头都不能，只能用眼角的余光去看阿珊，为了让她尽快平静下来，只好先让她动一动，分散分散精力，情绪自然就不那么激动了。

“我……我对不起你……”阿珊拿过来的不是水杯，而是一个吸管，小心地放到了洪涛嘴里，然后跑到卫生间里拿来一块热毛巾，轻轻垫在洪涛下巴上。这时洪涛才发现，由于控制不了胸肌的运动，他连用吸管喝水都会漏出来。

“别废话，听我说！这件事儿你知道我知道，没有第三个人知道，以后也就别再提了。你还算有良心，没和他们一起害我，那就不算背叛我，我原谅你了。不过不能让其他人知道你还做过这些事儿，否则她们会迁怒于你的，我不想看到你们之间有矛盾。现在别哭了，和我说说这些天发生的事情。”洪涛本来想伸手摸一摸阿珊的脑袋，然后再安慰她，以前他安慰别人的时候总习惯这样干，可是手没抬起来，这种感觉还得慢慢习惯。

“你飞下来的时候撞到了帆船的桅杆，然后挂在了桅杆上，随后赶来的几位记者把你解了下来，送到医院。我赶到医院时你还昏迷着，医生说需要手术固定你的脊椎，我给雪姐打了电话，得到她的同意，才签了字。当天晚上雪姐、燕子和谭晶就来了，还带来几名欧洲的医生。他们一起研究了你的病情，三天之后又给你动了第二次手术，但还是无法让受伤的脊髓神经恢复。”阿珊听了洪涛的话，扭头跑进了卫生间，隔了两分钟才出来，脸上全是水渍，但哭泣声已经止住了，这才坐在洪涛床边，开始讲述当时的情况。

“怎么治病就别讲了，收购战怎么样了？”洪涛并不想了解医生是如何给自己看病的，韩雪和燕子找来的医生，肯定不是庸医，既然他们和美国医生都无能为力，那还琢磨病情有什么意义呢，还是听一听自己那个局到底是什么结果吧。

“你赢了，拉达她们一开盘就大量抛售手中的股票，和你开会的那些公司全部吃进，两座大楼倒了之后，股市下午就停盘了，第二周的周三才开盘。但很奇怪，你的对手依旧在拼命收购，一直持续了三天。拉达她们手中的股票卖掉了三分之二还多，还都是盈利的。前天开始，他们才停止了收购，又开始抛售，结果从前天到今天，包括水晶兰资本在内十几支股票价格全都跌下来了，比收购战开始的时候还低，至于为什么会出现这种情况，我也不太清楚。另外你救下来的那两个孩子是奥本海默家族第一继承人的双胞胎儿子，他们夫妇也在楼上，不过没逃下来。孩子很健康，已经被他们的奶奶接走了，一直还住在华尔道夫饭店里，说是想当面感谢你。”阿珊对洪涛的整个计划并不知情，只能从她观察到的一些细节上给洪涛讲了讲。

“这可真是命啊，我和他们的父亲、爷爷打得不可开交，最终反倒救了他们一命，老天爷啊，你可真会玩！”洪涛对前面的情况有思想准备，那些犹太财团突然一下失去了大部分当家做主的人，就是群龙无首了，谁当这个继承人都要折腾一阵子，能在一周多之内就反应过来，已经算快的了。只是后面这个救人的情节有点意外，他原本以为那两个婴儿是公司员工的，没想到居然是希尔斯的子侄辈。自己杀了他们的父母、爷爷和一堆叔叔，他们还要感谢自己的救命之恩，这也太可笑了。

“现在已经不是敌人了，就在前天，奥本海默集团宣布退出了反收购行列，据说他们想把水晶兰资本的股票交易给你，但你一直没醒，谁也做不了这个主。”阿珊又说出一件让洪涛目瞪口呆的事情来。

“放弃吧，现在要那些股票没什么意义了，如果不是为了这些股票，我也不会躺在这里变成一个瘫子。看到没，我就是活生生的例子，人不能太贪，知足常乐啊。我们的钱足够花好几辈子的了，以后别再为了钱去动什么心思，孩子该有的都会有，给他们留太多不一定是好事儿。”听到这里，洪涛已经对什么收购战不感兴趣了，不管是输还是赢，自己都站不起来了。

“我再也不会了，谢谢你没让洪杉失去妈妈，我以后也不去当什么总裁董事长了，就留在你身边伺候你……”阿珊的眼泪又下来了，她觉得洪涛之所以变成今天这个模样，她多少还是有责任的。

“伺候我就算了，多陪陪洪杉吧。还有，帮我一个忙，别反对我的遗嘱，和雪姐她们一起管理好那些基金会，以后等孩子们长大了，让他们按照自己的意愿去活着，别太干涉他们了，更别用金钱来诱惑他们。你们的任务还很重啊，我的孩子有点多，你们帮我照顾好他们和他们的妈妈，我就放心了。”洪涛在很短时间内，就已经想清楚了自己的未来了，那就是没有未来。他不想就这样躺一辈子，每天和废物一样依靠别人活着，先不说以后会不会被人家嫌弃吧，就算谁都不嫌弃自己，自己也嫌弃自己。

第一千二百〇八章　这个游戏没有完！

“那……你呢？”阿珊觉得洪涛的话里味道不太对，疑惑地抬起头。

“我当然去我该去的地方，我是老鼠超人！我是洪涛斯坦！我是执行者！我是船长！但我决不能是一个瘫子！答应我，不管我做出何种选择，你都必须支持我，这是我对你最后的请求。”洪涛的回答印证了阿珊的猜测。

“不要，我不答应！”阿珊猛地站起来，扑在洪涛身上，亲吻着洪涛的脸，试图让他改变主意。

“这件事儿你说了不算，如果你不答应，那我就让她们把你赶走，连洪杉都别想见到了！在这件事儿上，你没有选择，谁也没有选择，我不会听任何人的，如果你不帮我，我就认为你背叛我了！现在坐好听我说，我原谅了你，但你要帮我完成我的心愿，具体如何做，我以后再告诉你，现在需要你做的，就是百分百听我话，你能做到吗？”洪涛什么动作也做不出来，急得直冒汗，只能是继续用语言威胁阿珊。

“你真狠心……”阿珊也无奈了，洪涛的脾气她很了解，只要他说出来了，就一定能做出来，谁劝也没用，就算他嘴上不说了，但照样该干吗干吗。

“废话，这对我是个解脱，我相信你，才会让你帮我，难道你非要我不相信你才好？记住，这件事谁也不许说，敢透露一个字儿，你就是我的敌人！”洪涛此时已经没有任何感情了，他只想完成自己最后一个梦想，那就是带着尊严离开这个本不该属于他的世界。

辛格和拉达来得很快，韩雪还没回来，她们就已经到了。有了阿珊的提醒，她们俩自始至终都没敢哭出声来。只是陪在洪涛床边，一边给他讲这些天发生的事情，一边忠实地执行着洪涛所说的每一个字儿。有了这两个狗腿子，洪涛终于觉得好过多了，至少不用每句话说好几遍。

老鼠超人醒了！这个消息很快就传了出去，医院门口也就成了花的海洋。全纽约人都来这里献上一束花，表达对洪涛的敬意和祈福。对于唯一一位从南塔75层以上逃生的人，洪涛在全世界人眼里，不是幸运儿，而是一个英雄，舍身救了两个无辜小婴儿的大英雄。

现在没有一丁丁点声音去质问洪涛为什么会带着飞鼠服上楼开会，也没人去想这件事会不会是个事先设计好的圈套。在人们看来，能冒着生命危险，把生存的机会让给两个素不相识、还是商业对手孩子的人，是干不出这种事情的。谁敢这样说，就是全世界的敌人。

但是除了洪涛的朋友之外，任何人也无法进入洪涛的病房，就算纽约警方和联邦政府的人，也被拉达和辛格挡在了门外。每天来这里探望洪涛的人依旧络绎不绝，当小五和谢尔盖他们来过之后，病房门口又多了四名大汉。任何敢随意靠近洪涛病房的人都会被警告和阻拦，只有几名固定的医生和护士可以例外。

“五哥。这次兄弟是玩现了，不过还好，这是个意外，咱们没输。以后伯利兹的事情我就不管了，你们大家伙一起商量着办吧。另外如果我哪天不在了，拜托各位抽空照顾照顾我的家人和孩子。过些年万一有哪个屁股上带着老鼠脑袋的人落到你们手里，就饶他一次，那都是我孩子。”看着小五、黑子、谢尔盖、拉茨、罗曼、欧阳清这些好朋友，洪涛再次托付起身后事，说是不留恋了。其实哪儿能不留恋呢，想一想这些年跌爬滚打一起走过的路，很多感慨啊。

“别这么丧气！人不是还活着嘛，干吗说得和要死一样，说不定你比我活得还长呢！”指望小五能安慰人，那真是瞎了眼，费了半天劲儿，他说出来的话也不像是安慰。

“就是，你只要还能说话，就没什么损失，以前我和五哥经常说，你活就活在这张嘴上了，嘴没事儿人就没事！”黑子更是乌鸦嘴，合算洪涛混到今天，全是他和小五背后诅咒的。

“还有脑子，只要你的嘴和脑子在，身体我们代替了！”谢尔盖也跟着一起凑热闹。

“想什么呢？做梦吧，我就不能给你们这个机会！还身体你们替代了，我那么多媳妇你们想替代我？什么意思！我还没死呢……”洪涛听得眼珠子都瞪圆了，他就怕别人提这个事情。全世界女人最多、孩子最多、钱最多的男人，居然从此以后再也碰不了女人了，这个惩罚太残酷，直接让洪涛失去了50%的求生欲，他那个布种全球的计划也随之夭折了。

9月30日，洪涛出院了，躺在病床上被直接送上了一架直升机，飞到机场之后他又被抬上一架私人飞机，直接飞回了金字塔岛。在金字塔岛上迎接洪涛的是列文和阿蒙森，就在洪涛醒来的那一天，拉达就给他们俩打了电话，不让他们去纽约看洪涛，而是拜托了他们一件事。跟随洪涛回到金字塔岛的只有拉达、辛格和阿珊，韩雪、韩燕、谭晶以及小五他们都被洪涛轰走了，尤利娅、瓦尼萨她们洪涛根本不许来美国，他说他想一个人静静。

“你真要这样做？”在金字塔的卧室中，列文和阿蒙森坐在洪涛床头，阿珊三个人站在床尾。此时这间卧室里摆满了医疗器械，成了一个大病房，专门用高薪雇来的医生和护士已经被请了出去。

“那你有什么建议吗？”洪涛显得有点疲惫，现在他必须靠输氧来维持呼吸，说不定以后还要靠呼吸机，模样很可怜。

“我觉得最好还是过一段时间再做决定，比如一个月。现在你可能还不太适应新的状态，如果适应适应，可能就觉得没那么难受了呢。”列文脸上那种惯常的微笑不见了，对于洪涛这个结果，他也没料到。

“我也是这个意见，其实你还可以钓鱼。我可以给你做一个利用气压驱动的装置，只要你吹口气，鱼竿就会抬起来自动卷线……”阿蒙森安慰人的本事比列文还差。

“算了吧，我已经想好了，只是想请你们给我做个见证。既然都准备好了，那就别耽误时间。走吧，我们现在就开始，我多一分钟也不想再看见你们了，一切有胳膊有腿能动的生物我都讨厌！辛格，拉达，我们出发！”洪涛咧着嘴笑了笑，把这个话题结束了。

五个人默默地推着洪涛的病床，沿着岛边的小路，来到了老鼠超人号旁边。然后用a型吊杆把洪涛的病床吊上了甲板，通过阳台的悬梯，又把病床抬上了三层，进入了那间玻璃卧室里。船上的所有船员都在前两天被洪涛亲自打电话放假了，她们都已经离开了金字塔岛。

天黑之后，老鼠超人号突然启动了，横着离开了码头，向着外海开去。三层卧室里，洪涛的胳膊上被插了一个点滴管，一瓶葡萄糖挂在旁边的架子上。阿珊捏着管子上的开关，手一直都在哆嗦，就是不敢打开。那个瓶子不光是葡萄糖溶液，还有麻醉剂，输下这些液体之后，洪涛很快就会陷入昏迷状态。等已经不多的氧气输完，他就会平静地死去。

之所以把列文和阿蒙森特意留下，就是为了让他们给三个女人做一个见证，证明不是她们协助自己死亡的，而是自己自然死亡。而这艘老鼠超人号就作为洪涛的棺材，和他一起沉入金字塔岛东边的海中去。这里是伯利兹领海，什么验尸之类的事情没人会过问，至少不会给她们添什么麻烦。而韩雪、韩燕、谭晶和小五他们，应该也会理解自己做出的决定，不会去追查这件事儿。

至于自己的父母和亲人，洪涛想了好久，决定就不去见他们了。让白发人送黑发人，那样太残酷，平添无数哀愁，就当是自己没救过来吧。失去了自己这个儿子，他们还有一大堆孙子孙女，很快就会从丧子之痛里走出来的。

“好了，开始吧，别再让我多废话！以后想我了，就来这里念叨念叨我，每年爸爸夏令营开始的时候，让孩子们也来这里转一圈，我就在这里看着你们把伯利兹建设成为洪氏家族的乐园，努力吧！”洪涛眼睛里也流出了泪水，他不太甘心，但又无能为力，如果再让他选一次，他绝对会自己穿上飞鼠服义无反顾地跳出去，有八个孩子哭他也不回头了。可惜啊，世界上没有如果，他只能在心里暗暗咒骂那个老天爷，真尼玛不是东西！干坏事的时候次次成功，毫发无损，好不容易做了件好事，结果弄了个死不了活受罪！

“还是我来吧！”看着三个女人光掉眼泪，迟迟不敢下手，列文突然伸出手，打开了开关，然后俯身在洪涛脑门上吻了一下，和阿蒙森一起把三个女人带了出去。此时老鼠超人号上的海底阀已经打开了，他们还得去后甲板坐上直升机离开，否则就都殉葬了。

“孙贼！你已经玩了我两次了，每次都是到我要享福的时候你就来这套，这次爷爷我自杀了，看你还有本事折腾我！”感觉着冰冷的液体进入了手背，洪涛瞪大了眼睛看着玻璃屋顶上那黑漆漆的黑空，嘴里还在不住念叨。他觉得世上很可能有神灵的存在，否则不会让自己重生两次。可是他们让自己重生的目的很值得怀疑，两次都在自己最得意的时候突然插手打断，这尼玛就不能不引起洪涛的怀疑了。既然他们想戏弄自己，那自己也对他们也没什么客气的，趁着嘴还好用，赶紧骂几句吧，听得见听不见就管不着了，反正我骂了。

“你这张嘴太欠了，本来我们打算饶过你，没想到你居然还骂！成，小子，上两次算我们手软了，你还挺能折腾，没让你吃上苦。你不是老能凭着记忆力改变命运吗？这次咱们提高难度，我看你还能折腾出什么花儿来！”很快，洪涛就进入了迷迷糊糊的状态，可是脑子里突然出现了一个声音，飘飘忽忽的却每个字儿都能听清楚。

“你就吹吧，小爷是吓大的？干脆你让我进入你们公司吧，我折磨人比你们可拿手多了，以后你们不用动手，全看我表演怎么样？”洪涛当然不能嘴上吃亏了，即使迷糊了，本能地也得反击反击。

“别嘴硬，咱们走着瞧！”那个声音变得尖利了起来，同时洪涛觉得有人往自己脸上泼了一盆水，都呛到鼻子里去了。

2001 年 10 月 1 日凌晨，著名发明家、探险家、投资家、冰球运动员、世界首富洪涛，在伯利兹金字塔岛与世长辞，享年 29 岁。按照他生前的遗愿，他的遗体和他那艘老鼠超人号游艇，一起沉入了金字塔岛附近的海底。十多年后，一支探险队来到了已经成为国际旅游胜地的伯利兹城，向当地政府申请要打捞洪涛的遗体，然后带回中国安葬在他父母身边。

这支探险队的领队叫洪杉，是洪涛的长子，他不到 30 岁，已经是国际上著名的探险家了。中学毕业就独自驾驶帆船围着地球转了一圈，大学毕业之后又和两个弟弟一起登上了珠穆朗玛峰。这次他是在送走了奶奶之后，带着奶奶最终的遗愿来接父亲回家的。

伯利兹总理谢尔盖、总督贝利维爵士，面对洪杉的要求，还有他拿出来的几份委托书，也无法阻止，只能任凭洪杉的探险队去打捞，可是打捞结果让所有人都大吃一惊。那艘老鼠超人号依旧完完整整地躺在几十米深的海水中，虽然上面已经布满了珊瑚和藤壶，但外壳依旧完整，甚至从那个大玻璃罩子里，还能看到卧室里的一切摆设。可是卧室里唯独缺一样东西，就是洪涛的遗体。那张病床还在，甚至打点滴的瓶子和输液管也都在，针头还是好好的，但人没了，别说遗体，就连一根人骨头都找不到。

“你父亲是个神！他不是凡人！孩子，回去吧，别打扰他了。这里以后也将作为神的海域，禁止任何人靠近！”对于这个结果，年近古稀的太阳神教教皇欧阳清摸着洪杉的脑袋，神神道道地下了结论。经过十多年的发展，太阳神教已经成了伯利兹的国教，影响力已经蔓延到了周边几个国家，老欧阳没有听洪涛的，他把这个骗人的破玩意发展得有模有样。

从此以后，加勒比海上就流传着一个传说，说是洪涛没死，他会开着他那艘老鼠超人号，时不时地出现在暴风雨中，如果你对太阳神教够虔诚，他就会在你最需要的时候对你伸出援手。假如洪涛还活着，肯定会揪着老欧阳的脖子给他来一个大背跨，这个老骗子，连尼玛死人都不放过，还拿自己来忽悠人，真是敬业啊！

那洪涛死了吗？准确地说，他在这个世界里是死了。不过！当“不过”这词儿出现时，前面那句话就可以忽略。不过他在另一个世界中又出现了，既然能重生第二次，那就能重生第三次、第四次，他已经是专业重生者了。只是这一次重生得有点远，这都怪老天爷，他是成心折腾洪涛玩呢，洪涛把生活当游戏，老天爷把他也当成了游戏，那就一起玩呗！

（节选自起点中文网）

【粉丝评论摘编】

@给跪了1求别说：重生成老百姓的书里这本绝对排前三，剧情合理，没拍脑袋就开挂的情节。后期作者确实有些敷衍了，不过这个结尾我觉得很不错，那些期望yy到天荒地老的小朋友我只能说想太多了。

@风叶萧萧雨岩岩：涨姿势了，看这本书各种涨姿势。虽然并没有什么卵用，但是万一哪天穿越了呢!!! 现在才知道原来很多事情背后有一定的原因，感觉好神奇……这个世界还是很神秘的，对于不同的阶层以及不同的人群之间有着很难逾越的鸿沟，只有深入其中才能发现个中奥秘……

@大漠西风凛冽：这本书最吸引我的地方就是真……估计作者也是一个玩家，同时也是旅行社的，所以书中的主角净是玩，满世界跑。作者社会接触面广也造就了作者对一些问题的看法很全面，也很细腻，特别是和那二爷的关系，估计只要是一名玩家都会体会到作者的用心良苦。

@阿让一枚：穿越者很难有朋友，但没朋友分享的成功，只能赢得几声惊叹的成功，又不尽兴。没有牵挂和约束，逐渐会越来越放纵，洪涛已经接近疯狂。这不是本性能决定的，所处的位置才能决定行为，洪涛的位置已经接近希特勒了，快到人类极限了，尽管很多没经历过，但对洪涛已不再困难。现在他买个航母当游艇，给读者带来的快乐也没有当初钓鲇鱼的多了。很多书写到这儿就该结尾了，如果为了阅读快感故意制造困难，就没意思了。

@信仰刑天：这是本好书，像是一个长辈把他的故事娓娓道来，教了很多东西，也让我见识很多。主角真的超有个性。前两天还在想这本书以后难道真的全世界播种？那太没味了，可更新是真给力啊！突然有转折了，我瞬间激动了有没有?!

（导引、简介、节选、粉丝评论摘编：李强）

“京味儿”的怀旧梦

李 强

《重生潜入梦》讲的是70后的重生梦。正如小说简介里所说的，这是一个“假如时光能倒流”的故事，这里的“重生”不只是简单的“利用重生优势获取超凡的成功”，更是主角如何“重新过一遍生活”，是一场充满“京味儿”的“重生梦”。

第十个名字（萨瓦斯托波尔）写的《游钓天下》（2013—2014年）、《重生潜入梦》（2014—2015年）、《南宋不咳嗽》（2015— ）里的主角都是洪涛。这种让同一主角在几部小说里“连续重生”的设定，是非常罕见的。在《游钓天下》里，主角洪涛重生到了2000年的北京后海，小说主要讲的是他年轻时代的故事，他四处游历、钓鱼，最后在钓鱼时被雷劈死。在《重生潜入梦》里，洪涛又“重生”到了1976年的北京，作者花了较大篇幅写他在胡同里的童年生活。这两部小说的故事都是以北京老胡同为起点，最终“走向世界”的。作者对北京老胡同生活的描写，对20世纪70年代以来北京的变化的展示，连细节也无比真实，让读者不由得猜测这就是作者本人的生活经历。

“都市重生”主题是周行文的《重生传说》（2004—2005年，起点中文网）开创的。这类作品的爽点设定一般是基于前世的遗憾而展开的，主角“重生”后会利用“先知”来做许多同代人无法做的事情，一般主题就是复仇、积累财富或享受生活。《重生潜入梦》里，重生到1976年的洪涛虽是小孩的身躯，却兼具了自己四十多岁的人生阅历。他很快就在“改革开放”的时代狂流中抓住很多机遇开始创业，开发房地产、炒股都干得风生水起。在《重生潜入梦》里，“后见之明”的“金手指”确实帮洪涛实现了普通人实现不了的事情，甚至这部小说主要情节推动仍然是靠创业、征服来实现的，并无多少新意。但这里的创业、征服并不是这部小说最大的亮点，而只是都市重生小说用来吸引读者的基本类型化特征，只是“重生梦”的外壳。

《重生潜入梦》的“重生梦”的内核是“怀旧”，其核心爽点不是主角的升级、征服过程，而是升级、征服背后重温旧日时光的内容。作者用知识性内容很好地支撑了这个核心爽点。例如对捉蛐蛐、斗蛐蛐场景的描写，简直就是“玩蛐蛐指南”。总体来看，作者对20世纪70年代以来北京风物变迁的细致呈现，对童年时代老胡同故事、家庭生活的描写，对各种休闲玩乐知识的展示，都是能够引起读者共鸣的，它们使小说具有浓浓的“京味儿”。这种带有知识性和怀旧色彩的“重生”爽点，是都市重生类小说的新尝试。

《重生潜入梦》里的“怀旧”并不是主张回到过去的生活，而是在怀念一种生活理念，表达一种现实的价值观念。这里的“重生”不再是“小人物做大事”的必由之路，而是让小人物更好地“过小日子”的手段，背后映射出的是一种求安稳的国民心态。“怀旧”更多的是为现实的诉求寻找一个历史上的“合法性”：生活本来就该如此。因此，这里的怀旧梦实际上是当下人们“现世安稳”诉求下的北京想象，或者说，它就是一种“京味儿”安逸梦。

读《重生潜入梦》很容易让人想起新获茅盾文学奖的《繁花》，它们都是具有鲜明地域特征，而且以丰富的细节知识来表达“怀旧”情感的作品。从生产机制角度来看，两者颇有对照意味。《繁花》虽然在大多数时候被认为是“纯文学”作品，其作者也是老牌文学期刊（《上海文学》）的资深编辑，但从它最初的生产方式上看，却具有相当纯正的网络性：最初在上海的“弄堂”论坛上连载，与读者展开互动，创作中也吸纳了许多读者的反馈意见，最后才走向期刊发表（《收获》2012年秋冬卷）和实体书出版（上海文艺出版社2014年）。这种创作出版方式很像网络文学发展早期比较常见的网站论坛（博客、贴吧）机制，即作家在网站论坛或者博客、贴吧上发表自己作品的部分内容，吸引读者，并且接受读者反馈，在连载到有一定影响力之后被出版社或者期刊发掘，然后走向纸质发表、出版。这种机制主要有两大作用，一是带来了“文学上的自由民主”（曹文轩语），为“投稿无门”的作者提供了发表平台；二是提供了探索新的写作阅读机制的可能，网络让读者评论反馈更迅捷，作者也必须面向观众。

总体来看，网络论坛机制下的文学作品具有网络空间特征，但一般个人特色比较鲜明，不会有明确的类型化套路。而出自网络文学商业网站的《重生潜入梦》则呈现出明显的类型化特征，如前所述，作者很好地利用了都市重生小说类型的资源，如“重生”的设定，升级、征服的“爽点”等，这些类型化特征增强了“怀旧”的情感强度，通过小说主角的视角，读者的代入感也比较强，情感表达也更加直接。可以设想，如果给《繁花》加上一个都市重生类型的外壳，以一个“重生”的上海人的生活经历为线索来讲述一个城市与一代人的故事，那很有可能也是一部类似于《长恨歌》的“海派”怀旧梦。

《重生潜入梦》写的是“京味儿”的怀旧梦，在都市重生小说的套路里内置了一个由丰富的知识性支撑起来的“怀旧”的核心爽点。这是在熟练使用类型套路的基础上的尝试，尝试的结果是找到了一种能够反映这个时代国民心态的新形式。

回到过去变成猫

陈词懒调

陈词懒调，起点中文网新晋大神，代表作《星级猎人》（2012）、《回到过去变成猫》（2013，以下简称《回猫》）和《原始战记》（2015 年连载至今），横跨多种文类，是一位拥有颇多铁杆粉的、坚持创新的小众作家，别号"陈词萝莉"。

《回猫》于 2013 年 10 月 8 日在起点中文网开始连载，2015 年初更新完毕，共计 145.8 万字。在起点都市文总推荐榜排名第二十四，创造了小众文的奇迹。目前腾讯影业已计划将它改编为电影。

《回猫》使用纯粹的"猫"视角，讲述了一个惊险中包裹着友爱、温馨与欢笑并行的小清新故事。不同于多数动物重生类作品，它专注生活流，不写修真、不开后宫、不刻意卖腐，在同文类中前无先行，暂时也后无来者。

【标签】都市　重生　穿越　猫　日常

【简介】

青年郑叹一觉醒来，发现自己从 2013 年穿越到 2003 年，还变成了一只黑猫，被楚华大学的焦教授收养。"风吹鸡蛋壳，财去人安乐"，猫名"黑炭"的他乐于享受当下，是整个东区大名鼎鼎的"明星喵"：上得了礼堂，下得了楼房，抓得住小偷，打得过流氓，真爱着美食，拒绝吃猫粮，抱紧麦克风，唱到人抓狂。有“猫爸”“猫妈”和“猫弟”“猫妹”的悉心照料，再加上种种因缘结识的人类朋友和动物伙伴，郑叹也称得上是“猫”生赢家了。

但他的生活并不因安逸而平淡。从保卫焦家大宅到协助警察缉凶，从拯救流浪猫狗到帮助被卖女童……一双猫眼，让他看到了人类世界的另一种残忍与善意。这只“雷锋喵”总在不自觉中拼命维护着心中的爱与正义，也将人们带进亲情和友情的温柔世界当中。

选文的第五十二章与第五十三章讲述了郑叹被猫贩子捉走又逃离魔窟的离奇经历，第五十八章与第五十九章则是郑叹慌乱中逃至偏远山村后努力与家人取得联系的百折不挠。在这段惊险历程里，遇见的人，有如捉猫的“小年轻”一样冷血狡狯、以虐杀无数的猫狗换取金钱，也有如方绍康一般特立独行、乐意将手机递给一只猫去拨打号码。最后，当家人的声音终于从听筒那端传来，所有凄苦与艰辛都化成一声万语千言：“嗷呜——”

【节选】

第五十二章 黑炭真被抓走了

东区家属大院有人偷猫的消息不胫而走。

谁都没想到在大学校园里竟然就有人套猫，而且还是在晚上八九点钟的时候，而不是半夜。不得不说这下套偷猫的人胆子真大。

一时间，楚华大学校园里面，包括西家属大院在内的各个养猫的住户们，一到晚上就将自家猫拴在家里，就算它们叫破喉咙也不放出去，实在烦了就送去小郭他们那里去做绝育，听说做过绝育的猫会不那么吵闹。不管怎么样，总比跑出去被套走好，套走估计就成为别人的盘中餐了。

所以这两天小郭他们那个宠物中心的生意特别好，一些人就算不给家里猫做手术，也会跑过去问问，看有没有其他法子将自家猫安静地困在家里。

至于那个被抓住的偷猫贼，保卫处的人在东区大院院墙那头发现了一辆摩托车，上面还放着几个大编织袋，其中一个袋子里面有几只活的麻雀，除此之外还有一些诱猫的食物等，看这些东西就知道，这人做这个已经很多次了。据这人交代，他自己只是听到这边有猫叫才一时兴起过来套猫的，原本准备去离这里不远的一个小区，那边才是他的主要目标。

这些郑叹都是在焦爸焦妈谈话的时候听到的，不过，从那个偷猫贼问出来的那些话郑叹一点都不信，他觉得那人就是冲着自己来的。太巧合了。那么谨慎地监视一只猫，刚结束就有人来偷猫？而且还是来东区家属大院，相较而言，东区大院的猫并不算多，比一些专门的居民小区养猫的住户少多了，那人何苦冒着风险八九点就过来这里套猫？时间段还恰好在自己平时外出的点？

卧房里，焦爸手上拿着一本教材，但注意力却并不在这本书上。他觉得事情有些不对，总是莫名地不安。不管怎样，还是别让自家猫出去了。

郑叹和焦爸的想法一样，既然很多事情都不确定，都存在着疑虑，索性就安安分分待在家里。而且这几天别说郑叹，就算是大胖也被关在家里，阳台上都不给趴。老太太稀罕大胖，就怕自己好不容易养大养肥养出感情的猫被套走。就这样在家里待了一周，郑叹又开始不自在了。于是，在某个早晨，焦妈送焦远和小柚子出门的时候，郑叹跟着出门。

为了保险起见，焦妈让郑叹跟着自己，一直将俩孩子送到附小之后，焦妈要去菜市场，郑叹肯定不会跟着去，但是焦妈又不放心郑叹到处跑，就叮嘱郑叹待在附小前面的一块草坪那里等。早晨的太阳出来不久，最近气温开始回升，学校里很多花都开了，叽叽喳喳的鸟们到处聒噪拉屎。上课的铃声响起，不论是附小还是大学生们，有课的都开始上课了，这条路上又安静了下来。

郑叹趴在一块景观石上，打了个哈欠，果然偶尔还是要呼吸一下新鲜空气。一个哈欠没打完，郑叹就感觉到一股突然而来的危机。和前阵子被监视的情况差不多，但是却多了浓厚的危机感，这是郑叹变成猫以来第一次有这样的感觉。警惕地瞧了瞧周围，最后视线落在一个穿着灰色运动服的青年身上，那青年背着一个双肩包，戴着口罩，双手插在衣服兜里，看上去就像一个普通学生。

由于去年的非典事件，很多人出门都戴口罩，到现在戴口罩的人虽然没那么多了，但也或多或少存在一些，就算是那些骑小电动去市区上班的人有时候也戴着。楚华市市区的空气不太好，很多地方在施工，粉尘多，戴口罩也不会被格外注意。虽然这人戴着口罩，但是，郑叹还是认出了他。他就是前阵子监视自己的那个小子！

既然认出来了，郑叹肯定得警觉，见对方朝自己这边走过来，郑叹不准备硬碰，这时候周围人少，对自己还真不利。但是，郑叹刚准备跑，就感觉背上一痛。

“嗷——”

叫到一半也没力气叫了。麻痹感已经开始快速蔓延至全身，视线模糊，意识开始渐渐脱离自己的控制。郑叹从那块景观石上滚下来，在背向那个人的一侧，郑叹艰难地将脖子上的那块宠物牌扒拉下来，此刻他无比庆幸自己的猫牌绳是弹力的。

就算被抓，郑叹也要让焦爸他们知道，自己是在这里出事的！

扒下猫牌扔到那块景观石底部角落那里，然后郑叹竭力往另一边的灌木丛里面钻。无奈麻醉感太强，手脚都已经软了，没跑两步便栽倒在地。背上还插着一支针。他妈的！抓一只猫竟然用麻醉枪！

郑叹在迷迷糊糊中，察觉到有人接近，然后被拎着一条腿，塞进袋子里，再然后，周围一片黑暗……

而那个青年显得有些紧张和匆忙，看到有人骑自行车经过，他便快速跑过去将猫塞进自己书包之后就赶紧离开了，也就没发现景观石下面角落那儿的猫牌。

买完菜的焦妈手里提着几个大袋子，还买了排骨，准备今天做顿大餐给大家补补。可是，等她回来的时候，草坪上已经没了自家猫的身影。离开之前自家猫还趴在石头上的，难道玩去了？

"黑炭——"

叫了两声，焦妈在草坪周围找了找，来到那块景观石后面的时候，发现了掉在那里的猫牌。焦妈问了问周围的人，都没谁注意这边的情况，不过附小教学楼那边有个教师说从办公室出来的时候看到一个戴口罩的去过草坪那边。只是从这里的角度并不能看清楚草坪那儿的情况。

也不管手上的菜了，焦妈赶紧掏出手机给焦爸打电话。以她对自家猫的了解，既然让它在这里等，就不会无缘无故离开的，更何况还是将猫牌扔在这里。自家猫那么聪明……想到前几天的抓猫事件，焦妈很担心，莫非真被抓走了?!

教学楼那边，焦爸正在上课，察觉到兜里手机的震动，看了看兜里的手机显示屏幕，皱着眉拿出手机走出教室。一般老师上课是不准接听电话的，当然紧急事件除外。焦爸在看到焦妈的电话号码之后就知道肯定是有急事，不然不会在明知道自己上午前两节有课的情况下还打电话过来。

坐在教室的学生们就看到焦副教授出去接了个电话，不一会儿满脸严肃地走进来关了投影仪，让大家自习，然后就匆匆忙忙离开了。

抓了郑叹的那个小年轻急急走出楚华大学的校区范围之后，原本还准备去找个地方处理猫的，这时候兜里的手机响了。

"叔，咋了？"

"我一小时后就准备离开，你如果要走的话赶紧过来！"那边显得有些不安。

"怎么这么急？不是说晚上才出发的吗？"

"不行，情况紧急，你赶紧过来！"说完那边就将电话撂了。小年轻犹豫了一下，一咬牙，还是先离开再说，一只猫什么时候不能处理！只是要钱可能会稍微有些麻烦。

一小时后，小年轻出现在近郊的一个库房那里，库房前面放着一辆小货车，车旁靠着一个四五十岁的人在那里抽烟。

见到小年轻后，那人不耐烦地道："怎么才过来！"

"干了一票。"小年轻也不多说，将背包拿出来给那人看。

那人猛吸了一口烟之后，将烟头扔掉，接过书包拉开拉链，瞧见里面是一只黑猫，拎着猫腿提起来看了看："还不错，可以卖个好价钱。这毛也不错，到时候处理一下肯定有人买。"

"这猫咋处理？雇主说让我将它杀掉，我还准备到时候将它直接扔进江里呢，叔你电话就过来了。"

"扔掉干啥！"那人瞪了小年轻一眼，"这猫喂养得好，运气不错的话，肉加上这光泽的皮毛，咱还能卖个几百块呢。这种纯黑的毛质不常见。"

"也行。"小年轻也同意了，能卖钱谁不愿意？

那人将猫提进货车里面，扔到笼子里。这个中型货车的车厢里装着的都是一笼一笼的猫，根据猫的卖相和能卖的价钱分几个等级，用不同的笼子关着。而靠车厢外面的，则是一些大纸箱，里面装着一些杂物，他们帮人顺带的，也多个路子捞钱。将猫扔进搁上层的一个笼子里之后，那人便将车厢门关住，爬上驾驶位，开车离开。

小年轻坐在副驾驶座上，之前一些问题没时间问，憋到现在才说。

"叔，怎么走这么急？"

"这两天不知道咋回事，有人检查，贩猫的几个同行手上的假证都被查出来了，连整辆车都被扣下，我就怕往深里查，还是先跑了再说。"这次猫没抓太多，车厢里面的笼子还没塞满，要不是事态紧急，他还会在这里多待几天。就算没猫套，也能药几只狗，昨儿还看到几只长得肥壮的大狗呢。

"往深里查？不会吧？往年都没这样过啊。"小年轻诧异。

"反正近几个月我们是不准备来楚华市了，这边风声紧。真他妈倒霉，以前也没出现过这样的情况，那些人不都是睁一只眼闭一只眼的么，现在怎么就突然正经起来了……"那人一边开车一边抱怨。

穿运动服的年轻人没管自己亲戚的抱怨，掏出手机开始打电话，他没见过那个雇主，不过接活收钱就行了，见不见无所谓。

“猫搞定了，钱你什么时候打给我?”运动服青年问道。

“猫死了没有?”那边问。

“中了麻醉枪，扛不住估计就死翘翘了，就算扛下来也没用，我叔带着往南走，卖给那边的市场，过去了就成盘中餐了。这个您不用担心。”

电话那头的人沉默了，没说话。青年以为对方不想付钱，急了：“最近楚华市风声紧，您也催得急，我都冒着被发现的风险帮您办事，买的麻醉枪几千呢，您预付的定金全砸这里头了，您不能让人寒心。”

“……你放心，说好的三万块，等会就给你汇过去，还有，以后别联系我了。”说完那边就挂了电话。

青年听着电话里的嘟嘟声，骂了一句。

“咋？那人想赖钱?”开车的人问。

“谁知道呢!”小年轻嗤道。

“你套个猫还买麻醉枪那玩意儿?”开车的人不屑。

“我打听过，听说那猫受过训练，雇主也说了，那猫精着呢，我连监视的时候都很小心。”小年轻说着，渐渐转了话题，也不说那雇主总共给了多少钱。其实他那把麻醉枪是找一个朋友买的二手，就几百块。即便雇主不付钱他也赚了。

那个去东区大院套猫的人就是小年轻联系的，利用那人试探一下，如果套到猫了当然更好，小年轻几十块钱就能将他打发，可结果证明，那猫果然不好抓。恰好一个朋友手头有麻醉枪，小年轻便买了。可是接下来几天那猫都不出来，他也找不到下手的机会。时间拖得太久了，不得不激进一些。不知道那周围有没有摄像头，要是有的话，接下来一段时间他最好在南方避避。抓一只猫居然还用上了麻醉枪，小年轻自己之前都没想到会这样。

而在这个中型货车的车厢里，搁在最上面的一个笼子里面，郑叹和几只猫挤在一起。笼子里的很多猫都被喂了药，昏昏沉沉，也不叫唤。就算清醒着的猫，也只是偶尔叫两声，估计没啥力气叫了。而昏迷着的郑叹并不知道，因为他的消失，楚华市刮起了一阵“飓风”，一大批猫贩子被抓，当晚几个装载着活猫和狗的货车被扣。

焦爸找关系看了附小那里安装的一个摄像头，能隐约看到草坪那边，虽然影像不清晰，但足够确定自家猫被抓走了。焦爸拜托了一些朋友，还有卫棱、何涛他们帮忙，到处找猫，扣押的货车和几个贩猫的地方都找了，看到黑猫就给送到一个地方，等焦爸他们辨认。

可惜的是，这些里面并没有郑叹。那天晚上，很多人都没睡着觉。同时因这件事情而引发了一些利益冲突，明里暗里各种斗争不断。这些郑叹都不知道。

那个小年轻用的麻醉剂药量比较重，如果是一般猫的话，估计会挺不过去直接翘掉，就算挺过去也会昏迷好几天，可是郑叹比较特殊。郑叹在昏迷几个小时之后就醒了过来，但是，就算醒了，全身还是没力气。周围都是陌生的气息，陌生的猫，郑叹能够感受到它们的恐惧和茫然。饿了渴了也得受着。有几只猫在低声叫着，像在呜咽。郑叹看了看漆黑的车厢，他所在的笼子离车厢门比较近，车厢门的门缝有风透进来，让郑叹的意识清醒不少。

门缝外面一片暗色。

夜，还有多长？郑叹躺在笼子里，琢磨着接下来的应对之法。但是，琢磨琢磨着，郑叹又睡了过去。梦里，郑叹看到了自己曾经生活二十年的那个城市，看到了曾经的自己……

第五十三章　逃离“魔窟”

郑叹是被一阵剧烈的震动、踩踏以及猫叫声折腾醒的。药效还没有完全消失，刚睁开眼的时候郑叹还有一种恍惚的感觉，不知身在哪里。身下不是焦家软软的沙发，周围都是陌生的气息，空气中流窜着惊恐焦躁的因子。人的呵斥吼骂声和猫叫声掺杂在一起，搅得郑叹头痛。

“嘭！”一个个装着猫的笼子被搁放在架子上，郑叹被装在同一个笼子里的其他猫踩了几下。

这次真的醒了。睁开眼睛看了看周围，这是一个小房间，充满了骚臭味，还有一些血腥气。郑叹能够看到对面架子上摆放的一些铁笼子，还有几个木板竹子钉成的简易猫笼。耳朵动了动，郑叹还听到了隔壁的狗叫声。狗比猫叫得狠。叹了叹气，郑叹浑身还有些发软，不过站起来动动，还行。

同笼子里的其他几只猫都是很健壮的，有几只还是名贵猫种，毛比较干净，还带着光泽，好几只脖子上还套着项圈和宠物牌。都属于卖相比较好的。对于郑叹的醒来，笼子里的几只猫也没将注意力放在他身上，家养的猫，特别是养过几年已经养出点灵性的猫，这时候似乎都已经感觉到等待着自己的是什么了。

这间房外面就是个餐馆，整条街到处都是这种餐馆。但是，就算它们有灵性，毕竟比不上人，知道有危险也不能想出法子自救，只能叫唤，或许它们还抱着一种侥幸的心态，希望自己主人能够听到。

郑叹大略看了看，这些笼子里面的猫，绝大多数都不是流浪猫，即便身上的毛比较脏，脖子上也没有项圈猫牌等，但流浪猫和家养猫的眼神是不同的，郑叹能够看出来。再看看笼子，好的是，笼子的锁不复杂，不是那种需要钥匙的小铜锁。毕竟笼子多，每个笼子一个大铁锁或者小铜锁的话，那也太麻烦了。那些用竹子或者木头做成的笼子，锁也是插销式。

有几只猫将爪子伸出去拨拉两下笼子锁住的地方，但毕竟智商不高，也不是每只猫都像大胖那种受过专门的训练，再拨拉也没办法将笼子拨开，这可不是拨自家窗户门。而且要拨动这些插销需要一点力气，插销卡得很紧，不是普通猫能拨动的。

对郑叹来说，倒不费劲，但郑叹摸不准外面那些贩子们什么时候会进来。按理说，刚清点过，暂时是不会进来看，但总得小心点，事关小命。这里面也没有安装摄像头，想想也是，就这种破地方，那些人怎么会舍得花钱装摄像头？

郑叹支着耳朵，凝神听了听，门口有来来去去的脚步声，还有人声。郑叹听着有些耳熟，昏迷中迷迷糊糊的时候也听到过这声音。等脚步声渐远的时候，郑叹才挤开正凑在笼子门口挥爪子的一只猫。那只猫脾气不太好，对着郑叹龇牙，挨了郑叹一巴掌之后，那猫就算不太愿意，但也乖乖让开。

郑叹来到笼子门口，看了看成人小拇指粗的铁插销那里，得转一个角度才能抽出来。将胳膊伸出笼子外，碰到那根铁插销的时候，手掌一弯，爪子勾住铁插销的活动杆把，将把往上转了九十度，往左一拉。由于刚才郑叹抽了那只堵笼门口的猫一巴掌，笼子里其他几只猫都与郑叹保持了一点儿距离，所以，郑叹在将插销拨开之后，推开笼子，一溜身出来，在其他几只猫挤过来之前又将笼子给关住。

不是郑叹不想救它们，郑叹现在需要先观察一下周围的情况。将这些家伙们放出来，郑叹怕打草惊蛇，坏掉自己逃生的机会。见郑叹出来，笼子里的猫们又开始新一轮的叫唤了。有几只猫也伸爪子勾铁插销，但只是徒劳而已。

深呼吸，郑叹看了看周围，跑到门边跳起来拨了拨门锁，锁着的。很显然想通过门出去，不太可能。除了门之外，这个小房间里面还有一个平开式窗子，木质的窗框，有些开裂，严重掉漆，都已经看不出本色了。窗子紧闭，插销插着，看着有些时候没开过了，缝隙处都是灰尘，窗子的插销也带着铁锈，玻璃上糊着一层污迹，只有中间部分还能看到点外面的情况。

郑叹从架子上走过去，靠着窗户瞧了瞧。窗户外面是一条窄窄的水泥路，这边的房子和水泥路那边的房子是背对着的，只有房子后门通向这条路。水泥路上放着几个大的垃圾桶，都已经堆满了垃圾，虽然很多是用袋子装着，但还是能看到一些从袋子里面露出来的砍掉的废弃的残骸内脏等，上面很多苍蝇在飞。

就算有心理准备，但真正看到，郑叹还是忍不住发寒。如果自己醒不过来，拖几个小时，或者多挨个几天，是不是也会变成这样？尸首分离，或者被扒皮剔骨？不过现在并不是感慨的时候，就算对自己被抓有很多疑惑，这时候也得压下来，将全部精力放在逃跑上。

郑叹拨动窗户的插销，太久没开窗，再加上插销上都是铁锈阻力大，郑叹的力气也没恢复，费了不少劲才将窗户打开。这时候好像是下午两三点，天阴阴的，像是要下雨的样子，水泥路上也没人。郑叹翻出窗子，出来的时候本来准备将窗户推拢，以免有人发现异样，但想了想，还是没关，待会儿还得过来，省得麻烦。

关猫的屋子旁边就是关狗的，幸运的是，这间屋子的窗户开着，通风。毕竟狗不像猫那么能跳跃，就算将它们放出笼子，也翻不了窗户。里面没人，只有一笼笼狗在里面叫唤，还有相互撕咬的声音。郑叹刚拨开窗户看了看里面。正好一只大狗抬头看向窗户，瞧见了郑叹。

"汪汪汪汪汪！"

叫屁啊叫！郑叹扯了扯耳朵。狗和猫有些不同，有的笼子里面挤着好几只狗，有的大一些凶一些的狗，一个笼子装一只。从小型的博美犬京巴犬等到大些的土狗、黑背，都有。想将狗笼子打开，有些难办。倒不是锁的问题，这里的笼子基本也是那种插销式，也有些是卡口式，都不难开。有几个低矮的笼子里面挤着几只土狗，狭窄的笼身让它们连站都站不起来，也不怎么叫唤，精神状态不太好，但郑叹也不敢贸然打开，谁知道这些狗出来之后会不会对自己咬上一口！还有那几只叫得欢腾的，看那眼神就恨不得冲上来咬。

咋办？

郑叹看了看周围，最后视线停留在一个搁架子里的细铁棒上。铁棒前端磨尖，上面还有血迹。旁边还有一些绳子和细铁丝等。郑叹翻进屋里，四周的狗让郑叹感到紧张，很多狗身上带着煞气，喉咙里发出低吼，估计就想着怎么来咬郑叹。郑叹将细铁棒拖出来，将细铁丝绑在铁棒上，铁丝围成个圈。然后用两只手抓着铁棒，两条腿直立走动。虽然有些困难，但慢慢走动就行了。

货架上端放着一些棍棒等敲击用的东西，都是血，郑叹一步步走在上面，刺鼻的血腥味让他差点吐出来。站在货架上，就算打开笼子，那些狗也奈何不了郑叹，它们跳不了这么高。郑叹将细铁棒往下伸，直到笼子的插销那里，捆在顶端的铁丝圈往插销把上一套，提起铁棒，带动插销转动，然后往旁边一拉。

咔的一声，笼子门打开，里面几只小狗跑了出来，到处窜动找出口。郑叹也不管它们，接着开笼子。卡口的那种也比较好办，戳上去拨两下就开了。除了提铁棒有些费力之外，开了几个笼子，郑叹也熟练了，越开越快。

不过，如果这时候有人开门进来的话，郑叹自己就扔家伙走人，万事逃为先。将笼子全部打开后，郑叹也不多留。狗叫声太大，几只比较凶的大狗有些发狂的征兆，而这边的动静显然也很容易引起外面人的注意。

翻出窗，郑叹又来到关猫的屋子，将猫笼一个个打开，窗户开着，猫都从窗户那里逃出去。开完最后一个笼子的时候，郑叹听到外面有人的大喊声。显然这边猫往外逃被发现了。

郑叹冲出窗口，周围没有什么捷径能够直接远逃开，周围的住户就算不是开餐馆的，也不会对猫手下留情，郑叹不敢在这里躲着，尽量往远处逃，心里只有一个声音：逃出这条街道，逃出这片到处挂着“××火锅”“××猫肉/狗肉/兔肉馆”等牌子的区域。

在郑叹忙着逃跑的时候，抓郑叹的那个小年轻正和一个五十来岁的人说着话。

“杆叔，您这次收获挺大的啊。”小年轻递给对方一支烟，说道。

被称为“杆叔”的那个人接过烟点着，吸了两口，道:“小打小闹，没意思。”

杆叔在这一片比较有名，属于比较早的一批打狗套猫的人，也靠这个发家，一些年轻人手头的技巧也是从杆叔这里学来的，当然，教肯定不是白教，得孝敬。小年轻也是跟着杆叔学过来的，包括麻醉枪的使用，跟着杆叔打过几次狗，技术比较熟，他本来学这东西就快，这几年干这个也多，赚了不少。去年非典的时候也曾一度低谷，但现在渐渐缓过来了，忙着捞金。

“你现在一年也能捞个十来万了吧?”杆叔说道。虽然是疑问句，但很肯定。他这方面门儿清。

小年轻笑笑，不直接回答，而是掏出个东西递给杆叔看。

“麻醉枪?”杆叔漫不经心地看了看，“还行，不过太小了，没意思，拿着没手感。这种针管也不好搞……按照这针的剂量，你打狗还是打人?”

小年轻笑了笑:“打猫。”

杆叔挑眉:“能耐啊，用这个打猫!”

语气充满不屑。杆叔一直觉得，猫这玩意儿，笨得要死，好奇狩猎的天性也能害死它们自己，所以猫好抓。

小年轻也没在意杆叔的讽刺:“那猫不好抓，不上套，要不是急着回来，我也不会用这个。这次跟着我叔去中部几个城市，搞了这把麻醉枪，还搞了一把 BMQ 玩玩。”

小年轻真真假假说了些，至于最后一票捞了多少钱，一个字都没说，说了就少不得要孝敬一些。杆叔哼哼两声，也不将小年轻的话当真，顿了会儿，说道:“我明儿要出去一趟，干一票，有兴趣不?”

“去哪儿?”小年轻问。

杆叔指了指西边。小年轻不语。他虽然打狗套猫，有时候通过中间人介绍接几个活，打人也干过，但……偷猎这事，还真没做过。一根烟抽完，小年轻将烟头往地上一扔，脚尖碾了碾。

“好!这次就跟杆叔去长长见识!”

刚说完话，就听到店子那边一个伙计冲出来，胳膊上还带着血:“狗跑了!猫也跑完了!!”

他们店里开馆子的同时也做批发生意，刚才有人要买狗，伙计就带人过去看狗，还没靠近库房那边就听人说谁家的猫跑了，他心里还偷乐，但走到门口，听到狗叫得有些不对劲，忐忑了。一开门就看到扑面冲来的一只大狗，要不是他反应快，这条胳膊估计得废掉。

小年轻听到伙计的话，心里咯噔一下，赶紧过去看看情况。走了两步，又回过头来看向杆叔，还没说话，就看杆叔从他老人家的货车上拖出打狗的工具。“走吧，刚好手痒，也帮你们一把。这帮畜生就是不安生。”杆叔话说得随意，但却透着一股子疯狂而残酷的杀意。

郑叹不知道馆子那边是什么情况，只顾着跑。但之前开笼子费劲太多，药效又没完全散掉，这时候突然一阵疲惫和昏厥感袭来，祸不单行。身后那些人骑着摩托，开着车，沿途收拾逃出来的猫狗，不止那个馆子，街上其他人也加入了行动。狗的惨叫声，棍棒的敲击声，刺激着郑叹的鼓膜。

郑叹现在只想快点离开这条街，这个“魔窟”一般的地方，但是腿脚不听使唤了，心律也不齐，在趴下之前，郑叹几乎是爬着来到一个角落处。这里已经算是出了街，可是，听着跑过来的那些脚步声，郑叹心里骂老天爷也没用，喘了几口气，恢复点后打算钻进拐角处的垃圾堆躲一躲，虽然很不情愿，但保命要紧。

正准备爬起来钻垃圾堆，这时拐角出现了一个白色的身影。几个年轻人手上拿着编织网，麻袋，铁棍等，一路抓捕那些逃脱的猫狗，这条街没有谁家里专门去养宠物猫狗，所以，只要看着猫和狗就上去抓，或者直接一棍子，活的死的无所谓。路过拐角的时候，几个年轻人看到蹲在垃圾堆不远处的一只大白熊。虽说见狗就抓，但这只他们可不敢，熟面孔，一个大老板家里孩子养的，就住这附近，并不是他们那街上的，看了看蹲在那里对他们龇牙的大白熊，大家伙对这条街上的人态度一向不怎么好，几个年轻人也就赶紧离开了。

在他们离开后不久，一个十七八岁的女孩子骑着折叠自行车路过，并朝这边招手：“郁见，走啦！”

“汪！”大白熊应了一声，看了看被挡在里面的郑叹，小跑着追上去。

麻痹感只是那一阵出现，休息一会儿之后，郑叹的腿脚又开始恢复知觉。可能是药效影响，也可能是用药后的副作用，不过现在确实感觉好了很多。想了想，郑叹看着跑远的那只大白熊，也跟了上去。他现在很累，需要找个地方歇脚。养狗的人家里应该不会吃狗肉吧？应该也不会吃猫肉吧？反正肯定比这周围的人安全很多，尽量不被主人家发现就行了。

第五十八章 那绝逼不是真爱

狗崽？还是关在狗笼里的。这种狗笼并不像郑叹在狗肉猫肉馆见到的那种，面前这个狗笼显然更高档一些，看着像是给宠物狗用的。郑叹记得今天从大槐树那儿往村民房跑的时候还没听到有什么动静，这应该是在他找电话的那段时间发生的事情，不过，找电话的时候避开了一些养狗的住户，这狗笼和狗到底是谁家的就不得而知了。

动了动耳朵，周围没有其他人的声响，也没有陌生人的气息。郑叹凑到笼子前看了看，由于狗崽太小，郑叹也看不出个所以然来，不知道是什么品种，他对这个也没研究。狗笼的笼门没有锁，但有个小卡口卡在那里，狗崽也不会开，被困在里面不知道多久了。山野的夜间气温比较低，虽不至于深秋严冬的那种，但也并不是这样大小的狗崽能够承受得住的。狗和猫一样，比人类的体温略高一些，周围环境的气温十来度，这样的温差不知道狗崽能不能抗得了。

察觉到站在笼子外面的郑叹，那只叫唤着的狗崽朝郑叹这边过来，隔着笼子看着郑叹。见郑叹不动，它继续哼哼，还用没长出来多少的小牙咬笼子。郑叹爪子一勾将笼子门打开，那只狗崽顿了顿，试探两下，然后跑出来。虽然还是狗崽，但这种狗的体形应该比较大，相对于现在的郑叹来说。这三只狗崽单论体形的话，比自己小不了太多。

没管那只跑出来的小狗崽，郑叹看着笼子里没动静的另外两只，抬爪拨了拨，还是软乎的。本以为这两只狗崽已经死了，没想到这俩还蹬了蹬腿，嘴巴张了两下。睡太熟了？郑叹看看周围，这个凹坑太大，根本挡不住风，夜间的风比较大。如果三两只继续扔在这里。估计活不了太久。

但是郑叹不想惹上这个麻烦，自己都生活困难，哪有心思顾上这三只狗崽？还是早日偷一部手机琢磨回东区大院的办法比较实在。但是，郑叹转身走了两步。跑出笼子的那只在周围晃悠的狗崽立马凑过来。在郑叹身边蹭了蹭。郑叹将它推到一边。它又欢腾地跑过来，估计还以为郑叹在跟它玩耍。郑叹索性直接将它扔进笼子里了，关上笼子门也没管它又开始哼哼唧唧叫唤。再次转身离开。

只不过走了十来米，步子又慢了下来。郑叹回头看了看蹲笼子边上直直瞧着这边的狗，夜空繁星点点，借着星光，郑叹能够看到，那狗崽身上基本是白色，一只眼睛那里有大片黑色，像带着独眼眼罩似的，这让郑叹想起来大院里的牛壮壮。只不过这两者的长相不同，牛壮壮那个大头太特别，这只狗崽的身体比例不至于像那样，也不像是村里常见的那种土狗，估计也是个串串，不然不会被主人家弃掉。

郑叹以前在大院里遛弯的时候也经常听那些养狗的人谈话，知道很多养狗的人的态度，如果他家狗生的崽让他们不满意就会直接扔了。撒哈拉它家主人这么说过："狼行千里吃肉，狗行千里吃屎。明知道它吃屎还养着它，不在意血统不在意品种，每天费心思照顾，容忍它在家里刨坑挖洞埋骨头、咬桌椅甩口水'拆迁'造反的，那一定是真爱。"

就算是土狗也有人爱的，那可是经历了数千甚至上万年的自然和人工筛选得出的犬种，其中不乏通晓人性、悟性好、忠实听话、捕猎能力强的个体。至于串串狗，很多名种也都是串出来的。所以，扔狗的那家人，那绝逼不是真爱。

等郑叹回过神来的时候，他已经再次走到笼子旁边了，里面那只狗崽哼唧得更厉害，还发出呜呜的声音。

啧，烦死了！

郑叹想，反正现在也没事，顺手搬走找个地方扔下就行了。记得那棵大槐树旁边有一些矮灌木丛，那里应该能挡风，而且那边也经常没人过去。举起笼子，郑叹往大槐树走去。至于那两袋零食，待会儿再去捡回来，反正这时候也没人会去捡。矮灌木那边由于村民往走的比较少，草木比较密集，挡风正好。放下笼子调整了一下位置之后，郑叹又折了一些树枝放笼子上方做个遮掩，扯了点藤蔓之类的绕在周围，这样应该不会太容易发现吧？

布置好之后，郑叹回去捡那两袋零食，但是，捡零食的时候突然想到，那狗崽饿一晚上会不会饿死？应该不会吧？就一晚上而已……虽然这么想着，但郑叹觉得，如果那狗崽真的饿死了，自己这一番忙活就白费了，于是扔下两袋零食，跑去村民那边，面包司机他家的人已经睡下，院子里搭起了一些大锅和蒸笼等，郑叹看了看，在其中一个蒸锅里面找到些粥，还是热乎的，放这儿没太久，估计是这家人没吃完就放着了。

看了看周围，郑叹找到主人家待客用的一次性碗，装了一些粥。另一个大锅里面还有一些已经煮熟的鸡蛋，郑叹找了个装菜的袋子装了几个。粥端到大槐树那边的时候已经不热了，郑叹也找不到东西加热，反正他就抱着试一试的心态将粥端过来的，还放了个鸡蛋进去，鸡蛋清郑叹自己吃了，将蛋黄放里面碾散和粥拌一起。

这要是以前的郑叹，肯定不会做这些，至于现在的行为，姑且将之归为在外流浪的衍生情绪。看着碗里搅成糊状的粥，郑叹觉得真没胃口，不知道狗崽能不能吃这些，如果狗崽不吃他也不管了。打开笼子将碗放进笼子的一角，关好笼子，捡回那两袋零食，爬上树休息。

半夜，郑叹听到笼子里有嗒吧嗒吧的声音，应该是狗崽在吃，而且好像还不止一只。快天亮的时候郑叹跳下树看了看，碗里已经没有粥了，之前那两只郑叹还以为它们活不了，现在这俩肚子鼓着，呼吸也有力了，估计是半夜爬起来吃过。生命力强就是好啊。

第二天郑叹继续往外跑，了解村民们在哪个时间段会做哪些事情，如果村民们去田里或者果园里忙活，就算是白天，郑叹也要去试试偷电话。不过这天也没什么收获，最后又跑到司机他家去觅食，跳到二楼去看了看，再次顺走一袋小孩子吃的那种拇指饼。离开之前郑叹又看到了那个小女孩，和之前一样，小女孩躲在门后看着郑叹这边，看得很认真，还掰了掰手指，像是在确定什么。郑叹不知道她在干什么，这时候也听到了脚步声，忙活着的司机和他老婆终于上楼，郑叹赶紧抱着饼干跳下窗台，跑了。

洗完澡闲下来，小女孩她妈又拿着图画书教导她。前面几个问题小女孩回答得都很好，司机夫妇很满意，但是，最后她妈想了想，问起“小猫咪用几条腿走路”的时候，小女孩回答得不那么干脆了。

“二……四……”本来准备说“二”的小女孩，看到妈妈骤然变色的脸，改了口，但是觉得很委屈，于是“哇”的一声哭出来。这个问题实在是太难了！到底是两条腿还是四条腿呢？

郑叹根本不知道自己带来的麻烦，连续找了两天，也没找到一个合适的机会，那帮村民，就算有手机也贴身带着，藏得很好，生怕被谁摸走了。也是，这个年代，手机还是很贵重物件，不像几年后那么泛滥。只是，这样一来，就苦了郑叹。

三只狗崽现在精神好了很多，郑叹白天会把他们放出来玩一会儿，三只狗崽也不乱跑，就在周围玩，郑叹趴在离笼子不远的树上看着。其实，要是能一直放在笼子里当然会好很多，但这三只狗崽他们还得尿尿或者拉屎。拉笼子里太麻烦，郑叹清理了一次就不想清第二次了，便直接将三只狗崽放出来，拉完屎再扔进笼子里去。白天看着三只狗，晚上去找机会偷手机，也找点食物回来喂狗崽，就这样持续了一周。

这天，三只狗崽在外玩，那只吃蝴蝶的猫跑了过来，三只狗崽就蹦跶着追过去，郑叹也没阻止，依照这一周的情况来看，三只狗崽追不上就会乖乖回来，不跑远。

但郑叹没想到，那只猫并没有直接跑掉，而是走走停停还跟三只狗崽玩一会儿。估计那猫平时和狗相处多了，也不排斥，玩得倒挺开心，时不时跑过去撩拨几下，让三只狗崽追着咬。屁大点狗崽，就算长牙了，咬起来力道也不大。郑叹没去管它们，相处融洽是好事，还有猫陪玩，就更不用郑叹操心了。

正准备眯一会儿，郑叹听到有人声传来。从叶缝间往外瞧，郑叹看到一个三十来岁，背着大包的男人正往这边走，走的同时还拿着一个手机，跟人讲电话。那个男人讲电话的口音并不像是本地人，看身上的穿着有些落魄感。落不落魄郑叹没心思多想，他现在就盯着那人手里的手机了。

第五十九章　想玩电话？给，玩吧

郑叹看手机看得太专注，没注意三只狗崽和猫都往那边跑了过去。

那人打完电话，蹲身给蹭过来的猫挠了挠下巴，然后有些诧异地看着三只狗崽。见到陌生人，狗崽没有立刻凑上去，往前走走，又很快退后两步，最大的那只还很神气地“汪汪”叫了两声，只是由于还太小，跑起来步子不稳，脚上一绊在地上打了个滚。

“嘿，这谁家的小狗，跑这儿来了！”那人扯了根草，准备逗逗小狗，结果被旁边的猫给截了。拍拍裤子，那人将手机装进兜里，起身朝三只小狗崽走过去。见陌生人走近，三只小狗“汪汪”叫了几声，然后扭头往回跑，没有直接进笼子，而是跑到大槐树旁边，朝藏在槐树上的郑叹叫唤。郑叹恨不得一头撞树干上。

你们朝老子叫有个屁用！老子的计划全被你们搅浑了！

原本郑叹准备了两个计划，一个是跟踪这人，找机会下手，另一个是就在此地，趁他不注意，捡根棍子把他敲晕了抢手机，反正明抢这种事情郑叹已经干过了，不介意再干几次。可是，这两个计划全被三只狗崽给破坏了！郑叹觉得，将自己暴露之后，下手的成功率会降低很多，所以，现在他心里很不爽，看着大槐树下叫唤着的三只狗崽，郑叹恨不得挨个抽上一巴掌。

真他妈背！

方邵康只是出来打个电话，没想到能看到三只小狗崽。只不过，这里离村子房舍那边也太远了点，谁家将狗崽放这么远？守果园么？这么大点的狗崽能守果园？而且就方邵康这几天所知道的，在这边守果园的是两条公狗，哪来的狗崽？谁家新捉来的吗？

方邵康疑惑地跟了过去，这片果园是他借宿的那家人的，他没听过房东说新捉小狗了。看到三只小狗崽都朝树上叫，方邵康更诧异了，抬头朝面前这棵大槐树上看去。虽然在远处看不明显，但走近了，仔细瞧瞧，也能从叶缝间看到黑色的皮毛。

猫？狗肯定爬不了这么高，更不可能是黑豹子，要那样三只狗崽还能活？所以只能是猫。但问题是，三只狗崽朝树上的猫叫唤什么？

奇哉！

郑叹知道自己被发现，也没打算就这样跳下去，防人之心不可无，还是躲树上比较安全。三只狗崽叫了半天没见郑叹有所表示，又开始哼唧哼唧了。方邵康看了看周围，发现了那个遮掩着的狗笼，心里疑惑更甚。疑惑归疑惑，方邵康还是离开了，那只猫跟着走远。

等那人走远之后，郑叹才从树上跳下来，三只狗崽也不哼唧了，立马凑过来，结果被郑叹挨个抽了一巴掌，没用劲，这么小的狗崽，大点劲郑叹都怀疑会将它们给抽傻了。可是三只狗崽以为郑叹在跟它们玩耍，咧着嘴又凑过来。郑叹嫌烦了，再次跳上树，思索着，什么时候看到某个有手机的村民落单，就武力解决问题。没到半小时，郑叹见到方才那人又走过来，这次手上还端着一碗粥，粥里面可不是蛋黄，而是肉。

方邵康端着碗过来后，将碗放在三只狗崽面前。三只狗崽早就闻到气味了，赶紧跑过来吧嗒吧嗒开始吃。郑叹撇嘴，虽然对于三只狗崽这么轻易就相信人并且开吃，有点不满意，但这也省得自己晚上跑出去给它们偷口粮。三只狗崽吃得很快，不一会儿那碗粥就见底了，还将碗舔得干干净净。

“咦，还真有狗呢！”一个二十来岁的年轻人提着一把铁锹过来，见三只狗崽往后退，他想了想，便笑着将铁锹放在一旁，徒手走过来。

“栽完树了？”方邵康道。

“栽完了，不知道那几棵所谓新品种柑橘会长成啥样。”那年轻人擦了擦汗，靠着树干说道。

“这狗看着不像是土狗。”方邵康指了指三只正相互打闹的狗崽。

“嗯，串串狗，就是杂种狗，估计就是村长他儿子家那只杜高生的，昨儿还听说他们将狗崽扔了呢，没想到会在这里看到。”那年轻人说起这个又来兴致了，刚才栽树的疲惫一扫而空。

“杜高？我记得有人说过，村长他儿子家有两只杜高，一公一母。”

“是啊，哈哈，咱村里人都知道，他们家那只母杜高没看上那只公杜高，便宜了一只土狗，就是不知道是谁家的土狗，太能耐了。刚生下狗崽那段时间他们还能用狗崽太小，没长开来糊弄人，这越长越大，越来越像土狗，还能到处跑了，他们也瞒不住，谁都不是傻子，大家明面上不说，但私下里都当笑话讲的，他们家估计觉得丢人，就给扔了。刚开始他家养杜高的时候多得意啊，还高价买回来的呢，结果还不是沦为笑柄。”那年轻人笑得很欢乐。

“那这几只怎么办？”方邵康问。

那年轻人走过来捞起那只最大的狗崽。“哟，还挺烈性的！”要不是有防备，他差点被狗崽咬了。被抱起来的狗崽见咬不到人，喉咙里发出呜呜的低吼。

“这狗崽也还不错啊，不过放村里估计不太好，村长他家肯定有意见。我待会儿给我一朋友打个电话问问，他们家有个牧场，前几天还说要买狗的，这三只我瞧着就不错。”

“你朋友喜欢这种狗？”

“倒不是说喜欢这种，他最喜欢的还是土狗，经常去山里寻找那种纯性的土狗带回去训练。那种纯土狗比较强壮，有灵气也够聪明，养久了也够忠心。而且胆子大，捕猎不在话下，平时也能当工作犬用，他之前养的一只狗就是，那狗看着不咋的，但实力是真强，经常逮兔子回去加餐，绝对不会输给那些所谓的世界名猎狗。可惜。过年那段时间被人用枪给打了。那狗带着背上一支麻醉针强撑着回去的，回家就死了，没能撑过去。为这他伤心好久呢，都好几个月，一直没再养，前几天才听说他要买狗。”年轻人一边说着，一边捏了捏手上狗崽的骨骼，看看狗脚掌。

郑叹瞧着这人应该是对狗崽很满意，而且听他们的谈话，郑叹觉得自己能够从麻醉枪下活下来还真是难得。

那年轻人继续说道："真正的猎犬，不是看出来的，而是在不断训练中才体现出来的，当然，先天要求也得达标，这几只不错，他如果要的话，我到时候直接给他送过去，反正留这儿也碍了村长他家的眼。"

被放下来的狗崽抖抖毛，然后快步跑到大槐树下，仰头就朝郑叹叫，估计是在表示委屈。

"这狗崽怎么了？为吗朝树上叫？"年轻人道。

"上面有只黑猫。"方邵康伸出手指，指了指上方。

那年轻人摇摇头："咱村里没人养黑猫，有人说黑猫不吉利，都没养，就算有黑猫也送走或者扔掉。"

"三只狗崽估计就是树上那只黑猫捡回来的。"方邵康说道。

"……黑猫这玩意儿就是邪乎，还捡狗崽。"年轻人对于黑猫没太在意这话真假，他看那三只狗崽越看越满意，"方哥，我回去打个电话。"

"用我手机就行。"说着方邵康准备掏兜里的手机。

"不用不用，我先走了，方哥你帮忙看着点狗崽，别让人给抢了！"说完就转身提着铁锹往家里快步走去。

等年轻人走后，方邵康将背包放下，从里面拿出个相机。觉得太热，便脱下外套放在旁边的灌木丛上，原本放在外套兜里的手机也拿出来放上面，起身拿着相机开始拍一些周围的景物。

郑叹瞧着树下那人手上的相机，还是单反的，这年头单反应该还算高端产品。玩摄影的？听说一些玩摄影的就喜欢到处跑，把自己整得像个落魄逃难者。不管这人是不是玩摄影的，郑叹的注意力主要还是在那个手机上。

好机会啊。要不要抢了手机就跑呢？郑叹看了看拍照的人，动身往树下滑，可惜那人很快就转身回来了，走到大背包旁边从里面拿了水壶出来喝水，还给狗崽的碗里倒了一点。郑叹估量了一下此刻自己与手机的距离，想趁那人不注意的时候将手机捞走，可那人也一直注意着这边，不好下手啊。

方邵康喝完水，将水壶拧紧放进包里，拿过手机看时间。而在方邵康拿手机看时间的这个过程中，郑叹的视线也随着那个手机移动。

"想玩电话？喏，给你，玩吧。"说着方邵康便将手机放在面前的地上。

显然刚才郑叹的小动作没躲过对方的观察，郑叹瞧瞧面前这人，再看看地上的手机。莫非有诈？手机舍得拿出来给猫玩？不过，能玩单反，可能也缺钱。管他呢，联系上人再说！

郑叹一勾手将手机捞过来，在捞手机的同时也注意着面前这人的动静，见他只是坐在那里没有要动的意思，郑叹便将手机又放在地面上。这手机屏幕不是彩色的，放在几年后，这就属于“贼不理”手机之列了，不过，按理说能够买得起单反的人，应该也能买得起新出的彩屏手机，为啥还用这个边角都已经有磨损的？不过郑叹现在也懒得去琢磨太多，就这么个机子，都让郑叹激动不已，折腾了这么久，又是翻窗，又是找电话的，原本还打算什么时候直接暴力抢一个，结果现在手机就在眼前了！如何能不激动?！不过，这手机应该能打长途吧？也不会欠费吧？郑叹看了看坐在那里一脸好奇之色的人，抬爪子开始按按键。

方邵康只是看那只黑猫一直盯着自己手机，便抱着好玩的心思，将手机递过去，谁知道这猫还真按按键了，而且按的还是个长途电话号码，应该不是瞎按的。有意思！

郑叹激动又忐忑地按完电话号码，支着耳朵等待着，尾巴啪啪拍打着地面以降低紧张感。终于，电话在响了几声之后，那边接通了。

“喂？”

是焦爸的声音！在被抓这么久之后，终于又听到熟悉的声音了！突然有种见到真正亲人的感动。郑叹将心中各种复杂心情汇聚成一声叫喊：“嗷呜——”

方邵康：“……”

（节选自起点中文网）

【粉丝评论摘编】

@海无魂：我长大以后就没养过宠物，也不太喜欢猫猫狗狗，但这本书我却超喜欢。不一样的套路视角，另类的装×打脸爽快感，扎实的文笔功底，轻松愉快的情节中也不乏让人感动的细节，生动形象的角色（不管是人还是动物），算得上近年来网文少有的精品了。对猫狗不感兴趣的童鞋，真的不妨抛开你们的偏见去试试，又不会怀孕，是吧？

@假日蜗牛：网络小说中重生成动物的作品本来就少，而且品质都不高，但这本则是这个类别中质量最高的（已完结）。小说基本就是主角重生为一只猫（无异能）的较为平淡的都市日常（但就是想看下去）。书中对于猫的描写还是很贴切的，作者别的小说中也有喵星人作为配角的，看来作者乃爱猫之人啊！（结论：厌倦了生姜大蒜的重口味，不妨试试这本小清新的作品。喜欢重生动物、猫、平淡、都市日常的，这本书是你们的福音。）

@大地惊雷：虽然是猫身，毕竟是人的灵魂。于是，像开门带小孩抓贼上网拍电影打电话等一般二般猫做不到的事它能做得到也就不足为奇了（当然是对于读者而言），可想而知，这样一只特殊的猫会引发什么样的笑料与影响了。看的时候一直傻乐，这样一只猫确实萌得不行（当然也是对读者而言），仔细想想身边要真有这样一只猫估计挺可怕的。

猫的主人家也是非常不错的一家子，也是主角的幸运。主角在家的地位跟人一样，吃的跟人一样，赚的比主人还多，人脉比主人广（惹事的能力强）。

文中借猫的视角所表达出的对于某些事的看法也很值得关注，如虐猫驯猫贩人之类，希望人类在这些事上能关注更多。

@完美烟火：很好的文，没有感情线，一直在用平和的语气讲主角的日常。结局也很好，卡的时间也很准，给人意犹未尽的感觉。虽然是很平实的结局和番外，却让我有点伤感，因为意识到一个好故事结束了。

@哒哒哒小马甲：作者居然不是女孩子！！！这是我最想说的一句。此文无cp但可自由地脑补，金手指有但也不算角色崩坏。其实我觉得主角有种小鬼当家即视感，喵星人传奇故事的感觉。猫控必看！萌到没话可说！之前看到有人说结局很坑爹，但我觉得也还好啊，有种“另一个故事开始了”的感觉，我脑子里都是搞基小说……不要打我！

（导引、节选：杨梦皎；简介、粉丝评论摘编：易凡煜）

青春+传奇+正能量的镜中世界

杨梦皎

大三青年郑叹，一觉醒来回到十年前，并附身在一只名为“黑炭”的黑猫身上，展开了他传奇而不失温馨的历险故事。与前作《星级猎人》主打未来科幻不同，《回到过去变成猫》（以下简称《回猫》）走的是无异能附身的纯正生活流。既不遵循重生动物必修真的惯例（比如该类型的经典作品《重林巨蜥》，讲述的就是蜥蜴进化为西方巨龙的创世故事），又有别于大开后宫的都市文。从超幻想故事进入轻幻想故事的新架构，同时隐含着“男性向”叙事的功能转换，即从填补地位和能力的匮乏（YY为主），到餍足人们爱的匮乏，而且是永恒之爱、家常之爱。

从这个层面讲，《回猫》是映照当代年轻人生活的一面镜子。85后、90后的独生一代，在享受丰富物质的同时承受着缺少兄弟姐妹的孤单，原子式地在既定轨道上运转，甚至都有过渴望养一只宠物却不被父母允许的经历。《回猫》通篇以动物视角聚焦，亦写你我故事，这种“对面视角”和“猫身人心”，搭建起了真实的，却是萌化的、爱和自由更完整的世界。

小说首先以真实动人，《回猫》用轻风格和日常向的调子，贡献了一部无比真实的宠物生活记录簿，爱猫之人必有深深共鸣。这只黑猫有一点点小外挂，但不出格，经历有些传奇，但还在正常的范围内，处处符合猫咪的傲娇设定。你我的人生也能在这只猫发散开的视野中找到代入感：在初中教室里无聊地涂画，和家人一起去游泳池嬉闹，在实验室里跟随导师指示完成课业……打怪升级掉装备，以及分分钟逆天改命救世界，极端的欲望叙事总少了回甘的余味，这样的故事或许不够大开大阖，却如一只羽毛轻轻地骚到了我们的痒处。

与满满的镜头感相呼应，《回猫》的故事结构也与寻常生活同构。它的亮点就是没有毒点和槽点，淡淡的没有什么主线。水纹状的小单元故事一波推动着一波，高潮处往往是“雷锋喵”出动，平淌的地方就是用“暗黑萌”制造欢乐，二者交替出现。比如在黑炭魔窟脱险的“the cat from hell（一、二、三）”三章后，用全家度假、围观社团招新的小故事辅以调剂。大的情节虽不见得叠床架屋，但情节间联系却常有草蛇灰线之妙。上百号主配角（以及他们风格各异的宠物）因黑炭而彼此联系，轮番登场而未见丝毫乱线。

似真而非真，寻常总要有传奇的点染才动人。《回猫》直击了人们有些小羞耻的幻想——纯粹“受宠”的美梦谁不想拥有？可以懒洋洋地被叫五遍才起床，可以随意出恭，可以四只泥爪子满地跑，有女主人为自己夹菜，在特意剪好的纸杯里喝汤。偶尔的腹黑属性能被纵容，明星梦、大佬梦、富豪梦都不在话下，更拉风的是还有一大帮刑警和教授的朋友。无怪乎同类的甜宠猫咪题材，反倒多出自女性作家笔下了（如《猫游记》《猫居》《喵个一声来听听》）。

喵星人短暂的十数年的生命时限，其实卸除了年轻一代承受各种社会压力的“后”设定：没有那么多的墨守成规，不被逼着读书、相亲、加班或是逢迎左右。郑叹和黑炭的身心互换，梦幻般地虚拟了两份人生，在推倒重来后，丛林法则被隐去了，生命中的亲情与友情浮出地表。郑叹被方三叔所救后重回焦家，那对着电话一端委屈的“嗷呜”声，那不管不顾不回头地向公寓跑去的背影，我们有过，我们常忘。

《回猫》的镜像世界不止于抚慰式的造梦。一双猫眼静观世界，被遮蔽的恶赤裸裸地显露于前，小说借此获得了某种人性拷问的深度。人类偷盗、贿赂、抓捕动物、体罚孩子，显得残忍而自私，但是他们也会在看到从书包里探出的小小猫耳而张大了嘴巴，会在排队时好奇地拽一下猫咪的尾巴，会在自家宠物乱跑乱叫时不忍责怪。与此同时，猫视角也在一步步感化主人公，原本放过几场火的“二世祖”男主，在爱的环绕中学会了用一己本领守护身边人。

这种由缺失到圆满的“成长”母题，贯穿于小说始终，如午后阳光般温暖的正能量从字里行间渗出。陈词懒调把回到过去的重生牌，串联到回到家庭的情义牌中，把黑炭的小英雄成长史，并入主人两个孩子（焦远和小柚子）的“正太萝莉养成记”中，最终论证有意义的青春，是由“乐己”到“度人”的跃升，安逸的生活并未磨去黑猫的棱角：郑叹解救过富家女赵乐，在地震时及时提醒六八（小说人物名），与忠犬牛壮壮一起制服小区飞贼，还协助过退役的刑警卫棱破案，救下了大量被绑架的宠物伙伴。这些正义感爆棚的活雷锋事迹，直指现实中冷漠的路人围观癖，陈词懒调发出的是某种底线的忠告：万不可让我们的善意，只能在猫的身上复活。在行文最后，作者交代了主角变成猫的缘起是网上的一次打赌，当时间又回到2013年，猫身也就恢复人形。经过洗礼的人的重新出发和再成长，是《回猫》留给读者思考的未完结主题。

关于猫的好故事就是看完后让你也想养一只猫。《回猫》不是“魔幻现实主义”，它打造的是“梦幻现实主义”，是寻常与冒险、青春与成长这些旧话题在新环境的新可能。当同期作家忙于寻找某种外在的托庇，把化仙、法器、历史实在（救国）和科技主义作为冲破现实的探头，《回猫》却将体验和情感视作有生命之物的区别性特征，且人理应比猫做得更好。

问　镜

减肥专家

减肥专家，小众仙侠大神，被不少死忠粉认为“文笔与设定在修仙文作者中不作第二人想”，主要作品有《幽冥仙途》和《殁世奇侠》。其中《幽冥仙途》已于2007年在台湾鲜鲜文化出版社出版，豆瓣评分达8.5分。

《问镜》于2010年11月开始在纵横中文网正式上传，2015年11月更新完毕，连载五年，共517万字，是作者计划中“真界三部曲”的前传，在完结之时拿下了首个月票冠军。

《问镜》是一部极有野心作品，堪称目前筑造虚构宏大世界一脉的集大成者，其世界格局庞大又细致入微，将佛、道、魔的体系融会贯通，同时文笔精湛，营造出既灵虚又不乏阴森的别样审美。虽然仍遵循修仙类作品不断升级的路数，但《问镜》并非小白文也非凡人流，主角制胜并不靠力量碾压，升级也不是纯粹资源的堆积，可以说是达到了此类型的一个新高度，并展现了修仙文的一种新可能。

【标签】仙侠　修仙

【简介】

余慈，年少时逃出双仙教，偷了照神铜鉴，从此成了一个散修修士。后又因机缘入离尘宗，得观主于舟赏识，从此走上修仙正道。余慈有心机且重情义，凭着对长生的执着和不惧险境反迎之而上的性情，在不断的修行精进中逐渐游历了“问镜”庞大的世界，卷入了种种纷争，睹见了一层又一层更高的境界。

《问镜》之问，乃是长生之问；《问镜》之镜，乃是宝器照神铜鉴：

我有一镜，乾坤山河也照得；
我有一剑，人心鬼蜮皆斩破；
我有一城，九重天里云中座；
我有一心，长生路上笑蹉跎。

选文第一段为第五到八章，小说伊始，一群采虾须草的人中，一个意欲抢夺他人成果的颜道士杀气横起，瞬间手刃二十余人。余慈亦被逼入绝境，却猛然精进了通神境界。此时神魂之境与物理空间相交相激，与如重生再造般的绝妙感觉相比，对强敌的瞬间反杀不过是一句轻描淡写而已。

选文第二段为第二十五到二十六章，余慈第二次大精进。他之前刚刚掌握了照神铜鉴的“照神图”，可在五十里内开地图，任意窥视。不仅如此，照神图所照见的并非肉眼所看到的平常世界，而是可观生灵的神魂，果然如其名可“照神”。而当余慈用这神镜反观自己的时候，神异之事发生了……

【节选】

第五章 符剑

余慈从陡峭崖壁上滑下，再冲出几步，后面颜道士的气息已经断掉了。但他知道，以传说中通神修士的能耐，想凭借那处隐秘洞穴逃脱，实在不靠谱，所以只是喘了口气，便继续拔步飞奔，同时努力澄静心神，在袖手指画符文，通过铜镜的异力，暂时存留下来。

这也是照神铜鉴的功效之一，只不过留存的时间符箓数量都有限制。只能暂存三个，时间也就是半炷香的工夫。

所画符箓非常复杂，等余慈奔出十里之外，才勉强画出两个。正准备画第三个，夜空忽然一亮，赤红火光从他背后照耀过来，那浓烈的气味也随之而至。

余慈这时才能确定，这气味是燃烧的血腥气，还掺杂着凶徒本身的杀意，刺激鼻窍。

他早认为颜道士会追上来，可这追来得这么快，还是有些出乎他的预料。

他吐出一口浊气，忽地全无先兆地翻身，贴地纵跃出去。下一刻，红线抹过，他刚刚越过的两棵碗口粗的大树，自地面起五尺处被切成两半，随即轰然倒折。虽是半夜，也能见得尘烟四起，枝叶纷飞。走兽飞鸟则是惊惶鸣叫，相对静寂的山林陡然间喧闹起来。

一击不中，颜道士仍笑得开心。笑声由远而近，很快便和余慈追了个首尾相及："小白脸，道爷这九阳符剑利否?"

"九阳，不是三阳符剑么?"

难得余慈开口问了一句，但也因此降下速度，随即头顶一烫，颜道士已挟着滚滚热浪飞越过去，挡住了他的去路。余慈立刻驻身，摆出迎敌的架势，神情虽凝重，却也没有慌乱之意。

"小白脸好奇心倒重……"

颜道士一边说笑，一边环眼圆睁，死死盯过来，余慈却还是那副表情，好像之前二十余名采药人横尸的场景、敌人的讥讽，还有九阳符剑的神威，只能让他表示到这种程度而已。

“好，胆色也了得。道爷还就怕你只是个临阵脱逃的软脚虾！”

越是惊讶于余慈的胆气，颜道士也就越想打破那个鬼东西，他反倒不急着下手了，只是向前迈了一步，距离余慈不过两丈距离，轻轻晃着符剑，嘿然笑道：

“为什么是九阳符剑呢？道爷倒是可以对你说两句。嘿嘿，白日府吝啬小气，只拿出不入流的三阳符剑来应付你们这些凡俗小辈，已经把你们乐得屁颠屁颠，却不知在白日府中，还有品质远在其之上的六阳符剑、九阳符剑、纯阳符剑！

“当然，后面三样，白日府是绝不会拿出来的，可任他们狡猾，也要喝道爷我的洗脚水，早在十年前，道爷便托身进了府中，偷学了这‘融炼’之法，只要有足够的三阳符剑打底，便能一步步淬炼融合，由三阳而至六阳、九阳，再抹消杂质，返至纯阳，这才到极致。

“近两年来，道爷往来于天裂谷和绝壁城之间，虽然辛苦，却也换得了九阳符剑大成，比之纯阳品相，也只差一线而已。三三化九，九为阳极之数，威力已经到了巅峰，有此剑在手，便是你走了狗屎运，凑够虾须草，换了把三阳符剑过来，也挡不住道爷此剑一斩之力！”

言罢，颜道士又是大笑，可在这笑声里，余慈仍然保持着先前的姿态，不放松，也不慌张，自然也没有什么特殊的表示。偌大的山林中，也只有那些被惊醒的野兽鸟雀，才聒聒回应几声。

笑声倏止，颜道士再笑不下去，环眼反常地眯起来，他终于明白，眼前这小白脸，绝不是三言两语便能被吓傻的末流小辈，再纠缠下去，莫说找出乐子，恐怕便是最后宰杀了，也要闷出一肚子火。

“好，好，道爷便送你这胆大的小白脸上路！”

颜道士嘴上说着，再踏前一步，抬起了手中九阳符剑。他身高臂长，只这些动作，吞吐的红光便几乎要跨过两丈的距离，将余慈吞没。

扑面而来的热浪中，符剑独有的凌厉锐气，直抵眉心。余慈也不强撑，慢慢后退一步，同时一直缩在袖中的左手五指慢慢收拢，将照神铜鉴上存着的符箓捏起。

“嗯?”颜道士有所感应，目光朝余慈手边瞥去一眼，却见有大量水烟云气从他眼中的小白脸袍袖中奔涌出来。转眼便形成一层雾障，在这边火光的映照下，雾障之后，对方身形若隐若现，更随着光线的偏移，变得难以捉摸。

“又想逃!”怒吼一声，颜道士符剑劈风，哧哧作响，转眼撕裂前方雾气，顺便把后面移动的人影一剑砍了。

剑光抹过，颜道士便知不对，这分明是个障眼法。本能地返身再劈，却又挥了个空。

等他持剑守中，环目四顾之时，更是面沉如水。只是几息的工夫，数亩山林的范围内，已经蒙上一层薄雾。这雾其实也挡不住什么，可是眼下正值夜间，林子深处光亮全无，唯一的光源，便是持剑的自己。

火光照耀之地，他当然看得清楚，可是远出这个范围，他的视线反而大幅受阻。

余慈便游动在光照的最边缘处，似乎随时都会投进山林深处。

“狡猾的小白脸，不过这种粗浅的障眼法对道爷我没用!”

这念头过去，他也有点儿遗憾：“可惜强行突破刚两年，神魂还要滋养，一些能力不能运用自如，否则哪还有这小子的活路?”

带着这个念头，颜道士根本不用眼睛，纯以神意运化，方圆十丈范围内的一阵情况，都映在他脑中。他很快就发现，余慈似乎并没远遁的意思。虽然身形时隐时现，却也一直留在他视线可及之处。

不对，这小白脸在伺机而动!

从神意运化的境界中弹出，他高大的身躯忽然下挫、收缩，几乎就悬在地面几分处，悬空中一个翻滚，轻巧得像是树间跳跃的灵猴，转眼便是数丈距离。

他的脚尖刚刚离地，烧灼空气的轻爆声，就从耳畔抹过。已经在火光照耀下的山林，其亮度竟然又向上飙升，一道炽白光链撕裂虚空，穿刺而过。

即使是正在空中翻滚，颜道士也注意到了那道电光长链，他的眼角似乎被灼眼的光链抽了一记，留下久久难褪的印痕。

轰声爆响，电光没有击中颜道士，而是横过这片区域，打在对面林子外围的一株碗口粗的杨树上。杨树断折，接着起火燃烧。

颜道士这时才落了地，他惊魂甫定，直起身来，侧眼见到那颗被雷光殛为焦炭的杨树，眼角不由抽搐两下。若不是这段时间神意运化渐渐娴熟，随时能进入状态，恐怕刚刚被轰中了，还不知道是怎么回事。

掌心雷！这么快使出来，怕是有什么玉符之类的吧。

“小辈倒还有几分身家。”

他强自镇定，冷笑连连，但不知不觉，他把“小白脸”改成了“小辈”，随即便咬牙道：

“道爷倒想瞧瞧，究竟是你存的符多，还是道爷我的本事多！”

不等说完，他骈起食中两指，迅疾如风，在虚空中划出十条道扭曲线路，丝丝红光轨迹如烙如印，凝在半空。

“风火如轮，疾！”

平地忽起暴风，带着扑面的热气，向四面八方卷去。当即将周围布下的薄雾吹得七零八落。外围余慈正因为错失那记掌心雷而扼腕，见此情况，立时色变：

“引气成符！”

这是真正的引气成符！

纵然早有猜想，但最终确认之后，他仍不免抽了口凉气进来。这可不是他之前借照神铜鉴耍出的把戏，而是面前凶徒真真切切的能耐。

能够虚空画符，不用任何介质而引得灵光自附，绝不是用人身浊力所能达成的。那必须是养身炼气到了极高的境界，人之神魂壮大到了某种程度，有所谓“分识化念”的修为，从神魂中生成一点妙物，号曰“神意”，其中又分神识、神念，以此代替朱砂、桃木等灵引，唤取灵应，形成真正具备效用的符箓。

既然如此，眼前这凶徒，必然就是通神境界，即已经脱出“凡俗三关”，成为传说中那些拥有无量神通的“修士”了。

双方高下立判！

没有了雾气的遮掩，颜道士用眼睛便捕捉到了余慈的踪迹。他转过身来，嘿嘿冷笑：“小辈，可知道道爷的厉害了？”

余慈抿住嘴唇，一言不发。

颜道士大笑迈步，慢慢欺上前去，边走边道：“还有什么符，且使出来让道爷瞧瞧？”

余慈似是咬了咬牙，蓦地将右手探到左手袖中，而此时他的左手也仍笼在袖子里，姿势非常古怪。

便在此刻，前方赤芒闪动，颜道士已经不声不响冲上来，一剑劈下。这时才吼道：

“给道爷去死！”

颜道士刚才差点儿被雷劈了，尚心有余悸，又岂会真的让余慈率先发难？

余慈猛抬头，双眼盯着符剑前端耀眼的剑芒，不闪不避，似乎被惊呆了，但在剑光临头之际，他反手轻抽，一道青芒自袖中弹出，反切而上。铮声鸣响，竟然正面挡住了九阳符剑的锋芒。

颜道士稍觉意外，旋又嘿嘿冷笑，剑势略回，二度加力，又一剑劈下。九阳符剑何等威力，青芒挡了第一下，便是嗡声震荡，光芒几欲散失，再一剑下来，眼看余慈就要被劈成两截。

余慈双目圆睁，忽地启唇张口，一道血箭喷出，正打在震荡不稳的青光上头，既而从齿间挤出一个音节：

“疾！”

寒芒陡现。

在颜道士难以置信的目光下，鲜艳的血丝在青光中蔓延，随着血色的浸透，青光也愈发耀眼，其中央区域的光芒几乎要凝结住了，以至于发出近于实质的光泽。

九阳符剑斩下，余慈第二次用青光迎上，依旧是近乎于金铁之音的铮鸣声，只是这回，只有外围的光芒剥离，凝结的青光区域丝毫无损。

余慈脸色发白，却是咧嘴笑了起来。

他从未真正想过逃走。先前奔逃也只是要争取时间，画符迎敌。但时间紧迫，他只来得及弄出雾流驻影符和掌心雷，交战时也没取到效果。

多亏颜道士嘴巴大，多说了两句，让他抓住机会，在袖中以迅疾手法，凝成“七星剑符”，最后以一口心头血催动，化虚为实，凝成这把利器，过程之顺利，如有神助。

当然，仅仅凭借一把符剑，也不一定能敌得过颜道士。但使用符法的余慈和使剑的余慈是大不相同的。他擅长于符，但更爱剑，相较于使用符法时计算的烦琐，他更习惯于白刃战中，在生死之间选择简单直白，流浪十二载，他拔剑杀人的时候还少了？

这才是他的真性情。

一切杂念都撇除干净，面对高他一个层次的凶徒，余慈咧嘴发笑：

“且看我这七星符剑，比你九阳符剑如何？”

第六章 驭剑

“不知天高地厚！”

颜道士没料到，一场拼杀下来，倒让小辈看轻了他。一时怒火冲顶，大喝声中，再度冲上，将九阳符剑运使开来，嘶嘶发啸。

虚空像是被数十道红丝细线交错封锁，每道红线，都是由至精至纯的火力凝聚而成，稍稍震荡，便有烈火喷薄而出，转眼将数丈方圆的丛林笼罩，几乎没有任何缝隙。

然而，火焰熊熊燃烧的声响，还是挡不住内里铿锵震鸣。颜道士只觉得手中微震，便见一道青光从火海中电射而出，看似直线，实是略微屈折变化，正好闪过九阳符剑锋锐之处，免遭致命伤害，十分巧妙。

余慈由剑光包裹，自火海中突围，虽然身上多处着火，连头发眉毛都难以幸免，却也性命无忧。只在地上一滚，便将那些火苗扑灭。

但危机还没过去，颜道士凭借符剑法力，抢得先机，当下剑势再转，追上侧移的余慈，不再讲究变化，纯凭符剑锋锐，当头斩下。

这一剑化巧为拙，威力倒比先前那巨大的火网更为厉害。余慈却是不闪不避，纯由身体深处那恍惚未明的本能驱动，反手一剑，不格不挡，直刺颜道士面颊，竟是同归于尽的招数。

“小辈！”颜道士已经不知该骂什么才好，他当然不会和这凡俗小子一块儿去死，只能临时变化，移剑将余慈的剑光震开。

彼此剑芒碰撞，虚空中吱声尖啸，像是有人吹响了竹哨。这又让颜道士心口发闷。他看得清清楚楚，这七星符剑，真的是余慈凭借符箓和一口精血，凭空造就的，怎么就能和自己两年来辛苦融炼的九阳符剑弄个平分秋色呢？

混账东西！

被这口闷气顶着，颜道士恨不能下一刻便将余慈大卸八块，剑光也就愈发地狠辣凶戾。可是余慈的韧性却是超乎他的预料，看得出来，这小白脸的剑术不过平平，没什么精妙招数，但古怪的是，纵然不着章法，身上伤痕也逐渐累积，可每每在危急时刻，却能一剑直指要害，迫得他回手自救，竟也能次次奏效。

这本是不可能的！

以命搏命说来简单，不外乎攻其必救，比拼胆气。可次次游走在生死之间，哪来那么多胆气给你消耗？更别提在消磨胆气的同时，还要次次窥得准、发得快、控得稳，实实在在地给对手以致命威胁。

如此眼力、手法、心智、胆色浑融一体，连发数十剑而没有一次失手——别的不说，把他摆到同等的位置，他能做到吗？

要是道爷神意运化更为纯熟，说不定……也做不到！

当这念头缠上来的时候，颜道士不可避免地分神了，恰好他一剑抹过，取向余慈脖颈。余慈只是略略侧身，任肩头溅血，借此争得一线空隙，欺身而进，七星符剑寒芒如星，直刺他面部要害。

反守为攻！余慈终于争到了一线主动。

他心神自然凝于剑尖，全无犹豫，一剑突刺。

余慈自十二岁时，才由赤阴女仙教授剑术，一年后便逃走，基础打得并不牢固。后来四处流浪，也无名师指点，纯论剑术，确实只是平平。但他胆气超凡，思维也自不同，在江湖漂泊，常与人格斗厮杀，渐渐便悟到：

剑术有高下，修为有强弱，但在生死之间，我与对手却是绝对平等的。我不比剑术、不比修为，只比生死转换那一刻，谁能抢得一线生机。

胆气为注搏一线，以死换生抢机先。

以命搏命不是手段，就是目的！这便是余慈使剑的根本，经年累月这般使剑，若能不死，那眼手心胆浑融的剑技，又如何使不出来？

这一点，颜道士是不明白的，但他却是实实在在地狼狈了，剑光至，扑面寒风刺得他险些就那么闭上眼。

“滚开！”

咆哮声起，颜道士恼羞之下动了杀招，手上九阳符剑猛振，一点火星弹射而出，随即急速涨大，内里火光翻涌，状态不稳定到了极致。

余慈见状毫不迟疑，立时抽身后退，才退出十尺，便有红光灼目，炽热的火流横扫而至，空气猛然膨胀，轰声爆鸣里，他被远远弹飞，直撞到一棵大树上，才止住去势。澎湃火浪随后压来，他也顾不得形象，连滚带爬躲到大树后面，尽力缩成一团，这才勉强挡了过去。

之前战场山林中有亩许大小已成了火场，浓烟四起，热浪袭人，而且这范围还在扩散之中。

颜道士呼吸略显紊乱，山风热浪吹过，他头上发髻忽然散开，头发披散下来，显得十分狼狈。他盯着已被烧成半焦的大树，两眼赤红。

就差一点儿……

要不是及时打出火符，震偏剑势，七星符剑很可能已经贯穿他的额头，到那时，什么虾须草、什么纯阳剑，一切俱休。便是眼下躲了过去，头上发髻也被挑开，实在是奇耻大辱，颜道士几乎要被心头怒火冲得炸了。

他出身不凡，虽然家道中落，难复祖上荣光，但怎么说也是通神修士，是站在长生路上的胜者，又怎能让小辈逼到这种地步？

便在这时，大树后面，余慈探出头来，恰和他打了个对眼。颜道士忽然发现，余慈黝黑的瞳仁里，竟也燃烧着一团火，不是仇恨、恐惧之类的杂念，而是乐在其中，乃至不断寻求新刺激的愉悦，又或是醉酒后的醺然，难以自拔。

他猛地一个激灵，只觉得有寒气自尾椎直透顶盖，连燎原的心火都给压了半截。他心中闪过这么一个念头：

祸害，日后必是祸害！

就用那招了结他！

颜道士心中杀意随之沸腾，他却没有上前，而是做出一个奇怪的动作。

他就那么披散着头发，收剑胸前，双眼甚至半闭起来。随着呼吸的调整，剑身在徐徐平放。

余慈在树后喘息。刚刚一轮斗剑，几乎抽干了他所有的力气，真气近乎枯竭，身上的伤势也不轻，然而他的状态却是出奇地好。从十三岁起，他便习惯了在生死边缘打转，这般经历非但没有消磨掉他的胆气，反让他的精神愈发亢奋。

自从进入明窍上阶之后，很久没有遇到这样生死一线的境况了。他甚至有些怀念，乍一停下来，倒觉得意犹未尽，有一股奇妙的力量，接续着消耗殆尽的真气涌出来，鼓动着他的心脏，让他再冲上去，与颜道士大战三百回合。

所以，他从树后露头去看，透过扭曲的热浪，恰好见到了颜道士瞑目摆剑的全过程。

此时双方相隔近十丈远，照理说是个比较安全的距离，可当锋刃指向他的头颅，没有任何理由，他心头忽地突突狂跳，就像之前在篝火旁，颜道士挥剑前的那一瞬。只是这次，没有气味的刺激，全凭着一点模糊的直觉，他顺着身子倾斜的方向，直接倒下。与之同时，出于本能，他将七星符剑横在身前。

还没挨着地面，他手心忽地发热，似是七星符剑挡下了什么东西，但紧接着，他心口一痛，不由自主喷了口鲜血。眼角余光扫过，这把刚刚力拼九阳符剑而不落下风的精血符剑，就那么断成两截，飞出的剑尖在空中砰声炸开，化为一团淡红的血雾。

直到这时，耳中才贯入"哧"的一声长音，仿佛将烧红的烙印放进冰水中，辨不清冷热，唯一辨明的，只有那发之于外的锋锐之气，足以穿透一切阻碍，难以抵挡。

"这是什么手段？像是催发的剑气，可是威力大过何止十倍？"

带此困惑，余慈摔在地上，这时候，终于有强烈的气味透进来，是空气的焦煳味儿，更是死亡的气息。

他向来引以为傲的嗅觉反应，足足慢了一息时间，若非受直觉驱动，他现在怕是已经被那无形剑气穿透，死得不能再死！

余慈勉力抬头去看，颜道士此刻的状态非常奇怪，虽是一击建功，却仍然保持那握剑的姿势，赤红的剑身不像之前那样光芒四射，显得内敛许多，剑尖也下垂一些，仍是锁定了他的脑袋。

余慈当然想躲开剑尖所指，可是内腑震荡未去，一时半会儿根本动弹不得，拼尽全力，也只是让身子稍稍移开几寸，而远方九阳符剑，也同样调整了角度。

也在这时，他看到了颜道士的眼睛。那对铜铃大眼，竟无丝毫神光，只有瞳孔无意识地放大，空洞灰暗，仿佛是丢了魂魄。只是他分明感觉到，颜道士仍盯着他，像是通过某种无法理解的方式，将一束"光"投射在他身上。

这感觉是如此清晰，即便是在烈焰燎原的火场内，那"光"的触感，其炽热烧灼，更远超周边热浪，像是烧得通红的铁针，刺透骨髓。

“会被他杀掉!”

直觉和理智同时这么说。然而此时此刻，余慈的感觉却非常奇怪。他胸腔里像被浇了一瓢滚油，烫得发疼，但那肯定不是恐惧的滋味。

这灼痛感没有别的用处，只是要他睁大眼睛，强迫他从这突然降临的死局中，找出一条生路。

余慈盯着颜道士，他可以肯定此人必然是要发出与之前一般无二的杀招，只是前后的间隔未免久了些，蓄力的姿势也是破绽百出。如果他现在还有冲锋的力气，必然会毫不迟疑冲上前去，剁了那凶徒的狗头下来，但现在，气力的恢复速度显然已赶不上对方蓄力的速度。

两人相隔十丈，余慈手中，只有一把半截的七星符剑，胳膊再长十倍，也攻不到敌人身前，但对那无形剑气来说，距离完全不是问题。

这是个死结，可是，他想活下去。所以，一切的问题都归结于一句话：在颜道士发出剑气之前，先把他宰掉!

事关生与死，反而一切都变得简单，他最擅长的，就是这种选择!

也不知道是怎么发的力，半截七星符剑脱手而出!

便在此刻，他看到了，九阳符剑的剑芒尖锋，正亮起近乎璀璨的光。

余慈没有去想如果无形剑气杀过来，会是怎样一个后果，也没有去想毫无准头地抛掷断剑，杀伤力几何。这一刻，一切的思维连线都断掉了，他脑子里只留存下一个全不知来由的念头：

“前面那道士，宰了他!”

那一瞬间，他的瞳孔也在放大，外间一切光影变幻均烙印其中，又如清水般自心头流过。余慈忽然觉得，周围的一切都安静下来，自己的身躯却在振动着，像是血脉的搏动，但那频率更为奇妙。

随后，他找到了真正的脉搏，血脉搏动因为剑气的冲击，正发出擂鼓般的轰鸣，而同时，那刚刚生发出来的振动，仍在展示着自己的力量。

他好像突然多出一个心脏，或者，直接多出了一个“自我”。

奇妙的感觉在延续，慢慢的、又或是极短暂的一瞬，曾经无比熟悉的血流脉动又退隐到幕后，也自然而然地将肉身的痛苦遮蔽，只有那新生的“自我”无限扩张开来，并且用无法描述的方式，接触周边天地，再从天地间抽取难以想象的复杂信息，反馈到他的大脑中。

他的脑子已经中止运作，也无法理解这一切，却有莫名的欢愉。糊涂和清明的感觉纠缠在一起，最终化为一片混沌，只有一点灵光悬空照耀，将他引回到最初那单纯的念头上去：

“前面那道士，宰了他！”

一念既发，如有神应！

混沌之中，忽有无量虚空开辟，漫天星斗，齐放光明，中有几颗星辰，大如鸡卵，明耀如玉，将光芒投射下来。如斯响应，翻滚着飞出去的半截七星符剑，忽然光华外烁，青芒血影如烟如雾，随即速度骤增，化为一道模糊的虹光，只一闪，便从颜道士颈侧飞过。

颜道士甚至没有格挡的意思，真正是破绽百出。

接着，此人的脑袋掉了下来。

第八章 收获

情绪爆发总是暂时的，最终还是要回到平稳的轨道上来。

余慈精疲力竭地躺倒在地，也不管身下的泥水，四肢摊开，睁睁望向雨雾弥漫的天空。雨丝拂过面颊，让他过分激荡的情绪逐步平复。

手心里储物指环的触感是实实在在的，但指环里面已经是空空如也。

理智占据主导地位之后，心痛的感觉同时占了上风：过分了，过分了！刚才欣喜若狂时，竟将指环内的所有东西都倾倒出来，随后又给踹得乱七八糟。本来清清楚楚的战利品现在已是一片狼藉，要是损坏了什么贵重的东西，岂不是损失惨重？

不过，余慈最想知道的是，通神修士的行囊，比他如何？也许这会向他打开一个通向未知世界的窗户，也可以暂时满足他的好奇心。

受此念头驱使，余慈翻身坐起，看到散落在方圆十余丈范围内的件件杂物，呻吟之余，又哈哈大笑，心境之微妙，难以言表。

雨势渐止，但因为在泥汤里泡过，战利品中倒有一小半已经不成样子，余慈不管那里面有没有贵重物件，眼不见为净，直接划到一边，这才开始对其他东西分门别类。

余慈找到的第一样值钱的物件，便是盛放着虾须草的石盒。打开盒盖，余慈便轻啧一声，盒子内部，数层虾须草满满当当地铺开，每株都根茎俱全，品相极高，这恐怕是颜道士下手之后，挑挑拣拣的缘故。

粗略察看一下，石盒中起码有七八百株，再加上余慈本人的收获，换一把三阳符剑已是绰绰有余，只此一项便让他觉得，拼这一场命，实在是太值了。

其次挑拣出来的，是八件玉制品。一枚玉简，长约四寸，宽两指，色泽晕黄，余慈先收在一边，然后就是七面小巧的玉牌，都只有掌心大小，材质一般，但上面却以典型的制符手法镌刻了复杂的纹路。余慈立刻想到传说中，修士群体内通用的符箓样式。

玉符，这肯定是玉符！以玉石为材质，预先在上面刻下符纹，储存符力，在战斗中激发出来，达到符箓瞬发的目的，是种非常有用的手段。涉及到自己的专长，余慈特别上心，仔细把玩了一会儿，一一辨明了上面的符文系统，这才小心收进储物指环。

最后一个比较吸引他的物件，是一把只有寸许长的袖珍匕首，像一件工艺品，但锋刃、手柄等一应俱全。可这种尺寸，莫说是颜道士那样的壮汉，便是刚刚出生的婴儿，恐怕也用不起来。

余慈本以为这是个小玩意儿，可小试一回，却发现那锋刃十分锐利，可以说是切石如泥，而且材质极坚，便连九阳符剑的锋芒也能挡住。看了半晌，仍不得要领，只能将其暂收起来。

这时候，满堆杂物便都整理完毕，有用的便是七枚玉符、手边留下的玉简，还有先期缴获的九阳符剑。这就是通神修士的全副身家吗？

余慈有些兴奋也有些失望，但他很快就把贪心不足的念头打消掉，就此澄静心神，待情绪安定后，注意力便集中在手中的玉简上。

在双仙教时，他不止一次地见识过这种物件，也知道这是修士用来储存各类信息、法诀之用。但是同储物指环一样，没有分识化念的本事，常人根本无法探知其中奥妙，若非如此，当年他冲入紫雷大仙寝宫，绝不会只拿一本装订成册的《上清聚玄星枢秘授符经》。

对着玉简稍稍动念，一连串极具条理的信息便注入脑中，比阅读任何书籍都要来得迅速。余慈很快便知道，玉简中不是什么修炼法门，而是颜道士所说的“融炼”之法，即将三阳符剑融炼为纯阳符剑的一整套过程。

这很有意思，余慈辛辛苦苦到天裂谷来，就是为了换得一把三阳符剑，再从中找到精进自家符法的思路，最终精进修为。可是这艰苦一战过后，符剑有了，炼制符剑的法子也有了，且品级只有更高。更重要的是，他一举突破“凡俗三关”的障壁，成为一个名符其实的修士。世事之奇妙，莫过如此。

余慈没有继续看下去，只将玉简连着九阳符剑一起放到储物指环中，接着又把自己身上的诸般物件，像是《上清聚玄星枢秘授符经》的书册、随身百宝囊等统统移到指环里去，身上立时轻便不少。

这时他才移动视线，在颜道士的无头尸身上扫过。这地方他不准备收拾了，就让尸身摆放在这儿，让野兽凶禽分而食之。想来若他战死，颜道士充其量也就是给他这个待遇吧。

接下来，余慈又回到了事发的山林空地中。

雨水浇下，篝火已经熄灭了，颜道士忙着去追杀他，没有收拾这里，二十二具残尸还按着死亡的那一刻摆放，浓烈的血腥气仍留存着，暂时还没有引来其他人的窥伺，却招来几只野兽，准备享受这场天降大餐。

余慈挥剑将这些畜生赶走，可回过头来面对这些残尸，一时也有些怔然。

但他终究是个有决断的人，很快将这些尸身聚拢在一起，在周围添加干燥柴薪之物，而颜道士的头颅就摆在前方。

一切准备停当，他站在堆积的尸身之旁，稍一静气，便伸手虚划，由上而下，起为引魂仙鹄，旁接日月，下缀云气，继而有盘龙飞动，载魂归天，一套安魂符顷刻而就，有灵光焕然，遍洒于尸身之上。

他这才上前，举九阳符剑，注入真气，赤焰飞腾，转眼燃起一场大火，遗蜕由火焰包裹，渐化灰烬。

在这野兽遍地的荒山野岭，几乎没有入土为安的可能。他只能用上古之巫礼，希望这些人在天魂灵可以安息。

火焰熊熊燃烧，余慈站在一旁，脚边整齐摆放着二十二个石盒。他持剑为礼，默祷片刻，这才拾起其中一个，掀开盒盖，里面显露出摆放整齐的虾须草。

稍稍犹豫一下，他最终还是将这宝贵的药草抓起来，整个投入到火焰中去。有一便有二，很快，二十二个石盒先后打开，虾须草被一把接一把投进去。

石盒里少则数十株，多则两三百株，加起来也有千五之数，就这么被他抛进火中，与他们的原主人一起，化为灰烬。

也许这堆灰烬里面，藏着不可知的私心，藏着卑劣的念头，但他们的主人毕竟死掉了，是在其乐融融的欢笑声里死掉的。作为他们中间仅存的一人，余慈觉得自己应该表示点儿什么，而这便是他所能做到的最好的方式。

因此，余慈不觉得自己在暴殄天物，当然，也不觉得如此作为有多么高尚。他只是觉得很舒坦，他就用这种方式，和谋财害命的颜道士区分开来，以此获得为这些死者安魂的资格。

第二十五章 邀请

来人身形瘦长，面态老相，颔下还留着山羊胡子，紧绷面孔，十分严厉的样子。

“这人是……卢丁？”

余慈认出了此人。和陆扬一样，这卢丁也是府中管事，也以严厉苛刻闻名，只不过陆扬管的是常务，这位管的则是杂务，在诸位管事中敬陪末座。余慈对他印象深刻，是因为就是此人负责对外收购虾须草一事，昨天就是他拍板，让店铺派人跟踪盯梢，挖出余慈的底细。当然，这一切都被纳入照神图中，为余慈所察知。

卢丁为人媚上欺下，平时最好摆谱，待远离了议事厅，便伸手叫了个在旁的仆役，让他去唤人，自己则脚下一缓，负着手慢悠悠地前行，却不知虚空中有一只无形的妖眼，盯着他的一举一动。

不一刻，便有府中武士头领和下面的执事前来听命。卢丁在路旁一块石头上坐了，慢条斯理地开口，让余慈看得分外清楚，只是第一句话，便让他笑了起来。

卢丁说的是：“府主有令，全城布控，封住城门，将那个换了四柄三阳符剑的人物留关在城里，找出踪迹，能请则请，不能请也要请，务必‘请’那位到府上来做客！”

武士头领应命而去，一旁的执事是跟卢丁惯了的，也熟悉内情，不免奇道："怎么突然兴师动众？四千株虾须草虽多，但若是下狠心做那无本买卖，凑足也不是甚难。"

卢丁瞥了手下一眼，拈须笑道："若是寻常，别说四千株，就是四万株，也没什么了不起。可府主是什么眼光，他老人家说了，四千株里便成材三株，说明此人采摘的草药除品相上佳之外，活性也是充足，药力比寻常的充沛许多，才能有这般结果。这样的药草，平日里有几十株便是好的了，却不想一下子出现了上千株……嘿嘿，若说此人没有掌握一个特殊的采药地点或方法，谁信？"

如有亲见，确实是好心思！

余慈在客栈中都要鼓起掌来。那执事也是一脸的恍然大悟，让卢丁非常满意，继续点醒道："如今城里城外，一堆狼子野心之辈，瞅着府里的'专办'之权眼红心热，好不烦人。你们这些办事务必要更加谨慎用心，为府主分忧……"

执事连连点头，卢丁颇为满意，转而吩咐道："不是今晚便是明日，府主还要外出，你照十人常例置办食水，不得有误。"

执事心领神会，转身去办事，显然如卢丁所说，此为常例，用不着多说。

客栈中的余慈却是好奇了，金焕刚刚回来，又是要去哪里？

他站起身，收了照神铜鉴。即使他再不屑白日府的做派，也不能忽视里面的危险。绝壁城是方圆万里之内，唯一成规模的聚居区，居民虽有数十万，可脸生的还真不多，对白日府这样的地头蛇而言，短时间内清查出城内的生人，并不会耗费多少力气，之前不这么做，也只是维护着一层脸面而已。

而如今，金焕一声令下，这层面皮便给揭了下来。

城里显然是待不下去了。余慈慢吞吞地从客栈中走出来，速度虽慢，方向上却是绝不犹豫，朝离客栈最近的东门走去，路上慢慢加快了速度。

绝壁城有城墙城门，但城门内外并无守卫的兵丁。这是因为城邦并无外敌，便是有也不会因为城墙而耽搁。建设城墙主要是为了防备山中凶恶的野兽，白日府还组织了一些平民，持械成军，构成卫所，平日里负责城中治安，偶尔也会帮助白日府做一些事情。像是全城布控，封锁城门之类……

不过余慈经过东门卫所驻兵点的时候，这里还没有任何动静。余慈微微一笑，就那么轻松走出城门，将绝壁城抛在身后。

出城门后走出几里路，余慈有些意外，这里竟是出奇地热闹。行人如织，多有城中殷实人家举家出游，路旁小商小贩的吆喝此起彼伏，为前两日所无。

他随便扯了一人来问，那人脾气很好，被扯住也不恼，只是对他上下打量，良久方笑道："今日是玄阴上仙的成道日，你这道士，去拜三清便好，还要去礼敬玄阴上仙么?"

余慈立刻恍然，原来是玄阴教。西城门外二十里处，就是供奉玄阴上仙金身的"幽求宫"，他也是知道的。

玄阴教近十年来刚刚在绝壁城站稳脚跟，发展却十分迅猛，很快就成为绝壁城周边不可忽视的力量。之所以如此迅速地铺开局面，说起来倒与白日府收购虾须草的大手笔有关。此教派传说是上古巫门分支，得了一些驱兽祛鬼的法门，若能入得此教派，求上一个由教中仙师加持的符咒，便能去危避险，传说还十分灵验。

前往天裂谷采药的本城居民，倒有大半信了玄阴教。此外玄阴教对女信特别优待，教中仙师也七八成是女子，因而更有许多城中女性拜信此教，求得灵验之后，惠及家人，又使得供奉的玄阴上仙香火更盛。

但在余慈这般修士的眼中，看到的又是别的东西。

玄阴教，在十年中成为绝壁城数得上来的大势力，更在城中肆无忌惮地传教，这与白日府的放任有很大关系。余慈便在府中听得传闻，此教背景深厚，传说是东极某个大教派的分支，便是相隔千万里，白日府也要礼敬三分。此外，玄阴教甘于发展平民信徒，从不纠集高手修士，对白日府不造成威胁，也是重要的原因。

说起来，余慈倒真的很有兴趣到幽求宫里看一看，只可惜这时候，西城门附近有些骚动，想必是白日府的命令终于送达，可惜这已经毫无意义，徒乱人心而已。余慈心中冷笑，顺着上香善信的人流，似缓实疾，转眼便去得远了。

等余慈再次展开照神图的时候，天色已经擦黑。

余慈选择的位置，位于城西三十里处，虽不能照见绝壁城全景，却恰好将整个丹崖拢在其中。城中的搜索行动注定无功而返，玄阴上仙的成道祭典也注定惨淡收场，这样的结果，两边恐怕还要就此有些摩擦。这种事情照神图显现不出来，余慈却能猜得到。对此，他很是笑了一回。

与白日府的态度相对应，余慈很自觉地摆正了自己的位置。白日府中的诸位修士上仙并不知道会有这样的结果，就是知道了，笑一句“不自量力”之后，也不会再有任何挂念。他们仍在有条不紊地做着出行前的准备、收拾城中的残局。当然，这种事情下边的人去做便成，像是陆扬这样的大管家，只要在院子里等着出发便好。

等余慈将心念再投注到陆扬居住的小院时，院子里的情形倒让他小吃一惊。

独院仅有的两丈方圆的小空地中，有两人正在交手。说是交手也不确切，双方中间隔了足有一丈远，也只是摆摆袖子、抬抬腿，偶尔转一个方位，中间虽是罡风来去，呼啸有声，却是节奏鲜明，看样子是在试手或修行。

交手的两人中有一人是陆扬，另一人体形与他相近，却是个圆脸，就是动手的时候，也笑眯眯的很是和气，余慈也见过，此人乃是府中另一位管事匡政，也就是陆扬徒弟的亲叔叔。这两位管事便通过这个年轻人联系在一起，结成同盟，圈了府中好大一片势力。

陆扬的徒弟名叫匡言启，除了成为两位管事结盟的纽带，其本身也有值得看重之处。半年前，他年龄不过二十岁，便踏入通神境界，进度远超同侪，资质也实在惊人。

陆扬很是着紧这个徒儿，视其为传承衣钵的最大希望，这段时间来趁热打铁，教授其各种与通神境界相关的知识。里面的只言片语，也能让“一旁”的余慈受益匪浅，所以余慈很是喜欢到这里来，他的读唇术水平长进，倒有一大半是在这个院子里磨炼出来的。

院边屋檐下，站着的便是匡言启，此时，这年轻人站在罡风余波中，正眯着眼睛，似是在体会着什么。

“有老师指点，就是不一样……”

余慈并不掩饰自己的嫉妒心思，不过当他转眼再去看陆扬和匡政那边时，却觉得“眼中”有些模糊。本以为是自己看得疲累，但将院中的光影颜色与檐下相比对，才发现不是自己的问题，而是这一块上面，照神图的映像不比周围那样清晰。

余慈定了定神，蓄气提力之后再看过去。说也奇怪，这次他提着劲儿，目光一触那变幻的图景，眼前虚空忽然一阵恍惚，好像有层轻纱覆下又揭开，也就是这样一个变化之后，眼中世界，又有不同。

照神图中，两人对战依旧。然而在他眼中，陆扬的脑袋变透明了！

当然，那不是真正的透明，而是有一层光芒从他的颅骨内透出来。呈橘红颜色，皮肉头骨都挡不住这光芒的渗透，穿过这光芒，他隐约看到了一个模糊的光源，在他脑内驻留，场景诡异万分。

转眼再看，匡政竟然也是这种情况，只不过颅脑内放出的不是橘红光，而是一圈浅紫毫芒，这光芒的穿透性比不过前者，余慈更看不清他颅脑内究竟是什么玩意儿。

余慈这几天整日在白日府闲逛，对两个管事的底细也摸了一些。知道二人都是阴神大成、可出窍神游的水准，这么说，那发着光的东西，便是阴神了？

原来隔着肉身，也是能看到的啊。

余慈忽然发现，他以前的认知似乎有一点儿偏差。

第二十六章 混化

事实证明，阴神并非是不可见的。但是，究竟是肉眼直接可视阴神，还是要靠照神图才能发现，是个需要研究的问题。

余慈还想着看得更清楚，偏在这时候，眼睛开始发涩，提着的那口气自然散掉，更有无可遮掩的疲惫之意扩散全身。小院中的影像又像是铺了一层轻纱，模糊下去。

遭遇这种情况，余慈忽有所悟，直接拉高视角，俯瞰整个绝壁城。

丹崖和中央盆地紧紧相邻，比照紧挨着的上城与下城，余慈果然找出了些许不同。作为白日府的根基所在，上城在照神图上呈现的颜色，略浅了些，像是微微褪色的图画，又好像蒙了一层薄纱；而在下城，作为平民百姓的聚集区，中央盆地的颜色就极其鲜亮。

这种差别是极其细微的，又隐藏在五色斑斓的光影中，若不是余慈心存此念，必然难以分辨出来。而结合着以往的经验还有眼前的实际情况，他是否可以做出一个猜想：

照神图显示的范围以及清晰与否，和它映照的目标周边，生灵个体的强度有直接关系。只不过照神图显示的清晰程度恰恰是反过来的，越是弱小的目标越是清晰，越是强大的目标则越是模糊。

如果按照这个理论，那一切便都有了解释。

当然，单说强度也不准确，因为强弱是相对的概念，这里面必须要有一个参照物。可若是真有这样一个参照物或是标准，又有什么能比他这个照神铜鉴的拥有者更适合？

事情又回到一项最基本的问题上来：他自己，现在算是个什么强度？

此念生出的瞬间，他心念移转，一下子便从数十里外的丹崖，跳到了这一片山林中，也就是照神图的正中央。那里，在山林中一块大树残根上坐着的人影，正是他本人在照神图上的映像。

余慈还是头一回认真打量照神图中的“自我映像”，感觉非常之奇妙。他曾想过，在他打量映像之时，映像必然也在观察另一个“照神图里的映像”；而“另一个照神图里的映像”，则会去打量“另一个照神图里映像所观察的另一个照神图里的映像”……如此反复嵌套，直至无穷。

可事实上，他猜测的事情并没有发生，因为在他目光投注的同时，照神图中的映像便似是有了灵性，慢慢抬头，将目光投射出来，恰与他打了个对眼。

这一刻，在照神图中央，他本人的映像动起来。

里面小小的人影好像是直立眺望，若有所思；又像是站了一个桩，松静自然。但无论如何形容，这肯定不是他本体状态的反映，在此刻，图中的映像似是活了，有了自由的灵性。

余慈盯着图中的人影，觉得那里面有一种难以抵挡的魔力。不自觉的，倾注的心念便与其融为一体，甚至分不清照神图内外的世界，究竟何者是真、何者是假。也在此刻，受一股不明力量的驱动，他身体震了一震，身下树木残根哗的一声崩散。

他自然站定，竟是摆了与图中映像一模一样的式子，气血颠动之际，只觉得全身骨络筋肉猛地拧成了一股绳，而所有的精血气力都凝在一起，猛然上冲。

顶门一震，像被冲开一个口子，全身的精血气力就这么破体而出。

也在此时，他袖中一震，照神铜鉴像是有了自己的灵性，自发地飞出来，打着转，越过他的头顶，随后，转速倏止。当铜镜停下的那一刻，恰是光滑的镜面正对下来，覆住他的顶门，也将那冲击而上的气血之力挡下。

铜镜“嗡”的一声震荡起来，正前方的照神图也受到影响，光芒剧盛，随即化为一团光雾，朝着头顶铜镜所在飞过去，转眼融入其中。这时候，静寂的山林中只剩下余慈和照神铜鉴，二者正发生着无比奇妙的反应。

铜镜似乎是承受不住精血气力中蕴含的力量，开始颠簸不定，随后开始了再一次的旋转。

没有了照神图，头顶上镜子的变化，余慈应该是看不到的，可就在这一刻，他与照神铜鉴之间却产生了真切无比的联系。虚悬的铜镜好像就被他握在手里，或者根本已变成他身体的一部分。他分明感觉到，镜面之后一个类似经脉窍穴的回路，气血输送过去，立刻就获得了反应。

注入、循环、积蓄；注入、循环、积蓄……清晰的三个环节，就是这样回环不休，将破顶而入的精血气力全部收拢在镜中，积蓄在“回路”中央的“窍穴”中，凝实如珠，没有一丝一毫的泄露。

而铜镜下方，余慈的状态却很不妙。气血冲顶那一下便带走了他所有的力量，无可抵御的空虚感霎时扩散到全身，他现在的状态甚至比不上一个刚刚出生的婴儿，也许一阵山风刮过，便会要了他的命。

随后，风来了，余慈的身躯在发飘，仿佛是没了重量，要顺着风飞走。

这明显是错觉，飘走的不是他的身体。实际上，他的身体未动分毫，要飞出去的，是他的感知、意识这些纯精神层面的东西，是他已淬炼了十多年，马上就要有所成就的神魂。

他早已达到神气呼应的层次，此时便是照神铜鉴中积蓄的本身精元和他的神魂彼此呼应、吸引产生的现象。

若是一个不小心，以二者之间越来越强的吸引力，神魂真可能随本身精元一起，投入到照神铜鉴中去。精元破顶而出已经是非常糟糕的事了，而若连神魂都脱窍而去，他便真的只剩下一个空壳，再没有存在的意义。

在这要命的时候，余慈却是稳住了心神。不管其他，只用《九宫月明还真妙法》中的“守窍”之术，凝聚神意，意守泥丸宫，继而聚拢身上最后一点儿力气，舌绽春雷，喝了一声：

“定！”

音波扩散，照神铜鉴的旋转震荡蓦地中止，山林中陡然一静。随即，余慈头皮发沉，似有一颗沉重的铁砣，抵着顶门压下来。对此，他不惊反喜。因为压下来的，正是照神铜鉴中央“窍穴”中已经凝结成团的精元之珠。

神气呼应，彼此吸引，若一方不动，动的自然就是另一方！

精元之珠从照神铜鉴中滑出来，似实还虚，没有任何滞碍就没入顶门，再压入泥丸宫。受这股力量压迫，泥丸宫在跳跃，由此带动四方四隅，再扩散至整个脑宫，直至四肢百骸，带动全身肌肉骨血，齐齐颤动。

余慈隐约感觉着，这颗精元之珠是应该聚合在一起的，可是，珠子带来的压力实在太大了，身体有些承受不住。所以，在神魂的带动下，他的身体自发作出了反应，四肢百骸都生出了强大的吸力，通过泥丸宫的总汇，作用于精元之珠上。

受这千丝万缕的引力影响，精元之珠刚沉下泥丸，便失去了原有的形态，由沉沉的铁砣，化为如春风般的暖意，又似体感最为舒适的温水，自脑宫垂流而下，也不分什么经络血脉，而是丝丝缕缕、绵绵密密，浸入肌骨脏腑之中，由顶至踵，又由踵至顶，如沙漏翻转，循环往复。

几次来回，余慈但觉得这暖意充斥全身，渐渐如水满溪谷，气蒸大泽，当真明也是它、暗也是它，强也是它、弱也是它，有也是它、无也是它。无所不至，无所不入，以至于心神都混化在其中，难以分辨。

这一刻，僵立的身体终于可以动弹了，余慈摊开手，手心微有汗渍。要承认，他的状态很好，前所未有地好，可在此之前，他遭遇到的，却是最要命的凶险。一招不慎，他的精气神便可能被照神铜鉴吸干，只给他留下一具空荡荡的躯壳，任其在山间腐化！

为什么会出现这种情况？尤其是感觉如此地熟悉，就像……就像他在天裂谷下挥剑斩杀那个许老二的时候，心神与元气混化相谐，没有一丝缝隙。

他盯着自己的手掌，慢慢地屈起大小拇指，三指相骈，笔直如剑。凝滞片刻，忽然划出。空气中传出一声低细的嘶啸，旋又融进穿林的山风内，不留半点儿痕迹。

余慈指尖没有感觉到任何阻碍，连空气的阻力都没有。只觉得三指划空之际，是从未有过的轻灵，仿佛血肉都虚化了。而事实上，他的身边就有一棵碗口粗细的杉木，也正好位于手指划过的轨迹之上。

又一阵山风吹过，杉树这半边的边缘，忽地蚀开一个小口，细碎的木屑从中滑落，转眼这小口便延伸开来，深有半寸，内里切面之光滑，好似最巧手的木匠精心刨制的一般。

将视线定在杉树的刨痕上，余慈有些发愣。他的指尖还残留着之前的触感，可那感觉太过微妙了，以至于他很难回忆起确切的细节。

不过那感觉，依稀又和天裂谷顶、悬崖边上，叶缤留存的剑意透体而入时，相差仿佛。

这些天来，余慈一直都在研究那道轻雾般的剑意，也一直在模仿剑意透身而过时，那通玄入微的妙处，效果却一直不佳。可是刚刚随手而发的指剑，竟意外有其三分味道，不得不说，是一个极大的惊喜。

而这一切，肯定绕不过头顶那块青光荧荧的铜镜。

他仰起头，脸面恰好在光洁的镜面上映出来。这时的照神铜鉴，真像是一面最平常不过的铜镜——除了还悬浮在空中。

“老伙计，你究竟是个什么东西?”

感叹声里，照神铜鉴如有灵性，青光如水，潋滟生波。然后余慈看到了一束光，从镜面中央投射下来，不给他任何反应的时间，直接刺入眉心。

（节选自纵横中文网）

【粉丝评论摘编】

@安迪斯晨风：目前为止我心目中最好看的仙侠小说，尤其是修真设定不厌其烦，讲得非常非常细，隐然有仙侠版《奥术神座》的味道，只是不像后者那样露骨。而文笔之佳几臻化境，与设定相得益彰。主角余慈如出鞘利剑一往无前的性格也比较讨人喜欢。

@血羽灵心：虽然别的仙侠书也有分化、分神神通，但是不但在战斗中把这点描写得淋漓尽致，还利用此点埋下伏笔以带动剧情的分化和镜头切换，只此《问镜》一家，而不再仅仅只是强大了的凡人（许多看来比较优秀的仙侠作品也未脱离这层藩篱）。所以我觉得与其说《问镜》神似

《蜀山》，倒不如说和特德·姜的《领悟》更像些。两者都是用推理和演绎的思维方式来层层剥解，构析，重组“能力”，就像是一场精妙的外科手术，或者以生理反应来解析心理活动的临床实验，而前者只不过换了个术法神通的名称。

@尼摩：《问镜》要求读者仔细阅读，其文字也包含很多隐藏的信息，往往需要前后贯通才能读懂，不是一目十行就能解决的。《问镜》不仅细节迷人，而且在整体布局上也颇为出色，但是他的布局是隐晦的、秘密的，需要读者认真思量才能贯穿起来。

@九州客：《问镜》也不是一部飘逸的作品。全书看到这里，只有第一卷和第二卷的结尾是快意恩仇、潇洒飞扬的仙侠气息。但是通过超越几乎所有网文的庞大、精致、翔实、致密的设定，这本书在堂堂正正的宏大气象上已经走出太远了。

世界设定是《问镜》的精髓。不要拿神机或者谁谁谁的设定来和减肥比，仙侠奇幻发展了这么多年，但几乎所有的设定都还是网游力量升级的那一套……现在，减肥就把余慈这个黑客如何一步一步由浅入深理解真界这个游戏的数据代码的过程展现给我们看。

（导引、简介、节选、粉丝评论摘编：傅善超、杨梦皎）

宏大气象，向死而生

傅善超

修仙作为类型，本身就对作品有很强的限制，作为其中的小众作品，《问镜》更是选择了一条险途。猫有猫道，狗有狗道，于恶境险途生存，必自有立身之道。《问镜》当是自知这一点的。也正是在这恶境险途中，《问镜》走出了一条别样的路。

在最宏观的层次，《问镜》最大的野心乃在“创世”：虚构一个宏大的世界。这是男频修仙文的普遍追求，但少有如《问镜》之严谨、入微、完备。在设定上，从上古纷争到草木城阙，从原始神主到猎团散修，《问镜》无一不有细腻的虚构。审美上，则仍以道家为根本，主灵虚一脉，但也加入了些许释家，熔炼了魔道与鬼气，颜色更异，气魄更大。更具野心的则是，《问镜》几乎重新发明了一套修仙体系，有从“凡夫三关”到“步虚三阶”的境界层次，有从玄门的丹法到剑修、魔修、敬奉神主等各种长生法门，每一个层次、每一种法门的景色都截然不同，着实有些大千世界的气象。甚至，在哲学层面，作者不惜在开始近乎讲课似的一字一句地讲解“神魂结构”之类的抽象概念——根本就是在生造一套唯心哲学。这样的写法是相当挑读者的，但《问镜》在宏大气象上确也走到了一个新的高度。

另一方面，《问镜》也突破了传统的升级流套路。当然，《问镜》的突破并不在修仙逻辑本身：不断地追求长生，仍然作为小说情节的单一主导驱动力量。主角余慈自己说，长生是一切意义的集合，也就是说，活着就是为了活得更长、活得更强，这逻辑其实不过是一种权力意志的逻辑。于是《问镜》里的修仙仍可读作一个关于权力秩序与丛林法则的寓言，只是，在这样的秩序下，主人公选择的道路有所不同。在第一卷七十六章“说虫”里，余慈的师父于舟为他讲长生之理，以“鱼龙”为喻，言这种“道虫”，“自草木之身起，不亲同类，反而盗取生机、夺杀元气，转质移性之后，又吸蚀万物生气精血以自肥，一路下来，不知祸害了多少生灵，造下多少杀孽……”。这个鱼龙之喻实为《问镜》第一卷最核心的线索，首尾照应，贯穿始终，而于舟正是不愿损人自肥而失了前途的一个。在这相互倾轧的世界里，余慈给出的答案仍是符合朴素劳动道德的。虽然从未被丢进过一个道德困境，但余慈每次大精进都是以他的“自我”为根基，洞悉开启了一个新的“自我”。而最后仇敌之死，余慈能以弱胜强，也是因为仇人借、盗他人之力，无“自我”之根。说白了，不偷不盗就是道德的，然后就只是知恩图报。如果仅有这样“不作恶”的觉悟，余慈这人物其实也还嫌单薄，整部小说也难以浑然，而更像是世界设定的堆砌。不过，余慈身上却另有一种至情至性：和幼丧考妣、早早在外流浪的经历有关，余慈喜欢、习惯、亦沉醉于搏生死的境地，每每正是在生死一线间激发潜力、猛然精进，在生死一线间发现自我、以弱胜强，把小说其他所有的力量都汇聚在一起。由此观之，“向死而生”正可说是《问镜》全书的关节，小说最精彩的段落也多在这种时刻。这样的“升级”，并不是靠枯燥的资源积累，而是飞跃般的质变，每次质变都会呈现一个截然不同的境界；而且，这种升级几乎总是缘于余慈自我认识的飞跃，也就是说，在这个险恶的世界里，余慈是在一次次搏生死中不断成就着更好的自我——正是在这两个方面，《问镜》可说是大大突破了传统升级流的路数。

虽然《问镜》倾注了大量精力于构建一个大世界，但其实作者也并没有放弃讲漂亮故事的追求。枯燥的说明文式的讲解，主要是用来交代那些最基本的设定，而等到要织罗大争端大阴谋时，作者也毫不手软。比如第一卷始于一百一十六章终于一百四十一章的“绝壁城之变”，光是势力就有七方参与，表面上结成的两派对立之下，其实每一方都有各自的动机、互相的矛盾、各不相同的立场态度，有些背后还有更大势力的阴谋，可谓枝蔓丛生。这样庞杂繁复的故事从场面到情节都非常难写，但作者却恰恰擅长从乱中找戏，不仅将世界描绘、主角成长和阴谋揭露完全熔炼一体，而且写得明织暗就、条理不乱、张力不断、令人恨短，说起来，也正是一条先入死地而后生的险路。

如前所述，《问镜》是一部很挑读者的作品，除了固有的门槛，它其实也有不少与优点同样鲜明的缺点。除余慈外，多数人物的性格都颇单薄，情感也多写得很寡淡，甚至枯燥无趣的叙事其实也有大段，读来总让人遗憾，觉得缺了些什么。当然，有了世界，这些东西想要补上也没有那么难，因为有许多本也已经包含在这个世界的可能性之中了。《问镜》几乎绝少写与长生绝缘的凡人，但在这个对他们极其不友好的世界里，他们其实正大有可写之处。我读的时候，看到步虚以上级别的争斗便已可以撕天裂地，脑中总会浮现出这样的场景：天上，双方的煞气相冲相激，爆裂开如蘑菇云般的光影，败者急速下坠，落在寻常巷陌的一方小院子里。独自在家的孩童不知轻重，只觉天上好看，又飞来一人，更是有趣。两人于是攀谈起来，没有什么争斗，没有什么生死，更不要说修道了，只有童真和难以言表的静谧。夕阳从扭曲的空气中重现在天边，下坠的光焰覆满了整个天穹：这就是败者在他长生路上的最后一个日暮。

一世之尊

爱潜水的乌贼

爱潜水的乌贼，以创意崭露头角的新晋网文大神。代表作《奥术神座》（2013年）凭借“在魔法世界重演现代科学史”的创意，成为2013年至2014年的“黑马之作”。爱潜水的乌贼也由此成为近两年来起点中文网上升速度最快的作者。

《一世之尊》是作者第三部作品，2014年7月29日起在起点中文网玄幻频道连载至今，字数超过335万字，在起点玄幻频道月推荐处于前十名，全起点月推荐榜前二十名，在大神辈出、竞争激烈的玄幻区可称成绩斐然。

《一世之尊》采用了“无限流”设定，在空间维度上重述中国上古神话体系。作品超越了无限流作品固有的影视动漫同人框架，构建了原创的仙侠、武侠世界，展现了“无限流”与玄幻仙侠创作的新道路。

【标签】玄幻　仙侠　修真　无限流

【简介】

来自地球的男青年孟奇穿越到了被送入少林寺学艺避祸的世家子弟苏子远身上，与来访的众多武林青年一起被神秘的“六道轮回之主”召唤到异空间，前往其他武侠、仙侠、神话世界执行任务。孟奇由此穿梭于诸世界之间，在生死搏杀中修习武艺功法，努力与同伴们一起生存下去。在此过程中，上古大战的秘闻、“六道轮回”的阴谋、孟奇穿越的真相逐渐显现，孟奇与其他轮回者努力挣扎，试图冲破因果罗网，追寻求道求我的出路。

《一世之尊》作品简介中写道：“我这一生，不问前尘，不求来世。”“一世之尊”即是孟奇等人的追求：摆脱被上古大能设计的道路，冲破前世的因果纠缠，求索真正的这一世的“我”，掌握自己的命运。

选文第一卷第十六章讲述了孟奇等人经历了第一个异世界后回归“六道空间”，大致展示了作品的设定框架；第三卷第二百九十八章中，江芷薇决心坐死关悟剑，孟奇前去告别，刻画了知己之间微妙的情感，以及二人超出世俗情感的对于“道”与“自身”的追求；第三卷第三百五十一章中，皇城之变后，孟奇召开宴会公开进行境界突破，展现了孟奇作为修行之人的豪快气魄；第四卷第一百五十章讲述了孟奇在“九乡世界”探索真武大帝陨落的秘密，勾连诸世界的上古神话秘闻逐渐被探索出来。

【节选】

第一卷第十六章　孟奇的理想

最近距离旁观了这一剑的葛崇山与隐皇堡堡主一样，表情僵硬在脸上，瞳孔却剧烈收缩，宛如针尖，只不过比起隐皇堡堡主，他还能无法相信地低低自语：“这样的剑法，这样的剑法……”

仙人舞剑也莫过于此了！

这是他内心的呐喊，亦是殿外其他高手的心声，这一剑，天外惊鸿，神龙探爪，不见其踪，只感其威！

他们在脑海里不断地回想着这一剑的细节，可却只能记起那一道璀璨夺目、直刺人心的剑光，以及天地都为之侧目的感觉。

不知为什么，葛崇山心中突地闪过了一个念头：“‘天外神剑’，‘天外神剑’，有这等剑法，难怪雅号‘天外神剑’！”

此时，因为隐皇堡堡主死去，化身“毒兽”的黑衣人们愈发疯狂，溃烂得也更加厉害，场面顿时失控，一片混乱。

葛崇山乃行走江湖多年的高手，迅速回过神来，运足功力喝道：“魔头已然伏诛！毒雾只是让人无力，在此之前杀掉这些‘毒兽’，我们就安然无恙了！”

“众位兄弟，我来襄助你们！”稳定了人心后，他飞奔向前，铁扇直戳一黑衣人背后，试图在无力感加深前解决战斗。

而孟奇耳边则响起了宏大庄严却冰冷淡漠的声音：

“隐皇堡堡主身亡，主线任务完成，每人奖励五十个善功，回归。”

孟奇眼前一黑，只觉伸手不见五指，耳中安静到诡异。

然后，一抹白光泛起，那仙家楼阁般的白玉广场再次出现在了孟奇眼中。

“果然直接回归了……”孟奇略感欣喜，对类似的轮回世界比较熟悉也算是自己一点优势所在，要不然目前武功低微的自己面对其他同伴总会有点自卑。

“任务完成，可得免费治疗一次。”

一道乳白光芒洒落在孟奇身上，让他觉得暖和舒适，如同泡在温泉之中，方才的种种疲惫和酸软全部消失，精力恢复，精神抖擞。

“咦，伤势好得如此之快?”惊讶出声的是戚夏，她也沐浴在乳白光芒里，血肉模糊的左肩正以肉眼可见的速度蠕动复原，四五下之间已是彻底治愈。

在另外一道白光内的江芷微站起身，活动了一下双腿，既欣喜又震惊地道：“我也痊愈了，哪怕少林寺的大还丹，怕也没有此等效果。”

“或许法身级的陆地神仙出手或相应仙丹才有此奇效。”张远山运了运气，发现此前所中毒雾不知什么时候就被拔除了，“可惜我从未见过此等神仙人物出手，无从比较。”

孟奇听玄心讲过，当前持天下武道牛耳的各大宗门都是曾经出过“法身”级陆地神仙的门派。只不过，法身难证，并不是任何时候这些宗门都有类似神仙人物的——应该这么说，大部分时候大部分宗门是没有的，比如现在的真武派、玄天宗、洗剑阁和大江帮等。因此，张远山这等备受器重的传人才未曾见过法身高人出手，而有着一位“降龙罗汉”的少林则隐隐成为了大晋盟主。

当然，这些传承久远的大宗门，即使没有法身级的陆地神仙，亦是不可小觑。他们或多或少都有着一些镇派神兵——当初证得了法身的前辈遗留或奇遇所得，若外景巅峰的宗师拼命，这些神兵都能发挥接近法身的威力。比如，玄天宗的“光阴刀”，疑为天帝所铸，即使在神秘的“六道轮回之主”评价之中，亦是十大神兵之一，莫测第一。也正是因为有这些神兵镇压，各大宗门在没有法身高人时，才不至于为人所趁，衰落破败。不过，要是这些宗门从内部腐朽，连续几代连外景巅峰的宗师也没有，那神兵亦会被外人所觊过去。两三千年间，类似消亡或退化的大宗门并不在少数。

——从玄心以及张远山、江芷微等人的言谈之中，孟奇大概拼凑出了这个世界的修炼等级：“百日筑基”之后是“蓄气锻体”（禅定蓄气）期，等到百脉大通，蓄气有成后，转修脏腑窍穴，开天生九窍，是为“开窍”期。

再然后，是孟奇还没怎么了解的“外景”境，跨过“外景”则为陆地神仙一流的“法身”境，有着不同的法身、道体和金身，比如罗汉金身、如来金身、菩提金身、太上道体、太极法身，等等。据说不同层次的法身之间，差距如天渊之别，但对之前境界的人而言，都一样的神通广大，莫可测度。

至于之后还有没有别的境界，孟奇却是不知。

乳白光芒缓缓消散，“六道轮回之主”再次洒下冰冷宏大的声音：“日后每次轮回任务，若主线完成，不管受伤多重，只要未死，皆能享受治疗，无须善功；而若主线未完成，除相应惩罚外，请求治疗皆得支付相应善功，伤势越重，善功需求越多，具体价格，你等可翻看杂物榜寻找。”

“这倒是公平……”齐正言小声地说了一句，沉默寡言的他此时隐隐有点激动。

孟奇点了点头。确实，完成任务时受伤，应该算是“工伤”，如果最终完成，得“报销”才对。

想到这里，他忽然一惊：“六道轮回之主看来神通广大，我脑海里转动的这些不属于这个世界的稀奇古怪念头会不会被他探知，如果我穿越者的身份曝光……”

想着想着，他叹了口气。六道轮回之主神通广大，自己毫无所觉地被带到这里，说不定早被搜魂查看了记忆。

“哎，也许早就被六道轮回之主知道了……”孟奇破罐子破摔，不无苦中作乐地想道，“对葛崇山等人来说，我们也算是‘穿越者’了，‘穿越者’有什么稀奇!”

“‘隐皇堡’任务评价，除江芷微为‘中等’外，皆是‘普通’，无额外奖励。江芷微亦未达到抽签标准，只奖励十个善功。”六道轮回之主这句话让众人一愣，原来在善功奖励之外，还有额外奖励和抽签机会?

孟奇嘴角抽搐了一下，这算过关评价吗?

忽然，众人面前各自多了一本玉册。

“这是兑换谱的副本，里面亦记录了你等之善功数量，选中自己想要的事物后，自去中央光柱兑换，除了玉册必须留下，所有事物皆能自由选择存于此间，或者带回原本世界。”

六道轮回之主话音刚落，在四周神兽仙禽雕像之外，立刻多了五个白玉之门，上面分别写着孟奇等人的姓名。

“没有随身存放物品的，呃，法宝吗?”孟奇根据自己的“经验”问道。随身储物空间呢?

“需自行兑换，在杂物谱中。”六道轮回之主说话时，孟奇面前的玉册自行翻动起来，直接停在了一件类似的物品上：

“芥子环，奇物，最简单之空间物品，兑换价格三千善功。”

孟奇看了看玉册左上角始终显示的自己善功数量——“八十”，只能用呵呵来回答了。

“现在开始，可以尝试兑换了。”六道轮回之主说完这句话后，没再开口，整个白玉广场安静无声。

孟奇听在耳中，激动在心里，终于有机会兑换高深武功了！

之前杂役院的生活将他学武的胃口吊得很高，完全不甘心一辈子就如此庸庸碌碌地当一名杂役僧！

“该兑换些什么呢？”孟奇知道的神功武学太多，脑海里乱糟糟的一片，目不暇接地看起了武学谱上的名录。

“《六脉神剑》，全本，兑换价格，一千三百善功。”

“《小无相功》，全本，兑换价格，一千二百善功。”

“《北冥神功》，全本，兑换价格，一千五百善功。”

……

“《战神图录》，全本，兑换价格，两千一百善功。”

……

或许是精神恍惚的关系，孟奇看到的只有自身熟悉的武功。

被这一个个数字刺激到之后，孟奇慢慢清醒过来，苦笑自嘲道：“我怎么直接看起了外景级的武功？善功压根儿不够啊！”

同时，他又前后翻了翻，看到《吸星大法》在开窍期武功里，价值五百个善功，又看到了不少熟悉的武学，于是暗自揣摩道：“金系绝学大部分在开窍级里，只有逍遥派的神功和《六脉神剑》等寥寥几种被列入外景级，且属于最便宜的部分，而黄系之中，大凡顶尖奇功，皆在这个行列，看来外景级应是以沟通天地为标志……”

金系的少林绝学标有“普通”字样，这个世界的则没有，但注明可由“普通”升华进阶而来。

“我该兑换什么呢？”孟奇再次嘀咕起这句话，受刚才看这些武功看得热血沸腾的影响，脑海里慢慢具现出了一幅自己“将来”的模样。

嗯，一定要白衣胜雪，长剑如光，跨骑宝马，身被月光，踏水如平地，一剑制强敌，要多潇洒有多潇洒！要多帅气有多帅气！

孟奇幻想的口水都快流出来了，暗自决定要往这个方向发展，忽然，他耳畔响起一道清脆悦耳的声音："小和尚，选好兑换什么没？"

"没有。"孟奇立刻坐直，一本正经地看着江芷微，"江姑娘，你呢？"

"我也没有。"江芷微摇了摇头，"目前能兑换的，我不大用得上，而我想兑换的，还差了二十个善功。"

啊，她是来找我借钱，不对，借善功的？孟奇内心一下剧烈挣扎了起来。借，还是不借呢？如果借，自己还剩六十个善功，兑换有限；如果不借，自己和江芷微也算患难与共，交情不浅，且颇受她照拂，良心实在过意不去。而若交好了她，下个任务亦能多点保障，要是恼了她，下个任务随便动点手脚，自己就死无葬身之地了。

果然，借钱这事是千古一大疑难啊！孟奇轻轻叹了口气，原本他决定先"装死"，看情形再说，但又想到了接触以来江芷微表现出的人品、武功，及门派背景，最终脱口而出：

"九出十三归！"

扑，江芷微忍俊不住："你小小年纪，哪学来的这些浑话？"

然后，她笑逐颜开，俏皮地拱了拱手："你这份好意，我心领了，但我哪好意思找你这个穷和尚化缘。我是来指点一下你，免得你选错了武功。"

"还请江姑娘指点。"不用借"钱"，孟奇内心大定，欣喜地拱手道。

"小和尚，你应该这样，真没有出家人的自觉。"江芷微比了比双手合十的动作，"老实说，你需要兑换很多才能勉强独当一面，即使集齐我们的善功，怕亦是不够，只能一步一步地来。"

"你没学过提纵之术，日后遇到敌人，连躲都无法躲，而要是有赶路、登山、穿林等情况，你绝对跟不上我们，到时，若事情紧迫，我们不可能等你。所以，你必须学一门轻功。

"其次，你得兑换一门横练外功，比如铁布衫，如此一来，能极大提升你的保命能力。

"这两件是首要之事，若善功还剩，就兑换一门基础刀法，这比剑法容易入门，方便你短时间内提高实战之力，毕竟我们谁也不知下一次轮回任务何时开始。"

铁布衫，刀法……孟奇脑海里忽地冒出一个虎背熊腰，提着长刀，皮肤成铁黑色的粗豪汉子模样。这，这难道是将来的自己？这与我的"理想"不一样啊！画风不对啊！

第三卷第二百九十八章　屠鸡剑神当日事

菩提，佛门智慧和开悟的象征，昔年佛祖便是在菩提树下证道。

“嗯，佩戴菩提子还能有助于感悟天地，从而了然自身，初步寻觅出道路。不过这种事情可依而不可靠，终究还是得看自己。”江芷微轻轻颔首，一如以往般提醒孟奇。

孟奇扯出微笑道：“放心，我不会本末倒置的。”

他主要是靠菩提子“悟”如来神掌，从中得到收获，其他方面，能有自然好，不能也无妨，路是自己一步一步走出来的。

对于他的选择，齐正言和阮玉书都很是理解，知晓他与赵恒一样，开窍期肉身上的修炼差不多到了极限，目前更多是元神与心灵的提升。

虽然他没有明说，但大家都看得出来，他的目标是下次任务前天人合一并初步走出自己的道路。

孟奇转过身，将自己看中很久但一直没有余钱兑换的那枚菩提子取了出来。它色泽青碧，充满灵性，握在手中有清爽之意遍布全身：

“五百年菩提子，地宝，贴身佩戴能辅助人开悟，尤其是佛法。九个月灵性自失，价值一千善功。”

这枚菩提子不算贵，但作用太过鸡肋。若非佛门高僧或者孟奇这种身怀佛门真意传承需要感悟的，很少人能用上，毕竟感悟天地方面的能力不算出众。

将它串成吊坠悬挂于胸口后，孟奇只觉神智为之清爽，斟酌了一下，打算选择一式刀剑合击的招式。因为若自己没有这方面的能力，怕是必须机缘巧合才能从“如来神掌”中悟出相应功法。

想及“刀剑合击”的招式，孟奇最先浮现的念头毫无疑问是“三刀三剑三神技”中的“三神技”，可惜，它们是法身招式。距离自己还很远，三刀三剑又非急需。

他将想法一说，江芷微等人纷纷翻看起自身的兑换谱，寻觅类似的招法，并不断提供意见。

最终，孟奇挑中了主世界三百年前某位散修外景的标志性招式："逆乱阴阳"，价值一千零五十善功。

它只是初入外景，但包含了刀剑合击、阴阳互转的技巧和法门，对这方面初学乍练的孟奇来说正是高屋建瓴的选择。至于开窍期的刀剑之法，则过于浅显和基础，以孟奇目前的刀法和剑法境界，自身也能很快摸索出来。

"好了，两年之后再见。"江芷微轻吸口气，笑盈盈说道，既是鼓励自己，又是对孟奇等人美好的祝福，祝他们接下来的任务一切顺利。

说完，她转过头，步伐坚定地踏入了离开的光柱之中。氤氲升腾，留下一道淡冷的青影。

孟奇露出少许黯然，罕见地沉默不语。接着与阮玉书、齐正言、赵恒告别，并表示自己要北上草原了。

光影流离，孟奇出现于自身屋内，日光从窗户透出，洒下一片金黄，照出飞舞的尘埃。

那名大方开朗的少女，那个在自己最无助时候伸手的姑娘，就要开始坐死关了。或许再也无法相见了？孟奇心中涌起难以排解的怅然情绪，一时怔怔出神。

此是生离，亦是死别？

"咦，三弟。你都九窍齐开，为啥不出来喝酒庆祝？"窗户边突然冒出一个毛茸茸的脑袋。正是不知多久未理发刮须的高览。

孟奇抬眼看去，却发现高览的双眼蕴含着淡淡的玩味，心中顿时咯噔了一下。自己就在高览身旁进入轮回，他是否发现了什么？

之前孟奇也不是没见过法身高人，方丈空闻和陆大先生都是，可进入轮回时，与他们距离较远，又是处于人多的地方。而现在，高览与自己相距不超过三丈，左近无人，连蛇虫鼠蚁都少。

"放心，放心，谁都有秘密，俺像是胡乱刨根究底的人吗？"高览一副我已经看穿你秘密的样子。

呃，六道没反应，也许他只是能看出一点，不涉及关键？孟奇稍微放下心来，站起身道："大哥，还有'醉仙'吗？"

他现在心情复杂，有一醉解千愁之感。

高览将那根铁条随意地插在腰带之上，背着手，来回踱步，不断地打量孟奇，看得孟奇内心忐忑，不知道他什么意思。

“大哥，不是喝酒庆祝吗？”孟奇挑眉问道，不显忐忑。

高览啧啧两声：“你一点都不高兴，算什么喝酒庆祝？看你的样子，莫非害了相思病？”

“哪有！”孟奇当即否定。

“三弟，你瞒得了别人，可瞒不了俺这双眼睛。若你心情不好非因姑娘而起，俺就把头割给你当凳子坐！”高览得意道。

“怎……”孟奇下意识要否认，可刚吐出个字，就长长叹了一声，“是与姑娘有关，可不是相思。”

高览点了点头，对自己的机智和眼光很是满意，双眼圆睁，充满兴味：“说来听听，说来听听。”

看着他的样子，孟奇不知怎么就想起了三姑六婆。但他情绪复杂，确实有倾诉的冲动，于是叹气道：“大哥，小弟之前不是提过一位生死之交吗？武道大宗嫡传，光芒四射，胸怀剑意，开朗大方……”

“嗯嗯，她怎么了？”高览兴致勃勃追问。

“她打算坐死关。”孟奇沉闷道。

高览长长地“哟”了一声：“原来是洗剑阁的嫡传，你小子本事不小啊。”

“什么本事不本事的！”孟奇恼道。

高览笑眯眯道：“洗剑阁的死关，再天纵奇才亦有可能枯死其中。是不是舍不得？是不是想挽留？”

“是舍不得，可不能挽留……”孟奇怔了怔道。

高览双掌一拍：“这就对了，还敢说没点相思之意？”

孟奇老脸微红：“是朋友之间的舍不得，此去死关，或许再也无法相见。”

“总之是舍不得，心中有无数情绪难以排解，对吧？”高览挑了挑眉。

孟奇点了点头，没有说话。

“那就当面和她说说，挽不挽留是你的事，接不接受挽留是她的事！”高览一把抓住了孟奇领子。

“会坏了她心境的……”孟奇话未说完，就感觉四周悄然无声，眼前皆是幽暗，唯有领子处有高览之手的触感。

不知过了多久，孟奇眼前终于出现光亮，前方是一座笔直如剑的山峰。

“这是哪里?”孟奇愕然问道。

高览爽朗的笑声响在他的耳畔:“当然是洗剑阁山门所在。”

“啊……”孟奇有些茫然了。

高览收起笑容,表情变得正经:“即使是朋友,临别之前不是亦得道道离情?总之,不要让自己后悔,俺不想自己的结拜兄弟也和俺一样。”

黛眉大眼,黑发简单挽起,柔顺披着,身着鹅黄衣裳的明艳少女江芷微……

叫着“小和尚”,伸出友好之手的江芷微……

负于自己背上,默契配合的江芷微……

屡次指点自己,不远千里来江东相助的江芷微……

面对强敌绝不退缩的江芷微……

燃烧自我,斩出了剑廿三的江芷微……

以及“屠鸡剑神”江芷微……

种种回忆浮现眼前,孟奇深吸口气,目光变得坚定。高大哥说得对,总要道一道别情。

他迈开步伐。走向了山门所在,迎面一位弟子道:

“这位朋友,不知何事到我洗剑阁?”

“在下苏孟。求见江芷微江师姐。”孟奇拱手道。

……

一处房间内,江芷微坐于木凳上,环视着四周,与别的女子闺房不同,这里只有一面镜子,没有梳妆台,装衣物的箱子亦是寥寥,窗明几净,清爽朴实。处处摆放着剑法秘籍。

这就是她生活了十几年的地方。

江芷微闭了闭眼,与过去告别。提着长剑正待起身,忽然听到外面有师弟传音道:

“江师姐。苏孟来访,可要见他?”

孟奇名声在外,洗剑阁弟子亦不陌生。

江芷微表情一怔,握剑之手下滑了几分,贝齿咬着下唇,一时竟然没有回答。

“江师姐?”外面的师弟提高了音量。

你自己的路得自己来走……师父的告诫回响在江芷微脑海内，她长长地吸了口气，又缓缓吐出，末了道："让他在半山亭等我。"

一间石室内，一名青衣男子闭目端坐，膝上横放着长剑，整个人显得空空荡荡，如在远方，对江芷微的行动，他没有任何阻拦。

山下，高览背负双手，遥望洗剑阁，穿过重重阻碍，似乎看到了某个身影，忽然，他微皱眉头，低语道：

"这个疯子，居然选了最难的路……"

……

半山亭内，孟奇腰跨长刀，看着山间云雾，突然有点忐忑。

这时，山路拐角处过来一道鹅黄身影。

时值盛夏，山花烂漫，树木苍翠，江芷微缓缓行来，正如花中仙子。

她没再穿青色服饰，而是换回了鹅黄衣裙。黛眉大眼，黑发简单挽起，柔顺披下，明艳不可方物，几如孟奇初见。

"没想到你会来。"江芷微笑吟吟踏入半山亭，坐于石凳之上。

孟奇在她对面坐下，苦笑道："总有些离情别绪，想着再见你一见。除了坐死关，其实还有很多突破的法门。"

说出这句想说很久的话，孟奇顿觉整个人轻松了不少，但又更加的忐忑。

江芷微脸上不见愠怒，与过去一样笑道："我自然是考虑许久才下的决定。"

她的目光变得很是柔和，含笑看着孟奇，声音如汩汩泉水：

"我师父在门中地位特别，连带得我也受所有人期待或尊敬，师兄师弟，师姐师妹，见我总是客客气气，从来没谁和我开玩笑。

"而你，第一次，嗯，应该是第二次见面就敢给我取绰号，还什么屠鸡剑神，让人又好气又好笑。

"明明是个没什么武功的小和尚，居然能胆大包天、悍不畏死地战斗。"

孟奇没说话，静静听着江芷微回忆。

"你总说自己爱脑抽，爱人前显圣，总想成为评书小说里的那类侠客，总有好玩的话语，好玩的举动，让人忍俊不住。可关键时刻，你绝对一马当先，从不退缩地挡在前方，让人能够信赖。

"那时候，你粉雕玉砌，惹人疼爱，我拿你当弟弟看。可渐渐地，你长得比我高，也越来越成熟，嘴上风趣幽默没把子，可实际行动却沉稳可靠。

“和你相处总是非常愉快，还有沉默寡言但对同伴很容忍的齐师兄，还有与我一样幼年孤单的玉书妹妹，还有张师兄，还有符姑娘。你们重义轻财，快意恩仇，生死相随，满足了我对江湖的所有期待……”

江芷微的声音带着少许喜悦，嘴角挂着真诚的笑容。

顿了顿，她黑亮双目望着孟奇的眼睛，不大但清晰地道：

“但这些不是我最想要的。”

孟奇沉默半晌，露出一丝笑容：

“我明白了。”

江芷微点了点头，也不告别，提起长剑，缓缓转身，不疾不徐走向峰顶。

快到拐角处时，她弹了弹剑鞘，内里宝剑轻鸣，如同龙吟。

剑鸣之中，她曼声道：

“平生唯爱七尺剑，斩吾见我我非我。”

孟奇静心聆听，只见山花绚丽而多姿，渐渐遮掩住了那道鹅黄身影。

第三卷第三百五十一章　满堂花醉三千客（节选）

半空“天帝”回神，手中波光之刀一挑，就要强夺九龙玺。但两件神兵自有灵性，自行牵引神都大阵，与他斗得旗鼓相当，而缭绕着紫气的长剑回转，斩向天帝。

见没有机会且真正目的已达，“天帝”手中长刀一格，整个神都似乎被放缓，褪去了所有颜色，就连紫气长剑和两件神兵都略微迟钝。

抽刀后荡，“天帝”气息顿时空空荡荡，身体透明，消失无踪。

面对神兵的诱惑，他说走就走，毫无留恋，虽有贪婪之情，不影响本身判断和抉择！

崔清羽最先反应过来，看着司马石等人，召回佩剑：“拿下他们！”

紫霞升腾，气息变淡，犹是如此，长剑上的威压依旧让几位神捕不敢反抗。

王文宪目光复杂地看着司马石，里面不乏他的熟人，可他们竟然勾结邪魔外道！

就在这时，有人挡在了崔清羽前面，正是宋家家主，尚书右仆射宋守仁："崔兄，且慢。"

"宋兄，为何阻挡?"崔清羽愣了愣。

宋守仁脸色严肃，指了指老皇帝和皇宫："祸首已亡，司马石等人仅是附庸，罪不至死，而且他们或许多有蒙蔽，被人挟裹，得公正审问，不能做株连冤枉之事。

"天下强者皆是有数，若不问青红皂白就动手，岂不是平白削弱自身，让外人有机可乘?"

此言一出，崔清羽脸色微变，握剑之手变紧。

江东王氏的宗师强者笑嘻嘻走到了宋守仁旁边："崔兄稍安毋躁，老夫看司马石等人都已放弃抵抗。还是不要剑拔弩张比较好。"

未入幻阵又一直没加入战斗的王思远在远处高台看着整件事情，此时低语了一声："果然是帝星飘摇，'天帝'重临，大劫之始……"

他似乎纯粹是为了来验证什么。

江东王氏之后，陇南张氏。西凉司马氏，恒原郑氏，琅琊阮氏各自的强者亦醒悟过来，趁势灭掉神都赵氏只会为平津崔氏做嫁衣!

之前自己等千方百计限制皇室再出法身，免得被掌控了大义之名和资源优势的赵氏将自己等世家真正压制。此时此刻，难道要违背初衷，奉迎有法身的崔氏取代赵氏?

这不是自己给自己找不自在吗?

与此相比，一个被削弱的神都赵氏更符合自身的利益，亦能牵扯崔氏!

而且，有赵氏失德的借口，正是攫取利益，将手彻底伸入六扇门的大好机会，那些不属于赵氏的神捕自会看得清楚形势，稍加拉拢便能一拍即合!

天下攘攘，皆为利往；天下熙熙，皆为利来!

崔清羽沉吟半晌，展颜微笑："诸君所言甚是。"

事情发生得突然，自己家族根本没做好相应准备，不说谈好，都还没和其他世家联络过类似之事，讲好利益交换，若他们不齐心倒罢了，可以顺势而为。现在嘛，自不能强取，须得徐徐图之。广积粮，高筑墙——佩剑在手，以远方法身之力，杀掉反对之人不是难事。可顶尖世家的根本在各自周郡，在场仅是代表，如贸然行事，等同与其他世家翻脸。

周郡王氏最见不惯勾结邪魔外道，但形势比人强，只能默认了众人的选择。

此时，阵法彻底溃散，露出里面之人：太子，晋王，以及赵恒、孟奇、阮玉书和齐正言。

其中太子和晋王拼得两败俱伤，各自喘息，尤其晋王更是岌岌可危。

而赵恒“远离”了孟奇和齐正言，立于河流之畔。

阮玉书盘腿而坐，脸色苍白，显得皮肤都是透明，阮玉书的大伯飞了过来，挥手渡气，帮助疗伤，同时深深打量了孟奇一眼。

樊长苗的尸体倒在一旁，无人问津。对各位大佬而言，不到外景的武状元被杀是微不足道的小事，重要的是赶紧回政事堂谈利益分割之事，并昭告天下，神话“天帝”乃是法身！

“伯父，樊长苗是六灭人魔，宁州辜家家主可能是幻灭天魔。”孟奇言简意赅道。

阮玉书的大伯眼角微挑：“六灭人魔？他竟然能瞒天过海？”

六灭人魔的具体实力外人不知，所以他对孟奇杀掉樊长苗丝毫不觉惊讶。

得到阮玉书点头肯定后，阮玉书的大伯将此事禀报政事堂众位大佬，赶紧分出人手捉拿幻灭天魔。

……

神威侯苏家。

孟奇刚弄清楚事情的经过，感叹于天帝出现，赵无言功败垂成，就被送回家中，因为大佬们哪有时间搭理他们。

天色渐黑之后，苏离与苏越方才返回，脸色皆是不好。尤其苏离，更是直接进了祖宗祠堂。

孟奇跟随走入，看着苏离的背影，低声道：“父亲，事情怎么样了？”

“比为父预想得好很多，各大世家对六扇门都很有兴趣，阮家更是亲自拉拢你五叔，承诺让他平安度过此次风波。如今政事堂还在争执将皇室削弱到什么程度的问题，平津崔氏和周郡王希望最大限度削弱皇室，比如赵氏神捕的数量，比如政事堂成员直属皇室的数量，但其他世家不愿意如此，只提议稍作削减，并剥夺赵氏对天子之剑的掌控。”苏离没有转头缓缓道。

孟奇轻轻颔首，太弱的赵氏不符合其他世家的利益，只会让崔氏一家独大。

“至于皇位人选，太子被直接排除，目前只在晋王与魏王之间争执，原本崔氏提议由宗师旁支继位，但周郡王态度坚定，直言不能乱了嫡庶，而其他世家亦希望借此稳定赵氏之心，只诛首恶，不牵旁人。反正此事之后，谁当皇上都一样的弱势……”苏离说着皇室之事，有一种淡淡的悲哀。

“那你呢？”孟奇敏锐问道。

苏离轻笑两声，依旧没有转头：“协助皇上勾结外道，剥夺神威侯爵位，不能再担任任何职司。今生不得出神都，原本还要废掉武功，还好琅琊阮氏和周郡王帮衬了几句，这才避过此祸。”

“能保住整个苏家也算是不错了。”孟奇平和道。

“可惜爵位被夺，愧对列祖列宗……”苏离的声音隐有颤抖。

孟奇轻吸口气，再次问道：“父亲。现在总能说说当初为何送我去少林了吧？”

苏离长叹一声：“彼时你娘油尽灯枯而亡，苏越悄然挑拨，让柯氏视你如眼中钉肉中刺，这些事情，你祖母都看得出来。但一方面是家族的支柱，另外一方面是强力姻亲，两两相加，孰轻孰重，一目了然，只能做冷酷决定。

“当年为父深得皇上信重，若说护不住你，那也是假话。可那时候皇上已与罗教有所勾连，为父担心将来会有大祸，覆灭整个苏家，不能因为自己的愚忠让苏家断了血脉，所以顺势而为。将你送到少林，别人或许不知，但为父是知你舅舅在少林的，不用多加提醒。他自会注意到。”

“果然如此……”孟奇知道皇帝勾结罗教之事后就有所猜测，如今终于得到证实。闭上眼睛，只觉肉身最后一重枷锁碎掉。身心契合，元神活泼，再无隐患！

苏离低低笑道：“为父曾经想做痴情男儿，终究逃不过家族责任；想担负家族兴衰，却弄得内宅不宁，爵位被夺；想忠君一世，可想到他对灭天门的行动不闻不问，暗害我儿，又没了自刎陪葬之心。人生至此，处处失败，当真唏嘘……”

孟奇没有接这个话题，声音平和宁静：“父亲，我想广发请帖，邀人明日赴宴。”

“啊？”苏离惊讶回头，眼角隐有泪痕。

这个时候设宴请人？

如今人心惶惶，怎么会想着设宴？

孟奇平静道："兴云之宴那样的宴会。"

苏离顿时恍然，又惊又喜："你要创造机会一步登天？"

他想到了何九王思远之事。孟奇点了点头，没有多说。

"好，好！有你这麒麟子，此世足矣。"苏离哈哈大笑，状极舒畅。

一步登天意味着什么？只要不夭折，最少宗师！而且比常人进阶快很多，就像苏无名一年一重天！

苏离的神情充满欣慰和感叹："为父立刻派人送帖。"要说哪些人，以他的经验自不会弄错。

正待孟奇准备走出祠堂时，苏离低声道了一句："对了，子悦非是你亲妹妹。"

"嗯？"孟奇颇感讶异。

"她是陇郡唐家血脉。"苏离叹了口气，"昔年唐家被灭门，你娘很是悲伤，为父借出京机会，前往西州，虽然没有找到你舅舅，但发现当时唐家直系有人并不在祖宅，逃过大祸。担心忧虑之下，子悦爹娘的身体已是垮掉，油尽灯枯，而她尚在襁褓之中，为父将她带回，以私生女的名义养在你娘名下。那时候你年岁尚幼，怕是记不得这点。"

孟奇颇感欣慰："师父会很开心的。"

……

晋王府。

晋王与白七姑、严冲等人相顾无言，等着政事堂内的消息，但里面争执不休，怕是没有几日难出决断。

此时有仆人送来请帖给白七姑和严冲。

"狂刀设宴？怎么会在这个节骨眼设宴？"严冲皱了皱眉。

白七姑眼睛发亮："你没和狂刀交过手，不知道他具体的境界。这是仿效何九，欲求一步登天的契机，难道他想力抗你我联手？"

"应该是挑战严某与崔辙、王载的联手，或者单独与你做生死之斗。"严冲揣测着孟奇的心思。

白七姑笑道："不管是哪种，能与有望一步登天者交手，真是让人热血沸腾！"

平津侯府。

紫极剑崔辙看着手中的请帖，嘴角含笑，低声道："狂刀欲仿何九旧事。"

“天下暗流汹涌，欲求一步登天者越来越多。”崔清羽非是政事堂成员，没去争执，待在家中，捋着胡须，颇有感慨。

上一次这种状况是什么时候？

那是只存在于史书中的魔佛乱世年代！

崔辙笑道：“可惜人榜前十在神都者只有侄儿、严冲和王载，没有兴云之宴的盛况。时间还是太仓促了，只邀请了神都武者。”

“三人联手亦是足够，非性命相搏的情况下，狂刀不如何九擅于群战。”崔清羽对双方武功特点判断极准。随即，他宽慰崔辙道：“不用强求一步登天。空闻神僧当年亦只是到完美半步，还不是一样证得法身？画眉山庄陆大先生不也如此？”

说完，他略有期待：“不知狂刀能做到什么程度，是像何九、王思远一样，还是如昔年苏无名般照耀百里……”

桓侯府。

王载读着请帖，脸露心思：“小孟总算走到这步了，今日琼华宴上他似乎就距离突破不远了，正好助他一臂之力。”

琅琊侯府。

阮玉书的大伯把玩着请帖，看着苍白脸色慢慢消退的阮玉书，欣慰道：“不错，不错，此子当真出色。若能成功，宗师可期。”

阮玉书嚼着龙鱼干，不便说话，轻轻点头。只是略觉疑惑。

广陵侯府。

王思远摩挲着请帖表面的凹凸，似笑非笑，仿佛颇为期待。

魏王府和其他世家亦得到邀请，主要针对九窍以上，外景以下者，当然，也会请外景强者观礼并防止意外。

消息像龙卷风般席卷了整个神都，还在议论白日之变的街头巷尾又被这件事情夺取了关注。

皇室之变虽然剧烈，但主要牵扯世家，目前看不到失控迹象，与自身好像没有多大关联，而开窍之事，说不得哪天自己就是主角！

一时之间，议论纷纷，皆拿此宴与兴云之宴比较。

“听闻狂刀斩了樊长苗，不，六灭人魔，如今气势正盛，恐怕真能一步登天！”有人唏嘘感慨。

有人则替孟奇操心："此次适合强者不如兴云之宴，说不得狂刀压迫不够，无法一步登天了？那时候何九独斩佛心掌、刀气长河、青莲公子与狂刀四位有人榜前十实力的高手，后来又加入了算尽苍生和绝剑仙子。如今，人榜前十在神都者，加上他亦不过四人，相差甚远啊！"

"对，而且当时的人榜和如今的人榜岂能同日而语？"有人附和着。

"严冲应当强于过去的自己，崔辙与兴云之宴时的佛心掌大概相仿，王载遇强越强，和当时的青莲公子相差不大，降世神魔齐正言与冷月琴仙联手，亦能抵住彼日狂刀，这部分和兴云之宴没有太大差别。唯有后来的算尽苍生和绝剑仙子，目前神都当真无人可代，莫非要靠人数优势？"有人仔仔细细分析。

"或许，或许会挑战白七姑等完美半步？"

"这怎么可能？狂刀再强，亦非完美半步敌手，起不到磨砺压迫的效果，当年何九不也没敢尝试？"

"也许狂刀要一个打十个？"

大街小巷都是讨论之声，分析明日或出现的挑战情况，气氛热烈，情绪昂扬，期待不已。

……

翌日，政事堂内崔衍、王文宪等人还在争执。昨晚镇守皇陵的赵警世回京，秘密拜访了琅琊侯府、广陵侯府等地方，神都赵氏似乎已然没有了皇室之尊，退回了顶尖世家的行列。

一处偏僻院子内，白衣素裙的顾小桑素面朝天，看着渐渐当空的大日，等待神都之事平息，气质空灵，神情宁静。

而苏家别院附近，聚集了诸多江湖人士，虽然不能一睹盛况，但若有一步登天的异象出现，当能抢先看到。

"紫极剑崔辙来了……"

"刀气长河来了……还有白七姑！"

"王载来了……"

"阮家琴仙也来了，还有鸿胪寺卿……"

一声声低呼似乎在酝酿着即将开始的龙争虎斗，一龙挑众虎！

光是想想就让人热血沸腾！

一辆辆马车停在别院外，王载、崔辙等人互相颔首，皆见对方气势内敛，即使要助孟奇一臂之力，也不能在战斗中失了自家面子。

白七姑跃跃欲试，当先步入别院。

宴会之地乃是别院演武厅，很是宽阔，摆满了案几，而孟奇高踞主位，青衫磊落，微笑点头。

怕夺了孟奇坐于主位的气势，影响突破，苏离和苏越都未出面，在后面暗助，防止意外。

一位位宾客寒暄入座，没过多久，皆已到齐。严冲、白七姑、崔辙等人都拿眼望向孟奇，该开始了。

孟奇微微一笑："各位稍安毋躁，先欣赏歌舞，品尝水酒。"

咦，与兴云之宴有所不同……众人皆是讶异，但想想或许是待客之道不同，也就释然。

丝竹生动，歌舞美妙，美酒醇厚，入口甘洌，可在场众人没谁有心情欣赏。

歌舞完毕，孟奇将手一挥，弹了弹青衫。

白七姑眯了眯眼睛，感觉即将开始龙争虎斗。

这个时候，孟奇依然盘腿而坐，姿态闲散，微笑道："此次邀请众位贵客前来，非是为了挑战比试。"

啊？严冲、王载、崔辙等人皆是愕然，不明所以，王思远难得皱眉，仿佛明白了什么！

孟奇嘴角勾着，略含笑意：

"仅是请各位观礼。"

观礼？王载心中一动，还未来得及泛起念头，就觉四周一下黑暗，伸手不见五指。

别院外面的江湖人士同样看不到附近的事物了。

"咦？"政事堂内，争执中的诸位大佬同时轻咦，因为附近一片漆黑。

素面仰望天空的顾小桑瞳孔内全是黑色，神情微动，不知是惊是愕。

大日消失，整个神都笼罩在了黑暗里！

突然，王载看见手边"跃"出一颗"星辰"，灼热但璀璨，宛若明净美丽的花朵。

他茫然四顾，看见诸位宾客身前和大厅各处，皆有星辰腾空，明净梦幻，照破了黑暗！

“这是……”王文宪与诸位政事堂成员看着浮现的璀璨星辰，一时无言。

顾小桑神情微怔，伸出手去，抚摸头顶不远的璀璨，纤手穿过，略感灼热，似幻似真。

王载愕然看向孟奇，只见他周身冒出近乎外景的气息，眉心缓缓裂开，幽暗深邃！

他内天地近乎外景，早就能直接突破，但自身强行压制？

一颗颗星辰在神都凸显，宛若鲜花盛放，震惊了众人，沉醉了心神。

而西北某处，洗剑阁内，突有一道剑光飞起，冲破了束缚，照耀了百里，四周孤寂清净，只有寥寥数人得见！

满堂花醉三千客，一剑霜寒十四州！

第四卷第一百五十章　上古秘闻

孟奇没有丝毫放松，元始金莲暗守精神，八九处在一触即发的状态：“雷神没死在天庭坠落之中？”

目前各种传说都有，但比较明确的一点是，天庭坠落后，只有九天玄女等神仙残存，且较为活跃，但对九重天消失之事绝口不提。至于远古雷神，有说他活到了神话时代末期，有说他亡于天庭坠落之事，但结合上古时代末期他基本没有事迹流传的情况，孟奇更倾向于后一种判断。

毕竟远古雷神乃天庭头号战将，天帝之下的二号人物，这种大事件不可能躲开，而连天帝这横压一世的大人物都从此失踪乃至陨落，他又怎能幸免？

可现在听真武恶念的说法，天庭坠落之后，远古雷神还出现于这处疑冢，逃过了那一劫！

这让孟奇很有几分讶异，在自己下意识的想法里，远古雷神不就该是大开大合，开口闭口“俺”，鲁莽直率的莽汉子，怎么会内里精细？

真武大帝亦是天生之灵，诞生于远古，虽非神灵，但与雷神他们亦有相似之处，而且他与雷神并肩作战多年，对雷神的了解不可谓不详细。由他恶念口出吐露的情况，可信度颇高，除非“恶念”刻意欺骗！

但他在这方面欺骗自己又有什么用？

思索之间，孟奇刻意先扯到别的话题：“天庭坠落，九重天消失，当初究竟发生了什么事情？雷神竟然不图再起？”

真武恶念淡淡笑了笑，保持着威严昭著的形象：“雷神瞧不起我这小小恶念，哪会提及此事？不过能让天帝这横压一世的强者都守不住天庭，无外乎消失一个纪元的那几位亲自出手，甚至可能是联手，毕竟里面好几位不比天帝强。”

纪元是时代的上古说法。

“哪几位？”听闻此等上古秘闻，孟奇耳朵都差点竖起来。

好奇是一方面，更重要的是这些秘闻有助于自己发现真相，找到摆脱阿难等阴影的机会！

真武恶念脸色微沉，不再带有一丝笑意，似乎以上古五帝、道门九尊之一的尊贵身份，也对那几位有着说不清道不明的敬畏：

“三清，阿弥陀，圣佛，菩提，妖皇，道佛妖这几位太古时代大人物中的一位或几位。”

呼，也只有他们几个了……孟奇隐有猜测，闻言轻轻吐了口气：“他们为何要坠落天庭，抹掉九重天？”

不知为什么，孟奇想到了封神之战！

“你问我，我问谁去？天庭坠落之前很久，我就被封印镇压在这里了。”真武恶念哼了一声，声音变低，“能让隐忍一个纪元的他们出手，只有那么几个原因，成道之机，长存之路……”

他没有说完。似乎渐渐有了猜测。

见真武恶念不肯说出自身的推断，孟奇一边戒备，一边换了个疑问：“为何只是道佛妖，没有魔与神？”

“魔皇亡于道尊之手，天帝就是神灵里与这几位并称的人物，还到哪里去找魔与神？”真武恶念屹立黑雾之中，四周湿润之感渐浓。

作为黑帝水皇，这似乎是他自然而然的能力。

想到魔皇爪的来历，孟奇心中顿生“原来如此”的念头：“其他邪魔不行吗？”

“其他邪魔？魔主、天杀与我一般，还在苦海里挣扎，天帝早就登岸，凝结出半个道果，不比菩提与妖皇差，他们仗着九幽或魔界之利，或许不怕天帝，要他们打上天庭，掺和此事，怕还没这个胆子，不担心那几位翻脸不认人吗？”真武恶念嗤笑了一声，威严稍微淡了一点。

道果？孟奇听到了新名词，当前诸多典籍从未介绍。

新的境界？

他皱了皱眉：“可在天庭坠落之前很多年，魔主就打上天庭，被天帝以天道印击杀，魔界破碎。传闻天庭坠落时，天帝就因为身怀那次交战的隐患，才无力维持。”

真武大帝在天帝魔主之战前就神秘失踪，于此地立下仙坟，试图以恶念代死，此时分化出来的恶念自然不会知道后来发生的事情。

“他疯了？”真武恶念显然没有真武大帝本人的涵养，露出明显的震惊之色，“难道他渡尽苦海，成功‘登岸’了？”

他觉得是魔主突破了境界，这才敢信心膨胀，强攻天庭，身死道消。

孟奇一脸茫然地摇了摇头：“你说的境界，我一个听不懂。”

此时真武恶念的震惊失态是攻击的绝好机会，但孟奇还是按捺住了心思，宁愿任务失败，也要多听上古秘闻！

否则真可能像王大神棍说的那样，今朝横扫同阶，他日死于非命！

真武恶念也没奢望孟奇回答，震惊收敛，现出几分复杂神色：“不会，他不可能那么快突破，或者有什么不得不做的原因……”

他对“自身”似乎很有信心，觉得自己都还未突破，魔主肯定不行！

两者交战多次，对彼此实力和境界的了解怕是不逊色本人。

听起来魔主打上天庭也不是看上去那么简单……孟奇轻吸口气，只觉上古后期发生的事情真是谜团又见谜团。

真武恶念渐渐沉默，不知想到了什么，而还想多听上古秘闻的孟奇主动开口：“雷神寻到此处，是为了找到荡魔天尊？”

“找？”真武恶念恢复了威严的神情，气息浩瀚，仿佛充塞满天地的汪洋大海，“他只不过是来看一看我死后长存的办法。”

“只是看死后长存的办法？”孟奇最初还以为远古雷神是寻觅“战友”下落才来到疑冢，发现真武大帝莫名离开后，难以克制心情，留下了气息烙印，长存万古。一旦被人冲撞，就会消散，等到一切平静，又渐渐凝出。

真武恶念冷笑一声：“修炼或成长到了我们这个境界，哪甘心寿元流逝，最终万般皆空，化为一抔黄土，雷神自然也不会例外。只不过发现‘他’去了无忧谷后，有点无法控制气息。”

“雷神也知道无忧谷？”孟奇疑惑反问。他以为无忧谷镇压黄泉之事乃真武大帝的隐秘。

真武恶念淡淡看了孟奇一眼：“黄泉虽然仅相当于普通佛陀，但九幽还在的情况下，它本体就能短暂发挥接近于我的实力，没有雷神的相助，我怎么镇压得住黄泉？”

“你知道镇压黄泉之事？”孟奇相当讶异，他最初觉得是真武大帝求死后长存之道前，突然品出了无忧谷的诡秘，借此找到了黄泉，将他镇压。而在镇压成功后，真武大帝从中找到了一线生机。所以匆忙寻去，再无所踪。

真武恶念再次冷笑：“黄泉为九幽邪神，执掌生死权柄，求死后长存之道多半绕不开他。我与雷神秘密探访，找出了无忧谷的线索，终于将黄泉抓住，镇压于内，探索生死奥秘。”

“斩恶念替死之法，便是‘他’借此创造。但临入棺柩前，‘他’突然醒悟了什么，匆忙去找黄泉。”

“无忧谷内，如今是个什么情况？”

毫无疑问，他对真武大帝最终的下落非常感兴趣。

孟奇大概将无忧谷内的情况讲了讲，真武恶念脸色变得凝重，似自言自语：“他带走黄泉，去了哪里？九幽，还是……”

是真武大帝自己带走的邪神“黄泉”？不是他自己脱困？孟奇一次次的“我以为”被推翻，心中难免有些波澜。

如今黄泉骸骨现世，在生死无常宗和自己手中，当时一起的“真武大帝”呢？

突然，真武恶念表情严肃之中透出几分狰狞：“肯定是找到真的长存之路了！”

“这样还想除掉我！”

黑雾翻滚，水声哗啦。

“或许真武大帝早就坐化了……”孟奇刻意说了一句。

真武恶念哈哈大笑：“我死他不死，他死我则慢慢消散，你觉得呢？”

真武大帝还未陨落！孟奇大惊看向真武恶念。

真武恶念隐有疯狂之感：“为什么不是他死我活？”

“我有自己的想法，不要被他左右，不想成为他归来的凭依！”

他突地看向孟奇，沉声道：“你助我脱困，我告诉你几处秘地，皆是‘他’求死后长存前布置，为将来‘复活’准备，有诸多宝物和截天七剑的部分传承！”

真武派得到的是其中一处？孟奇忽有所悟，笑了笑道：“荡魔天尊言贫道杀掉你自有收获，相信这些情况暗藏陵寝之内吧？”

真武恶念哼了一声，突然开口：“上次我附身于你们，却遇到一位熟人，被他抹消，你想知道是谁吗？”

“谁？”孟奇心中顿起惊涛骇浪，附身恶念被六道清除前确实发出了“是……”的声音。

他是想说“是你”？

真武恶念笑了笑：“是……”

音未落，他突地伸出左手一抓，周围水波荡漾，有淹没天地之势。

孟奇手中的玄水荡魔旗顿时失去控制，心神震荡的他慢了半拍，没能握住，小旗缓慢往恶念飞去！

“我还会怕自己的宝物？”真武恶念冷笑道，右手握住剑柄，一下抽出。

剑光大亮，天地当即变得虚幻，变得不再真实，肉体亦然，真气亦然，法相亦然，只余元神孤零零面对这道纯粹到极致的剑光！

斩道见我！

截天七剑！

（节选自起点中文网）

【粉丝评论摘编】

@196612kml：看的小说大都是升级换地图的套路，像这种有主线的小说反而觉得耳目一新。书名切中要旨，就冲这条主线，哪怕文笔不济，也跟如今的小白文有了本质上的区别。其实小说本就不应该只是升级换地图更高更快更强的流水账，而应该讲一个故事，不论是阴谋还是情爱，复仇还是寻找真相，有故事，有主线，有主旨，这才是小说应该有的东西。

@21xz：乌贼的脑洞巨作，仙侠背景下的无限流。虽然无限剧本都有迹可循，但原创程度高，各人物角色性格出彩，主角刀剑狂僧也是谐趣自然。随着剧情发展，有关六道轮回之主及远古诸天神佛一步步由背景变为现实，脑洞之大不服不行。

@蓝色Win7：开始小部分可能会令许多人无法接受，然而很快本书就渐入佳境。轻松搞怪的语言，各种性格鲜明讨人喜爱的配角，时不时小抽风的主角，严肃的主线，无限流武侠玄幻修仙网游大融合……这本书赋予人很强的新鲜和娱乐感，厌倦了打怪升级无敌装×主角光环的书的读者还在等什么?!

@匹夫一怒：玄幻+无限流，双题材组合，微创新。因此，大家读的时候觉得少了什么不是？写得确实很用心，也有了匠气比较重的错觉吧。思量再三，个人还是只能当作干粮，期待下一本的灵感。

@妹纸_不哭：虽然设定还没有全部抛出，但就现在的描述来看，每一个大的境界其实都是不同的画风！开窍期：也是作品至今的主要描写层次，典型的“武侠画风”，从前面副本中“相当武林盟主的某龙套堡主”“外族将军与少林方丈”的金庸系特色，到中期副本“十二属相杀手”“逼格满满的几位宗师”的古龙系特色，再到后期副本“京师勤王”“魔后邪君”的黄易即视感，乌贼在主角武力值一步步提升的过程中，向我们展示了他心目中的“武侠画风”是怎样的。

外景期：在以主角为主的开窍期武侠画风描绘中，穿插了大量的外景期描写，尽管写得不是那么详细，但仍然可以看出来是典型的“仙侠画风”，只不过因为篇幅原因，在“武侠画风”的大背景下不这么明显而已。……

法身：作为目前抛出设定中的最高级，直接描写几乎没有，但仍然可以从寥寥数语的侧面烘托中看出画风，没错，就是不亚于洪荒流的“神魔画风”。

（导引、简介、节选、粉丝评论摘编：王恺文）

类型融合，求道求我

王恺文

当爱潜水的乌贼刚刚发布《一世之尊》时，看上去是一部“无限流武侠”。很多圈内人都不敢看好，因为不论是网文自生的类型“无限流”，还是经典类型“武侠”，各自都有着或天生缺陷或沉疴痼疾，以至于一线“大神”们大多不去触碰。而《一世之尊》连载至今，业绩口碑双丰收。“铁粉”们欣喜地发现，乌贼不但成功地融合了两种类型，并且直面其纠缠的因果，给出了漂亮的解决方案。

“无限流”开启于zhttty的《无限恐怖》(2007)。这部作品创造了“无限流”的基本框架：主角被神秘的“主神空间”吸入其中，前往电影、游戏、动漫和小说的副本世界完成任务，由此获得超凡力量。“无限流”的设定框架清晰明了，拥有极大的拓展空间，易于在副本世界里容纳各种网文类型与流行文化题材，在当年即引发了“无限流”的热潮，其后的数年里效仿者不计其数，较为出色的作品有卷土的《王牌进化》(2008)、黑籍的《最终信仰》(2011)等。然而，“无限流”本身也具有难以解决的缺陷：一方面，同人性质的副本世界过于依赖既有经典作品，限制了“无限流”本身的创新能力；另一方面，高度游戏化的设定容易造成情节单调重复，“穿越”与“轮回”本身的意义探讨被搁置一旁。

对于在网络文学中日渐衰微的“武侠”而言，“无限流”是一本辟邪剑谱，可速成一时高手，却必须自阉。“武侠”这一经典类型进入网络文学场域后，不论是“武”还是“侠”都遭遇了发展困境：传统武侠拳脚内功的“低武”设定如何在普遍“高武”的网文中继续流行延续？当“侠义”被彻底解构之后，“武侠”的价值追求何在？不少作者对此进行了尝试性的解决：梦入神机的《龙蛇演义》(2008)开创了“国术流”，试图创造有别于“内功”的武学奇观；另一部分作者弃置“侠义探讨”，挖掘其他更为普适的命题，例如冰临神下的《死人经》(2012)，在传统武侠框架内将“复仇”推演至极点。然而“国术流”对于作者的知识水平要求太高，复仇等命题放在武侠故事里也未能讲出新花样，因此这两种流派兴盛的时间都很短，当下支撑武侠类型的还是“无限流”，代表作品为明道真人的《问道武侠世界》(2014)、中原五百的《浪迹在武侠世界的道士》(2014)。游戏化框架带来的丛林法则可以回避关于“侠义”的探讨，将“金古黄梁温”的世界连接起来则满足了“九阳神功大战小李飞刀”的乱斗畅想。“无限流武侠”是一场俗世逍遥的江湖游乐，“主神空间”仅仅起到提供登陆接口的作用。然而沉溺于这种乱斗游戏，赖在前辈的高山上钻洞挖土，网络武侠也就越发无力前行。

当《一世之尊》开篇摆出“无限流武侠”的架势时，自然需要面对两种类型各自的前世因果。对于“无限流”的同人局限与单调重复两个问题，作者爱潜水的乌贼进行了三方面的处理：第一，副本世界不再照搬现成作品，而是借用经典元素来构建原创情节；第二，“六道轮回空间”被设置为一个需要解开的谜团和束缚，而不仅仅只是提供游戏接口；第三，引入了“本世界”的维度，主角在副本结束后仍然回到自己原本所在的武侠世界，而这个世界同样有丰富的情节和谜团。这三方面的处理使得“六道轮回空间”不再是覆盖整个世界的框架，而是仅仅作为世界设定的一部分，主角需要在一个更大的世界里去追问系统存在的意义、自身的站位与追求。这也正是《无限恐怖》在作品后期尝试探讨却未能有效完成的命题。

对于“武侠”的“低武”设定问题，《一世之尊》并没有正面去解决，只是巧妙地展示了其演变：作品的力量层级与叙写风格由“武侠”向“洪荒流”(以“封神”“西游”为蓝本、重述上古神话的网文流派)逐步推进，在文本内部完成了对玄幻类型史的复述。在第一卷至第二卷前期，主角孟奇仍然在修炼传统武侠朴实的招式和内功，风格仍属“武侠”；第二卷中期开始，高手交战可以引发天地异变，孟奇则开始了玄妙的修心悟道，风格开始转向“仙侠”；第三卷往后，孟奇等人进入“西游”副本，风格开始进入“神魔”与“洪荒流”。在这一类型演变的过程中，“低武”设定问题自然而然地得到了解答：一方面，与飞天遁地、毁天灭地的仙法神通相比，拳脚内功从文字层面提供的刺激不够强烈；另一方面，讨论“轮回”与“因果”之类的终极命题，处理“系统”与“空间”这样的现代概念，人物自然需要与之匹配的超凡力量。

这些命题与概念出现在“武侠”之后的玄幻网文中，本身即是现实思潮映射的结果。“侠义”彻底被解构，丛林法则受人认同而又令人疲惫，关于个人、家庭、体制的观念探讨处于巨大的动荡与冲突中，形而上的命题附着在炫目的想象力奇观之上，反而更加适合出现在幻想类的网文中。《一世之尊》给出的一条模糊而普适的价值主线是“求道”与“求我”。于是，在作品的第五卷，孟奇斩过去，断未来，了结前世因果，自我跳出了六道轮回。

如果单从对“无限流”的拓展、对类型演变的另类复述，或者对“求道”“求我”的价值探讨等诸方面而言，该作品在每一向度上的创新幅度都并非极大，但其突破性在于能融合类型，梳理了类型演变与混合的诸多因果，并且直面症结问题，给出了自己的出色回答。而对于“武侠”与“无限流”而言，“求道”和“求我”本就是永无止境的。

剑　王　朝

无　罪

无罪，中国网游竞技小说领军人物，也是风格多变能驾驭多种文类的老牌大神，代表作有《SC之彼岸花》（2005）、《流氓高手》（2006）等。2009年转战纵横中文网后的转型之作《罗浮》也被誉为中国玄幻小说的百科全书，在读者中口碑极佳。

《剑王朝》于2014年9月1日在纵横中文网连载，目前仍未完结，曾多次获得纵横月票榜第一，百度小说人气榜第一。

无罪以凝练细腻的语言讲述了少年丁宁为了复仇而踏上修行之路的故事，文笔优美，大气磅礴，被读者认为有古龙之风。《剑王朝》将东方玄幻与架空历史结合，以奇幻诡谲的想象和复杂神秘的故事，描绘了一部群雄争霸背景下的个人史诗，重新演绎了春秋战国那个群星璀璨、诸家并起的大时代。

【标签】东方玄幻　架空历史

【简介】

变法之后的秦国日渐强盛，连灭三国已有席卷天下之势，皇帝元武更是进入了前所未有的第八境，成为冠绝天下的修行高手。秦人无一不崇拜、敬畏且自豪地生活在庙堂威严之下。然而，在都城长陵，市井深巷之中，一个名叫丁宁的酒铺少年却身怀一颗大逆不道的谋反之心，想要刺杀秦王！

九死蚕重现世间，秦王最想抹去痕迹的“那个人”虽然早已身死，却仍影响着天下。多少年前那场剧变的血腥气，似乎还留在长陵的每一个石阶罅隙，提醒着统治者们曾做过的最无耻的背叛。监司、宗门、大逆，江湖一时暗潮汹涌，云波诡谲。

家国天下、江山社稷是否真的重于人间愁苦、个人悲欢？因为那个不能被提起姓名的人——王惊梦，丁宁只想血债血偿，快意恩仇，却难免被命运卷入天下之争、宗门之争。

在这个建立在剑尖的王朝之中，有运筹帷幄、阴谋诡计，有厮杀、复仇、悔恨和愤怒，也有风雨相依、生死之交、恩义、扶持、信任和相守。有时仿佛置身腊月寒冬，又能得来丝丝暖意。为了复仇而前行的少年丁宁，并不是彻底的冰冷无情，而是亲疏有别，知恩必报。他手中所执之剑，蕴含着慷慨任侠的豪情，卧薪尝胆的耐心，步步为营的谋略，和无数巴山剑场的忠义魂灵。

第一段选文包括第一卷七、八章：第七章《欠债》，丁宁探望照料独身的鱼市老妪，为了在落魄时那一个油饼的情谊，也为曾经的王惊梦带给这个国家和人民的伤害；第八章《黑暗里，有蝉声》，他将出卖王惊梦的宋神书性命一剑夺去，这是复仇的开始。

第二段选文包括第二卷六十八至七十章，丁宁卷入了别国对秦王子扶苏的刺杀之中，这是丁宁第一次进入这个纷争的乱世舞台。

【节选】

第七章 欠债

即便大秦王朝从不禁止普通民众携带刀剑，甚至公开的一些比试也不禁止，但一些杀伤力巨大的军械，乃至一些修行器具、修行典籍，都是属于严禁交易流通的物品。

一名修行者所想要得到的东西，其中很大部分自然更是不能用来交易。然而这些东西在鱼市里如荷叶下的鱼一样隐着，而鱼市又只不过是自发形成的市集，这里面的很多生意，自然并不合法。

只是这样的市集就在长陵的边缘，那么多大人物的脚下，为何能够这么多年一直长久地存在下来？

就如此刻，一名外乡人打扮浓眉年轻人心中就有这样的疑惑。他持着一柄边缘已经有些破损的黄油纸伞，身上穿着的是长陵人很少会穿的黑纱短袍，没有穿鞋，直接赤着双足。

他手里的破旧黄油纸伞很大，但为了完全遮挡住他身前一人的身体，他的小半身体还是露在了外面，被雨水完全淋湿。

他身前的这人是一名很矮的年轻男子，书生打扮，瓜子脸，面容清秀到了极点，尤其肌肤如白玉一般，看不到任何的瑕疵。

看着前方鱼市无数重重叠叠的棚户上，从高到低不断如珍珠跳跃般抛洒的雨珠，浓眉年轻人皱着眉头，忍不住沉声问身前比他矮了半个头的年轻人："公子，如此的市集为何一直存在？"

书生打扮的年轻人冷冷地一笑："只有出自那两名丞相的授意，这样的市集才能够一直留在这里。"

浓眉年轻人依旧有些不解，疑惑地看着他。

"不合法的交易，往往能够带来更高的利润，更高的利润，则能让更多不要命的人源源不断地带来更多的东西。"

书生打扮的年轻人冷冷地接着说道："这些年海外很多奇珍异宝能够到达

长陵，甚至很多海外的蛮国与修行者和长陵建立联系，依靠的不仅仅是渭河的航道，还有这个鱼市的关系。而对于高坐庙堂之上的那些人而言，他们也能够从中获取到之前不可能获得的东西，所以他们便采取了睁一只眼闭一只眼的态度，容许这里存在下去。当然所有在这里面做生意的人自然也清楚那些人需要什么样的秩序，所以这里比起各国其他大型的市集，反而更为公平和安全。”

“所以你一定要明白一点，任何勾当，一定要给人带来更大的利益，才会令人有兴趣和你交易。而且绝大多数的亡命之徒都不会与虎谋皮，他们不会和那些远远高于自己，随时可以一口吞掉自己的对象交易。”书生打扮的年轻人转头看了沉默不语的浓眉年轻人一眼，宁静地说道，“因为有这样基本的规则存在，所以我才有信心来这里谈一谈。”

鱼市里的道路崎岖起伏，很泥泞很不好走，数十米的落差，便层层叠叠隔出十余条高低不同的通道，对于不经常来的人而言，更是如同迷宫。然而对于鱼市大多数根本不欢迎闲逛者的生意人而言，他们不介意道路变得更复杂，更难走一些，所以虽然雨天很黑，无数雨棚交替遮掩的商铺间道路更黑，但却只有少数一些商家挑起了灯笼。

偶尔的微弱灯笼光芒像是异类，在风中摇晃不安。

鱼市里穿行的人依旧很多，丁宁收起了伞，像拐杖一样拄着，轻车熟路地到了鱼市的低矮深处。

因为暴雨的关系，鱼市底部平时许多只是干涸泥塘的区域已经被水淹没，水位距离大多数吊脚楼底部只有半米，但即便如此，吊脚楼的底部还是有许多小船和木盆在浑浊的泥水里飘来飘去。

沿着一条用舢板架起来的摇晃木道，丁宁走进了一座很小的吊脚楼。这是一家很小的印泥店，兼卖些水墨纸笔。

店主人是已过六旬的孤寡老妇人，因为平时没有多少开销，再加上鱼市里大多数交易都需要契印或者手印，所以作为唯一一家印泥店，印泥的销路还算不错，生活倒也过得下去。

因为平时也没有什么事情，所以这名头发花白的老妇人在看到丁宁之前，本来正端着一个粗陋的瓷杯在喝茶，看到不远处阴影里走来的少年，她布满皱纹的脸颊上忽然泛起温暖的笑容，转身从门口旁的一个壁柜里拿出了一碟干果等着。

“怎么下这么大雨还过来？”

看着走到面前的丁宁只是湿了双草鞋，老妇人彻底放了心，又取了双干净的旧草鞋示意丁宁换上。丁宁微微一笑，也不拒绝，直接坐在吊脚楼边缘洗了洗脚，就换上了干净的旧草鞋，然后左右打量着这间吊脚楼的屋顶和墙面。

屋顶和墙面都有些渗水，但看上去不严重。

于是丁宁也放了心，在老妇人旁边的板凳上坐了下来，说道：“本来见昨天那么大雨，就担心你的屋子有问题，就想过来看看的，只是临时有点事，所以才拖到现在过来。”

老妇人笑出了声，自从看到丁宁的身影，她就变得很开心。

“能有什么问题？”她忍不住笑着说，“你每隔一阵就把我这间屋子敲补一下，比那些船工补船还用心，我看雨再大一点，再下个几天，这里所有的屋子都漏了，我这儿都还不会漏。”

看着她的笑容，丁宁的心情也更加好，他随手抓了几颗干果，一边嚼着，一边问道：“最近需要买什么东西么？我等会帮你买回来。”

“柴米油盐还都满着，所以你只管歇着就好。”老妇人摇了摇头，看着丁宁略显苍白的面容，她又忍不住摇了摇头，爱怜般问道：“中饭吃过了么？”

“吃过了，酸菜鱼面。”丁宁笑了笑。

老妇人有些不快，用不容置疑的口吻说道：“那晚饭留在我这儿吃。”

“好。”丁宁点头表示同意，“我要吃油煎饼。”

“我给你做红烧鱼和腊鸡腿。”老妇人责怪般地看了他一眼，眼睛里却涌起更多的意味，“油煎饼有那么好吃么？当年你年纪还小，正好走到这里，我给你做一个油饼也是正常不过的事情，结果你到现在还记着那一个油饼的事情。若是做生意，只是一个油饼，结果却帮人做了这么多年的事情，这亏本便亏得大了。”

“哪里有亏本。”丁宁笑着说道，“只是做些顺手的事情，大多只是陪你说说话，听听故事，免费的饭菜倒是吃了不少。”

老妇人摇了摇头，眼里涌起复杂的情绪：“陪着说说话，聊聊天，这对于一个没有子侄的孤独老人而言，是最大的恩赐。长陵以前战死的人多，像我这样年纪的人也多，只是却很少有人有我这样的福气。”

丁宁一时没有说什么，垂下头像个松鼠一样啃着干果。

在数年前的一个冬天，他经过这里，和蔼的老妇人好心递给他一块热乎乎的油煎饼，然后他就经常来这里看看老妇人，做些力所能及的事情。但是他心里十分清楚，这哪里是一个油煎饼的事情。

这是因为他欠她的。

他欠很多人的，他只希望自己能够慢慢还清，或者说可以补偿。

照例和老妇人聊了一阵，听她说了一些鱼市最近的新鲜事之后，丁宁便告辞暂时离开，和平时闲逛一样，转向鱼市更低洼更深处。

这个时候宋神书应该进入鱼市了。

宋神书是经史库的一名司库小官，也是丁宁的熟人。

然而和开印泥店的这名老妇人不同的是，丁宁不欠宋神书的，而宋神书却是欠丁宁的。

在过往的数年的默默关注里，丁宁知晓了宋神书的一些习惯，也知道他的修行遭遇到了什么困难。

所以他肯定，宋神书今日一定会来拿火龟胆，一定会出现在他的面前。

第八章　黑暗里，有蚕声

一辆寻常的马车停靠在鱼市的一处入口处，戴着一个斗笠，穿着长陵最普通的粗布麻衣的宋神书下车走进鱼市，不急不缓地走向鱼市最深处。

大秦王朝的经史库虽然藏了不少修行典籍，然而谁都知道大秦最重要的一些典籍都在皇宫深处的洞藏里，所以经史库的官员，平时在长陵的地位也并不显赫，基本上也没有多少积累战功获得封赏和升迁的可能。

尤其是像宋神书此种年过四旬，鬓角都已斑白的经史库官员，根本不会吸引多少人的关注。

但宋神书依旧极其谨慎。

因为他对过往十余年的生活过得很满意，甚至哪怕没有现在的官位，只是能够成为一名修行者本身，就已经让他很满足。尤其最近数年对自己修行的功法有了新的领悟，找出了可以让自己更快破境的辅助手段之后，他的行事就变得更加谨慎。

无数事实证明，成为修行者的早晚并不重要，重要的是破境的时间。只要他能够在今年顺利地突破第三境，踏入第四境，那他面前的天地，就会骤然广阔，存在无限可能。

在一路默然地走到鱼市最底部之后，他依旧没有除下头上戴着的斗笠，弓着身体沿着一条木道，从数间吊脚楼的下方穿过，来到一个码头。

有一条乌篷小船，停靠在这个码头上。

没有任何言语，宋神书掀开乌篷上的帘子，一步跨入了船舱，等到身后的帘子垂落，他才轻嘘了一口气，摘下了头上的斗笠，开始闭目养神。

除了两鬓有些花白之外，他保养得极好，面色红润，眼角没有一丝皱纹。

乌篷小船开始移动，船身轻微摇晃，摇晃得很有节奏，让斜靠着休息的宋神书觉得很舒服。

然而不多时，他的心中却是自然地浮起阴寒的感觉。

这条小船的行进路线，似乎和平时略有不同，而且周围喧哗的声音，也越来越少，唯有水声依旧，这便说明这条小船在朝着市集最僻静水面行进。

他霍然睁开眼睛，从帘子的缝隙里往外看去……看着船头那个身穿蓑衣撑船的小厮的背影，他兀自不敢肯定，寒声道："是因为水位的关系么，今天和平日里走的路线好像不同？"

"的确和平日里的路线不同，只是不是暴雨水位上涨的关系。"

船头上身穿蓑衣的丁宁停了下来，他转过身，看着乌篷里的宋神书说道。他的声音很平静，带着淡淡的嘲讽和快意。

宋神书的脑袋一瞬间就有些隐隐作痛。他可以肯定自己从来没有见过这名面目清秀的少年，但是这名少年的面容和语气却让他觉得十分怪异，就像是相隔了许久，终于在他乡和故人见面一样的神气。

这种怪异的感觉，让他没有第一时间去想这名少年到底要做什么，而是迫切地想要知道对方的来历。

"你是谁？你认识我？"他尽量保持平静，轻声问道。

丁宁很认真地点了点头："宋神书，十四年前兵马司的车夫。"

宋神书的面色渐渐苍白，这是他最不愿想起和提及的旧事，更让他心神震颤的是，这些旧事只有他平时最为亲近的人才有可能知道。

"你到底是谁？你想要做什么？"他强行压下心中越来越浓的恐惧，问道。

丁宁感慨地看着他，轻声说道："我是你的一个债主，问你收些旧债。"

听到这些言语，再加上近日里的一些传言，宋神书的手脚更加冰冷，他张了张嘴还想再问些什么，毕竟对面的少年这个年纪不可能和自己有什么旧仇，背后肯定有别人的指使。

然而他只是张了张嘴，还没有来得及发出任何声音，他面前的少年便已经动了。

丁宁看似瘦弱的身体里，突然涌出一股沛然的力量，船头猛然下坠，船尾往上翘了起来，瞬间悬空。他的身体灵巧地从蓑衣下钻出，瞬间欺入狭窄的舱内，因为速度太快，那一件如金蝉脱壳般的蓑衣还空空地悬在空中，没有掉落。

宋神书的呼吸骤顿，他的右手食指和中指并拢，其余三指微曲，一股红色真元从食指和中指间涌出，在丁宁的手掌接触到他的身体之前，这股真元便以极其温柔的态势，从丁宁的肋部冲入。

在丁宁刚刚动作的一刹那，他还有别的选择。

他可以弃船拼命地逃，同时可以弄出很大的动静，毕竟地下黑市也有地下黑市的秩序，长陵城里所有的大势力，都不会容许有人在这里肆无忌惮地破坏秩序。

然而在这一刹那，他断定丁宁只是刚刚到第二境的修行者。

修行者每一个大境之间，都有着天然的不可逾越的差距。第三境的真元本身就是真气凝聚了天地元气的产物，这体现在力量上，便是数以倍计的本质差别，更何况他已经不是刚入第三境的修行者，他的真元已经修到如琼浆奔流，可以离体的地步，这种三境上品的境界，更是可以让真元在对敌时拥有诸多神妙。

所以他下意识地认为，丁宁只是吸引他注意力的幌子，必然有更厉害的修行者隐匿着，伺机发动最致命的一击。所以即便在看似温柔，实则暴烈的送入一股真元至丁宁体内的过程里，他的绝大部分注意力也不在丁宁的身上，而在周围的阴暗里，甚至泥泞和浑浊的水面之下。

然而让他怎么都想不到的是，被他那一股真元送入体内之后，丁宁只是发出了一声轻声闷哼，身体的动作竟然根本没有任何的停顿。他的左手几乎是和宋神书一样的动作，食指和中指并指为剑，狠狠刺在了宋神书胸腹间的章门穴上。宋神书不能理解丁宁怎么能够承受得住自己的真元，他也不能理解丁宁的这一刺有什么意义。

然而就在下一瞬间，他的整个身体骤然一僵。啪的一声轻响，船头的蓑衣在此时落下，翘起的船尾也同时落下，拍起一圈水花。

他体内的气海之中，也是啪的一声轻响，原本有序的流淌不息的真元，骤然崩散成无数的细流，像无数细小的毒蛇一样，分散游入他体内的无数穴位，并从他的血肉、肌肤中开始渗出。

无数细小如蚯蚓的红色真元在他的身体表面扭曲不停，将幽暗的船舱映得通红，好像里面点了数盏红灯笼。

宋神书的大脑一片空白，身体里涌起莫大的恐惧。

他知道有些修行功法本身存在一些缺陷，然而他这门“赤阳神诀”到底有什么缺陷，就连他这个修行者本身都不知道。然而对方却只是用这样简单的一记手剑，就直接让他的真元陷入不可控的暴走，让他甚至连身体都开始无法控制，这怎么可能！

“你怎么会知道我这门功法的缺陷？你到底是什么人？”

在凝滞了数息的时间过后，他终于强行发出了声音，咝咝的呼吸声，就像一条濒死的毒蛇在喘息。

“赤阳神诀严格来说，是一门绝佳的修行功法。只要有一些火毒之物可以入药为辅，修行的速度就能大大加快，所以一般修行者从第一境到第三境上品至少要花去二十余年时光，但你只是用了一半的时间就已达到。”丁宁轻微地喘着气，在宋神书的对面坐下，他认真地看着宋神书，双手不停地触碰着宋神书身上的真元。

“只是这门出自大魏王朝赤阳洞的修行之法，本身有着极大的缺陷。只要让体内肾水之气过度激发，便会导致真元彻底散乱，所以昔日我朝修行者和大魏王朝赤阳洞的修行者交战时，便发现他们身上数个关窍都覆盖有独特的防护器具。后来赤阳洞亡，这门功法被纳入我朝经史库之后，便被发现缺陷，一直封存不动，没想到你却恰好挑了这门功法来修行。”

丁宁不断地轻声说着，同时他的双手指肚和宋神书身上真元接触的部位也不断发出奇怪的响声，这种响声，就像是有无数的蚕在吞食着桑叶。

“九死蚕神功！”

宋神书终于像发现了这世上比他此刻的处境还要更可怕的事情，喉咙内的血肉都像是要撕裂般，惊骇欲绝地发出了嘶哑至极的声音：“你是他的传人!”

第六十八章　无端的刺杀

过了立春，长陵所有修行宗门的放院日早已结束，一名身穿红色镶白狐领大袍的少年轻飘飘地掠过长陵某处修行地的高墙，却是偷溜出来的。

一声轻咳声在不远处响起。

这名身穿红色镶白狐领大袍的少年身影顿时一僵，脸面上并没有一般宗门弟子外逃被察觉时的恐惧，泛起的却都是些恼羞成怒的神色。

就在此时，轻轻地有声音响起：“表弟，小姨说得果然不错，你平日里修行的确不太用功。”

听到这一句，这名少年顿时羞怒顿消，眉眼之间全是喜色。他霍然转身，不可置信地对着出声的那人说道：“表哥，你怎么来了?”

站在不远处的也是和他年纪相差无几的少年，即便一脸捉弄的笑意，依旧显得分外宽厚温和，赫然是最受大秦王朝皇后和皇帝宠爱的皇子扶苏。

大秦皇后郑袖唯有一个堂妹郑非夜，嫁于了孟侯府，此刻这名身穿红色镶白狐领大袍的少年称扶苏为表哥，他自然便是孟侯府的世子孟七海。

看着惊喜万分的孟七海，扶苏也显高兴，抿嘴笑道：“母后准允我在外行走，历练一番，这外面我不熟，便第一个想到找你，听说你是鱼阳剑院一等一不安分的学生，经常翻墙跑出来，我就想来这片高墙看看，想象一下你跳墙时的风采，没想到你就直接这样跳到了我的面前，真是想什么有什么。”

孟七海一年之中和扶苏见面的机会虽然不多，但两人自幼一起玩耍，且扶苏性情随和，很多时候都由着他的性子，即便小孩子玩耍起了争端也会让他，所以他和扶苏自然十分亲近，平日里也只是喊扶苏表哥。此时欣喜之下，他直接一步便跳到了扶苏的身前，握住了扶苏的双手，说道：“表哥，你来得正好，我才真是想什么有什么。”

扶苏微微一怔，道：“什么意思?”

孟七海开心道：“表哥你是长陵所有年轻才俊中修行最快的，对付才俊榜上那些人应该不成问题，你来了正好，快帮我教训个人出气去。”

扶苏好奇地看着他，问道：“教训谁？到底怎么回事？”

“便是前些日风头最盛的那名白羊洞酒铺少年。”孟七海撇了撇嘴，说道，“前些时日我和曾庭安听到个对他极为不利的消息，一时好心，便去找他，想着若是他表现好，我便将那个消息原原本本告诉他，未料到曾庭安挑战他，他却是推诿不接受，还让他的师兄张仪应战。虽然连他的师兄张仪都战胜了曾庭安，看起来那酒铺少年的确似乎比他的师兄张仪还要厉害一些，但那种作态，我却不喜欢。”

扶苏愣了愣，眉头微蹙，劝解道：“有什么对人不利的消息，先直接告诉他便是，还要先挑战他，看他表现。这不是君子之风。”

孟七海无奈地看着扶苏，道：“我又不是什么君子，且不接受公平挑战。那人简直连廉耻之心都没有，更算不上君子，表哥你不答应帮我，居然还反过来说我一通。”

扶苏微微一笑，不应他这些话，却是轻声道：“我也要参加岷山剑会。”

孟七海一下子呆住，失声道：“这怎么可能？”

扶苏开心笑着轻声道：“母后准了。”

孟七海这才回过神来，兴奋得浑身都轻颤起来：“这下可好了，那些人怎么是你的对手！”

扶苏认真地摇了摇头：“那可未必，修为和胜负不是一回事。”

孟七海想了想，坏笑道：“那你更是要去帮我教训一下那名酒铺少年了，和那些排在最前的数人相比，表哥你缺的也就是些对敌经验而已。”

“还在念念不忘这所谓的出气事。”扶苏温和地看了他一眼，好奇道，“那名酒铺少年的事情我也留意过不少，你说听到个对他极为不利的消息，到底是什么消息？”

孟七海说道：“我听说厉家要对付他。”

扶苏的眉头皱了起来：“厉侯府为什么？”

孟七海耸了耸肩膀，道：“厉侯府和礼司的司空连不是有恩怨么？司空连似乎送了份重礼给这酒铺少年，大约厉侯府觉得司空连是想支持他赢得岷山剑会，所以才要对付他。”

扶苏心中好生不快，心想怪不得母后一直最不喜欢厉侯府。很多时候厉侯府总是秋毫必争，爪牙太过狰狞了些。

“这酒铺少年无端卷入这样的恩怨，岂不是很无辜?”

扶苏想了想，问道：“岷山剑宗不会让人插手比试，厉侯府难道是想在岷山剑会之前便对付他?”

孟七海点了点头：“按我听说的消息，厉侯府已经令厉西星赶回来了。”

“厉西星可是个狼崽子，小时候我们一群人便都不喜欢和他一起玩，我可是记得清楚，他可是因为小事打断了端木净宗的两根肋骨，所以厉侯府才无奈把他送到月氏国去的。”孟七海冷笑了一声，道，“他在月氏国待了那么多年，吃了那么多风沙，想必不会有什么好脾气，梧桐落又不是端木侯府，他要出手，不会是敲断两根肋骨那么简单了。”

扶苏的眉头深深地皱了起来。早在丁宁半日通玄，一月破境之时，他便对这名酒铺少年有了强烈的好奇心，虽然听了皇后和师长的一些教训，知道自己的确不该花心思在这些底层的修行者身上，但在才俊册公布之后，丁宁的表现还是引起了他的注意。

这次出宫，他对丁宁本来没有任何想法，只是没想到正好听到这样的事情。

“这本不关那酒铺少年的事情，而且像他那样出色的修行者，本身便是我大秦王朝的宝贵财富。”他不由自主地用皇后说话时的语气，轻声说道。

孟七海听出了他的意思，撇了撇嘴，道：“表哥你不帮我教训他，难道还想管这件事，帮他?”

扶苏看了他一眼，反问道：“若是厉西星的性情真的这么多年未改，而且去了月氏国那种乱地，变本加厉，你说和这酒铺少年相比，你更讨厌谁一些?”

孟七海怔了怔，自言自语道：“如果是这两人相比，当然是厉西星。”

扶苏看着他，微微一笑。

孟七海有些郁闷地叫了起来：“表哥，说起道理，总是说不过你。”

扶苏笑了笑，却是马上又正色道：“若是有别人在场，你可记得不要喊我表哥，否则别人可能一下就察觉了我的身份。我可不想引起诸多麻烦。”

孟七海顿时觉得这的确是很要紧的事情，他便也马上点了点头，道：“我记得了。”

扶苏微笑道：“那你就带我去看看那酒铺。”

孟七海也是急性子，马上点头，道："也好，省得厉西星正好去了。"

梧桐落和平日里相比似乎没有什么异样。

晨间各家各户起床洗漱和早饭时，是梧桐落最热闹的时光，等过了这段时光，梧桐落便迅速变得清静起来。

街巷中行人稀少，寻常店铺里鲜有客人，生意只能勉强维持生活而已。然而长孙浅雪却第一个感到了异常。想到丁宁说的那些可能，她的身体迅速变得冰冷。但是感知着那些人的修为，她却又缓缓地放松下来。这些人应该至少不是针对九幽冥王剑而来，因为在力量上相差太远，不可能留得住她和丁宁。她唤了两声，当丁宁走入后院，她清冷地说了几句，告诉丁宁她感知到的事情。

有不少修行者出现在梧桐落附近，且并非是强到足以留住七境修行者的修行者。

丁宁的眉头深深地皱紧，他也根本想不出是什么样的原因。

再次走出酒铺门，朝着薛忘虚所在的小院行去的同时，他体内的无数"小蚕"如冬眠复苏般，悄无声息地缓缓活动起来。

他的感知瞬间便清晰了数倍。

他感知到了其中一些修行者的位置。

然后他很快发觉，许多修行者随着两名修行者移动，那两名朝着梧桐落而来的修行者，便是那些修行者形成的包围圈的中心。

蓦地，他的眼睛微微眯起。他隐约看到，不远处的屋檐间有一处异样的反光。那是涂抹了大量润滑矿油的金属产生的冷厉反光。这样的反光，基本只出现在一些连弩、弩机之上。

所以……这是一场刺杀。

第六十九章　灵虚真传

马车车轮在石道上滚动的声音不断响起。

丁宁的面容越来越冷凝。

在这短短的数息时间里，他已经想清楚了许多环节。

这辆马车里的人到梧桐落只可能是因为他，只是到底是什么身份，居然会引来这么多修行者的刺杀。

最为关键的是，能够发动这样规模刺杀的人，绝对会知道这条巷子里还有他和张仪等人的存在。

梧桐落这周遭都是属于城南和城东的交界偏远地带，最近的那座角楼也很难发现这里的动静，只是要刺杀马车里的人，根本不需要在到了梧桐落之后再动手。

因为一个区域越多修行者存在，就越是有诸多不可知的因素。所以只有一个可能，那就是策划此次刺杀的首领，必然已经将他和张仪等人都考虑在内。最简单而言，便是这人想要一次性将马车里的人和他们一起铲除在梧桐落里面。

兵贵神速，成功失败，也往往只差半分辰光，丁宁在长陵所有人眼中，只是一个有些名气但羽翼根本未丰的底层修行者，然而他却拥有所有人难以想象的经验。在此时根本不知道这辆马车里到底是谁的情形下，他异常坚决地直接发出了一声厉喝："有刺客！"

在他这一声厉喝声响起的同时，清寂的空气里发出了一声急速的轰鸣，就像是有人在二楼直接倒了一桶水下来。

丁宁的眼瞳微缩。

只是这声音，他便知道是"长风破甲弩"。

"长风破甲弩"是仿大楚王朝"楚风重弩"所制，虽然弩机上符文始终做不到大楚王朝的弩机那么精细，可以配备的弩箭在重量上和"楚风重弩"相比轻了两成，但在速度上却略有胜之，洞穿力足以破开踏入五境的修行者的防御力量。

这种破甲弩，是兵马司库藏重器。在外征战的军队，每百人才有配备一具，这样的制式重器每具都会登记在案，能够出现在这市井之间的刺杀里，只能说明发动刺杀者并非寻常的权贵，而此刻马车里的人，也绝非普通人！

极具压迫的声浪响起的瞬间，那一抹冷厉的金属反光终于露出了真容。那一处的屋面承受不住弩机震荡的力量，直接碎裂崩塌下去。一具沉重的黑色弩机在屋面的阴影里随之滑落。与此同时，一枝重达上百斤，有着四面金属尾翼，在空中剧烈旋转着的弩箭，如闪电般袭来，直接射中那辆刚刚转入巷口的马车！

“当!”沉重的弩箭射中车厢，却并没有出现车厢被一层纸一样轻易撕裂的景象。整个车厢发出一声沉闷至极的金属爆鸣，表面的木材纷纷碎裂溅射，内里却露出了银白色的一层膜。

这一层银白色的金属膜看上去极薄，所以使得这辆马车看上去和普通马车的分量没有任何区别，然而这一层薄薄的金属内夹层却是有着极其惊人的韧性，这一枝连重甲都可以击穿的弩箭竟然无法洞穿，只是顶在上面，强大的冲击力硬生生地将整个车厢撞得倾飞出去。

轰的一声，这个车厢便直接撞在丁宁等人经常吃面的面铺墙上，直接撞塌了半面墙。继续往里滑行，带着无数砖石撞在烟熏火燎的灶台上。

“师弟，到底发生了什么事情?”

张仪此时刚从丁宁身后院门掠出，便看到此等从未见过的可怖画面。顿时全部骇然惊呼。

“一场刺杀，将我们恐怕也包括在内，你和沈奕师弟护住洞主，不要出来!”

丁宁知道张仪容易婆婆妈妈，所以在用最快的速度说出这句话同时，又厉喝了一句:“不要婆婆妈妈考虑我，我能应付!”

被丁宁当头厉喝一句，张仪下意识就转身往回掠，差点与掠出来的沈奕撞在一起。也就在此时，余音未歇的清冷空气里，再次发出一声急剧的啸鸣。张仪这段时间对丁宁越来越信服，然而此时听到这急剧的啸鸣，转头看时，他却是一咬牙，对着沈奕厉喝道:“你快去带洞主藏好!”

与此同时，他却决然地又朝着丁宁掠回。因为发出那一声急剧啸鸣的，是一道浅绿色的剑光!这道浅绿色的剑光，前一刻还在远处的屋檐之上，后一瞬便已经到了这条巷子的上方，远处听来急剧的啸鸣，此刻落在耳中，已是如风雷般的咆哮，剑光后方的天地元气，拖成了一道道笔直的线条，在空气里看上去就像是一缕缕白烟。

这毫无疑问是五境修为才能御使的飞剑。而且从这一剑飞来的距离来看，这名修行者在飞剑之术上已经浸淫多年，绝对不是刚入五境的修行者，而且其念力也绝对比一般人强大得多。张仪此时没有考虑自己是否是这柄飞剑的对手，他只是感觉出这柄飞剑的杀意是朝着丁宁而来，他只是想着丁宁绝对不可能抵挡得住这样的飞剑，身为师兄，他一定要保护丁宁周全。

“不要乱出手！”

丁宁感觉得出他的心意，然而他的面上却反而出现了一丝恼怒之色，面对这柄飞剑，他只是略退了半步，用力地拉了拉张仪的衣袖，沉声喝道。

锃！一声清鸣！

就在此时，被撞塌了半面墙的面铺里一道雪亮的剑光笔直地往上冲出，直接在面铺的屋面上击穿了一个细孔，无数粉尘如喷泉一样往上涌起的同时，雪亮的剑光已经追上了那道浅绿色的剑光，在空气里，一刹那便相交十数击，不见火星，只是爆开十几个诡异的光团。车厢中人也是五境的修行者。

张仪身体微僵，然而不容他喘过一口气，轰的一声巨震，整条街巷的房屋都剧烈地抖动起来，面铺正对面爆开一团土浪，对面那间裁缝铺子的后院墙直接爆炸开来。

一个浑身散发着猩红色光芒的魁梧男子仿佛魔将般，举着一柄比他身体还要庞大一些的青色巨斧，狂暴无比地飞掠起来，一斧朝着陷入面铺里的那个车厢斩去。

这一瞬间，魁梧男子在无数溅飞的烟尘中飞出，身体在巷道中心时，双手往后抡斧抡到了极致，整个身体沐浴在金色的阳光下，发青的斧面倒映着金色的旭日，看上去耀眼和威猛到了极点。

被丁宁扯着袖子的张仪呼吸都停顿了，浑身冰冷。

这车厢里的人飞剑在外，根本来不及回救。

这一斧下去，那车厢金属夹层虽韧，但也不可能抵挡得住，砸都要被砸扁。

“你们到底是什么人？不知死活？！”

然而就在此时，一声平淡的冷喝声响起。

先前那名端坐车头，随着两匹马一齐被甩飞出去，连丁宁都未感知到他身上有任何修行者气息的车夫，却是已然出现在了车厢的前方。这名四十余岁面容，身穿旧袍的车夫之前看上去憔悴异样，有些瑟缩怕冷，然而此时浑身都流淌着异样的光彩，飘逸清灵异常，他脚下流散的天地元气，甚至形成了一朵洁白的祥云。

面对飞跃而来，气势已经威猛到难以形容的持斧魁梧修行者，他只是直直地轰出了一拳。他一拳轰出，拳头的前方就出现了一条笔直的线路，被压缩的空气往前迸射，直接形成了一柄狂风大剑，然而更为可怖的是狂风之后的无形力量。

这一拳，便是一剑。

“你是秋……”

半空中，手中巨斧已经劈下的魁梧修行者看到这样的一拳，骤然变色，骇然出声，然而已经来不及有任何改变。“当”的一声闷响，笔直而无形的大剑撞在他手中的巨斧上，巨斧瞬间往后掀飞，斧柄上剧烈的震动和冲击力直接顺着他的手臂冲击到他的体内，一刹那便震伤了他的心肺。一蓬血雾从这名魁梧修行者的口中喷出，他手中的巨斧往后脱手飞出的同时，身体也倒飞而出，坠入方才冲出的烟尘里。

“真空破杀剑秋再兴。元武三年，灵虚剑门出山弟子。”

此时两柄飞剑还在屋檐上方纠缠，无数道剑光跳闪不息，看上去无比好看，然而却是蕴含着无数凶险，魁梧修行者的身体还未落地，马车来时的道口，却是已然传出了一些赞叹的声音。

一名文弱书生模样的黄袍青年，握着一柄纸扇，缓步而来。

“秋再兴……”

张仪吞了口口水，口中无比苦涩。他没有听说过秋再兴的名字，然而能用出山来形容的灵虚剑门弟子，自然是真正通过了灵虚剑门大试的正宗真传弟子，这种真传弟子和后来举荐，以及通过其他途径获得进入宗门学习的修行者有着本质的不同，灵虚剑门每年出山的真传弟子，都只不过十余名。

即便没有方才那恐怖的一拳，张仪也知道拥有这种身份的修行者会是如何强大。然而灵虚剑门的真传弟子，竟似只是车厢里人的护卫，那车厢里的到底是何样尊贵的存在，他有些无法想象。

也就在此时，听到对方喝出自己的来历，秋再兴面容平和，用一种带着同情的语气看着黄袍青年，道：“在这里出手，你们还想逃得出去么?”

第七十章　死士

这并非是威胁，而是纯粹的陈述事实，除非是七境之上的修行者，除非是一击便遁走的暗杀，否则任何五境六境的修行者，在这里有所逗留，都绝对不可能走得出长陵。

长陵虽然没有城墙，却比几乎所有有城墙的城池更加可怕。

然而这名黄袍青年却是没有丝毫的惊恐和焦虑，反而带着平静和满足，看了一眼远处的角楼和天空，说道："我们从来没有想着要逃出这里，我们只需要一段可以让我们完成使命的时间，想必你现在也应该明白，我们之所以都是这样的修为，都是因为这样才不会那么快引起角楼上的观士注意。"

秋再兴的眉头微蹙，下意识地吐出两个字："死士。"

黄袍青年的脸上甚至浮起了一丝笑意，缓声道："以我们的命来换取这些年轻人的命，怎么算都是划得来的。"

他的微笑很真挚，然而实际上很残酷，很悲壮。

秋再兴的眉梢缓缓挑起，冷漠道："任何死士都是阴谋的牺牲品，我现在只想知道你这么故意拖延时间是想做什么?"

此时两道飞剑还在屋檐上纠缠，剑气撕碎了无数片屋瓦，黄袍青年此时好整以暇地说话，的确是在拖延时间。

黄袍青年依旧只是微微一笑，道："我拖时间，等的便是现在。"

在这句话出口的同时，他扬开了手中的纸扇。纸扇打开，并非是什么绘制着精美图案的扇面，而是飞出了十余张黄色的符纸。与此同时，黄袍青年体内所有蓄积的力量在这一瞬间喷涌而出，注入这十余张符纸里。

因为喷涌得太过剧烈，所以黄袍青年的肌肤里，甚至随之渗透出了无数滴精血。在空气里就像桃花一般散开，而黄袍青年除了双眼里面散发着狂热的神采之外，他的身体却像枯萎的花朵一般，瞬间失去了神气。

秋再兴骤然色变，厉喝道："符师!"

张仪也不可置信地瞪大了眼睛，长陵几乎没有修行的擅长符道。光是符纸的材质，符墨的调配，就像是炼丹一样，要经过无数道工序，符纸上的符文，又是一种极深奥的学问。唯有在距离大秦王朝最远、盛产银烛草和墨龙蟾等诸多适合炼制符纸符墨材料的大燕王朝，才自然形成了许多用符修行和战斗的宗门。尤其是这种一次性施放十余道符纸的手段，似乎也只有大燕王朝的一些强大宗门的修行者，才有可能做到!

在秋再兴的厉喝声中，十余张薄薄的符纸已然消失，变成无比湍急的天地元气。他身下的地面上，骤然有无数条细小的风暴往上卷起，如无数透明的绳索，牢牢捆缚在他的身上。恐怖的力量不断渗入他的身体。秋再兴的脸面瞬间变得血红。

一声金铁震鸣声从他的身体里响起，他的整个身体都散发出凛冽的剑意，整个人都似乎变成了一柄大剑。然而他的面色又是一变，这名黄袍青年此刻所绽放的力量无比凶猛，他竟然根本挣脱不开。几乎是下意识的，他的识念往身后扫去。

他身后的阴影里，如鬼魅般漂浮出一柄灰黑色的飞剑。之所以说是漂浮出来，是因为这柄花色和蚊子腿相似的飞剑丝毫不带烟火气，不仅连丝毫的元气和剑气都不飞散出来，甚至连任何的风声和响动都没有。哪怕现在出现在秋再兴的感知里，他都根本感觉不出这柄飞剑是从哪里飞来，这柄飞剑的主人在哪里。

任何飞剑都有念力和天地元气的牵引，都只是像被线控制的木偶，然而这柄飞剑却偏偏就像脱线了还在自由行走的木偶。黄袍青年的等待，只是在等待着这柄飞剑潜近他的身侧。这些符纸所有的力量，只是为了令他无法动弹，无法避开这一柄飞剑。他的力量远超这场间所有人，有他挡在车厢之前，即便檐上那种飞剑再多几道，都不可能真正威胁到车厢内的人，然而这些死士却显然不是在他出手之后才知道他的身份！

这些死士显然对他的力量都已经做出了准确的估算，一开始便设计好了这样的一击！而此时，按理至少还会有两柄飞剑可以解救他的危难，然而现在一柄都没有出现。这只能说明那两名和自己一样暗中保护这辆马车的强大存在，也已经被人解决掉了。

秋再兴的心脏在这一瞬间冷寒得难以用言语来形容。

并非是因为他自己即将迎来的死亡，而在于他无法想象车厢里的人今日如果在这里被刺杀，那会引起怎样的轩然大波。

没有飞剑，便不可能跟得上飞剑的速度。檐上的飞剑此时也已经感觉到了秋再兴的危机，然而却被那道变得更加凶猛的飞剑死死压住，收不回来。眼看灰黑色的飞剑朝着秋再兴的后背飘飞，秋再兴已然难以摆脱被一剑透胸的命运。

然而就在此时，丁宁放开了张仪的衣袖，往前方左侧跨出了一步。他抬起了左手。哧的一声，一道黑色的剑光就此从他的指尖脱手冲出，以惊人的速度变成了一道黑色的流星，正中那道灰黑色的飞剑。啪的一声凄淡碎响，黑色剑光直接碎成了数十片碎片，那道无声无息飘飞的灰黑色飞剑却硬生生地被砸飞十余丈，甚至穿透了面铺后院的院墙，激飞出去。

秋再兴背上溅到了数十片黑色的碎片，寒气像无数冰针一样沁入他的身体，他脑后的头发上都瞬间结满了诡异的青色寒霜。他的身体更寒，然而他的眼睛里，却是骤然浮现起了一丝希望的光焰。铮的一声，他更加剧烈地鼓动真元，和捆缚在身上的无形绳索相争。黄袍青年不可置信地看着出手的丁宁，惊怒异常。一口鲜血再度从口中喷出。

远处的街巷中，都有隐约的惊呼声响起。所有参与这一场刺杀的人心情都是震动不堪。没有人想到，丁宁竟然能够阻挡住这样的必杀一剑。一剑暂解秋再兴的必杀之局，丁宁的心中却没有任何的欣喜。

因为这明显是出自大齐王朝“蝇池”的飞剑术，即便是他此时感觉到了一些修行者的位置，然而却也根本无法感觉出这一名施剑的修行者到底潜伏何处。若是无法杀死这名修行者，那这种毫无声息的飞剑，对于街巷中的所有人，依旧是极其致命的威胁。此时没有办法感知那名修行者的位置，便只有逼他更为诀厉地出手。唯有贯注在飞剑上的力量更为剧烈，他才能够感知出那名修行者的所在。

“师兄，杀了那名符师!”

于是丁宁一声厉喝，将末花残剑握在手中，朝着秋再兴疾掠。

哧的一声裂响。

好像锦袍被人骤然撕裂，充满杀意的冰冷空气里再次多出一条飞剑急剧破空带出的痕迹。一柄银色的轻薄飞剑从远处的楼宇间疯狂地朝着丁宁的头顶坠落。

看着又多一道飞剑，脸色已然无比苍白的张仪哪里还敢婆婆妈妈，再加上丁宁厉喝中带着丝毫不容他拒绝的凄厉意味，他也是往前一步飞掠出去的同时，一声大喝。手中的长剑已然往上方的天空刺出。

湿意充盈整条街巷。梧桐落上方的天空里，再次出现无数条晶莹的雨线，无数小剑般坠落。与此同时，银白色的轻薄飞剑已然接近疾掠的丁宁身体。车厢里一声压抑的惊呼。

如箭矢般疯狂坠落的轻薄飞剑陡然一折，不可思议般平飞丈许，落到丁宁的身后，再度加速。

丁宁出剑。他手中的末花残剑往后挥洒出去。一道白色的剑光如白羊角往上挑起。噗的一声，白羊角的最宽厚部分，竟然刚巧抵住这柄飞剑。剑硬生生切入。切断白羊角般的剑气，依旧强横地斩向丁宁的身体。然而丁宁手中末花剑的挑角之势也未尽，残剑的剑尖竟无比精准地挑中飞剑。一声厉喝之下，这柄被消磨了不少力量，还未来得及有更强力量贯入的飞剑，竟然硬生生地被挑得从丁宁的头顶飞过。

无数雨线便在此时落在黄袍青年的身上。黄袍青年已然用尽所有真元，此时根本无力阻挡。

噗噗噗噗……

他身上的衣衫尽碎，浑身霎时布满无数细小的血洞，整个身体再也无法站立，如一堆烂肉般倾倒在地。

这样的画面同时出现，梧桐落这两名年轻人可以说令人意外和震惊的表现，让秋再兴都差点狂喜失声大叫。

然而也就在此时，丁宁身侧，雨檐下的水沟里，又无声无息地飘出了一片异样的色泽，正是那道灰黑色的飞剑。

丁宁刚刚才全力阻挡住另外一柄飞剑的一击，此时这柄飞剑又至……他怎么可能阻挡得住？

眼看刚刚救过自己一次的这名酒铺少年即将死去，秋再兴狂喜的大叫瞬间变成一声无比愤怒的狂吼。

他的身体在一瞬间无比剧烈地震荡起来。无数层力量不断冲击着，就像一柄剑和剑鞘剧烈的摩擦。他的口鼻之中，都滴出血来。然而这以黄袍青年的生命为代价施放的无形元气绳索极其强悍，即便如此，也只是隐然发出崩裂的声音，并未马上彻底崩散开来。

丁宁此时的眼眸却是冷静异常。

他右手的残剑还余势未消地往上在走，他的左手却是已然指向那道灰黑色飞剑。哧的一声。接下来又是啪的一声凄淡碎响，从他指尖飞出的寂寒小剑再次斩中那道飞剑，将其震飞出去。

第七十一章　无迹鬼剑

被丁宁挑飞过头顶的银白色小剑发出了剧烈的嘶鸣，代表着主人的愤怒。

五境修行者的一剑，竟然被这样的一名少年所阻，而且这名少年在另外一柄飞剑的夹击下，竟然还没有死去！对于这柄飞剑的主人而言，便是极大的耻辱。

然而修行者相争，生死也只差分毫时光。便在银白色小剑于空中发出剧烈嘶鸣，划出一个凄美的弧线，再度朝着丁宁的身体如流星般坠落之时，秋再兴的身体周围，响起了无数的爆裂声。黄袍青年以生命为代价施放出的十数条无形绳索，终于在此时寸寸断裂。

一段段碎裂的无形绳索像真正沉重的铁索碎段一样，坠在秋再兴周身的地面，每一段落地，都冲出一蓬蓬巨大的气浪。秋再兴的身体周围，如浪花朵朵开。一失去这些元气绳索的束缚，体内的力量终于获得解脱，秋再兴的目光如炬落在那柄飞向丁宁的银白色小剑上，他的双手，却是往后方的面铺深处拍去！

两道平直无双的剑气交接在一起，形成了一柄完整的透明大剑，决厉至极地刺出。面铺的后院在下一刻如同灌了太多空气的羊皮筏子一样猛烈炸开，无数的碎片往后喷飞而出。紧接着，面铺后方的数道院墙，数间宅院也被这柄大剑刺穿。一团团的尘浪依次绽放，形成了一条笔直的线路，指向一名站立在一方小院井前的中年修行者。

这名中年修行者脸上的怒意瞬间变成了恐惧，他知道自己已经来不及做出任何反应，只能绝望地闭上了眼睛。

咔嚓一声。

他的胸腹间骨骼尽碎，整个身体几乎被这一剑直接刺为两段。他的身体往后摔倒，摔入后方的水井之中。这名修行者所控制的银白色飞剑已然距离丁宁不到一丈，然而轻薄的银白色小剑在此时失去控制，飞旋着凄然从丁宁的头顶掠过，坠落在道边的水沟之中。

秋再兴没有管飞向丁宁的飞剑，却是直接一剑击杀了这名飞剑的主人，彻底解决了根源，然而丁宁的眼睛里却没有任何的喜色。因为便在此时，正在檐上纠缠的两柄飞剑已然分出了胜负。

那柄从车厢里飞出的雪亮飞剑在力量上终究和那柄浅绿色飞剑有着很大的距离，终于后继无力，支持不住，被一剑绞飞，弹向远处的屋面。浅绿色的飞剑欢欣飞舞，围绕着已经塌了半边的面铺急剧飞舞，等待着时机。

这道浅绿色飞剑，再加上那柄此刻又悄然消失的灰黑色飞剑，场间依旧有两柄足以致命的飞剑。浅绿色飞剑缭绕车厢周遭飞舞，车厢内那人飞剑已失，秋再兴想必也不敢离开车厢周遭。在秋再兴解决掉那柄浅绿色飞剑之前，他依旧要面对那柄得了大齐王朝“蝇池”剑术的飞剑。

感受到体内还有二十二片星辰寒煞元气凝结成的晶片，此时的丁宁只觉得幸运。若不是从周家墨园中得到这样的对敌手段，今日里长孙浅雪必定被迫出手。到时他和长孙浅雪便必定要逃离长陵。

只是只能再发二十二道这样的寒煞小剑，能否支撑到秋再兴解决那柄飞剑，或者等到援手到来，丁宁却没有任何的信心。

“蝇池”是大齐王朝最诡异的修行地之一。

那是一处古乱葬岗。又有一口阴泉，是阴气郁结之地，有无数名为“鬼蝇”的蝇虫在宗门之外飞舞，任何想要出山门的内门弟子，必须以剑杀蝇虫，做到一蝇不落身，这才被允许出山。

“无迹鬼剑”是“蝇池”最重要的绝学之一。需要耗费无数年的苦功才能修炼到如此境地，不论这名修行者到底是因为什么原因出现在这场刺杀的局里，但他必定是真正的“蝇池”内门弟子。

出自这样修行之地的修行者，自然不只目前展现的手段。从一开始，那名黄袍青年以生命为代价困住秋再兴，这名“蝇池”修行者，便是这一场刺杀的真正核心所在。

一片落叶在丁宁的身侧地上往上翻开。那道灰黑色小剑，不知何时竟然已无声无息地潜到了丁宁身侧的落叶之下。

“小心！”

秋再兴方才一剑也消耗了大量的真元，但战意却是燃到最烈，这一刹那他也感觉到了丁宁的身侧细微的动静，顿时发出了一声厉啸。然而这一声提醒出口时，他自己心中也十分清楚，如果丁宁自己之前未感觉到异常，此时便已然晚了。

丁宁虽未更早发觉这柄灰黑色小剑，然而在落叶翻开之时，他便也已感知到了这柄小剑的存在。感知着那抹寒意，他的眉头微挑，悬在袖外的左手再次微动。

哧的一声。

这在任何人耳中都只是一声声响，然而实在是因为间隔太短，超过了人耳的极限，他体内窍位中积存的星辰寒煞元气晶片再少两片。两道黑色剑光接连从丁宁的指尖冲出，几乎同一时间准确无比地冲击在那道刚从地上飘起的灰黑色飞剑上。噗的一声闷响，刚刚才像潜伏在枯叶里的毒蛇一样抬起的小剑被打落在地，在石地上拖出数条斩痕。

张仪瞪大了眼睛，他感到惊喜，然而身体却又迅速陷入冰冷。因为这一道灰黑色小剑瞬间狂暴地激射而起，再度朝着丁宁飞射！随着更强的力量绽放，这柄灰黑色小剑上黑气缭绕，就像是有无数条小鬼要涌出来，借着此时契机，丁宁终于感知到了空气里那股微弱到极点的线路，感知到了这名出自“蝇池”的修行者的真正所在。

这名出自“蝇池”的修行者，竟然是两条街巷之外，瑟缩坐于一座破屋下的一名乞丐！在这样遥远的距离之下，丁宁可以肯定，即便是秋再兴发现了他的存在，在很短的时间里也不可能杀得了他。

至于他自己，更是不可能穿过两条街巷到达对方的面前。心中寒意更浓，但他的情绪却依旧冷静到了极点。三道黑色剑光接连从他的左手指尖冲出，一剑接着一剑准确斩杀在灰黑色小剑上。

灰黑色小剑连破他两道剑光，在破他第三道剑光时剑势终于缓慢下来。丁宁右手末花残剑便在此时斩出，狠狠拍击在灰黑色小剑上。

灰黑色小剑被再度震出，弹飞出去。一声如雷暴喝在此时响起。秋再兴双手再次齐出，只是和之前不同，他的双手却是在空中急剧地扫动。十数条纵横交错的光芒亮起。这些光芒，不像是剑光，而是刀光。他的双臂如刀，牵引着天地元气在空中交错斩杀。

浅绿色飞剑未料到他还有这样的手段，在狂暴的刀光之中被逼迫至一个狭小空间，当的一声爆响，一道刀光终于捕捉到了剑迹，狠狠地斩杀在这柄浅绿色小剑上。

远处的街巷里传出一声剧烈的闷哼声。浅绿色小剑摇摆着艰难穿出刀网，这一击显然已经对这柄小剑的主人造成了严重的损伤，然而这柄小剑的主人也知道此时的形势，所以依旧苦苦支撑，浅绿色小剑在退了十余丈之后，再度开始加速，在空中摆出无数条扭曲的剑影。

距离丁宁和张仪不远的小院内，薛忘虚坐在卧房的藤椅上，自战斗发生，他便只是皱着眉头安静隐匿在这间光线暗淡的房间里。此时沈奕带上了房门，一脸紧张地站在他身旁。听着外面每一击发出的声响，感受着丁宁的表现，他的神容虽然越见紧张，但是眼睛却越来越发亮。

“身后五尺，斩！”

也就在此时，他突然对着沈奕发出了一声厉喝。沈奕的精神也紧绷到了极限，双手全是细密的汗珠。他什么都没有感觉到，但是薛忘虚这一声厉喝里不容抗拒的命令之意，让他下意识地便转身出剑。

轰隆一声爆响。

一道雷光落向他身后五尺之处。他身后五尺之处便是一扇窗户。就在他挥剑带出的雷光落下之时，一点灰黑色的薄光正从窗户缝隙中透入。刚刚才被丁宁阻挡住的那柄灰黑色小剑，此时竟然无声无息地潜了过来！

滋的一声。

灰黑色小剑一凝，被雷光所灼，剑身上骤然冒起许多股青烟，剑身也似乎痛苦般扭动起来。但沈奕呼吸都彻底停顿了，即便是他也可以感觉出这一剑又在蓄势，又有力量要迸发出来。

薛忘虚一声厉喝之下，呼吸不顺就要咳嗽起来，但是他却强行忍住，脸孔憋得血红，再发一声厉喝：“写意残卷剑意，斩！”

沈奕几乎是下意识的，体内真元随着这一声厉喝涌出。他手中的长剑符文里骤然涌起无数的黑光，似有一个巨型的墨团要吞噬整个房间，然而他的剑尖之前，却是骤然射出无数纯净而耀眼到了极点的光丝。

一道明亮至极的光束，冲击在这灰黑色小剑上。整个房间，就如同容纳了一个纯净的太阳一样，亮了起来。所有缝隙里，全部射出纯净而耀眼的光线！

（节选自纵横中文网）

【粉丝评论摘编】

@弹指楼主：此书完结，若干年后定然有人会将书翻出来拍成剧……说实话，文采、格局、设计，其中的精彩，只要认真看过就会懂。作者大才！看了很久的书，历史、架空，也有看过不少。此书读一次，似是雾里看花，似懂非懂；读第二次，豁然开朗；读三次，余下惊叹，拜服。

@买醉的人：下面说说本书的优点：1. 取材独到醇厚，主题新颖鲜明。本书以主角的复仇计划为主线，以战国末年各国修行者、市井流民、江湖帮派、朝堂官宦以及各有司部门和王宫的行为为题材，罗列了大量战国末年的著名人物、历史事实，给人以真实的感觉。全书紧紧围绕剑和主角展开铺垫，将战国末年的人文风情、王权斗争刻画得淋漓尽致。2. 本书语言凝练，意境悠长。文章不拖沓繁杂，书中基本设定较为合理。作者对情感的小篇幅描写，证明作者对修真武侠的尺度把握得还是相当得当的。本书的基本设定合理度是我极为赞赏的。最近我读了许多小说，但总是因为小说中的基本设定极不合理而对其产生厌恶。

@yyQ 小小羊：《剑王朝》《择天记》，是最近留在书架上追的两部小说。一个丁宁，一个陈长生。同样是一个天大的局，同样在下一盘好大的棋。都是群像中凸显男主像，形象塑造都很丰满鲜活。私以为《剑王朝》要更好一些，情节文字更紧凑。

@yangyang1999：我看过的网络小说中最赞的是无罪的《剑王朝》、猫腻的《择天记》，不但想象力丰富故事编得有点诚意，行文也简洁干净，情怀冰下有火，有几分古龙的风采。

@diamonds 黎：看《剑王朝》的感觉就是虽文字淡然，但其中透露出来的却是刀光剑影。

@优书优选：无罪的文风果然多变。逐鹿天下，图谋创生，群雄并起，百家争鸣。看起来像是一幅以复仇为基调的宏大山河修行录。天下大乱将起，应劫之人应运而生。无罪到了这一本，文笔更为纯熟了。本书字数够多，打发时间绝佳。

@湘南一叶：复仇故事很旧，又走了《将夜》的路子，但写出了不一样的味道。千人千面，每个人物都非常有特色；因为复仇，主线极其简单明了，却带得文风粗暴凌厉。把商业和文青融在一起，耳目一新。

（导引、简介、节选、粉丝评论摘编：王超然、吉云飞、刘颖）

“东方玄幻”的落地生根

吉云飞

如何讲述东方风格的玄幻故事，是一个从网络文学诞生之初便被不断提及且反复实践的命题。经过十余年的发展，“东方玄幻”这一脉终于落地生根。此间居开创之功者当属猫腻的《将夜》（2011），但无罪这位老牌大神同样是最重要的应和者之一，没有他的《仙魔变》（2012），尤其是从2014年连载至今的《剑王朝》，以及烽火戏诸侯的《雪中悍刀行》（2012），东方玄幻的新生便难被视为近几年来最重要的网文潮流之一。

2003年“九州论坛”建立后，江南、今何在等人就试图针对“龙与地下城”的西方奇幻体系，创造一个有着详细资料与设定的东方幻想世界。但“九州世界”是一次不成功的尝试，对后来的“东方玄幻”小说创作的影响更是微乎其微。此后，“东方玄幻”逐渐成为一个无所不包的类型大口袋，就算只有似是而非的东方背景，东拼西凑的中国元素，都可以被称为“东方玄幻”。

随着《斗罗大陆》（唐家三少，2008）、《斗破苍穹》（天蚕土豆，2009）等玄幻小说的超级流行，跟风之作一时之间遍布全网。在一般网文读者眼中，玄幻逐渐成为了热血升级小说的同义词；在圈外人的耳闻里，玄幻更几乎成为了网络文学的代名词。但《斗罗大陆》与《斗破苍穹》并非是纯正的东方风格的玄幻小说，它们都有着日系热血漫和美韩网络游戏的内核，读者群也与ACG受众群体高度重合，东方元素只是用来与读者拉近距离的手段。换言之，“中国风”是为了制造亲切感，热血和升级才是主菜。

等到猫腻的《将夜》将“东方玄幻”落实进“大唐”和“书院”（以孔子师徒为原型），“东方玄幻”才开始有了“中国气派”。虽然《将夜》赢得了商业与口碑的双丰收，但因其难学，应者寥寥。然而，为数不多的呼应者，无一不是网文圈内响当当的大神——无罪本就是网游竞技小说元老级大神，转型之后也佳作频出；烽火戏诸侯也堪称都市小说作者中的翘楚。他们都在《将夜》开始连载大半年后转向了“东方玄幻”，也都获得了极佳的成绩。与此同时，由于网文新增人口红利的日渐耗尽，老读者对旧套路也开始厌倦，近两年来仍走“小白文”风格的玄幻“大神”“小神”，新书大都成绩不佳。

当将“东方玄幻”落实进本土文化的道路开辟以后，激起的创作热情无比巨大。以“大内总管”（网文圈内将作品尚未完结即断更的行为称为“太监”，“大内总管”是“太监”的最高一级）闻名的“烽火戏诸侯”，目前仍有十余本书“挖坑未填”，但创作《雪中悍刀行》以来，自述再未有过三心二意的情况。无罪也把《剑王朝》视为足以承载自己写作梦想与体现真正实力的野心之作，为了保证创作的绝对自由，没有提前卖出《剑王朝》的任何版权。

《剑王朝》仍是一个关于“复仇”的故事，但与传统武侠相比，叙事空间更开阔，气象更宏大，套路也更新鲜更成熟；而与“无限升级”的热血玄幻、以追求长生为最终目的的修仙文相比，《剑王朝》中弱化了武力的作用，关注的问题更具有现实性，能够借鉴的传统文学资源也更丰富。

《剑王朝》世界背景设定为架空的战国时代，力量层次介于武侠和修仙之间，虽然绝顶高手也可一人一剑屠城敌国，但长生的境界却只是一个传说。“复仇”故事被放置在群雄争霸的年代，能见到波澜壮阔的史诗与层出不穷的英雄豪杰，但“复仇”的背后却不只是国仇家恨。

怀着最纯真的理想要一统天下开万世太平，却被兄弟和爱人用最现实的理由背叛，《剑王朝》的故事始终笼罩在从未出场的“那个人”的巨大阴影之下。那个甚至不能被提及名字的“王惊梦”，和猫腻《庆余年》中的“叶轻眉”一样，都是一个只能飘着写的最具光彩的人物。杀掉仇人，哪怕仇人是天下无敌的秦王，然后带着心爱的人远走他乡，曾经是作为“王惊梦”继承者的丁宁（本书主角）少年时心中最单纯的愿望。但再战一次，背负着那群纵情高歌的理想者们的血债，输赢的过程就真的再也不重要了吗？为了赢，任何后果就都可以无视了吗？这仍是一个关乎正义，关乎规则，关乎权力意志与快意人生，关乎人应该过什么样生活的故事。

《剑王朝》中的诸国都有着各自擅长的修行手段，秦王朝长于飞剑，楚王朝长于炼器，燕王朝长于符箓，齐王朝长于阴鬼，已经被秦灭亡的韩赵魏三国也各有所长。但东方风格不仅体现在这些修行设定中，也不仅体现在书写我们自己的历史上，更在于无罪所塑造的一系列人物里。在这群宗师豪杰、江湖儿女、谋臣战将乃至普通百姓身上，我们能见到中国传统的儒释道精神，能重拾中国文化中最宝贵也最值得流传的性情与品质。尤其让人称道的是，作者在书中塑造了一大批形象各异又风采绝伦的女性英雄，女性角色的比例与风采，已经是压倒了男性。无罪让女人不再只是这个壮阔的江湖与朝堂中的花瓶摆设，而变成了叱咤风云的英雄豪杰。

如果说猫腻像是网文中的金庸，那么无罪《剑王朝》的风格就更像是古龙。不同于猫腻历来的“临之以堂堂正正之师”，《剑王朝》的故事更险、更僻、更陡峻；在文字风格上，《剑王朝》也是更加飘忽不定，追求意境与画面感。如果没有无罪的《剑王朝》与烽火戏诸侯的《雪中悍刀行》，猫腻的《将夜》就是一座“孤峰”。如今，三足鼎立，群峰竞秀，作为一个类型的“东方玄幻”终于落地生根，找到了讲中国玄幻故事的方法与风格。

择 天 记

猫 腻

猫腻，有“最文青网络作家”之称的原起点老牌大神。代表作《朱雀记》（2005）、《庆余年》（2007）、《间客》（2009）、《将夜》（2011）。其中，《将夜》曾包揽起点年度作家（2011）、年度作品（2012）与年度月票总冠军（2012）三项大奖。

与此同时，猫腻也是最受传统批评界青睐的作家。《间客》获首届“西湖·类型文学双年奖”银奖（2013）；《将夜》获首届“网络文学双年奖”金奖（2015），并为作者赢得“腾讯书院奖文学奖”2015年度类型小说年度作家奖。

猫腻于2014年携《择天记》转战创世中文网，自5月28日连载至今，已有200余万字，居于该站总人气榜第一，总推荐票榜第二。腾讯文学特为猫腻启动“作品制作人”制度，对《择天记》进行“泛娱乐开发”。目前小说已被改编为动画与网络游戏，影视改编也在筹备中。

【标签】东方玄幻　架空历史

【简介】

十四岁的少年陈长生先天患不治之症，生命被死亡阴影笼罩。但他不甘于背负活不过二十岁的命运，于是告别师父师兄，只身前往帝京，求学修行，意欲通过大朝试，进入天书陵观碑，以了解何为命运，从而逆天改命。在这个过程中，他结友，恋爱，体味人生百态，一边迈进强者之路，一边寻找自救方法。与此同时，他不为人知的身世、命运背后残酷的真相、前朝恩怨与今世瓜葛，被逐一揭开。

这部作品仿照唐代武则天大周朝格局建立了一个架空的世界。择，即选择；天，即命运。《择天记》是一个关于“选择与命运”的故事。故事前期格调轻松明快，讲述陈长生与同伴们建立羁绊、共闯难关的过程，显得乐观昂扬、意气风发。然而，随着情节推进，与皇权缠绕的惊天阴谋浮出水面，主人公在被所谓命运裹挟之下，又将如何安放心意、拯救自我？自此，“选择与命运”的复杂性和悲剧性渐渐凸显出来。

选文出自小说第一卷第二百二十六章至第二百三十一章，讲述陈长生观看天书碑、触摸真实、感悟命运真谛的过程。作者将抽象的观碑悟道的过程具象化，以优美大气的语言描绘出来，画面的衔接与变幻令人惊叹，亦颇具玄理与禅意。

【节选】

第二百二十六章　应作如是观（上）

站在断碑前，陈长生却没有想断碑的事，也没有试图从中找到很多年前的那个故事，而是在想着自己的问题。

他知道，不是所有的观碑者，都能看到自己身前的断碑。那么，他很想知道，看到这座断碑对自己来说意味着什么。

就像京都有些人已经发现的那样，也就像圣后娘娘在甘露台上对莫雨说的那样，他一日看尽前陵碑，确实是有些问题。那些碑文，他看到了并且懂了，却没有试图从中获得更多的信息，于是自然也没有领悟到什么碑文之外的真义。

他很容易便读懂了天书碑，却似乎没有获得什么好处。但这不是问题，至少不是他现在思考和担心的问题。

他之所以不用取形、取意、取势这三种最常见、也是最正统的解碑流派，除了一些比较深层次的原因，最直接的原因，便是因为他的经脉有问题。真元无法在断开的经脉里流动来回，那么再如何丰沛都没有意义。所以他必须找到一种新的方法。

看起来，他获得了极大的成功，成为继周独夫之后第二个一日看尽前陵碑的人，但他总觉得有些不对。就像在决定开始解碑之前，心里的那抹遗憾与无奈一样。

他用的解碑方法很巧妙，但依然还是取意这种解碑法的变形。

他本以为，在连续解开十七座天书碑后，自己应该不会再在乎这件事情。但此时看着这座断碑，他才明白，不完满便是不完满。你可以欺天欺地，欺君欺圣人，欺父欺母，欺师欺友，就是没有办法欺骗自己。

天书陵前陵本来就应该有十八座碑，如今少了一座。所以哪怕解开了十七座碑，依然还有残缺。这种残缺的感觉，落在心灵上，非常不舒服。就像他用的解碑法，确实很强大，但终究是一种妥协。

为了去周园，他想尽快解开这些石碑，于是放弃了前面二十余日的苦苦求索。一日看尽前陵碑，着实风光，但对他来说，何尝不是一种失败？因为他修的是顺心意，终究意难平。

在断碑前站了很长时间，终究什么都没有想明白，陈长生向山下走去。沿途那些碑庐，在夜色里非常幽静，没有一个人。伴着星光，没有用多长时间，他便走过了十七座碑庐，回到了照晴碑前。

照晴碑的碑庐外到处都是人，黑压压的一片。原来，平时夜里那些碑庐前的观碑者，今夜都来到了这里。他们在等陈长生。

看到他的身影出现在碑庐外，人群骚动不安起来。

唐三十六迎上前去，盯着他的眼睛，问道："十七座？"

陈长生点点头。

唐三十六开心地笑了起来，用力地拍了拍他的肩膀，对着众人大声重复道："十七座！"

议论声戛然而止，碑庐四周一片安静。人们看着陈长生，震撼无语。

叶小涟睁着眼睛，看着陈长生，觉得心情有些奇怪。这个世界上，难道真的有人能够和秋师兄相提并论？十七座天书碑，只怕秋师兄……也很难做到吧？她想着当日在离宫神道畔对陈长生的羞辱，不禁觉得好生丢脸，低下头去。

陈长生没有说什么，与唐三十六一道向山下走去。

无数双目光落在他的身上，那些目光里满是羡慕的意味，甚至还有敬畏。任何人在这样的目光下，都会有些旷然沉醉。如果他就此离开，那些洒落在他身上的目光与星光，都会是荣耀。

然而下一刻，他停下了脚步。

唐三十六有些诧异地看了他一眼。

陈长生站了会儿，忽然转身向碑庐走去。

"怎么了？你在里面落了什么东西？"唐三十六看着他不解问道。

陈长生没有说话，直接走到碑庐外的树林边，掀起衣衫的前襟，就这样坐了下来。

就像前面二十余天那样，他再次开始观碑，还是坐在原来的地方，那块青石很干净，已经变得光滑。

“你这是在做什么?”唐三十六走到他身前，吃惊问道。

折袖和苟寒食等人也走了过来。

陈长生沉默片刻后说道：“我觉得解碑的方法不对，打算重新再解一次。”

此言一出，碑庐四周一片哗然。人们很诧异，很震惊，很不解，很茫然。陈长生究竟要做什么?

苏墨虞问道：“为什么?”

陈长生没有回答。

关飞白神情微寒问道：“到底为什么?”

他还是没有回答。

苟寒食没有问，应该是隐约明白了。

庄换羽在远处微讽说道：“矫情。”

钟会没有说话，身旁一名槐院少年书生冷笑说道：“装什么装?就算你了不起，何至于非要坐在这里羞辱大家?”

陈长生没有理会这些议论，对唐三十六等人说道：“今天的晚饭，看来要你们自己做了。”

就像圣后娘娘说的那样，一日看尽前陵碑，只有周独夫真正地看懂了那些碑。除了天赋与悟性，最重要的是性情。周独夫狂傲嚣张，为了问个究竟，哪怕把天穹掀开又如何?陈长生哪有这样的气魄?

然而她不知道，陈长生的性情虽然平稳，但非常在意顺心意。他想要问个究竟的渴望，或许表现得很淡然，实际上同样强烈，如野火一般。

当他在照晴碑前再次坐下的消息传到京都后，所有人都傻了。

圣后娘娘很长时间都没有说话。

有人想看看陈长生到底在弄什么玄虚，却被年光逐走，不让他们打扰。

唐三十六提着食盒，给他送来了晚饭。

陈长生继续观碑。他看星光洒落，石碑如覆雪一般。他想起苟梅笔记里的一句话，又想起入天书陵之初，苟寒食说过的一句话。

天书碑是某个世界的碎片。

既然这些天书碑曾经是一体的，那么单独去解每一座碑，是不是错的?是不是应该，把这十七座碑联系在一起理解?

他静静看着庐下的照晴碑，却仿佛同时看着折桂碑、引江碑……

十七座石碑，同时出现在他的眼前。

第二百二十七章　应作如是观（下）

千年之前，世间本没有前陵十七碑的说法，后来忽然出现，自然有其意义。陈长生现在要做的事情，便是找到这个意义。当然他也想过，这个意义极有可能随着那块遗失的天书碑消失，再也无法找到。但如果他现在明明已经知道自己解开天书碑的过程并不完满，却连试着寻找失去的那一部分的举动都没有，那么他的心意上的残缺将永远无法补足。这是他无法接受的事情。

照晴碑、贯云碑、折桂碑、引江碑、鸡语碑、东亭碑……前陵十七碑，同时出现在他的眼里。

他的视野正中是照晴碑，其余十六座天书碑在四周，不停地移动，试图组合在一起。只是那些碑文是如此玄妙复杂，那些线条是如此的繁复难解，线与线之间没有任何天然存在的线，痕迹与痕迹之间没有任何可以寻找到的痕迹，无论他如何组合，都看不到任何这些碑文原本一体的证据。

他甚至有种感觉，就算那块断碑复原如初，然后让自己看到上面的碑文，依然无法将所有碑文拼起来。

数百年来，始终没有人发现前陵十七碑的玄机，或者已经说明他的尝试必然徒劳。他静静地坐在碑庐外，不知何时已经闭上了眼睛，十七座天书碑依然在他的脑海里不停快速移动组合，没有一刻停止。这让他的神识消耗得越来越快，脸色越来越苍白。

天书陵外的世界同样安静，京都里的万家灯火已然熄灭大半，只有那些王公贵族的府邸以及皇宫、离宫这两处最重要的地方还灯火通明。陈长生决意重解前陵碑的消息，让很多人无比吃惊，即生嘲弄，也让有些人彻夜难眠。

时间缓慢而坚定地流逝，夜空里灿烂的繁星渐渐隐去，黎明前的黑暗过后，晨光重临大地。不知不觉间，陈长生已经在碑庐前坐了整整一夜，天书陵里以及天书陵外有很多人也等了他整整一夜。

晨光熹微，观碑者陆续从山道上行来，看着坐在树前闭目不语的陈长生，神情各异，或者佩服，或者嘲弄，或者有一种难以言明的解脱感。昨夜情形特异，年光可以将所有的观碑者逐走，但总不能一直这样做。于是林间渐渐变得热闹起来。

有人看着陈长生摇摇头便去了自己的碑前，有的人则是专门留在碑庐周围，就想看看陈长生最后能悟出些什么。他们幸灾乐祸地想着，陈长生昨日解尽前陵碑，明明可以潇洒离去，却偏要再次留下，极有可能搬起石头砸了自己的脚。

草屋里的人们也来到了碑庐前。唐三十六端着一锅稀饭。这位含着金匙出生的汶水贵公子明显没有做过任何家务，粥水一路泼洒，鞋上都淋着不少，看着有些狼狈不堪。折袖提着小菜与馒头，七间则是拿着碗筷。

陈长生睁开眼睛，接过粥食，向七间道了声谢，然后开始吃饭。两碗稀粥，就着白腐乳吃了一个馒头，他觉得有了七分饱，便停下了筷子。

唐三十六看着他略显苍白的脸，担心说道："不多吃些怎么顶得住？"

陈长生说道："吃得太饱容易犯困。"

唐三十六皱眉说道："虽然不明白你究竟想解出些什么玩意，但既然你坚持，我知道也没办法劝，可难道你真准备不眠不休？"

苟寒食在旁没有说话，他知道陈长生为什么如此着急，因为离周园开启的日子已经越来越近了。

折袖把湿毛巾递到陈长生身前。毛巾是用溪水打湿的，很是冰凉，陈长生用力地搓了搓脸，觉得精神恢复了些许，对众人说道："你们不用管我。"说完这句话，他再次闭上了眼睛。

虽然他闭着眼，但苟寒食等人都知道，他还是在观碑。或者不会太伤眼，但这种观碑法，实在是太过伤神。

晨鸟迎着朝阳飞走，去晒翅羽间的湿意，碑庐前重新恢复安静，人们似乎都离开了。

陈长生盘膝闭目，坐在庐前继续解碑。

时间继续流淌，悄无声息间，便来到了正午，然后来到了傍晚，暮色很浓。

今天的京都，就像天书陵一样安静。离宫里的大主教们根本没有心情理会下属的报告，朝廷里的大臣们根本没有心思处理政务。莫雨批阅奏章的速度严重下降。圣后娘娘带着黑羊在大明宫里漫步，不知在想些什么。教宗大人一天里给那盆青叶浇了七次水。

不知道、不懂得的人，只把陈长生的举动视为哗众取宠，或是某种谈资。知道当年周独夫解碑、懂得天书陵内情的人，则在紧张地等待着某件事情的发生，或者无法发生。

至少到现在为止，那件事情还没有发生。

十七座天书碑，在陈长生的视野或者说识海里重新组合了无数次，虽然不能说穷尽变化，但他已经尽了最大的努力，损耗了无数心神。遗憾的是，依然没能找到他想找到的东西，世界对他来说依然残缺。

忽然间，他的脑海里闪过一抹光亮。他不再试图把这十七座天书碑组合在一起，更准确地说，他不再试图把十七座天书碑在同一个平面上组合在一起，而是让十七座天书碑在他的识海里排成了一条直线。

在他身前的是照晴碑，贯云碑在照晴碑的后面，再后面是折桂碑，依次排列成一条直线。

然后他对自己说，只要碑文。

于是十七座石碑的碑体消失不见，只剩下碑面上那些繁复至极的线条。十七层碑文，由近及远，在他的身前飘浮着。视线穿过照晴碑的碑文，可以看到后面十六座碑的碑文。

这些碑文叠加在一起，组成了一个崭新的、陈长生从来没有见过，甚至无法想象的图案。

他看着这个图案，心神微震。

前陵十七碑，越到后面看似越简单，越有规律，线条的叠加，也就意味着规律的叠加，他要找的东西是不是隐藏在里面？

然而照晴碑上的线条，本来就已经极为繁复难解，后面那些碑的线条相对简单些，依然复杂难解，如此叠加起来组成的图案，更是复杂了无数倍级。凭借人类的精神力，永远无法解开，甚至只要试图去解，便会出问题。

陈长生看了一眼，神识微动，便难受到了极点，识海振荡不安，胸口一阵剧痛。一口鲜血被他喷了出来，湿了衣衫。

始终一片安静，仿佛无人的碑庐四周，响起一阵惊呼。只是似乎担心影响到陈长生，所以那些人强行把惊呼声压极低。

陈长生闭着双眼，看不到碑庐外的情形，心神也尽在那幅无限复杂的图案上，没有注意到这些。只是看了一眼，他便知道这幅图案非人力可以解。

他在心里无声说道：简单些。这三个字不是对那幅图说的，而是对自己说的。在修道者的识海里，你如何看待世界，世界便会变成你想要看到的模样。

他强行收敛心神，凭借着远远超过年龄的沉稳心境与当初连圣后娘娘都微微动容的宁柔神识，再次望向那幅图案。他不再试图去整理、计算那些线条，只是简单地去看，于是那幅图案也变得简单了些。

在那幅图案里，他看到了无数如稚童涂鸦般的简单图案，看到了无数文字，看到了无数诗词歌赋，看到无数水墨丹青，看到了离宫美轮美奂的建筑，看到了国教院学的大榕树，看到了高山流云，也看到了三千道藏。

这个世界已经存在的所有，都在这幅图里。可是依然不够，因为还是太多，太复杂。

陈长生默默对自己说道：再简单些。

他忘记了自己从小苦读才能记住的三千道藏，忘记看过的诗词歌赋，忘记自己曾经去过离宫，忘记自己曾经爬上过那棵大榕树，和落落并肩对着落日下的京都一脸满足，忘记自己学过的所有文字，忘记了所有的所有。

这种忘记当然不是真的忘记，只是一种精神方面的自我隔离。

只有这样，他才能问自己一个问题：如果自己是个不识字的孩童，看到图上的这些线条，会想到什么？

是痕迹。

是水流的痕迹。

是云动的痕迹。

是雁群飞过，在青天之上留下的痕迹。

凡走过，必留下痕迹……不，那是文章家虚妄而微酸的自我安慰。雪雁飞过青天，根本留不下任何痕迹，所谓的雪线，其实只是眼中的残影。

这些线条指向、说明的对象究竟是什么？

雪线指向和说明的对象，是线最前端的那些雪雁。这些线条指向和说明的对象，是线头。如果没有线头，那便是线条相交处。

简单些。陈长生盯着那幅无比复杂的图案，再次对自己说道。

十七座碑叠加在他的眼前。

碑体最先消失。

现在消失的是线条。

越来越多的线条，在他的眼前缓慢地消失，不停地消失。越来越多的空白，在他的眼前缓慢地出现，不停地出现。

十七座碑消失了，碑上的线条也消失了，新的图案产生了。

——那是无数个孤立的点。

陈长生很确定自己没有看过这幅图案。但不知道为什么，他觉得有些眼熟。

第二百二十八章　初见真实

十七座碑，成千上万道线条，无数个点，没有任何规律，看上去就像是墨如雨落白纸上，谁都不可能看过的图案。那么为什么会觉得眼熟？陈长生默然想着，总觉得这幅图给自己的感觉，就像是经常见到，但却从来不曾真的仔细看过，究竟是什么呢？

碑文已经简化成了无数个点，识海里那张无形的纸上只有无数个点，怎么看都只有点。

点，点，点点……繁星点点？

即便还在自观，他都仿佛察觉到自己的唇变得有些干。

因为紧张。

前陵天书碑组成的这幅图……有可能是星空吗？

下一刻，他对自己的推测生出强烈的不自信与怀疑。因为他此时眼前的点数量太多，甚至要比夜空里的星辰数量还要多。如果说，前陵的天书陵真的与星空之间有某种联系，那么反而是星空要比碑上的图案更加单调。

按照最简单的逻辑去推论，没道理用一个更复杂的图案去描述更简单的事物。更重要的原因是，如果前陵天书碑真的是在描述星空，再没有办法进行简化。除非，这些天书碑描绘的是很多片星空。

可是，世间只有一片星空。

陈长生沉默了很长时间，然后把思绪向前倒推了片刻，一些线条缓慢地重新在那些点之间显现。如果那些线条用来描述点的运行轨迹，图案上看似无数的点，实际上是一些点在不同时刻的位置，那么一切都可以迎刃而解。

是的，应该是这样。

可现在他又面临了另外一个问题，那个问题是如此难以解决，甚至让局面变得更加险峻。

因为，星辰是不会移动的！

星辰的明暗或者会有极细微的变化，但它在夜空里的位置永恒不变，这是无数年来早已得到证明的事实。大陆无数观星台，绘制出来的星图基本上没有任何区别，观察的重点也完全集中于明暗之间。

从来没有人敢质疑这种观点，因为这是无数人无数年亲眼看到的真实。就像太阳永远从西边落下，就像月亮永远在极遥远的地方，只能被魔鬼看见，就像水永远往低处流淌，这是真理，永远不可能被推翻。

在凌烟阁里看到王之策的笔记时，陈长生对改变星辰的位置从而逆天改命一事有极大的不理解与质疑，便是来源于此。即便在其后的幻境里，他亲眼看到那颗紫薇帝星让周遭的几颗星辰位置微移，他依然不相信，因为那是幻境，不是亲眼看到的真实。

只是……荀梅笔记里曾经提过数次，观碑见真实，但他在天书陵里观碑数十年始终未曾见到。最后为了登陵顶见真实，甚至付出了生命的代价，那么他究竟要见什么真实？什么才是真实？亲眼看见的，就是真实吗？

陈长生不再自观。他睁开眼睛，望向那座真实存在的石碑。

夜已深，碑庐还有很多人。与陈长生先前以为的不同，唐三十六、折袖、苟寒食等人，一直没有离开。他们一直在这里注视着陈长生解碑的过程，从清晨到日暮，直至此时夜深星现。

暮时，他们看见陈长生喷了一口血，很是担心。然后，他们看见陈长生握紧了双拳，挑起了眉头，仿佛发现了些什么，显得有些激动。现在，他们终于看见陈长生睁开眼睛，醒了过来。

唐三十六松了口气，准备上前，下一刻却停下了脚步。因为他发现陈长生并没有看到自己。陈长生还是在看碑，还是在解碑，神情专注地令人心悸，令人不忍打扰。

这座碑，陈长生已经看了二十几天。晨光与晚霞，微雨与晴空，不同环境里，这座碑的碑文变化，尽数在他心间。他也曾在星光下看过这座碑，没有发现任何异常的地方。

今夜星光依然灿烂，与前些天似乎无甚区别。

但，他的眼睛却忽然亮了起来。

那抹亮光，来自石碑左下角一道很细的、很不引人注意的线条。这道线条并没有什么特异之处，只是位置与角度刚好合适，把夜空里落下来的星光，反射到了他的眼里。

所以他的眼睛亮了。

二十余日的专注观察与思索，已经让他快要接近真实。今夜的这抹亮光，终于让他想明白了一切。

如果石碑上的线条随着自然光而或显或隐，可以变成无数文字或图画，那么星辰的明暗变化又是从何而来？那是因为，星辰在动。只是，如果星辰的位置可以移动，为什么从来没有人观察到过？

十七座天书碑，再次出现在他的眼中。那些碑文叠加在一起，最后一座碑上的线条，与第一座碑上的线条，有很多地方都连在了一起。

至少在他的眼中如此。

可事实上，那些线条之间，还隔着很长的一段距离。之所以他眼中所见并非如此，那是因为他的视线与碑面是垂直的。

碑面便是星空。

人们站在地面上仰望星空，因为星辰与地面的相对距离太过遥远，可以认为，观星时的视线永远垂直于星辰所在的平面。那么当星辰向前，或者向后移动的时候，站在地面上的人自然无法观察到，只是有时候能够观察到变暗或者变亮。

是的，就是这样。

陈长生把视线从石碑上收回，然后才发现碑庐四周有很多人。

唐三十六看着他，有些担心说道：“没事吧？”

陈长生看着他说道：“位置是相对的。”

这是他在凌烟阁里翻开王之策笔记时，看到的第一句话，直到此时他才明白那是什么意思。

唐三十六不明白他为什么没头没脑来了这么一句，下意识里应道：“然后？”

陈长生想了想，指着天书陵上空的满天繁星，说道："你造吗？星星是可以动的。"

碑庐四周一片安静，鸦雀无声。所有人认为陈长生观碑时间太长，心神损耗过剧，现在神智有些不清。但不知道为什么，看着他说话时认真的表情，人们隐约有些不安，总觉得有些可怕的事情要发生。

纪晋对着他厉声呵斥道："你在说什么疯话！"

"可是，它们真的在动啊。"

陈长生平静说道，语气和神情无比确定。

因为这就是真实。

这才是真实。

第二百二十九章　今夜星光灿烂

碑庐外一片哗然。陈长生的话是在试图推翻人们从来没有怀疑过的一个真理，问题是星辰怎么可能移动？这实在是太荒谬了，根本没有人相信，苟寒食也只是挑了挑眉头，人们心里某一刻曾经出现的不安消失无踪，开始嘲笑起来。

对于人们的反应，陈长生并不意外。他知道自己绝对不是第一个发现星辰可以移动的人，至少留下那本笔记的王之策肯定早就已经有了这方面的想法，那为什么无论道藏还是日常的讨论中从来没有这方面的内容？因为这件事情无法证明。修道者定命星神识看到的一切不能成为证据，除非能够飞到无比高远的星空里去，并且把看到的一切画面都让地面上的人们看到。

陈长生没有办法证明星辰可以移动，所以发现二字其实并不准确。这只是他通过前陵十七座天书碑推测出来的结果，也可以说是他观碑所悟——推测无法说服世人，但却能说服他自己，因为这符合他的美学和对这个世界的根本看法。

至少在当前，他自己能够相信星辰可以移动这就足够了，至于别的人能不能相信，他并不在乎。

他抬头望向那片繁星灿烂的夜空，不再说话。

夜空里的星辰看似万古不动，实际上无时无刻不在移动，或者前进或者后退，与地面之间的距离时而变长时而变短，星辰与星辰之间的距离以及角度也在不断改变。只是地面上的观察者距离这片星空实在太过遥远，很难察觉到那些角度之间的细微变化。

如果前陵十七座天书碑描述的是无数星辰的位置以及它们移动的轨迹，那么如何把这些画面与真实的星空对照起来？

他低头闭眼，继续在识海里观察那些碑文。

十七座天书碑在他的眼前排列成一道直线，碑文在空间里重叠相连，无数线条相会变成无数点。他用意识将那些画面重新拆解，然后组合，渐渐地，那些点顺着那些线条移动了起来，缓慢而平顺，依循着一种难以言说的规律。

那些图案就是星图，无数张不同时刻的星图，在他的眼前一一掠过。无比繁多的星辰以时间为轴，在他的眼前不停移动。星辰在夜空里行走，留下的痕迹，刻在石碑上，便是前陵天书碑的碑文。

从地面望过去，星辰的前进后退，永远都在固定的位置，那么这些变化的星图，必然是从别的角度观察所得。

时间缓慢地流走，实际上已经翻过了无数万年，来到了最后一张星图。

按道理来说，这张星图应该描述的便是此时真实夜空里星辰的位置。但不知道为什么，这张星图里星辰的位置却和真实的星空截然不同——在最后时刻忽然发现结果和预想中的不一样，很多人的精神会受到极大冲击，甚至可能开始怀疑先前的所思所想，但陈长生的心意一旦确定，便再也不会摇摆。

他看着最后那张星图，安静了很长时间，然后举起右手，轻轻地拨了拨那张星图的边缘。

星图是真实的映照，所以不可能是平面的，而是一个立方体。随着陈长生手指轻拨，悄无声息地，那张星图缓慢地旋转，侧面变成了正面。

那又是一幅新的图案，上面依然有无数颗星辰，却比先前多了些肃穆恒定的意味。

陈长生睁开眼睛，再次抬头望向夜色里。

那里有一片灿烂的星空。

他识海里那张最新的星图，落在了真实的星空上，与东南一隅的那片星域完美地重合在一起。没有一颗星星的位置有所偏差，所有的星辰都在那张星图上找到了自己的位置。

这种感觉很美，很令人震撼。

陈长生很长时间都没有办法说话。

然后他想到了更多的事情。

王之策曾经在凌烟阁的那本笔记里，对这片星空提出过一个问题。在历史的长河里，无数前贤都曾经提出过类似的疑问。

如果人类的命运真的隐藏在这片星空里，星辰的位置永恒不变不移，命运自然无法改变，那么人活在世上究竟为什么还要奋斗和努力？

在人类的认识里，星空永远是那样的肃穆，那样的完美，就像天道命运一般，不容窥视，高高在上。

今夜，陈长生认识到肃穆并不代表着僵化，真正的完美并不是永远不变。因为星辰是可以移动的，位置是可以改变的，自己的命星与别的星辰之间的距离以及角度自然也在改变。

如果说那些联系便是命运的痕迹，那么，岂不是说命运可以改变？

王之策在笔记最后力透纸背写了四个字：没有命运。

是的，根本没有确定的命运！

轰的一声巨响，在陈长生的识海里炸开！

他破解了困扰自己数年之久、最难以释怀的精神层面的苦恼。

他破解了自己的天书碑。

他从十七座天书碑里参悟到的精神力量，开始影响客观的实质！遥遥晚空，点点星光，息息相关！

在他的识海里，那些碑文叠加形成的星图上，所有的点都亮了起来！

几乎同时，天书陵上的夜空里，那些星辰仿佛也明亮了数分！

而在更加遥远的星海深处，哪怕是从圣境强者的神识都无法感知到的近乎彼岸的地方，一颗红色的星辰开始释放无穷的光辉！

那是真正的星辉，是肉眼无法看到的星辉，与可以看到的星光一道，洒落在天书陵上！

碑庐四周的人们很是吃惊，不知道发生了什么事情。

下一刻，他们震撼无比地发现，陈长生从碑庐前消失了！

如一道清风，如一缕星光，悄然无声，来去无碍。

陈长生从照晴碑前消失，下一刻，便来到了贯云碑前。在贯云碑前，停留刹那，他的身影再次消失，又出现在折桂碑前。紧接着，他出现在引江碑前、鸡语碑前、东亭碑前。

只是瞬间，他在前陵十七座天书碑前出现，然后消失，最后来到那座断碑之前！

他依然闭着双眼，物我两忘，根本不知道发生了什么事情。

今夜，天有异象。

夜空里的繁星，用肉眼观察，似乎没有变亮，但很多人知道那些星辰变亮了，稍晚些时间后，就连普通民众也都发现了这个令人惊奇的事实。

一颗星辰微微变亮，不容易被看到，但如果东南星域里千万颗星辰同时微微变亮，那会是怎样的画面？

星光照亮了天书陵，也照亮了整座京都。深夜时分的街巷，仿佛回到了白昼。

甘露台离夜空最近，更是被照耀得纤毫毕现，铜台边缘那些夜明珠，被衬得有些黯淡。圣后娘娘站在高台边缘，看着浩瀚的星空，神情有些意外，甚至有些凝重。

她没有想到以陈长生的性情，居然会再次坐回碑庐前解碑，她没有想到，陈长生居然真的能够像那个人当年一样，解开前陵的这些碑，引来无数星光，但直至此时，她依然不相信陈长生能够做到那人当年做到的事情。

因为今时已非往日，天书陵也已经不是那时的天书陵。

星空从窗外洒落桌上，被烛光照得微微发黄的奏折，变得白了数分，上面的字迹也变得清晰了数分。

莫雨微微挑眉，望着窗外，震惊想着，难道他真的看懂了那些天书碑？

南城苦雨巷里，有一处官衙，官衙门面很朴素，在人们的眼中却显得格外阴森，因为这里是大周清吏司。

今夜，衙门的阴森意味被皎洁的星光驱散了数分。周通走到院子里，伸手放下帽前的黑纱，遮住有些耀眼的星光，微微皱眉，有些不喜。

陈留王对天海胜雪说的不确，他根本没有在天书陵外等陈长生。即便陈长生拿了大朝试的首榜首名，在他的眼中，依然是个不起眼的小人物。然而此时，看着满天星光，他终于有了些不一样的想法。

或者说，这满天星光让他不得不开始正视那个少年了。

星光满人间，照亮屋宇与庭院，自然也照亮了北新桥的井。井底的泥土前两日被重新挖开，一缕星光有些凄惨而倔强地透进了地底那片黑暗的世界里。

星光照亮了小姑娘眉心那粒红痣，却无法驱散她眉间的冷漠。

落落站在学宫殿顶的栏畔，忽然抬头望向穹顶。这里的夜空是假的，星辰永恒不变，却没有生气。

她感觉到了一些什么，陈长生应该正在做很了不起的事情。

她对金玉律说道："我要出去。"

金玉律沉默片刻后说道："您帮不了他。"

"先生不需要我帮。"落落满是信心说道，"我要去国教学院等他，替他庆贺。"

星光照亮了天书陵，也照亮了京都。

离宫沐浴在圣洁的星光里。数千名教士与各学院的学生来到广场和神道上，对着满天繁星拜祷不停，神情虔诚无比。

最深处的那座殿内。

教宗大人看着殿上漏下的星光照亮了盆中的青叶，苍老的脸上露出慈爱的笑容。

主教大人梅里砂，望着殿外如雪般的星光，感慨说道："仿佛当年。"

教宗大人知道他说的是王之策当年悟道破境时的情形，那一夜，整座京都都亮了起来。

今夜，当年画面又重现。这样的画面，已经有数百年没有出现过了。

梅里砂忽然微微皱眉，不解说道："这是在聚星？"

教宗大人说道："不，他还是通幽境。"

梅里砂问道："那星空为何如此明亮？"

教宗大人想了想，有些犹豫说道："或者，他是在用聚星的手段继续通幽？"

第二百三十章　神秘的黑石，完美的星空

连教宗大人这样的圣人，都无法确定陈长生现在的情形，那是因为陈长生的修行从开始就与众不同，走的是一条没有人走过的道路，已经多次违背了修

行的常识或者说规则，颇多离奇不可信之处。

在他还没有洗髓成功的时候，就已经开始坐照自观，从而险些身死、魂归星空。当他得到黑龙的帮助，渡过这道险关之后，又在大朝试里面临绝境，于秋雨之中一朝通幽。原来他以为自己在引星光洗髓的时候，实际上一直是在通幽。

他始终在用超出自己真实境界的法门修行。

就像是一个婴儿，在还没有学会走路的时候，就已经开始试图奔跑，还没有牙牙学语却开始背诵道藏，连剑都没有力气举起来的时候，已经开始试图学习如何战斗。这肯定是非常凶险的事情，事实上也是如此，如果不是连逢奇遇，他早就已经死了。

星光洒落在天书陵上，将那片草甸照耀得如雪白的毡子。陈长生坐在那截断碑前，紧闭着双眼，识海与星空互相辉映，天地与自身不停融合。夜空里的无数颗星俯瞰着他，俯瞰着通幽境的他提前开始聚星。

他散发出来的气息不停上涨，不停向四周的天地里探去，就像断碑的断茬如剑一般刺向夜空。无法看见的星辉伴着那些明亮的星光落在檐上，落在碑上，落在他的身体上，不停地涌进他的身体，带起一道道微寒的夜风。

如果他能够冲破这道关隘，前途自然不可限量。

随着微寒的夜风，很多人来到了天书陵外。

国教六巨头来了，梅里砂站在最前面。

天海家的家主来了。

金玉律来了。

茅秋雨来了。

莫雨也来了。

他们没有进陵，凭借着强大的神识，沉默地注视着断碑前发生的事情。陈长生距离突破那道关隘，还有一线距离。但没有人知道，他到底能不能突破成功，就算成功，又能够突破到什么程度。

在他的身体里，幽府的门已经缓缓开启，包裹着灵山的无数清澈的水，正在不停地流动着。水势越来越急，生出了很多个漩涡，带着山道上的落叶到处飘舞，不停拍打着门前那道石阶，虽悄然无声，却惊心动魄。

幽府在灵山中，灵山则在星辉化成的湖水里。涌入他身体的星辉越来越多，那片湖水越来越恣意，渐要变成汪洋一般。随时有可能决堤，虽然这片悬在空中的湖，没有湖堤。无数光线在湖水里折射往复，随着湖水的波动，渐趋凝纯，渐渐相聚，变成了闪耀的光点，仿佛星辰一般。

夜空里的繁星，出现在陈长生的意识里，然后出现在湖水里，每颗星辰的位置，都不差分毫。只是这片星空总给人一种不够完整的感觉，似乎哪里差了些什么。

这片星空是前陵十七座天书碑。但前陵原本有十八座碑。最后那座碑断了，碑文自然也不复存在。

陈长生没有看到那些碑文，他心灵上的那片星图自然也就少了一块。如果这片星空无法填满，那么，一切休提。

离宫广场上，教宗大人看着天书陵的方向，伸手承着自夜空而落下的星光，沉默片刻后说道："如果那块碑还在就好了。"

甘露台上，圣后娘娘看着夜空，神情漠然想着，少了那些碑，今日天书陵如何还是往年的天书陵？

很多年前，周独夫一日看尽十八碑，然后因为一些原因，不想别人如他一样，所以他带走了一块碑。从那天开始，才有了前陵十七碑的说法。

很多年来，陈长生是最接近完全解读前陵碑的那个人。

问题在于，他没有办法看到那座失落的碑，那么他极有可能永远只能无限地接近真实，却无法触碰到真实。

看着湖水里渐渐成形的星空，陈长生本能里察觉到，这片星空是残缺的。他知道缺少的，便是断碑的碑文。他沉默思索，不得其解，神游万里，不见其碑。

渐渐地，他的心神变得越来越混乱，直至有些浑浑噩噩。

就在此时，他腰畔那柄短剑剧烈地颤抖起来！

一块黑石出现在荒原上。荒原上覆盖着雪，那些雪亦是星辉。

陈长生此时已然物我两忘，不知道外界发生了什么事情，也不知道自己身体里的变化。那片清澈的湖，在天空里吸收着无数光线，凝聚着无数道光线，无比透亮。如果从湖水的上方望下去，这片湖水，就像一个很大的玻璃珠。弧形的水面极为光滑，可以放大景物。

湖水下方那块黑石，被放大了无数倍。

在凌烟阁里，陈长生触到这块黑石的时候，有过一次神游物外的体验，他知道这块黑石绝非凡物，甚至有可能是逆天改命的关键。他曾经进行过仔细的观察，却始终没有在黑石上找到任何特别的地方。那块黑石不大，可以一手握住，温润光滑，表面连丝最细的裂纹都没有。

他这时候睁开眼睛，一定会非常吃惊。原来只有放大无数倍，才能看到黑石上有无数道极细的纹路。那些纹路非常复杂，繁如水痕，没有任何的规则，绝对不可能是人工雕刻而成。

如果仔细望去，或者可以发现那些线条，就像是天书碑上的碑文！

黑石忽然变得明亮起来，就像在凌烟阁时那样。黑石表面那些细密的线条，也随之明亮起来。投影到湖水中，变成明亮的光线。然后，这些光线就像别的天书碑碑文一般，不断凝聚收缩，变成无数个光点。每个光点都是一颗星辰，无数个光点合在一处便是一小片星空。

残缺的星空，就这样被补满了。

嗡的一声！

陈长生识海剧震。

湖水里的无数颗星辰，同时大放光明，最后凝聚成一道极粗的光柱，落在了幽府的大门上！

前些天在洗尘楼里，他的幽府之门被推开半扇，今夜在星辉光柱的冲击下终于完全开启！

第二百三十一章　烟花盛景不夜天

洒落天书陵的星光与此时向陈长生幽府里灌涌的星光互相辉映。星光落在他的身上和断碑上，如雪一般，他的神识顺风雪而遁，不知去了何处。星光也落在别处，比如照晴碑上，碑面上的那些线条越来越明亮，不时闪耀，仿佛有水银在里面流动。

不见照晴碑，却能见碑文。无知无觉间，陈长生的真元像那些水银在碑文上流动一般，在经脉里开始流动，那些本有些枯萎的河流溪涧，随着真元的滋润，逐渐变得生机盎然起来。最终，那些清水向着断崖下方的深渊里坠落，看似与以往相同，隐约间却似乎多出了某种希望。

深渊再如何深不见底，只要水流永远不竭地倾泻而下，那么想必总有一天会被填满吧？

星光也落在第二座天书碑上，线条显现而明暗不定，仿佛神识飘于虚空之间，难测其方位。陈长生的神识随之而动，去了万里之外的某条江畔，倏然再归引江碑前，来回之间，一种难以言说的规则已经烙印在他的心灵里。

星光落在前陵十七座天书碑上，无数前贤曾经发现的无数种解碑的方法，如雪一般落下，如叶一般飘零，在他识海里一一呈现，然后开始在身体里开始发挥作用，他的经脉得到了前所未有的滋润，他的神识得到了前所未有的滋养，他的气息在不断提升。

时间缓慢地流逝，他在断碑前闭着眼睛，等待着那一刻的到来。

星光照亮京都，甘露台依然在燃烧，只是散发的光线是寒冷的，仿佛是冰焰一般。

圣后娘娘站在美丽到难以形容的冰焰之中，看着天书陵方向沉默不语，那块碑早就已经不在天书陵里，为什么陈长生却还能把那片星空填满？

天书陵笼罩在雪般的星光里，碑庐四周一片安静，苟寒食、庄换羽、唐三十六等年轻的观碑者，看着碑面上那些在线条里流动的水银，神情各异，他们并不能确定今夜究竟发生了什么事情，只知道这件事情肯定与陈长生有关。

苟寒食忽然抬头，望向东南隅那片繁复的星域，片刻后抬步向碑庐里走去。折袖紧随其后向碑庐里走了过去。随后，唐三十六、七间等人未作犹豫，也随之进了碑庐，然后消失，去往属于自己的天书碑前。

他们不知今夜天书陵为何会亮若白昼，但知道很多年前王之策破境时京都的异象。他们清晰地察觉到，今夜的星光要比平日浓郁很多，即便是他们自己的命星，都要比往常要活跃很多，仿佛在等待着自己。对于修道者来说，怎能错过这样的机会，尤其是他们当中的绝大多数人，在观碑二十余日之后，都已经到了破境的关键时刻，必须抓住所有的机会与天时。

就在苟寒食等人走进碑庐，在照晴碑前消失之后没有多久，山陵里忽然响起一声极为清亮的长啸！

这声清啸，来自东亭碑前。

神国三律梁笑晓站在碑庐前，神情如平日一般冷傲，只是微微颤抖的右手，暴露了他此时内心的激动，数月前破境后，他的境界一直停滞不前，连带着观碑也停了下来，而今夜，他借着这片星光，竟一举突破到了通幽中境！

另一座碑庐前。

唐三十六从怀中取出陈长生前些天交给他的药匣，从匣中取出药丸，递给身旁的折袖一半，然后把剩下的药丸尽数吞进了腹中，然后闭上双眼。

折袖看了他一眼，依样吞进腹内。

苟寒食看了二人一眼，把离山剑宗准备好的药物，分给关飞白和梁半湖，不再停留，去往下一座碑庐，将剩下的药丸交给七间，这才施施然离开。

这里是第三座天书碑，折桂碑。

现在尚是春日，山间没有桂花，看不到那些碎金，也闻不到唐三十六最厌憎的香腻的桂花香。

但此时不知为何，折桂碑庐四周，忽然生出一股极浓郁的花香。

不知道是不是碑庐外这些天赋惊人的少年们，正在催动真元运化药丸所散发出来的香气。

啪啪啪啪。

一阵极细碎、却有些惊心动魄的声音，从折袖的身体里响起！那些声音，仿佛是他的所有骨头都被打碎了一般。紧接着，有水沸的声音从他的身体里响起。

接下来，越来越多的水沸声在碑庐四周响起，盘膝坐在庐外闭目破境的少年们，身体渐被白色的雾气所包裹。

沸腾，那是星辉真元燃烧的声音，那些灵山幽府被不停轻推的声音！

不知过了多长时间，唐三十六睁开了眼睛！他眼神里平日里常见的戏谑意味早已不见，只剩下肃然与平静，幽静无比。在他的黑眸最深处，仿佛还有星辉燃烧的余光！这证明他的幽府已经开启。

唐三十六通幽！

关飞白随后睁开了双眼，轻吐一口浊气，有热雾自唇角飘散。

梁半湖睁开双眼，望向碑庐四周，脸上露出一丝憨喜，显得极为安乐。

离山剑宗二子通幽！

紧接着，苏墨虚通幽！

圣女峰那位师姐通幽！

摘星学院的学生通幽！

槐院两名少年书生通幽！

折桂碑庐外，不停通幽！

引江碑前，七间通幽！

天书前陵，人人通幽！

星光落在天书陵上，如雪一般。

有人破境通幽之时，碑庐外气机受扰，那些雪般的星光，会微有折散，如花一般散开，分外美丽。

唐三十六站在折桂碑前，轻轻搓着手指，闻着那股香腻的花香，忽然觉得桂花并不是那么令人难以忍受的事物。

星光落在他的身上，如水一般溅射开来，向夜空里散去。

不远处，梁半湖与关飞白站立的地方，也有星光溅射向夜空而去。

折桂碑庐外，十余道星光溅射，人影站在其间。

相同的画面，还出现在天书前陵的很多座碑庐前。

夜色下的天书陵，树木森茂，即便被星光笼罩，也有些幽暗。此时的山陵间，数十道星光溅射，银花处处，美不胜收。

唐三十六望向折袖。

雪白的星光把他的脸照得更加苍白，偶现潮红，正是心血来潮的征兆。他的真元被陈长生用铜针控制着，先前又吃了很多药物，异常凶险。这也是为什么和别的观碑者比起来，他迟迟没能通幽的原因之一。

另一个原因，自然是因为他妖异的天赋血脉。

忽然间，碑庐前只听到数道凄厉的风声。檐上出现数道深刻的刀痕。折袖的手指前端，探出锋利至极的爪甲，泛着金属一般的光泽。他的脸上生出很多灰色的毛发，眼睛变得无比艳红，给人一种血腥的感觉。

忽然间，一道强大的气息从他的身体里迸发而出。

他仰起头，发出了一声号叫！

嗷！

这声凄厉的号叫里，充满了不甘与愤怒，充满了轻蔑与骄傲。他的这声厉嚎，是对夜空里的满天星辰、更是对着北方极远处那团明亮在说：我赢了！

在天书陵里，星光落在破境通幽的少年们身上，溅射而离，仿佛火树银花，很是美丽。如果从陵外望过去，却更像是整座天书陵正在不停地放着烟花。

画面依然美丽，却更加震撼人心。

天书陵神道最前方有座凉亭。凉亭四周到处都是浅渠，渠里流淌着清水。今夜这些清澈的渠水，先是落了薄薄的一层雪霜，然后被山陵里的无数烟花照亮。凉亭下，那件满是灰尘的盔甲，也被烟花照亮。带着锈迹的头盔上，明亮一闪一现。

盔甲里的人醒了过来。一道沧桑至极的声音，从头盔里传出，显得有些沉闷。

“果然到了野花盛开的季节了。”

作为大陆第一神将，老人离开与魔族战争的最前线，守陵数百年，守的便是人类的将来，当他看到今夜天书陵上的烟火后，自然欣慰，然后在心里默默感谢了两个人。一个人叫荀梅，一个人叫陈长生。

那些在天书陵外的大人物们，是来看陈长生的，根本没有想到会看到如此震撼人心的画面。一夜之间，数十名观碑者集体通幽！这样的画面，在历史上从来没有出现过。

陵外的园林里一片静寂，偶尔会响起几声长叹。

烟花渐静，星辉渐暗，天书陵渐渐恢复寻常。

国教、朝廷以及各学院宗派的大人物们，破例进入了天书陵，在陵下等待。

今夜破境的年轻修道者太多，有人破境通幽，有人进入了通幽中境，还有人聚星成功！对人类来说，毫无疑问，这是一个丰收的夜晚。他们必须亲自处理后续的事情，绝不允许在这种时候出现任何问题。

陈长生醒了过来，发现自己盘膝坐在断碑前，看了眼天色，想了想，确认还是五时。

正是黎明之前。

他站起身来，顺着草甸走到崖边。崖下的瀑布依然发着惊心动魄的声音。

他没有出汗，没有疲惫的感觉，没有酸痛，仿佛什么事情都没有发生过。但他知道，已经发生了很多事情。

黎明前最是黑暗，星光不足以照亮远处的京都。但在他眼中，京都是这样的清楚，每条街巷，甚至是国教学院里的大榕树仿佛都在身前。

晨光渐渐来临，一线一线地隐没星空。但他知道那些星辰都还在头顶。他能够清楚地感知到自己的那颗命星。这是他第一次在白昼的时候，感知到自己的命星。

朝阳跃出了地平线。红暖的光线，落在他的脸上。

不知道为什么。

说不清为什么。

他并不知道昨夜天书陵发生了那般壮观的画面。

他不知道自己成为了有史以来最年轻的通幽上境。

但他就是觉得很感动。

（节选自创世中文网）

【粉丝评论摘编】

@昭南留香：看网文好多年，文青气质的作家已然越来越少见，老猫能够坚持到现在，实属不易。所谓的文青，在我看来就是一些温情有爱的人，在写温情有爱的故事。

@梁大才子：算不上是老猫的铁粉，几乎所有大神的书都有品读，正是在“博览群神”中感觉到了老猫的独特之处，我把它归结成八个字：“爽在含蓄，美在恢宏！”

@雅蠛蝶ˇdemon：猫腻的笔下至少试图将他所秉持的世界观，比如个人自由、对皇权的祛魅、对弱者的同情、对专制的反抗等具象化在一次次刻骨的隐忍、一幕幕铁血柔情、一曲曲挽歌之中。而与网络上很多流水文、YY文相比猫腻有一种天然的悲悯，他的小说闪烁着当代草根知识分子可贵的坚持和理性主义的光辉。大智若愚，大巧不工，社会让猫腻认清了现实，而在残酷的现实中却还想着人性的本质。虽改变不了社会，但他想让宁缺、范闲、陈长生教会一部分人那些我们知道却忘记了的事。

@乾元硬币：“只闻楼梯响，不见故人来。”有几个重要人物，都是先从其他人口中说出来，还没出场，形象就渲染得比较饱满了，留给了读者很大的想象空间。徐有容是二百七十九章之后周园之行才正式与陈长生见面的，还是误会式的不相识的见面，但她对陈童鞋的人生影响从序章就开始了。陈长生见到离山小师叔还在周园之行后面，而陈长生最主要对手离山大师兄秋山君至今还没正式出场，实在是……让人无话可说啊，只有三个字：很佩服。

@乌拉里苏：《将夜》中，猫说与天斗，其乐无穷。其实抗争命运，这个抗争才是真正做人的道理所在，人活的是个过程。在这个过程中，扼住命运的喉咙才是真正的人！这个就是猫想对我们所说的“长生”，所说的“择天”。长生的气，其实就是做人的正气。

@熊小仙呆：猫大的文字即视感没有那么强，但是猫腻的作品就像是在文字中埋了一千根针，你在阅读的过程中很容易忽略掉，当埋藏的隐线浮出水面的时候你才会发现原来在很早很早的时候，这根线就已经在那里的。所以猫大是一个架构师，把故事掌握在自己手里，从落笔的第一刻起就已经写好了整个作品的结局。这又是另外一种境界，很难学得到的，而且纵观整个中文网络文学界，这都是一件很难的事情。

（导引、简介、节选、粉丝评论摘编：王鑫）

命运与选择

王 鑫

在网文界，猫腻一直被称为“最有情怀”的作家，他自己也不否认。这“情怀”来自头顶的星空——就像《择天记》里的修行者要“引光洗髓”——“真元”，来自天上的“命星”。但同时，老猫的“情怀”又是“向下沉”的，沉到普通人心中朴素的原始道德，沉到老百姓柴米油盐的平常日子。老猫的书中总有一道“硬菜”，它既是形而上的命题，又是迫近的人生困惑——在《朱雀记》中，是活着还是不活；在《庆余年》中，是人应当怎样活着；在《间客》中，是公平和正义；在《将夜》中是自由和爱情；在《择天记》中，是“命运与选择”。

《择天记》的主人公陈长生，自出生起便患有重病，无法活过二十岁。“治不好的病就变成了命。”小说开始时陈长生只有十四岁，却不得不直面一天天迫近的死亡。但他没有抱怨，没有绝望，更没有悲情，只是想办法活下来。因为不试一试，一定会“不甘心”。因此，这又是一个“向死而生”的故事。这个题材的选择，本身就是在试图对抗现代人的虚无感和漂浮感。如果死亡反向定义生命，那么，在价值、意义崩解的情况下，生命本身尚且能够维持意义。在这里，猫腻的情怀继续向下沉，落在“生命”这个支点上，如此便难以撼动。

“生命”不同于“性命”，因而绝不是简单的“活着”。它是以能够被审视的生活组成的人生，有原则、有意义，因此需要“选择”。陈长生选择了一种看似圆融、实则主体性极强的人生态度——顺心意。这在小说中被解释为“心安理得”。理得是心安的依据。“顺心意”背后，永远立着简单朴素的道理。旧朝忠将在政变中战死，新朝曝尸示众，下旨称收尸者等同谋反。陈长生路过见到，便要替其收尸。在“旨意就是天地间最大的道理”的威压下，他则认为，“饿了就吃，困了就睡，病了就治，死了就埋，是天经地义的事”，是“天地间最大的道理”。这便是“见义勇为”，“义”就是应当做的事。当与不当，全凭着“道理”来确定。而道理，已经被内化为生命的原则，遵守它无须刻意。它的生发是如此自然——既是“我欲仁，斯仁至矣”的“欲”，也是“从心所欲不逾矩”的“矩”。这便是“顺心意”。作者结合中西，从超越性与内在性两个方向对人提出设想：人是应当敬畏一些东西的，比如“世人抬头便能看见的是星空以及内心深处的那片光明”，而“那片光明或者是道德，或者是原则，或者是爱情，或者是亲情，或者是一顿煎蛋面，或者是身体里的血，你浓我浓”（第一百章）。

在日常生活中，这种“顺心意”外化为强大的自制力。陈长生或许无法把握生命，但能够把握生活，抓住每一个细节来对抗死亡。他恪守一套养生规则：每天清晨五时起床，三餐清淡少油盐，维持健康的生活方式，因为不健康的生活方式“不会立刻死，但一定会早死”；性情也是不温不火，淡定非常。这种需要强大自制力维持的日常固然是清规戒律，但因为深入生活，反而显示出一种长久的力量。这就是日常生活的常性，对陈长生而言，它根源于不愿接受命运安排的强大主体感。

《择天记》在猫腻作品中，是很特别的一部。一方面，小说故事非常精彩，不亚于前几部作品。以全书首个大高潮——“圣后之死”部分而言，它依然延续了猫腻特有的讲述风格：伏笔众多、布局庞大，如抽丝剥茧般渐渐展开，在揭露真相中带给读者极大的震动。人物塑造也很精彩，通过人物能看到作者写作技法上的进一步成熟：比如女主徐有容在小说前期出场不多，却通过一纸婚书与陈长生一来二往，建立默契，将“退婚流”表现得清新脱俗。而另一位重要配角秋山君实力强大、品格高贵，也极少出场，但他的影响却通过同门光明磊落的行事风格贯穿全书。作者也借此塑造了一批优秀少年的形象，唐三十六、折袖、苟寒食等。这些，都是读者们熟悉并喜爱的部分。

另一方面，《择天记》却也使读者产生了不同的阅读体验。这当然与猫腻被腾讯作为“作品制作人”整体打造，《择天记》一边连载，一边接受“泛娱乐开发”有关。相比前几部作品，《择天记》的人物年龄更小，大都十四至十五岁。特别是小说前期，写陈长生考取大朝试第一、结识友人、建立羁绊的过程，是一个标准的热血故事。但热血故事难以满足复杂的故事建构，于是，最初的热血渐渐转为了中年人对少年时代的爱惜与怀恋，将友情、爱情、人性、品格中最理想的一面寄放在少年形象中，蕴含人生体悟。正如作者推荐的那首《样样红》："青春少年是样样红，可是太匆匆，流金岁月人去楼空，人生渺渺在其中。"

此外，尽管之前的作品也常借用"二次元"元素，但打通"二次元"仍需要重新调整世界观、人物设定等细节。《择天记》的世界观更为庞大（多个大陆），人物设定也有所增多（如萝莉、正太、呆萌、土豪等），创造了一个高魔的世界（如龙、魔、妖兽等）。这是利用网络小说、游戏、动漫数据库的结果，明显区别之前作品相对低幻想度的世界塑造，这为相关游戏、动画的视觉呈现提供了便利。但就作品目前连载部分而言，这种处理的原创空间没有打开，反而与常见的玄幻设定趋同。

《择天记》也许对老猫而言是一个转折，意味着在新的世代、新的媒介环境中展开的新的战争。但是，作为一个老读者，看到的依旧是可贵的坚守。